GRY KAPPEL JENSEN

GEDENKE MEIN

ROSENHOLM-TRILOGIE 2

Aus dem Dänischen von
Meike Blatzheim und Sarah Onkels

ARCTIS

Die Originalausgabe erschien 2020 unter dem Titel
Forglem mig ej – Rosenholm-Trilogien 2 im Verlag Turbine, Aarhus.

Die Übersetzung wurde gefördert von
der Danish Arts Foundation.

Danish Arts
Foundation

Die Arbeit der Übersetzerin Meike Blatzheim am vorliegenden Text
wurde vom Deutschen Übersetzerfonds gefördert.

MIX
Papier | Fördert
gute Waldnutzung
FSC
www.fsc.org
FSC® C083411

Deutsche Erstausgabe
1. Auflage

Published by agreement with Babel-Bridge Literary Agency
Übersetzung: Meike Blatzheim und Sarah Onkels
Umschlaggestaltung: Karin Hald
Überarbeitung: Svenja Sund
Satz: Greiner & Reichel, Köln
Druck und Bindung: CPI books GmbH, Leck
Printed in Germany 2023
ISBN 978-3-03880-071-2

www.arctis-verlag.de

Folgt uns auf Instagram
unter @arctis_verlag

PROLOG

Damals, als wir Kinder waren, habe ich es geliebt, wenn du mit mir gespielt hast. In meiner Erinnerung war es immer Sommer, im hohen Gras blühten Blumen, du gabst mir auf der Schaukel Anschwung und ich lachte gen Himmel, du ließest die Schaukel höher und höher fliegen und wir hörten erst auf, wenn es dunkel wurde.

Später begann ich, dich zu hassen. Ich hasste dich so sehr, dass ich mir am Ende sogar wünschte, du wärst tot. Aber als du verschwandest, wurde das Ganze nur noch schlimmer. Alles drehte sich immer nur um dich. Es half kein bisschen, dass du starbst.

1. TEIL
SOMMER

Rote Rose
»Ich werde dich
für immer lieben.«

Blumensprache, Ursprung im Europa des Mittelalters,
verbreitet vor allem in bürgerlichen Kreisen
des 18. und 19. Jahrhunderts

27. JULI
08 UHR 15

Malou

Malou räumte das Waschbecken frei und wischte es mit einem Stück nassem Toilettenpapier sauber, bevor sie die Sachen in der Reihenfolge auf dem Rand platzierte, wie sie sie benutzen würde. Sie ließ die Gesichtscreme ein wenig einziehen, bevor sie den Primer auftrug. So war es am besten, damit Foundation und Puder perfekt hielten. Bevor sie sich um ihre Augen kümmerte, nahm sie den Pinsel und betonte die Konturen ihres Gesichts, die Wangenknochen und ihre schmale Nase, mit einem diskreten Schatten. Sie überlegte, Lidschatten zu benutzen, begnügte sich dann aber mit etwas Highlighter unterhalb der Augenbrauen, die sie im nächsten Schritt nachzeichnete. Dann verwendete sie flüssigen Eyeliner, zwei Schichten Mascara und rosa Blush. Würde sie so nicht locker als zwanzig durchgehen?

Malou band ihre hellen, glatten Haare zu einem strengen Pferdeschwanz und zog das weiße Herrenhemd an. Wenn sie ernst genommen werden wollte, musste sie seriös aussehen. Vielleicht roter Lippenstift?

Als sie das Badezimmer mit dem Make-up-Täschchen unter dem Arm verließ, hörte sie ein Geräusch aus der Küche. Ihre Mutter stand über den Küchentisch gebeugt da.

»Geh schlafen, Mama«, sagte Malou müde. Vielleicht war ihre Mutter aufgestanden und hatte wieder zu trinken begonnen. Vielleicht war sie auch noch gar nicht im Bett gewesen.

Ihre Mutter richtete sich auf und wandte sich zu ihr um, dabei stützte sie sich mit einer Hand noch immer auf dem Tisch ab. Sie kniff die Augen zusammen und betrachtete Malou einen Moment lang.

»Mit dem Lippenstift siehst du billig aus«, murmelte sie.

»Fuck you!«, sagte Malou und drehte sich um. Sie warf die Tür zu ihrem Zimmer hinter sich zu und schloss ab.

»Fuck you«, flüsterte sie, »fuck you.« Einen Augenblick stand sie reglos mitten im Zimmer. Dann legte sie das Make-up-Täschchen mit dem ordentlich sortierten Inhalt aufs Bett und zog das Hemd aus, damit es keine Flecken bekam. Früher hätte sie dem Drang nicht widerstehen können, die Schreibtischschublade zu öffnen, in der noch immer die Rasierklingen lagen. Die brauchte sie nicht mehr, aber sie benötigte immer noch etwas, um sich stark zu fühlen. Als besäße sie die Kontrolle. Machtvoll. »Magie« war mit dem Wort »Macht« verwandt, hatte Rosenholms frühere Schulleiterin, Birgit Lund, den Schülerinnen und Schülern erzählt. Das hatte Malou mehr als alles andere davon überzeugt, Magierin sein zu wollen.

Sie ließ die Augen auf ihrem Arm ruhen, auf der Armbeuge, wo die Haut so dünn war, dass sich die Adern wie blaugraue Flüsse auf einer Landkarte abzeichneten. *Das Blut ist deine Quelle der Kraft.* Heute brauchte sie es wirklich. Malou starrte intensiver auf die Stelle, konzentrierte sich. Die Haut brannte leicht, der Schmerz war nicht unangenehm. Zuerst zeigte sich nur ein kleiner blauer Fleck unter der Haut, dann wurde er deutlicher, wurde rot, und schließlich trat Blut hervor und legte sich wie eine vollkommene, kleine Perle in ihre Armbeuge. Sie schloss die Augen. *Du wirst es schaffen. Es ist wichtig!* Bald waren die Sommerferien zu Ende und sie durfte zurück nach Rosenholm. Die Schule war ihr Zuhause geworden, das sie trotz all dem, was dort passiert war, vermisste. Obwohl sie ihr Versprechen noch nicht erfüllt hatte. Das Versprechen, das sie dem jungen Mädchen gegeben hatte, das vor vielen Jahren an der Schule getötet und dessen Mörder nie gefunden worden war. Der Geist des Mädchens hatte Malou und ihre Freundinnen aufgesucht, und Malou hatte ihm versprochen, dass sie ihren Mörder finden würde. *Keine Sorge, Trine. Wir haben dich nicht vergessen.*

Sie öffnete die Augen und betrachtete den kleinen Blutstropfen. Dann führte sie den Arm nah ans Gesicht und leckte den Tropfen ab. Sie hatte nur noch eine Viertelstunde, bis der Zug fuhr, doch ihre Wohnung lag gegenüber vom Hintereingang des Bahnhofs, sodass sie es locker schaffen würde. Sie erlaubte sich, die Augen einen weiteren Moment lang zu schließen und vergewisserte sich dann, dass nirgendwo mehr Blut war. Zufrieden klebte sie ein hautfarbenes Pflaster auf die Wunde und zog das Hemd wieder über den Kopf. Dann warf sie einen Blick in den Spiegel und nickte sich selbst zu, bevor sie die Zimmertür aufschloss und die Wohnung verließ, ohne sich von ihrer Mutter zu verabschieden.

Das letzte Stück musste sie rennen und stürzte in dem Moment auf den Bahnsteig, als der Zug nach Kopenhagen einfuhr. Alle Plätze waren besetzt, also ging sie auf die Toilette. Sie wirkte blass in dem zerkratzten Spiegel, der ihr Gesicht verzerrte. Ihr Mund war viel zu rot. *Widerlich.* Sie kramte eine Serviette aus ihrer Tasche und versuchte, den Lippenstift abzuwischen, aber das führte nur dazu, dass sie ihn um den Mund herum verschmierte.

Scheiße! Die Ruhe, die sie zuvor verspürt hatte, war weg und zu allem Überfluss versuchte jemand, die Tür zu öffnen.

Malou atmete tief ein, richtete sich auf und sah ihrem Spiegelbild in die Augen. »Scheiß drauf«, flüsterte sie. Sie kramte ihren Concealer aus der Tasche und tupfte ihn auf die Haut rund um den Mund, wo sie ganz rot war vom Lippenstift und Herumreiben. Danach zog sie den Lippenstift hervor und obwohl jemand von außen gegen die Tür hämmerte, trug sie ihn erneut in aller Ruhe und sorgfältig auf.

27. JULI
09 UHR 30

Kamille

Kamille zerrte an der Leiter zum Dachboden, was ein lautes, quietschendes Geräusch verursachte. Ihre Mutter schlief noch, aber Kamille war es egal, ob sie sie weckte.

Staub und Putz rieselten auf sie hinab, als sich die Luke endlich preisgab und Kamille die schmale Leiter hinaufsteigen konnte. Es roch staubig und muffig, und es war dunkel, aber nicht stockfinster. Vereinzelt drang Licht durch das alte Reetdach und verriet, wo es Löcher hatte, durch die im Winter der Schnee hineinfegte. Die Decke war niedrig, doch direkt unter dem Dachfirst konnte Kamille aufrecht stehen. Mit nackten Füßen ging sie über die unebenen Bretter bis zu einer weiteren Luke an der Giebelseite. Sie war aus Holz, niemand hatte sich jemals die Mühe gemacht, hier ein Fenster einzubauen. Kamille versuchte, die Luke zu öffnen, aber die gab erst nach, als sie ihr einen Tritt verpasste. Licht strömte herein und zugleich ein Stoß frischer Luft, die nach erntereifem Getreide und saftigem Gras duftete. Kamille wischte sich den Schweiß von der Stirn und genoss die kühle Morgenbrise. Hier oben war es bereits drückend warm, obwohl es noch früh am Tag war. Sie schaute sich um. Alles stand voller Kartons, ausrangierter Möbel, Koffer und Plastiksäcke. Wo sollte sie anfangen?

Sie entdeckte einige Kartons mit ihrem Namen darauf. »Spielzeug« stand außerdem auf einem. Kamille interessierte sich nicht für die Dinge aus ihrer Kindheit. Sie suchte nach Kartons aus der Zeit vor ihrer Geburt. Vielleicht würde sie irgendetwas finden, das ihr mehr über ihn verriet. Fotos, Briefe oder womöglich ein Geschenk von ihm? Ihre Mutter versteckte ja alles.

Ganz hinten unter der Dachschräge entdeckte sie eine Kiste. Sie war verbeult, mindestens einmal nass geworden und sah aus, als hätte man sie schon mehrmals hin- und hergeräumt. »Notizen« stand darauf. Kamille schleppte die Kiste in die Mitte des Raums und öffnete sie. Kladden, Ringbücher, Plastikhefter in verschiedenen Farben. Sie wühlte ziellos in den Sachen, gab aber bald auf und kippte stattdessen resolut den kompletten Inhalt auf den Boden.

Sie erkannte die Handschrift ihrer Mutter auf vielen der Papiere. Ein Aufsatz über die nordischen Götter und deren Gebrauch von Pflanzen mit euphorisierender Wirkung, eine Hausarbeit über die vielen guten Eigenschaften der Schafgarbe, eine unendliche Menge eng beschriebener Seiten mit Notizen aus dem Unterricht. Das alles stammte aus der Zeit, als ihre Mutter Schülerin in Rosenholm gewesen war, und es sah so aus, als wäre sie eine eifrige Schülerin gewesen. Kamille selbst schrieb jedenfalls nie so gründlich mit. Sie kramte noch ein wenig weiter in den Papieren, las hier und da einen Satz. Ganz unten in dem Haufen fand sie ein Buch. Nein, es war ein Schülerkalender aus dem letzten Schuljahr ihrer Mutter. Kamilles Herz klopfte heftig, während sie darin blätterte. Fast auf jeder Seite Eintragungen in der Handschrift ihrer Mutter: Kapitel, die sie lesen sollten, Buchtitel, Abgabefristen für Hausarbeiten, Geburtstage ihrer Mitschülerinnen. Ab und zu hatte ihre Mutter Pflanzen skizziert und unter den Bildern notiert, wofür man sie verwendete. Kamille nahm sich Zeit, die Zeichnungen genauer zu betrachten. *Leberblümchen (hilft bei Leberproblemen und Sodbrennen – Achtung giftig, wenn sie frisch sind!), Scharbockskraut (heilt Wunden und Blasen), Borretsch (hilft bei Atemwegserkrankungen und Gicht).*

Kamille fiel außerdem auf, dass ihre Mutter einige Seiten des Kalenders oben rechts mit einem Sternchen markiert hatte. Manchmal hatte sie etwas darunter notiert. *An der alten Eberesche* stand an einer Stelle. *Auf dem Dachboden* an einer anderen.

Gerade, als sie den Kalender zuklappen und ihn zurück in die Kiste werfen wollte, entdeckte sie, dass etwas in dem Schutzumschlag aus Kunststoff steckte. Es war ein Klassenfoto. Ihre Mutter saß genau in der Mitte, sie lachte. Sie ähnelten sich enorm, musste Kamille feststellen, sie hatten die gleichen runden Apfelbäckchen. Um den Hals trug ihre Mutter einen einfachen Brustbeutel aus Leder und eine Kette mit einem kleinen, silbernen Anhänger in Form eines Blattes. Beides trug sie heute immer noch und Kamille besaß eine identische Kette. Plötzlich nervte es sie grenzenlos, dass sie sich so ähnlich sahen. Ihre Mutter musste schon schwanger gewesen sein, als das Bild aufgenommen wurde. War sie glücklich gewesen oder lachte sie nur, um zu verbergen, wie es ihr wirklich ging? War sie verliebt gewesen? Oder hatte sie damals bereits entschieden, dass Kamilles Vater kein Teil ihres Lebens sein würde?

»Ach, hier steckst du!« Kamilles Mutter steckte den Kopf durch die Luke. »Was machst du denn hier?«

»Nach Antworten suchen«, antwortete Kamille und wühlte weiter in dem Haufen Papier.

»Hey«, sagte ihre Mutter und stieg die steile Leiter zum Dachboden hoch, »ich weiß, dass du sauer auf mich bist, aber das hier sind meine Sachen.« Sie stemmte eine Hand in die Seite, ihr Sommerkleid war zwei Nummern zu klein. »Du kannst nicht einfach darin herumwühlen.«

»Ist mir egal«, sagte Kamille nur. »Du erzählst mir ja nicht, worauf ich schon lange ein Recht habe.«

»Ach, Millchen …« Die Mutter ließ sich neben ihr auf den Boden fallen und begann, die Papiere wieder in die Kiste zu räumen. »Was hätte ich denn schon sagen sollen?«

»Du hättest es mir einfach schon vor langer Zeit erzählen sollen. Und was ist überhaupt mit ihm? Hättest du ihm nicht sagen müssen, dass du schwanger warst?«

Ihre Mutter hielt in der Bewegung inne und sah Kamille in die Augen. »Nein, hätte ich nicht. Es war Schluss zwischen uns, er war nicht mehr an mir interessiert. Ich war es, die schwanger war, und es war meine Wahl, dich zu bekommen.«

»Es war aber auch *sein* Kind! Du hast mich nicht allein gemacht!«

Kamilles Mutter seufzte. »Vielleicht war es ein Fehler, aber ich wollte meine eigene kleine Familie haben. Nur du und ich. Wir brauchten keinen Mann. Es war hart, das allein hinzukriegen, aber wir haben es geschafft. Und darauf bin ich stolz. Du warst ein glückliches Kind. Du warst wirklich immer fröhlich.« Sie beugte sich zu Kamille und versuchte, ihre Hand zu nehmen, aber Kamille zog sie rasch weg und stand auf.

»Das kannst du vergessen«, fauchte sie. »Ich bin die längste Zeit dein glückliches, kleines Mädchen gewesen.«

»Kamille …« Die Stimme der Mutter bebte, doch das war Kamille egal. Ihre Mutter sollte bloß nicht denken, dass sie so leicht davonkäme.

»Was soll ich bitte schön meinen Freundinnen erzählen? Und was ist mit ihm? Soll ich es ihm erzählen?«

»Das weiß ich nicht. Diese Entscheidung kannst nur du allein treffen«, sagte ihre Mutter und senkte den Blick. »Ich kann mir vorstellen, dass es schwer ist.«

»Schwer?!« Kamilles Stimme klang heiser vor Wut. »Ich sag dir mal, was schwer ist: Zu verstehen, wie du mich nach Rosenholm schicken konntest, ohne mir davon zu erzählen!« Sie drehte sich um, kletterte die Leiter hinunter und ließ ihre Mutter auf dem stickigen, staubigen Dachboden zurück. Nicht auszumalen, dass sie Kamille ein ganzes Jahr lang in Rosenholm zur Schule hatte gehen lassen, ohne ihr zu erzählen, dass sie jeden Tag ihrem Vater begegnete.

27. JULI
10 UHR 00

Malou

Malou marschierte zielstrebig auf die Schranke am Eingang zu. *Man muss bloß so tun, als würde man hier hingehören.* Die Königliche Bibliothek. Das Gebäude sah nicht so aus, wie sie es sich vorgestellt hatte. Sie hatte ein altes, vornehmes Bauwerk vor Augen gehabt – so wie Schloss Christiansborg oder die Sternwarte Rundetårn im Stadtzentrum Kopenhagens –, aber stattdessen hatte ihr Handy sie zu diesem modernen Klotz aus schwarzem Glas geführt. *Der schwarze Diamant.*

»Möchten Sie einen Platz zum Arbeiten?«, fragte die Frau an der Information.

»Nein, ich will mir ein paar Sachen auf Mikrofilm ansehen.«

»Mikrofilm? Da müssen Sie nach oben in den Lesesaal Ost.«

Malou nickte und folgte den Hinweisschildern die Rolltreppe hinauf bis zu einer weiteren Schranke, die ein älterer Mann mit sehr merkwürdiger Frisur – kahl auf dem Schädel, aber lang an den Seiten – bewachte.

»Ich habe einen Termin bei Anders.«

»Warten Sie hier«, sagte der Mann und verschwand. Er kam mit einem jüngeren Mann zurück, der vielleicht Mitte zwanzig war.

»Bist du Malou?« Er lächelte und gab ihr die Hand. »Schön, dich kennenzulernen. Ich hab die Filmrollen schon für dich rausgesucht. Hier geht's lang.«

»Danke, dass du mir hilfst«, sagte sie und warf ihm ihr Siegerinnenlächeln zu.

»Na klar, dafür sind wir doch da. Obwohl … normalerweise schauen wir nicht selbst die Zeitungen für die Leute durch, aber du hast mich am Telefon richtig neugierig gemacht. Und das ist also alles für ein Schulprojekt?«

Malou nickte selbstbewusst. »Ja, als ich von dieser alten Geschichte mit dem verschwundenen Mädchen gehört habe, habe ich gleich gedacht, das wäre doch ein gutes Thema.«

»Versteh ich gut.« Er grinste. »Voll True Crime, was? Mich hat das auch gleich geflasht. Und nachdem du mir dann den richtigen Namen geschickt hattest, war die Recherche plötzlich viel leichter.«

Er führte sie auf eine Reihe großer Bildschirme zu. »Also das hier sind die Mikrofilme, auf denen die alten Zeitungen abgespeichert sind. Wenn du sie in diesen Apparat hier legst, kannst du die entsprechende Zeitung auf dem Bildschirm lesen. Das meiste ist schon digitalisiert, nur ausgerechnet diese Jahrgänge nicht. Aber so kann ich dir wenigstens selbst zeigen, was ich gefunden habe. Setz dich.«

Malou nahm auf dem Stuhl vor dem Bildschirm Platz und ließ sich von Anders zeigen, wie man die Filme einsetzte. Kurz darauf erschien der Artikel auf dem Bildschirm. *Sjællands Tidende. 1. Januar 1989.*

»In den überregionalen Zeitungen habe ich nichts finden können«, sagte er und beugte sich über sie, um das Gerät zu bedienen. »Erst habe ich gedacht, dass so eine Geschichte bestimmt was fürs

Ekstra Bladet ist, aber die haben nicht drüber berichtet. Also habe ich in den Lokalzeitungen nachgesehen. Und da hab ich diesen Fang gemacht. Pass auf, wir gehen bis Frühjahr durch.« Er drehte an einem Regler und die Zeitungsseiten flogen nur so über den Bildschirm.

»Ups, das war zu weit! Ein bisschen zurück. Da ist es!« Er richtete sich wieder auf. »Ich gebe zu, dass ich ein bisschen stolz bin, es aufgespürt zu haben.«

Malou beeilte sich, ihm ein Lächeln zuzuwerfen und anerkennend zu nicken. »Mega!«

»Vielleicht gibt es noch mehr, du kannst dir ja den Rest des Jahrgangs selbst anschauen. Meld dich, wenn du Hilfe brauchst, okay?«

Malou bedankte sich noch einmal und wandte sich dann dem Bildschirm zu. Trine lachte sie von einem Schwarz-Weiß-Foto rechts unten auf der Zeitungsseite an.

Teenager-Mädchen aus der Schule verschwunden

Die 19-jährige Rose Katrine Severinsen, genannt Trine, wurde vor zwei Wochen als vermisst gemeldet. Zuletzt wurde sie am Freitag, den 29. April, in dem Internat gesehen, in dem sie wohnt. »Es gibt Anzeichen dafür, dass sie nach einem Streit mit ihren Eltern weggelaufen ist«, berichtet der Beamte Mogens Pedersen von der Polizei Westseeland. »Bei dem Streit ging es um den Freund des Mädchens und die Vermisste drohte damit, mit eben diesem Freund durchzubrennen. Wir gehen nicht von einem Verbrechen aus, aber wir sind selbstverständlich sehr daran interessiert, Kontakt mit der Vermissten aufzunehmen.« Das Mädchen wuchs mit ihren Eltern und einer jüngeren Schwester in Kalundborg auf, hat in den letzten Jahren aber durchgängig im Internat gelebt. Sie ist 1,65 Meter groß, von normaler Statur und hat halblange, rote Haare. Wer das Mädchen sehen sollte, wird dringend gebeten, die Polizei Westseeland zu kontaktieren.

Malou las den Text zwei Mal. Dann studierte sie das Bild noch einmal. *Das jüngste Bild von Rose Katrine Severinsen, die vor zwei Wochen aus ihrer Schule verschwand*, stand darunter. Trine lächelte in die Kamera. Sie war nicht allein gewesen, als das Foto geschossen wurde, sondern hatte den Arm um eine Person gelegt, die aus dem Bild herausgeschnitten worden war. Wer war ihr Freund gewesen? Und wer hatte ursprünglich neben ihr auf diesem Foto gestanden?

28. JULI
16 UHR 30

Victoria

Victoria beobachtete die Schäfchenwolken, die langsam am Himmel über der großen, weißen Villa und dem gut gepflegten Garten ihrer Eltern entlangzogen. Das Sonnenlicht schimmerte zwischen den Zweigen der Apfelbäume hindurch, und das ferne Rauschen des Verkehrs sowie das monotone Gurren einer Taube waren das Einzige, was sie hörte.

»Ist das schweigsame Gespenst zu Hause?« Benjamin vergrub sein Gesicht in Victorias Halsbeuge, was sie trotz der Sommerwärme wohlig schaudern ließ. »Oder können wir in dein Zimmer gehen?«

»Wen meinst du? Trine?« Victoria stützte sich auf dem Ellbogen ab und blickte auf ihn hinunter, wie er vor ihr auf der Wiese lag.

»Nein«, sagte er und zog sie wieder zu sich heran. »Die andere. Die große, blasse.«

»Kirstine? Sei nicht so gemein! Das ist echt nicht nett, sie so zu nennen.« Victoria setzte sich auf. »Kirstine wohnt jetzt hier, natürlich ist sie zu Hause. Ich hätte sie fragen müssen, ob sie mit in den Garten kommen will.«

»Nein, lass.« Er zupfte an ihrem Arm, um sie dazu zu bewegen, sich wieder zu ihm zu legen.

»Du musst nett zu ihr sein. Kirstine ist das coolste Mädchen, das ich kenne«, sagte Victoria und zog ihren Arm weg. Sie blieb im Schneidersitz sitzen und hob ein scharlachrotes Blütenblatt auf, das von den englischen Rosen auf den Rasen gefallen war. Es duftete wie Parfüm.

»Ich weiß, dass Kirstine cool ist«, sagte Benjamin. »Immerhin hat sie mir das Leben gerettet. Was für ein Badass! Trotzdem ist sie seltsam. Sie sagt nie was. Sitzt immer nur rum und starrt vor sich hin.«

»Kirstine ist halt nicht so gut in Smalltalk. Außerdem hat sie Liebeskummer.«

»Was?! Kirstine hat einen Freund? Wen denn?«

»Du brauchst gar nicht so überrascht tun! Sie sind nicht mehr zusammen, und ich kann leider nicht darüber reden. *Top Secret*, du weißt schon. Aber sei gefälligst lieb zu ihr. Sie hat es nicht leicht, ihre Eltern wollen sie nicht mehr sehen, und manchmal hab ich den Eindruck, dass sie sich wie das fünfte Rad am Wagen fühlt, wenn du hier bist.«

»Sie *ist* das fünfte Rad!«

»Hör schon auf, wir können gut mal was zu dritt machen.«

Er warf ihr einen frechen Blick zu. »Das klingt natürlich spannend.«

»Hör auf, du Blödmann.« Victoria knuffte ihn.

Er setzte sich auf und lehnte sich zu ihr, um ihr etwas ins Ohr zu flüstern. »In Wahrheit will ich nichts, als mit dir zusammen zu sein. Das ist das Einzige, worauf ich im Moment Lust hab. Mit dir hier im Gras zu liegen, nur wir zwei …«

»Victoria! Komm! Juliet hat Zitronenlimonade gemacht!« Victorias zwei kleine Brüder kamen durch die Terrassentür gerannt, die Treppe hinab und über den frisch geschnittenen Rasen, den der Gärtner auf Anweisung von Victorias Mutter so gut pflegte wie den eines Golfplatzes. »Erst war die Limo mega sauer, aber dann haben wir mehr Zucker reingetan! Komm, du musst sie probieren!«

Benjamin schloss die Augen und lehnte den Kopf an ihre Schulter. Dann seufzte er.

»Komm«, sagte Victoria und zog ihn hoch. »Du hast es selbst gehört. Es gibt megasaure Limonade.«

Die große Küche glich einem Schlachtfeld. Zitronenschalen lagen überall auf der geölten Arbeitsplatte aus Holz und dem Boden verteilt, und mittendrin war eine Tüte Rohrzucker umgekippt. Es sah ganz so aus, als hätten die Zwillinge ihrem heiß geliebten Au-pair-Mädchen Juliet in der Küche geholfen. Die war gerade dabei, eine Saftpresse abzuwaschen, die offenbar ebenfalls benutzt worden war.

»Probier!«, befahl Harald und hielt Victoria ein Glas direkt unter die Nase, während er und sein Bruder Niels ihre Reaktion aus großen, braunen Augen beobachteten.

Victoria nahm einen Schluck. »Mhmm, wirklich lecker!«, sagte sie. Auf den Gesichtern der beiden Jungen machte sich Grinsen breit. »Aber jetzt helft ihr Juliet erst mal beim Aufräumen, ja?«

Das Grinsen verschwand sofort, und beide Jungs schauten zu Juliet, die am Spülbecken stand.

»Haut ruhig ab«, sagte sie und scheuchte sie weg, bevor sie damit begann, die Zitronenschalen zusammenzufegen.

Die Jungs liefen laut polternd ins Wohnzimmer und riefen Benjamin zu, dass sie ihn bei FIFA schlagen wollten.

»Später vielleicht«, rief er ihnen nach und schüttelte den Kopf.

»Du verwöhnst sie«, sagte Victoria zu Juliet.

»Ohne ihre Hilfe geht es schneller«, entgegnete Juliet und zuckte mit den Schultern.

»Was ist denn hier los?«

Victoria drehte sich um. Ihre Mutter stand in der Tür. Die helle Seidenbluse betonte ihre leicht gebräunte Haut und die dunkel schimmernden Haare, die Victoria immer hatte bürsten wollen, als sie klein gewesen war. Ihre Mutter behielt die Pumps an, legte aber ihre Handtasche ab, während sie das Chaos in der Küche inspizierte.

»Ich kümmere mich darum«, sagte Juliet sofort, ohne sich anmerken zu lassen, dass sie sicher ebenfalls überrascht darüber war, Victorias Mutter schon so früh zu Hause anzutreffen.

»In zwei Stunden erwarte ich Gäste zum Aperitif«, sagte die Mutter. »Die Jungen sollten bis dahin zu Abend gegessen haben.«

»Das ist kein Problem«, sagte Juliet lächelnd.

Victoria stellte sich oft vor, dass Juliet sich eine Art Teflonschicht zugelegt hatte, nachdem sie jetzt schon so lange bei ihnen war. Der eisige Blick der Mutter schien an ihr einfach abzuperlen. Diese Fähigkeit hätte Victoria auch gerne gehabt.

»Wobei wir ja offensichtlich schon Gäste haben?«

Victoria wusste, dass sie die Geduld ihrer Mutter bereits aufs Äußerste herausforderte, seit sie ihre Zimmernachbarin aus der Schule eingeladen hatte, den Sommer bei ihnen zu verbringen, ohne es zuerst mit ihren Eltern zu besprechen. Kirstine blieb allerdings fast immer auf ihrem Zimmer, und ihre Mutter schien es inzwischen akzeptiert zu haben (Victoria hatte allerdings manchmal ihre Zweifel, ob die Mutter den Hausgast überhaupt wahrgenommen hatte). An Benjamin hatte sich ihre Mutter allerdings noch immer nicht gewöhnt.

»Ich wollte gerade gehen«, sagte Benjamin und sah ihrer Mutter direkt in die Augen.

»Das brauchst du doch nicht«, sagte Victoria halbherzig.

»Doch, ich bin noch verabredet. Wir sehen uns morgen, okay?«

Er küsste sie rasch auf die Wange und schob sich an ihr vorbei in die Eingangshalle. Die Haustür schloss sich hinter ihm.

»Ich verstehe nicht, was du mit ihm willst«, sagte Victorias Mutter und nahm eine Flasche Wasser aus dem Kühlschrank.

»Du kennst ihn nicht«, sagte Victoria.

»Ich habe einiges über ihn gehört«, antwortete ihre Mutter und nahm einen Schluck. »Und vor dem Hintergrund dessen, was man sich über ihn erzählt, fällt es mir schwer zu verstehen, dass du ausgerechnet ihm deine Liebe vor die Füße wirfst. Es heißt, er habe den Kontakt zu seiner Familie abgebrochen?«

»Man soll nicht alles glauben, was man hört«, erwiderte Victoria trotzig, wich dem Blick ihrer Mutter aber dennoch aus.

»Du solltest ein bisschen mehr an dich denken, Victoria. Du bist doch gerade erst über deine letzte unglückliche Liebe hinweg.«

»Das ist schon über ein Jahr her, Mama.«

»Ich mache mir nur Sorgen um dich, das ist alles.«

»Ach ja?«

»Natürlich tue ich das. Du bist schließlich meine Tochter.« Victorias Mutter tätschelte ihr die Wange. »Ich geh hoch und zieh mich um. Esst ihr mit den Jungs, Kirstine und du?«

Victoria blickte ihr nach, als die Mutter auf den hohen Schuhen elegant die Treppe hinaufstöckelte. Wenn sie sich getraut hätte, hätte sie sie gefragt, ob es nicht vielmehr der Ruf der Familie war, um den sie sich Sorgen machte.

Eine Dreiviertelstunde später glänzte die Küche makellos und Juliet hatte außerdem frische Pasta mit selbstgemachtem Pesto gezaubert, während Victoria einen Salat zubereitet hatte. Sie ging hoch und klopfte.

»Kirstine, es gibt Abendessen.«

Das große, ernste Mädchen saß auf dem Bett, die Beine unter sich, und hielt ihr Telefon in der Hand. Sie sah nicht auf, als Victoria eintrat. »Malou hat einen alten Artikel gefunden. Und eine Adresse, vielleicht die von Trines Elternhaus. Sie fragt, ob wir mitkommen wollen.«

Victoria setzte sich neben sie aufs Bett. Benjamin hatte recht, Kirstine war wirklich ziemlich blass.

»Schau mal.« Kirstine hielt ihr das Handy hin.

»*Wir gehen nicht von einem Verbrechen aus …*«, las Victoria laut. »Trine wurde also vermisst gemeldet, mehr aber auch nicht.«

»Sie haben gedacht, sie sei mit ihrem Freund durchgebrannt«, sagte Kirstine. »Deshalb haben wir in den Zeitungen auch nichts über den Mord an ihr gefunden.«

Victoria wischte den Artikel mit dem Finger zur Seite, sodass sie Malous Nachrichten lesen konnte.

»Womöglich wohnen ihre Eltern immer noch da«, sagte sie und zeigte auf die Adresse, die Malou ihnen geschickt hatte. *Solvangen 11, Kalundborg.*

Kirstine drehte sich zu ihr. »Ja, vielleicht wissen sie nicht einmal, dass ihre Tochter tot ist. Vielleicht sind wir die Einzigen, die wissen, dass sie nicht abgehauen, sondern ermordet worden ist.«

Victoria hielt die Hände unter den Wasserhahn und fuhr sich durch die dunklen Haare. Sie betrachtete ihr Spiegelbild. Durch das offene Fenster hörte sie die Amseln im alten Birnbaum in den hellen Abend singen. Der Gesang vermischte sich mit dem Murmeln eines gepflegten Gesprächs und dem Klirren von Gläsern unten im Herrenzimmer, wie ihre Eltern den Raum mit den hässlichen alten Ölgemälden und den Chesterfield-Sofas immer noch unbedingt nennen wollten. *So was von Fake.* Wenn es drauf ankam, waren sie alles andere als zivilisiert. Im Grunde ging es um Reichtum und Macht und um die Ehre der Familie, und sie scheuten vor nichts zurück, wenn es mehr Macht, mehr Geld versprach. Und trotzdem fiel es ihr so schwer, sich dagegen zur Wehr zu setzen.

Victoria schaute auf die Uhr und überlegte, ob sie Benjamin schreiben sollte. Juliet war damit beschäftigt, die Zwillinge ins Bett zu bringen, und Kirstine war früh schlafen gegangen. Sie selbst war nicht müde, hatte aber auch keine Lust, den Gästen ihrer Eltern zu begegnen, also blieb sie oben.

Sie pustete sich eine Strähne aus dem Gesicht. Ihre Haare brauchten dringend einen neuen Schnitt, aber sie hatte sich bisher nicht darum gekümmert, und jetzt waren die Sommerferien fast vorbei. Und das war nicht das Einzige, worum sie sich nicht gekümmert hatte. Ihr Spiegelbild starrte sie schuldbewusst an. Sie hätte es ihm erzählen müssen, sie hatte sich geschworen, dass sie es ihm erzählen würde. Weshalb hatte sie es dann nicht getan? Zeit genug hatte es gegeben. Lange, faule Sommertage am Strand. Helle Sommernächte, in denen sie sich in den Garten geschlichen und er unter dem duftenden Jasmin auf sie gewartet hatte. Doch sie hatte nichts gesagt. Weil sie wusste, wie wütend er werden würde. Und auch Trine hatte sie vernachlässigt, sie waren mit ihrer Suche nach ihrem Mörder nicht vorangekommen.

Victoria drehte den Hahn wieder auf, das heiße Wasser dampfte im Waschbecken und plötzlich wurde ihr Atem im Spiegel sichtbar. Die Temperatur im Bad war auf den Gefrierpunkt gefallen, die Härchen an ihren Unterarmen stellten sich auf, und sie schloss die Augen. Ob sie spüren konnte, dass Victoria an sie gedacht hatte? Passierte es deshalb ausgerechnet jetzt? Es erschreckte sie immer noch, aber sie verspürte nicht mehr die gleiche lähmende Angst wie früher. Am besten allem mit offenen Augen entgegentreten. *Face your fears.*

»Trine?« Victoria schlug die Augen auf. Der weiße Schatten war im Glas hinter ihr erkennbar. Sie zuckte zusammen, obwohl sie damit gerechnet hatte. Dann drehte sie sich um.

»Hallo Trine.«

Es war kein Mädchen, sondern der Umriss eines Mädchens. Ein weißer Schatten.

»Wir haben dich nicht vergessen«, flüsterte Victoria. »Wir fahren bald zu deinem Elternhaus … Ah!« Victoria schnappte erschrocken nach Luft, als der Schatten plötzlich wie ein eisiger Windhauch gegen sie stieß. Ihre Beine gaben nach und sie fiel zu Boden. Keuchend rang sie nach Atem, kämpfte darum, Luft zu bekommen. *Nur keine Panik, nur keine Panik.* Die Angst drohte, Oberhand zu gewinnen, aber Victoria zwang sich, ruhig zu atmen. Langsam beruhigte sich ihr Herzschlag. *Sie ist weg. Alles ist okay.*

Sie stand auf, das Wasser floss noch immer gleichmäßig ins Waschbecken. Sie drehte den Wasserhahn zu und stützte sich auf den Beckenrand. Der Spiegel war beschlagen, und im Dunst stand dort jetzt:

ENTSCHULDIGE DICH

Treffen wir uns direkt am Bahnhof?

Jupp. Bin in ca. 20 Minuten da.

Freu mich auf euch!

2. AUGUST
14 UHR 11

Kirstine

Der Bahnhof lag gegenüber der alten, verlassenen Lagerhalle der Kalundborgfähre. Als sie aus dem Zug stiegen, blies ihnen der Wind direkt ins Gesicht. Die Luft war warm und feucht und roch nach Tang. Kirstine war trotzdem froh, dem großen, weißen Haus von Victorias Eltern entkommen zu sein, den vielen Zimmern und teuren Möbeln. Sie schämte sich dafür, dass sie es hasste dort zu sein. Es war so nett von Victoria gewesen, sie zu sich einzuladen, nachdem ihre eigenen Eltern nichts mehr von ihr hatten wissen wollen. Kirstines Gesicht verzog sich zu einer Grimasse, als sie sich an die Reise nach Thy erinnerte, bei der sie schließlich nur ein paar Worte mit ihrer Mutter vor der Haustür gewechselt hatte. Ihre Mutter hatte sie nicht einmal auf ein Glas Wasser hineingebeten. Kirstine musste dankbar sein, überhaupt einen Ort zu haben, an dem sie bleiben konnte, aber die Wahrheit war, dass sie sich bei Victorias Familie fehl am Platz fühlte. Es gab so viele unausgesprochene Regeln, die sie nicht beherrschte, und die sich völlig von denen bei ihr zu Hause unterschieden. Bei ihren Eltern musste man den Kopf senken, den Mund halten und tun, was einem gesagt wurde, während man in Victorias Familie tausend Dinge gefragt wurde: welche Karrierepläne man hatte, aus was für einer Familie man kam, welche Hobbys man ausübte, was man zu Politik und Kultur und vielem mehr dachte. Und Kirstine vermochte offenbar nicht darauf zu antworten, wie man es von ihr erwartete. Victoria tat alles, um es zu überspielen, sie war witzig und klug und ständig gut gelaunt, aber ihre Mutter wirkte immer nur pikiert. So gesehen erinnerte sie Kirstine doch ein wenig an ihre eigene Mutter.

»Hey!« Victoria deutet in eine Richtung. »Da ist Kamille!«

Ein breit lächelndes Mädchen mit roten Haaren und rundlichen Wangen winkte ihnen aufgeregt zu. Sie trug ein weißes Sommerkleid, dessen Rock im Wind flatterte und dem ein Band an der Taille Kontur verlieh.

»Hi ihr!« Sie umarmte die beiden anderen. »Wie schön, euch zu sehen! Warte mal, Kirstine, du hast abgenommen!«

Kirstine merkte, wie sie unter Kamilles Blick rot wurde. »Ich glaube nicht«, murmelte sie.

Kamille und Victoria wechselten einen vielsagenden Blick. »Na, dann liegt es vielleicht an den Shorts«, sagte Kamille. »Wie geht's dir?«

»Gut«, antwortete Kirstine. »Ich war den Sommer über bei Victoria.«

»Das klingt mega. Ich hab euch so vermisst, meine Mutter treibt mich noch in den Wahnsinn.«

»Ist Malou schon da?«, fragte Victoria.

»Sie müsste jeden Moment mit dem Bus aus Slagelse kommen.«

Sie setzten sich auf eine Bank und warteten, bis der Bus an der Haltestelle einbog und Malou als erste ausstieg. Sie trug kurze Radlerhosen, aus denen ihre langen braungebrannten Beine herausschauten, und an ihren Füßen strahlten neue weiße Sneaker in der Sonne.

»Hallöchen!« Kamille sprang auf und umarmte die Freundin. Malou strich sich die Haare glatt und umarmte dann auch die anderen beiden Mädchen.

»Also«, meinte Kamille. »Was machen wir jetzt, Fräulein Holmes?«

»Tja, wir versuchen, irgendwas rauszukriegen«, sagte Malou und warf einen Blick auf ihr Handy. »Wir müssen jedenfalls hier lang. Das Haus liegt in einem alten Villenviertel.«

»Woher hast du die Adresse?«, fragte Victoria, als sie losgingen.

»Das Stadtarchiv hat sie für mich rausgefunden. Trines Nachname passte zu der Adresse, aber sie durften mir nicht sagen, ob die Familie noch immer dort wohnt. Irgendwas mit Datenschutz-Regelungen. Jedenfalls haben sie gesagt, dass wir schon selbst hinfahren müssen, um das rauszufinden. Kann also sein, dass das Haus schon vor vielen Jahren verkauft worden ist, aber ich dachte, wir sollten es überprüfen.«

Sie verließen den Bahnhof und gingen in Richtung Stadt.

»Das mit dem *Entschuldige dich* war ja wohl total creepy«, sagte Kamille zu Victoria. »Hast du inzwischen rausgefunden, was das bedeutet? Meinst du, wir sind gemeint? Sollen *wir* uns entschuldigen?«

»Ich habe keine Ahnung«, meinte Victoria. »Es war das Einzige, was sie geschrieben hat.«

»Vielleicht ist Trine wütend, weil wir ihren Mörder noch nicht gefunden haben. Vielleicht meint sie, dass wir uns deshalb bei ihr entschuldigen müssen«, sagte Kamille.

Sie gingen leicht bergauf, durchquerten eine mehr oder weniger menschenleere Fußgängerzone, wo eines der Geschäfte mit einer riesigen Eiswaffel warb, und kamen in ein Viertel mit großen, alten Häusern. Ein wenig ähnelten sie der Villa, in der

Victorias Familie lebte, aber sie waren etwas kleiner und wirkten ziemlich heruntergekommen. Je höher sie kamen, desto kleiner wurden die Häuser.

»Das ist die Straße, Solvangen«, sagte Malou und zeigte auf den Weg, der links abging. »Nummer 11.«

Sie bogen ein, der Bürgersteig war asphaltiert, und die Vorgärten waren mit kleinen, grauen Steinen ausgelegt, nur aufgelockert durch einzelne, immergrüne Büsche, Steinpflanzen oder einen Topf mit halb vertrockneten Sommerblumen. Vor den Häusern standen Laufräder und Buggys. Jemand hatte mit bunter Kreide einen Fahrradparcours auf den Asphalt gemalt.

»Ist es das?« Kamille spähte in Richtung eines weiß getünchten Hauses, dessen Fenster vor Kurzem ausgetauscht worden waren.

»Nein, das ist Hausnummer 9«, sagte Malou. »Es muss dort sein.«

Die Hecke war hoch, und dahinter lag ein Haus, das den umliegenden ähnelte, doch während dort offenbar Familien mit kleinen Kindern eingezogen waren, wirkte dieses verlassen. Der schlammfarbene Putz blätterte bereits ab, und hinter den Fenstern hingen blickdichte Spitzengardinen, die alles Weitere verbargen. Außerdem waren die Fenster so schmutzig, dass es ohnehin beinahe unmöglich war, hineinzuspähen.

»Hier wohnt niemand mehr«, sagte Victoria. »Das Haus steht schon ewig leer.«

»Vielleicht waren Trines Eltern die letzten, die hier gelebt haben?«, sagte Malou. »Ich bin dafür, dass wir versuchen, in den Garten zu kommen, um von da aus das Haus zu inspizieren. Vielleicht können wir sogar einsteigen und finden irgendwas, das uns weiterhilft.«

»Was könnte das denn sein?«, fragte Kamille.

»Woher soll ich das wissen, vielleicht irgendein Hinweis, der uns zu Trines Freund führt, oder so«, sagte Malou. »Wenn Frauen getötet werden, ist meistens ihr Mann der Täter. Das Gefährlichste, was du als Frau tun kannst, ist echt, mit einem Mann zusammen zu sein. In der Zeitung stand, dass Trine vorhatte, mit ihrem Typen durchzubrennen. Aber stattdessen ist sie ermordet worden. Wenn wir ihren damaligen Freund finden, finden wir vielleicht auch ihren Mörder.«

»Und du meinst nicht, es wäre nicht schon aufgefallen, wenn es da drinnen massig Spuren gäbe?«, fragte Kamille.

»Vielleicht haben sie damals nicht gründlich gesucht.« Malou zuckte mit den Schultern. »Kommt schon, wir sind schließlich extra hergefahren!«

Malou ging voran und die anderen folgten ihr etwas zögerlich. Ein hoher Zaun schirmte die Einfahrt ab, doch ein Tor darin führte auf einen kleinen, gepflasterten Hof. Auf der einen Seite stand ein verfallener Schuppen, auf der anderen das Haus. Zwischen den Platten wucherte das Unkraut, und der Garten, der an den Hof anschloss, bestand aus einem Wirrwarr aus hohem Gras, blühenden Disteln und wuchtigen Bäumen, von denen mehrere kahl wie Gerippe dastanden. Kirstine zog das Tor hinter ihnen zu. Hier war es still. Die meisten Leute waren sicher im Urlaub oder verbrachten ihre Zeit bei dem schönen Wetter am Strand. Kein Laut drang von der Straße oder aus den anderen Gärten zu ihnen herüber.

Malou klopfte an die Haustür, eine dunkelbraune Tür mit einem großen Fenster aus dickem gelben Glas, durch das man nicht hindurchsehen konnte. Sie warteten. Kirstine fror plötzlich in der Sommerhitze, und sie spürte ein Ziehen im Magen, als würde ihr schlecht werden. War das hier wirklich eine gute Idee?

»Hallo, hallo!«, rief Malou laut und klopfte erneut. Dann drückte sie die Klinke herunter. Die Tür war nicht abgeschlossen.

»Kommt«, flüsterte sie und schob sie auf. Der Flur war dunkel, die Wände waren mit Kork verkleidet und nur durch ein buntes Glasmosaikfenster fiel ein kleines bisschen Licht herein. Es roch alt und feucht wie in einem verlassenen Sommerhaus, Spinnweben hingen von der Decke. Der Flur führte sie ins Wohnzimmer. Das Sonnenlicht fand seinen Weg durch die schweren Gardinen und warf einen gelblichen Schein auf die alten Möbel, die verloren im Raum herumstanden. Ein dunkelgrünes Sofa mit orangefarbenen Streifen, ein abgenutzter Sessel aus demselben Stoff, ein brauner Esstisch mit vier Stühlen drumherum, verblichene Buchrücken in einem Regal. Auf dem Boden lag dicker, hellbrauner Teppich, der an den Stellen verschlissen war, wo die Bewohner oft entlanggegangen waren: von der Küchentür bis zum Esstisch, vom Esstisch zum Sofa. Auf einem Tisch am Fenster stand ein altmodisches Schnurtelefon, das immer noch angeschlossen war.

»Wow, das ist ja die reinste Zeitreise!«, flüsterte Kamille. »Alles sieht aus wie zu der Zeit, als sie das Haus verlassen haben. Spürst du Trines Anwesenheit?« Sie schaute Victoria an.

Das dunkelhaarige Mädchen schloss die Augen und zog konzentriert die Augenbrauen zusammen. Dabei schloss sie die Hand fest um den kleinen Totenkopf-Anhänger, den sie um den Hals trug – das Zeichen dafür, dass sie Geistermagierin war und dem magischen Zweig Tod angehörte.

»Nein, sie ist nicht hier«, sagte sie nach einem Moment und öffnete die Augen. »Vielleicht ist es nicht das richtige Haus?«

»Doch, das ist es«, widersprach Malou. »Schaut mal, die Fotos hier.«

An der Wand mit der vergilbten Tapete hing ein Fotorahmen

voller Schulfotos. Die Bilder zeigten zwei Mädchen, die von Foto zu Foto älter wurden. Die ältere von ihnen war rothaarig mit breitem Lächeln, während die kleine Schwester dunkle Haare hatte. Sie schaute aus großen, braunen Augen verdutzt in die Kamera. Besonders auf dem letzten Bild war nicht zu übersehen, dass es sich bei dem rothaarigen Mädchen um Trine handelte.

Kirstine bemerkte eine Art Kribbeln im Körper. Sie fühlte sich nicht gut, ihr war schwindelig. Vielleicht lag es an der Hitze? Hatte sie heute überhaupt schon etwas getrunken?

»Schaut mal, das ist das Bild aus dem Artikel.« Malou zeigte auf einen weiteren Rahmen. Die Fotografie war farbig, anders als die Abbildung in der Zeitung, aber es war dasselbe Bild von der lächelnden Trine. Jemand hatte es in der Mitte durchgeschnitten und die eine Hälfte an die Wand gehängt.

Kirstine war übel. Vor ihren Augen flimmerte es.

Tick, tick, tick …

Zwei Mädchen laufen aus der Küche ins Wohnzimmer. Das rothaarige Mädchen läuft voraus, das andere stürzt ihr hinterher, schafft es aber nicht, die Rothaarige einzuholen.

Sie schüttelte heftig den Kopf, aber die flackernden Bilder tauchten immer wieder auf.

Tick, tick, tick …

»Kirstine, ist alles in Ordnung?«

»Wie oft hab ich euch schon gesagt, dass ihr in der Küche nicht rennen sollt!«

»Warte auf mich, Trine!«

»Kirstine, du siehst aus, als würdest du gleich umkippen.«

Kamille legte eine Hand auf ihren Arm. Der Boden gab unter Kirstines Füßen nach. »Mir geht's nicht so gut …«

Tick, tick, tick …

»Was ist denn los? Kirstine?«

Sie versuchte, ihren Blick zu fokussieren und nicht dem Schwindel nachzugeben, der sie offenbar aus der Wirklichkeit in eine Zeit zu ziehen versuchte, die längst vergangen war. Sie musste hierbleiben. Irgendetwas war hier, auf das sie sich konzentrieren musste. Etwas Wichtiges.

»Die Uhr …« Kirstine zeigte auf die Wand. Neben den Bildern hing eine altmodische Wanduhr. Das Pendel schwang im Takt des Tickens von einer Seite zur anderen. »Sie geht.«

»Ja, das sehe ich«, sagte Kamille mit einem besorgten Tonfall in der Stimme. »Ähm, Kirstine, du siehst wirklich nicht gut aus …«

»Nein, ich meine, dass jemand dafür sorgt, dass die Uhr weiterhin geht!«, beharrte Kirstine. »So eine Uhr muss man aufziehen. Hier wohnt immer noch jemand …«

Rumms!

Ein lauter Knall ließ die Mädchen zusammenfahren.

»Was war das?«, flüsterte Victoria.

»Die Haustür! Wir müssen hier raus!«, sagte Kamille.

Sie liefen zurück in den Flur. Die Haustür war zugefallen, Malou drückte den Griff herunter.

»Sie ist abgeschlossen!« Sie rüttelte an der Tür.

»Das kann nicht sein.« Kamille schob Malou zur Seite und versuchte es ebenfalls. »Ich krieg sie nicht auf!«

Tick, tick, tick! Das Ticken der Uhr klang wie der Puls, der hinter ihren Schläfen klopfte. Sie mussten hier jetzt raus.

»Geht zur Seite!«, sagte Kirstine. Die drei anderen zögerten nur den Bruchteil einer Sekunde, bevor sie den Weg frei machten.

»*Hagalaz!*«

Die Hagelrune sprengte die Tür auf, und sie liefen nach draußen in die Sonne.

15.8.88

Liebe kleine TP,

mir geht es gut - wir sind jetzt in Südfrankreich angekommen. Was für eine Reise! In Paris sind wir in den Zug gestiegen. Der war völlig überfüllt, auf den Gängen standen die Leute wie Ölsardinen mit ihren Koffern und ihrem ganzen Kram. Am Ende haben wir doch noch ein Plätzchen gefunden, wo wir uns hinsetzen konnten. Und zwar in einem Gepäckabteil! Jedes Mal, wenn wir unsere Beine ausstrecken wollen, mussten wir aufstehen. Eine laaaange Nacht!
Wir übernachten im Zelt und es ist hier total schön - aber so was von HEISS!!!! Wir leben von Tomaten-Baguettes und Dosentunfisch - für etwas anderes haben wir kein Geld, aber was soll's, solange es uns gut geht, oder?
Ich hoffe, Mama und Papa lassen es nicht an dir aus, dass ich abgehauen bin. Ich weiß, dass du sauer auf mich bist, aber ich hätte dich nicht mitnehmen können. Du kannst mir aber glauben, dass ich dich vermisse! Wenn du alt genug dafür bist, machen wir beide auch eine Interrail-Tour, okay? Das wäre so stark. (Aber erzähl den Alten nichts davon!) In einer Woche bin ich wieder zu Hause und dann verspreche ich dir, dass ich alles gut mache.
Bis dann! xxxx

Liebe Grüße, Trine

23. August, Internat Rosenholm

Liebe Schülerinnen und Schüler des 2. und 3. Jahrgangs,

willkommen zurück im Internat Rosenholm. Die Anmeldung der älteren Jahrgänge zum neuen Schuljahr findet am 4. September statt, der Unterricht beginnt am darauffolgenden Montag.

In Rücksprache mit dem Verwaltungsrat wurde entschieden, dass ich, Jens Andersen, die Schulleitung übernehme, nachdem Birgit Lund den Posten vor den Sommerferien abgeben musste. Da ich zusätzlich weiterhin unterrichten werde, wird mich Zlavko Kovacevic als stellvertretender Schulleiter unterstützen.

Bis auf diese Änderung bleibt alles beim Alten und die Schulregeln gelten weiterhin, das Zusammensein von Mädchen und Jungen ist verboten, und so weiter. Sollte euch etwas unklar sein, kommt gerne auf mich zu.

Die Lehr- und Stundenpläne liegen diesem Brief bei. Die Bücher werden am Montag zwischen 14 und 16 Uhr im Materiallager ausgegeben.

Mit den besten Wünschen für ein gutes und lehrreiches Schuljahr,

Jens Andersen
Schulleiter Jens Andersen

2. TEIL
HERBST

Rotklee
»Deine Liebe
schmerzt mich.«

4. SEPTEMBER
10 UHR 00

Kamille

Kamille zog den pinkfarbenen Rollkoffer (ein missglücktes Versöhnungsgeschenk ihrer Mutter) den schmalen Weg entlang in Richtung Rosenholm. Selbst an einem grauen Tag war das Schloss ein schöner Anblick, wie es mit seinen weißen Türmen und spitzen Dächern zwischen den hügeligen, bereits abgeernteten Feldern dalag. Der spätsommerliche Wildblumenstreifen am Wegrand duftete nach Schafgarbe, Rainfarn und blühendem Klee. Kamille hatte befürchtet, das Wiedersehen mit Rosenholm könnte durch das Furchtbare überschattet sein, das Vitus ihr am Ende des letzten Schuljahres angetan hatte, aber der Anblick des weißen Gebäudes löste nur ein wohliges und erwartungsvolles Kribbeln in ihrem Bauch aus. Nervös machte sie etwas ganz anderes, und das hatte mit dem Geheimnis zu tun, das ihre Mutter vor Kurzem endlich mit ihr geteilt hatte.

Kamille beschleunigte ihre Schritte, sie wollte das Internat erreichen, bevor es zu regnen begann. Der Wind fuhr ihr durch die Haare, nachdem sie sich so viel Mühe mit der Frisur gegeben hatte, und jetzt hörte sie es auch unheilvoll in der Ferne donnern. Kurz darauf fielen die Regentropfen schwer auf die Felder.

Als sie endlich auf dem kleinen Hof des Schlosses ankam, war sie klatschnass. Sie erinnerte sich, wie sie selbst im Vorjahr am Fenster geklebt und beobachtet hatte, wie die älteren Schülerinnen und Schüler einander im Innenhof begrüßten. Das blieb dem neuen Jahrgang verwehrt, denn der Hof war leer. Alle hasteten so schnell wie möglich in den imposanten Festsaal, um Schutz vor dem Regen zu suchen.

»Kamille!«

Trotz ihrer durchnässten Klamotten wurde sie von einer Gruppe Mädchen aus ihrem Jahrgang gleich in eine Art Gruppenumarmung gezogen. Die Schwestern Sara und Sofie begrüßten sie herzlich, und sie freute sich, die blonde Anne zwischen den Schülerinnen zu entdecken.

»Willkommen zurück!« Anne lächelte ihr zu und umarmte sie.

»Du bist hier? Wie schön!«, sagte Kamille.

»Ja, eigentlich gehöre ich nicht zu euch in den Festsaal, aber ich hab mir gedacht, es wird schon okay sein, mich runter zu schleichen und hallo zu sagen«, sagte sie. »Ich geh gleich wieder hoch.«

»Wie geht es dir?«, fragte Kamille.

»Mir geht's gut. Es ist natürlich ein komisches Gefühl, dass ich nicht mehr in meinem alten Jahrgang bin, aber meine neuen Roomies sind supernett.«

Anne war im letzten Schuljahr von Vitus überfallen worden und hatte so viel Unterricht verpasst, dass sie das Jahr wiederholen musste. Kamille war vor allem erleichtert, dass sie fröhlich zu sein schien.

»Gut, dass du da bist«, sagte Victoria leise, als Kamille die erste Runde Umarmungen überstanden und die anderen Mädchen aus ihrer WG gefunden hatte. »Malou ist schon damit beschäftigt, weitere Ausflüge zu planen.«

»Come on! Wir müssen unbedingt noch mal zu dem Haus«, sagte Malou, die offenbar vor dem Unwetter angekommen war, denn ihre blonden Haare waren trocken, glänzten und waren zu einem perfekten, strengen Dutt zusammengesteckt. Sie spähte verstohlen zum anderen Ende des Saals, wo die Jungs standen. Kamille folgte ihrem Blick. In Rosenholm war der Kontakt zwischen den Geschlechtern verboten, woran sich die Schülerinnen und Schüler grundsätzlich hielten. Jedenfalls, so lange sie wie jetzt unter Beobachtung standen.

»Das Wohnzimmer sah aus, als hätte dort die letzten vierzig Jahre niemand irgendwas angerührt. Es muss dort einen Hinweis geben, der uns weiterhilft.«

»Aber die Haustür ... wir sind eingesperrt worden«, sagte Kirstine.

»Der Wind hat die Tür zugeweht, und wir haben Panik bekommen«, sagte Malou. »Da war doch niemand. Trines Eltern sind bestimmt tot.«

Kirstine zupfte nervös an ihrem Ärmel herum. Kamille bemerkte, dass eine Naht aufgegangen war und die Bluse ausfranste.

»Jemand hatte die Uhr aufgezogen«, beharrte Kirstine. »Sonst wäre sie längst stehengeblieben ...«

»Vielleicht ist das einfach eine besonders langlebige Uhr?«, schlug Malou vor.

Ihr Gespräch wurde unterbrochen, weil alle Schülerinnen und Schüler plötzlich einen Sitzplatz suchten. Der neue Schulleiter wolle eine kurze Willkommensrede halten, hieß es.

Bald betraten drei Männer den Saal, und Kamille spürte ein nervöses Ziehen im Magen. Jens wurde auf der einen Seite von Zlavkos schlanker Gestalt flankiert, auf der anderen vom kräftigen Thorbjørn mit seinem langen Bart. Der neue Schulleiter selbst war, wie immer, ganz in Schwarz gekleidet, was seine sonnengebräunte Haut und die silbergrauen Haare betonte.

»Herzlich willkommen zurück in Rosenholm«, schallte Jens' ruhige, tiefe Stimme durch den Raum. Obwohl er Zlavko und Thorbjørn gerade einmal bis zu den Schultern reichte, strahlte er eine solche Autorität aus, dass alle gebannt zuhörten. »Als neuer Schulleiter ist es mir eine Freude, euch zu einem weiteren Schuljahr zu begrüßen. Für die Schülerinnen und Schüler des Abschlussjahrgangs ist es eine großartige Möglichkeit, sich voll und ganz auf das Hauptfach zu konzentrieren, aber auch ihr im zweiten Jahrgang solltet von Beginn an darüber nachdenken, auf welches Fach ihr euch spezialisieren wollt. Im Frühling werdet ihr eure Facharbeit schreiben, die ihr gegenüber einem Lehrer und einem Zweitprüfer verteidigen müsst. Und ich muss den Abschlussjahrgang sicherlich nicht daran erinnern, dass das Schuljahr mit dem Examen endet. Ich erwarte von euch erstklassige Arbeit und ein hohes Niveau.«

Als Jens damit fertig war, Examen und Jahrgangsaufgaben, Anforderungen und Erwartungen aufzuzählen, durften sie endlich nach oben auf ihre Zimmer gehen. Kamille ließ sich erleichtert auf ihr Bett fallen und verschob das Auspacken auf unbestimmte Zeit. Ihr Blick glitt über die Wand, an der sie verschiedene Fotos und Zettel aufgehängt hatte. Ein Bild von ihr und ihrer Mutter, die laut lachte. Sie hatten es mit Selbstauslöser aufgenommen, und es erinnerte ein wenig an ein Foto derselben Person mitten in einem Lachanfall, das zwanzig Jahre früher entstanden war. Kamille überlegte einen Moment lang, ob sie es abnehmen sollte, ließ es dann aber doch bleiben. Daneben hing ein Foto von Malou, Victoria und Kirstine, das unten im Park aufgenommen worden war. Außerdem ein Poster mit dänischen Wildkräutern, das ihr ihre Mutter geschenkt hatte, und eine Postkarte mit der Aufschrift *Fuck inspirational quotes*, die sie von Malou bekommen hatte.

»Ah, da bist du! Ich hab ewig unten auf dich gewartet!« Malou schleppte ihren großen, abgenutzten Koffer ins Zimmer und bugsierte ihn mit einem Stöhnen aufs Bett. »Was machst du da? Echt jetzt, willst du nicht auspacken? Du kannst doch nicht einfach nur rumliegen.«

Kamille grinste. »Ich hab dich vermisst, Malou.«

**Information für alle
Schülerinnen und Schüler
des 2. und 3. Jahrgangs**

Die Aufnahmezeremonie für die neuen Schülerinnen und Schüler findet am 7. September statt. Wir treffen uns um 22 Uhr 45 an der Haupttreppe, die schwarzen Umhänge werden dort ausgeteilt. Danach gehen wir gemeinsam zum Baum.

Wir freuen uns darauf!

Lisa

7. SEPTEMBER
23 UHR 05

Kirstine

Der Wald um sie herum war dunkel. Leichter Regen tropfte von den Blättern auf die schwarzen Umhänge der Schülerinnen und Schüler. Kirstines Umhang baumelte um ihre Beine, er war zu kurz, oder vielleicht war sie zu groß. Sie war immer schon die Größte in der Klasse gewesen – sogar größer als die Jungs.

Es war nur wenige Monate her, seit sie zuletzt hier gewesen war, und trotzdem wirkte alles anders. Sie hatte sich darauf gefreut, zurück an die Schule zu kommen, aber jetzt, da sie hier war, machte es sie unruhig. Sie schüttelte den Kopf, um die Gedanken zu verjagen, und versuchte, sich auf die bevorstehende Zeremonie zu konzentrieren.

Sie erinnerte sich noch gut an letztes Jahr, als sie diejenige gewesen war, die vor dem alten Baum gestanden hatte, um zu erfahren, zu welchem Zweig der Magie sie gehörte. *Erde, Natur, Blut oder Tod.* Sie berührte kurz den kleinen, silbernen Pflug, den sie an einer Kette um den Hals trug, das Zeichen für Erde.

Der Wald war dicht und undurchdringlich, doch Lisa, ihre Naturmagie-Lehrerin, führte sie entschlossen und in ruhigem Tempo voran. Plötzlich öffnete sich der Wald, und die Schülergruppe betrat die Lichtung, auf der der große Baum thronte. Kirstine richtete den Blick auf den Waldboden. Letztes Mal, als sie hier gewesen war, hatte sie einen jungen Mann getötet. Es war seltsam, daran zu denken.

Sie bildeten auf der Lichtung einen stillen Kreis, das überhängende Laub schützte sie vor dem schlimmsten Regen, doch das nasse Moos unter ihren nackten Füßen war kalt. Kirstine spürte, während sie warteten, die Erde unter sich, sie spürte den Baum. Seine Wurzeln zogen sich weit unter ihr durch die Erde. *Er weiß, dass ich hier bin.*

Dann tauchte eine weiße Gestalt zwischen den Bäumen auf und dann noch eine. Es waren die neuen Schülerinnen und Schüler in ihren weißen Gewändern. Ein junger Mann ging voraus und zeigte ihnen den Weg, sein Umhang war schwarz, sodass sie ihn zunächst nicht bemerkt hatte. Kirstine spürte einen Stich in der Brust und schaute schnell weg, während Jakob die Gruppe das letzte Stück bis zur Lichtung führte. Sie hatte sich gezwungen, den Sommer über nicht an ihn zu denken, aber jetzt spürte sie plötzlich, wie sein Anblick ihren Puls zum Rasen brachte. Erneut wandte sie den Blick weg von den Neuen, weg von ihm. Die Blätter der großen Eiche raschelten, als Kirstines Blick stattdessen auf den Baum fiel, und er leuchtete kräftiger, als sie es aus dem letzten Jahr in Erinnerung hatte. *Sie kommen näher.*

Die weiß gekleideten Mädchen und Jungen stellten sich um den Baum herum auf, und alle um sie herum begannen, die Worte zu murmeln, die ihr inzwischen so vertraut waren.

Die Erde ist der erste Zweig der Magie.
Der Vorfahren zerfallene Knochen.
Überbleibsel aus Jahrtausenden, verborgen im Boden.
Die Geschichte ist deine Quelle der Kraft.

Die Natur ist der zweite Zweig der Magie.
Die Kraft des Wachsens in Pflanzen und Tieren.
Überall um uns herum.
Das Leben ist deine Quelle der Kraft.

Das Blut ist der dritte Zweig der Magie.
Warm und rot. Geben oder nehmen.
Es fließt durch Mensch und Tier.
Das Opfer ist deine Quelle der Kraft.

Der Tod ist der vierte Zweig der Magie.
Die, die nicht mehr sind.
Gelebte Leben, erinnert oder vergessen.
Die Seelen sind deine Quelle der Kraft.

Die Worte wirkten hypnotisierend, Kirstine war unsichtbar im Dunkeln, alle schwarz gekleideten Schülerinnen und Schüler waren es, da waren nur die Worte. Sie spürte ein Kribbeln in den nackten Füßen, als käme es aus der Erde und stiege langsam in ihren Körper auf. Am liebsten hätte sie sich diesem Gefühl hingegeben, wäre in ihm verschwunden. Sie kniff die Augen zusammen und öffnete sie wieder, das Murmeln der Gruppe war verklungen. Lisa sprach von den verschiedenen Zweigen der Magie, und der Baum glänzte in silbernem Schein, sodass die Regentropfen in der Dunkelheit auf einmal herabfallenden Kristallen ähnelten. Es flimmerte vor Kirstines Augen. Sie versuchte, sich auf das zu konzentrieren, was Lisa sagte, die Worte waren etwas anders als letztes Mal, aber Kirstines Ohren waren voller seltsamer klickender Laute, die von den Wurzeln des Baums kamen. Sie waren nah. *Zu nah.* Etwas war verkehrt, so sollte es sich nicht anfühlen.

Kirstine wollte einen Schritt zurücktreten, doch ihre Füße waren wie festgenagelt. Sie schaute nach unten.

Dunkle, feuchte Wurzeln durchbrachen den Waldboden und griffen nach ihr wie knochige Hände. Sie wollte davonlaufen, aber es war zu spät. Die Wurzeln hatten sich um ihre Füße geschlungen, hatten sich entlang ihrer Unterschenkel hinaufgeschoben. Das Kribbeln explodierte in ihrem Körper und wurde zu Feuer.

9. SEPTEMBER
07 UHR 30

Malou

Malou zog den Stundenplan aus ihrer Tasche und überprüfte ihn noch einmal. Er hatte sich seit dem letzten Kontrollblick nicht verändert. Weshalb mussten sie in der allerersten Stunde am allerersten Tag nach den Ferien ausgerechnet Blutmagie haben? Es war echt nicht fair, denn so hatte sie überhaupt keine Zeit, sich eine Strategie zurechtzulegen, wie sie das hier überleben sollte.

»Will noch irgendwer Kaffee? Eine Tasse schaffen wir noch.« Kamille war aufgestanden, um zum Frühstücksbuffet zu gehen. *Schon wieder.* Malou schüttelte den Kopf und folgte ihr mit dem Blick, während Kamille zwischen den Tischen hindurchging, an denen morgenmüde Mädchen frühstückten. Die gelb gestrichenen Wände gaben dem Speisesaal ein gemütliches, vertrautes Aussehen, das Malou normalerweise mochte, aber heute konnte sie ihr Frühstück nicht genießen.

»Kirstine, soll ich dir nicht auch ein Brötchen holen?« Kamille stellte ihre Kaffeetasse ab, legte ein Käsebrötchen auf ihren Teller und beugte sich über Kirstine. Sie sah aus wie eine Kindergärtnerin, aber ihre Freundin schüttelte nur den Kopf. »Oder vielleicht ein Schälchen Joghurt? Irgendwas musst du essen, sonst kippst du nachher wieder um, wie bei der Zeremonie.«

Die Zeremonie für die neuen Schülerinnen und Schüler hatte unterbrochen werden müssen, weil Kirstine plötzlich ohnmächtig geworden war, und man hatte sie zurück zum Schloss bringen müssen. Am nächsten Tag war sie wieder auf den Beinen gewesen, unversehrt bis auf eine Beule am Hinterkopf, die sie sich zugezogen hatte, als sie auf eine Wurzel gefallen war. Ingrid, die Schulheilerin, meinte, dass Kirstine sicher nur vergessen hatte, etwas zu essen und zu trinken. Und das war natürlich nichts, was Kamille übergehen konnte.

»Ein bisschen Obst?«

»Hör jetzt auf, sie zu nerven«, sagte Malou. »Vielleicht hat Kirstine keinen Hunger? Oder vielleicht hat sie im Gegensatz zu dir nicht vergessen, dass es in ein paar Stunden schon wieder Mittagessen gibt?«

»Ich weiß schon, warum du so pampig bist«, gab Kamille zurück, und ihre Kindergärtnerinnen-Stimme hatte der Jetzt-reicht-es-aber-Stimme Platz gemacht. »Weil du nämlich weißt, dass ich recht habe. Wenn du dich beeilst, kannst du es immer noch schaffen, dich vor der Stunde bei ihm zu entschuldigen.«

»Warum sollte ich mich entschuldigen?«

»Weil du ihn eines Verbrechens beschuldigt hast, das er nicht begangen hat.«

»Okay, aber warum sollte ich es *alleine* tun? Wir haben doch alle geglaubt, dass Zlavko Anne überfallen hat.«

»Ssh!«, zischte Kirstine und ihr Blick flackerte hinüber zum Nachbartisch, wo Anne mit ihren Mitschülerinnen aus dem neuen Jahrgang saß.

»Du warst aber die Einzige, die mitten in der Nacht zu ihm gelaufen ist, um ihm Anschuldigungen an den Kopf zu werfen«, flüsterte Kamille. »Und jetzt ist er sogar stellvertretender Schulleiter. Du bist übrigens auch die Einzige, die unbedingt gute Noten in Blutmagie braucht.«

For fuck's sake. Malou seufzte. Im zweiten Oberstufenjahr war es offenbar verdammt wichtig, dass man in seinem Hauptfach brillierte, und man musste zusätzlich eine Facharbeit abliefern – von der Jens schon geschwafelt hatte, bevor das Schuljahr überhaupt richtig losgegangen war. Daran musste Kamille sie echt nicht erinnern. Malou war sich völlig im Klaren darüber, dass ihre Zukunft von ihrem launischen und boshaften Blutmagie-Lehrer abhing. Kamilles magischer Zweig war Natur, sie hatte also ihre Schäfchen im Trockenen und musste lediglich ihrer netten Naturmagie-Lehrerin Lisa imponieren. *Die Welt ist mies und ungerecht.*

»Also gut. Wenn ich nicht wiederkomme, hat er mir wahrscheinlich den Kopf abgebissen und meinen Körper in den Wassergraben geschmissen.« Malou schob ihren Stuhl zurück und stand auf. »Aber das Wichtigste ist natürlich, dass ich mich vorher entschuldigt hab!«

Sie ballte die Fäuste, während sie sich auf den Weg zum Klassenraum machte. Bevor sie anklopfte, hielt sie einen Moment inne. Hier hatte sie vor einem Jahr schon einmal gestanden, alles war anders gewesen und zugleich auch nicht. Sie war noch immer Opfer von Zlavkos Launen. *Here we go.* Das hier würde als der peinlichste und erniedrigendste Augenblick in die Geschichte eingehen.

»Ja?« Er saß nicht am Pult, wie Malou erwartet hatte, sondern lehnte an der Wand und schaute aus dem Fenster. Seine schwarzen, glänzenden Haare hatte er zu einem Dutt oben auf dem Kopf festgesteckt, und er trug ein enganliegendes, schwarzes Hemd, das bis zum Hals zugeknöpft war. An seinem Gürtel hing eine Scheide mit einem Dolch darin, die Malou noch nie zuvor gesehen hatte.

»Ah, da bist ja endlich.«

Sie zog die Tür hinter sich zu und atmete tief ein. »Ich fürchte, ich muss mich wohl entschuldigen.« Die Worte blieben ihr fast im Hals stecken und waren beinahe nicht zu hören. Weshalb musste sie sich eigentlich entschuldigen, wenn er es gewesen war, der ihr Nasenbluten angehext hatte?

»Hast du etwas gesagt?« Mit einem herablassenden Grinsen kam er zu ihr herüber. Er genoss die Situation.

»Es tut mir leid, dass ich Sie beschuldigt habe.« Malou hatte ihre Stimme jetzt im Griff. Sie schaute ihm in die Augen.

Fuck you.

»Ich habe mich getäuscht«, sagte sie heiser.

Zlavko musterte ihr Gesicht. »Weißt du eigentlich, dass ich Birgit dazu bewegen wollte herauszufinden, was Vitus an Heiligabend gemacht hat? Ob sein Alibi wasserfest war? Und ich deshalb von der Schule verwiesen wurde?« Er kam einen Schritt näher.

Malou schluckte schwer. »Wie gesagt: Ich habe mich getäuscht.«

»Taktisch gesehen ist es klug, dich zu entschuldigen«, zischte er. »Aber leider vergebe ich nicht so schnell. Ich finde, dass es keine Schande ist, Groll gegen jemanden zu hegen. Der Wunsch nach Rache ist eine der stärksten Antriebskräfte, die es gibt. Du wirst mir beweisen müssen, dass du es bereust, wenn du meine Vergebung willst.«

»Sie können mich mal«, sagte sie.

Er lachte leise. Es war ein Laut, der nichts Gutes verhieß, aber Malou hatte nicht vor, sich anmerken zu lassen, dass ihr gerade ein kalter Schauer über den Rücken lief.

»Du kannst ja damit anfangen, alles für die heutige Stunde vorzubereiten. Ich habe mir heute etwas ganz Besonderes für euch überlegt. Wenn du so freundlich wärst, Eiswürfel in die Schalen zu füllen, die ich vorbereitet habe, werde ich dir ewig dankbar sein.« Er lächelte ihr sarkastisch zu, bevor er sich wieder zum Fenster umdrehte.

9. SEPTEMBER
08 UHR 09

Kamille

Kamille schielte auf die Schale vor sich, die mit Wasser und Eiswürfeln gefüllt war. Dann schaute sie fragend zu Malou neben sich, doch die schüttelte nur den Kopf und stierte verächtlich vor sich hin.

»Willkommen im neuen Schuljahr. Ihr seid nun keine Anfängerinnen in der Welt der Magie mehr, und deshalb erwarte ich selbstverständlich auch mehr von euch.« Zlavko verließ sein Pult und begann, entlang der Tische auf und ab zu gehen. »Ich hoffe, ihr seid gut vorbereitet zurückgekommen, mit dem Wunsch, euer Allerbestes zu geben. Das werdet ihr brauchen! Heute beginnen wir mit einem Schmerzexperiment.«

Er sprach jede einzelne Silbe langsam und deutlich aus, als ob der Gedanke an ein Experiment, das den Schülerinnen Schmerzen bereiten würde, wundervoll wäre. War es ernsthaft das, womit er ihre allererste Stunde im zweiten Jahr beginnen wollte? Er war echt was für Fortgeschrittene.

»Ihr sollt gleich eure Hand in das eiskalte Wasser tauchen, während ich die Zeit stoppe. Eure Aufgabe ist es, euer Blut so zu kontrollieren, dass ihr die Kälte und den Schmerz durch das Eiswasser so lange wie möglich ertragt. Ja?«

»Aber wir haben doch noch gar nicht gelernt, wie man das macht«, wandte Sara ein.

»Nein, deshalb lernt ihr es jetzt. Es steht nicht alles in Büchern, manche Dinge muss man am eigenen Körper erfahren.« Zlavko grinste breit. »Macht euch bereit, ich stoppe jetzt die Zeit!«

Ein Schauder überlief Kamille, als sie die Hand ins eiskalte Wasser gleiten ließ. Im Klassenraum wurde es totenstill.

»Euer Körper wird schnell auf die vermeintliche Gefahr reagieren – nämlich Erfrierungen zu erleiden, die im schlimmsten Fall tödlich sein können. Versucht daher, durch euren Verstand die Signale eures Körpers zu überwinden, lasst die Kraft in eurem Blut den Schmerz betäuben, verringert so das Kältegefühl.«

Den Schmerz betäuben? Wovon redete er da? Wie machte man das bitte schön?

»Blutmagie kann Menschen übernatürliche Kräfte verleihen: Stärke, Ausdauer, blitzschnelle Reflexe, übernatürlich gute Sinne. Blutmagier können lernen, Hunger zu überwinden, Schlafmangel, Schmerz und Kälte, aber alle Magier sollten zumindest in der Lage sein, unter extremen Bedingungen zu überleben.«

Au, au, au … Das eiskalte Wasser stach wie Nadeln.

»Die Geschichte ist voll von Beispielen. Alexandra David-Néel war eine französische Reiseschriftstellerin, Opernsängerin und Autorin. Und Blutmagierin. Sie wurde für ihre Fähigkeit berühmt, in eisiger Kälte überleben zu können. 1924 überquerte sie als erste europäische Frau den Himalaya, um die verbotene Stadt Lhasa in Tibet zu erreichen.«

Arrrg! Wie sollte man sich auf das konzentrieren, was Zlavko erzählte, während sich die Hand anfühlte, als würde sie von Ameisen aufgefressen?

»Ein anderer Forschungsreisender, der lernte in extremer Kälte zurechtzukommen, war der Däne Peter Freuchen …«, fuhr Zlavko fort, unbeeindruckt davon, dass seine Schülerinnen vor ihm saßen und litten.

Kamille schaute sich in der Klasse um. War sie wirklich die Einzige, die fand, dass es tierisch wehtat? Nein, mehrere andere schnitten ebenfalls Grimassen und rutschten unruhig auf ihren Stühlen hin und her. Sie versuchte, sich auf etwas anderes zu konzentrieren, aber es gelang ihr nicht.

Aaauu! Es wurde immer schlimmer und schlimmer …

»Freuchen unternahm mehrere Reisen nach Grönland, und auf einer Expedition im Jahr 1923 verlor er in einem Schneesturm den Anschluss an seine Reisegruppe. Er überlebte auf wundersame Weise. Allerdings musste einer seiner Füße amputiert werden.«

Verdammt, jetzt reichte es aber! Kamille zog die Hand aus dem Wasser und hielt sie nah an den Körper, während sie vor Schmerzen aufstöhnte. Das Wort »amputieren« schien als eine Art Codewort zu fungieren, denn einige andere hatten ebenfalls ihre Hände aus dem Wasser gezogen. Kamille wechselte einen leidenden Blick mit Sara, die blass und unglücklich aussah.

Zlavko sah auf die Uhr. »Enttäuschend«, stellte er fest. »Nicht mal länger als der Durchschnitt. Tja, das ist wohl, was man erwarten kann.«

Kamille rieb sich die Hand und spürte, wie langsam die Wärme in sie zurückkehrte. Okay, sie würde also eher keine Polarforscherin werden.

»Peter Freuchen gründete außerdem 1938 den später so berühmten *Adventures' Club of Denmark* …«

Victoria und ein paar weitere Mädchen zogen ihre Hände aus dem Wasser und Zlavko notierte sich ihre Zeiten, bevor er weitersprach. »Und eben dieser Club war es, der mich auf die Idee gebracht hat, eine gute, alte Tradition hier in Rosenholm wiederzubeleben, die leider in Vergessenheit geraten ist: die Studentenclubs. Früher waren sie mal ein wichtiger Teil von Rosenholm, dort sind Schülerinnen und Schüler gegeneinander angetreten, haben einander herausgefordert und sich mit Gleichgesinnten getroffen.«

Die letzten Mädchen nahmen ihre Hände aus dem Wasser und Zlavko seufzte demonstrativ, bevor er weitersprach: »Im Grunde kann jede und jeder um Erlaubnis zur Gründung eines Studentenclubs bitten, sowohl Schüler als auch Lehrer, und ich habe bereits mit Jens besprochen, dass ich in diesem Schuljahr einen Club für die talentiertesten Schülerinnen und Schüler gründen werde. Für diejenigen, die Ambitionen haben, etwas mehr zu leisten als … na ja, der Durchschnitt.«

»Was meint er damit?«, flüsterte Kamille Malou zu. »Hey, du kannst die Hand jetzt rausnehmen!«

Nicht *alle* hatten ihre Hände aus dem Eiswasser gezogen. Malou starrte mit grimmigem Gesichtsausdruck in die Schale, in die sie noch immer ihre Hand hielt.

»Für diesen Club könnt ihr euch nicht bewerben, jede und jeder mit Potenzial wird eine Einladung von mir erhalten, und es werden mehrere Prüfungen folgen, bevor man als vollwertiges Mitglied aufgenommen wird. Und weil der Club einige Anforderungen bereithält, wird niemand aus dem neuen Jahrgang aufgenommen.«

»Malou, hör jetzt auf! Du hast gewonnen!« Kamille flüsterte jetzt nicht mehr, und die übrige Klasse war nun mehr an Malous schneeweißer Hand in dem eiskalten Wasser interessiert, als an Zlavkos Monolog.

»Für diejenigen, die über die entsprechenden Fähigkeiten und den Willen verfügen, wird der Club allerdings eine Gemeinschaft der mächtigsten Magierinnen und Magier der Zukunft sein, die ihnen die besten Chancen für ihr Leben und ihre Karriere bietet.«

»Hör auf, deine Hand fällt noch ab!«

»Kamille, was ist so wichtig, dass du einfach dazwischenrufst?!«, knurrte Zlavko verärgert.

»Malou«, sagte Kamille. »Sie hat immer noch die Hand im Wasser!«

»Ja, das hat sie wirklich«, konstatierte Zlavko ruhig.

»Ist das nicht gefährlich? Kann man keine Erfrierungen bekommen?«

»Doch, das kann schon passieren.« Zlavko grinste. »Aber vielleicht weiß Malou, was sie tut? Oder sie ist zu dumm und zu stur, um rechtzeitig aufzugeben. Das werden wir gleich erfahren.«

»Ist das hier eine zugelassene Unterrichtsmethode?«, fragte Victoria.

»Falls du es noch nicht mitbekommen hast: Ich bin stellvertretender Schulleiter und muss meine Unterrichtsmethoden weder vor dir noch vor irgendjemandem rechtfertigen. Hier hat sich einiges geändert, und es wird sich noch mehr ändern.« Zlavko klopfte auf den Griff eines Messers, der aus einer Scheide an seinem Gürtel ragte. »Wie die Aufmerksameren unter euch vielleicht schon bemerkt haben, hat euer neuer Schulleiter zum Beispiel die alberne Regel abgeschafft, die es Blutmagiern eines gewissen Rangs verbietet, ihre zeremoniellen Waffen bei sich zu tragen.«

Kamille ignorierte Zlavkos kindische Vernarrtheit in sein Messer und wandte sich an Malou. »Sei so gut und nimm deine Hand jetzt raus, ja?«, bat sie. »Zlavko, sagen Sie ihr, dass sie die Hand rausnehmen soll!«

Malou hatte den Blick noch immer fest auf das Eiswasser gerichtet, ihr Kiefer war angespannt.

»Schmerz ist relativ. Er fühlt sich für jeden anders an.« Zlavko ging auf Kamilles und Malous Tisch zu, legte die Handflächen auf die Tischplatte und beugte sich über Malou. Langsam drehte sie ihm das Gesicht zu und sah ihm in die Augen.

»Und es gibt sogar Leute, die den Schmerz genießen«, sagte er und lächelte sie an.

»Jetzt reicht es aber!« Kamille griff so heftig nach Malous Schale, dass sie umkippte und sich das eiskalte Wasser über den Tisch ergoss. Zlavko richtete sich auf und schnaubte verächtlich.

»Wenn du auch sonst nichts hast, dramatisches Talent jedenfalls schon«, zischte er Kamille an und drehte ihnen dann den Rücken zu.

»Warum hast du das getan?«, rief Malou zornig und presste ihre Hand gegen die Brust.

»Das hier ist es verdammt noch mal nicht wert, dass dir deine Hand abfriert!«, wandte Kamille ein.

»Die Stunde ist zu Ende«, sagte Zlavko, obwohl sie fast noch eine halbe Stunde hatten. »Wir setzen den vergeblichen Versuch, euch zartbesaitete und verwöhnte junge Leute auf den richtigen Weg zu bringen, ein anderes Mal fort. Seid so gut und wischt das weg, bevor ihr geht.« Er nickte in Richtung des Wassers, das vom Tisch auf den Boden tropfte, und verließ den Raum, ohne die Tür hinter sich zu schließen.

»Hattest du nicht vor, dich bei ihm zu entschuldigen?«, fragte Kamille, während die Klasse mit offenen Mündern zurückblieb.

»Das hab ich auch getan«, sagte Malou und schob wütend ihren Stuhl zurück, um einen Lappen zum Aufwischen zu holen.

»Ich glaube, es hat nicht gewirkt«, murmelte Kamille.

Hi, Süße!
Vermisse dich.

Ich vermisse dich auch.
Was machst du gerade?

Mich langweilen. Und an dich denken
(nur ein bisschen).

Hat die Schule schon angefangen?

Ja. Gestern ist es losgegangen.
Ich hab schon das Vergnügen einer
Stunde Blutmagie hinter mir.

Oh, yes. Wie geht's dem guten, alten,
durchgeknallten Zlavko?

Durchgeknallter denn je.

Schreib mir, wenn's Probleme
mit ihm gibt. Dann komme ich und
zeig ihm die Zähne!

Das könnte tatsächlich notwendig
werden. Ich glaube, der heckt
irgendwas aus …

11. SEPTEMBER
11 UHR 30

Kirstine

Kirstine setzte sich im Klassenraum ganz nach hinten. Eigentlich hätte sie am liebsten allein an einem Tisch gesessen, aber Kamille ließ sich neben ihr nieder und knallte das Buch über die Magie der Wikinger, das sie gerade ausgeteilt bekommen hatten, so heftig auf die Tischplatte neben ihr, dass sie zusammenzuckte.

»Wir fahren so bald wie möglich wieder hin, oder?«, sagte Malou, die sich zusammen mit Victoria an den Nachbartisch setzte.

»Ja, besser wär's«, sagte Kamille etwas widerwillig. »Ich fand es bloß so gruselig.«

»Ja, unheimlich war es auf jeden Fall«, kommentierte Malou und nahm ihre Bücher aus der Tasche, bevor sie sich Victoria zuwandte. »Ist es nicht irgendwie seltsam, dass du Trine nicht spüren konntest, obwohl es doch ihr Elternhaus ist?«

»Doch, das hat mich auch gewundert …«, sagte Victoria und wollte noch etwas hinzufügen, als sie von einer Gruppe Mädchen unterbrochen wurden, die in den Raum kam.

Kamille drehte sich schnell zu ihnen um und lächelte. »Hi.«

»Hi«, sagte Sofie und warf ihre langen, dunklen Haare über die Schulter. »Wieso kriegen wir eigentlich plötzlich einen neuen Lehrer in Nordisch? Einfach so, ohne Erklärung?«

»Einen neuen Lehrer?« Kamille drehte sich zu Malou, die verwundert mit den Schultern zuckte.

»Ich weiß von nichts.«

Kirstine starrte konzentriert auf die Tischplatte vor sich. Thorbjørn hatte sie vor ein paar Tagen informiert, aber sie hatte es nicht geschafft, den anderen davon zu erzählen. Am liebsten hätte sie das Thema ganz umgangen.

»Guten Morgen!« Thorbjørn betrat das Klassenzimmer und erinnerte wie immer ein wenig an einen Bären, der sich an die Schule verirrt hatte. Irgendwie ein bisschen zu groß für einen Klassenraum.

Kamille lehnte sich zu Kirstine. »Wusstest du, dass wir dieses Jahr Thorbjørn haben?«

Kirstine nickte.

»Puh, das muss eine Erleichterung sein. Also, dass Jakob uns nicht mehr unterrichtet, nachdem es zwischen euch aus ist.« Kamille zwinkerte ihr mitfühlend zu, aber Kirstine starrte nur weiter auf die Tischplatte, ohne ein Lächeln zustande zu bringen.

»Ja, wie diejenigen von euch, die meine Mitteilung erreicht hat, wissen, werde ich euch dieses Jahr unterrichten«, sagte Thorbjørn, nachdem endlich alle ihre Plätze gefunden hatten. »Und wir …«

»Und warum nicht mehr Jakob?«, unterbrach Malou ihn.

Kamille warf ihr einen warnenden Blick zu und nickte in Kirstines Richtung, als wäre diese ein kleines Kind, auf das man verdammt gut aufpassen müsste.

»Boah …«, flüsterte Malou.

»Ja, warum eigentlich?«, fiel Sofie ein. »Wir sind mit Jakob richtig gut im Stoff vorangekommen, wir fangen ja wohl nicht wieder von vorne an?«

»Nein, keine Sorge. Jakob hat mich genau eingewiesen. Ihr habt schon richtig viel in Runenmagie geschafft, deshalb wollen wir uns dieses Jahr vor allem um Seiðr kümmern«, sagte Thorbjørn und kratzte sich leicht abwesend am Bart, der zu einem kurzen Zopf geflochten war. »Ihr habt ja schon von den Völvur zur Wikingerzeit gehört, den Seherinnen, die Seiðr ausübten und so sowohl in die Vergangenheit als auch in die Zukunft blicken konnten. Dieses Jahr wollen wir die Methoden der Völvur kennenlernen und auch versuchen, sie selbst anzuwenden.«

»Ist das Teil der Prüfungen?«, fragte Malou.

»Nein, aber diejenigen von euch, deren Zweig Erde ist, können sich überlegen, ob sie ihre Facharbeit darüber schreiben möchten – es ist ein unglaublich spannendes Thema«, sagte Thorbjørn, während die Schülerinnen um ihn herum leise seufzten. Keine von ihnen wollte schon wieder etwas über die Facharbeit hören, die sie ohnehin erst im Frühling schreiben mussten.

»Wann probieren wir Seiðr denn aus?«, wollte Sara, Sofies ebenso dunkelhaarige Schwester, wissen.

»Jetzt«, sagte Thorbjørn.

»Jetzt?!«, platzte Kamille so laut heraus, dass Kirstine zusammenzuckte.

Sie merkte, dass sie zu schwitzen begann. Seit ihrem Ausflug zu Trines Elternhaus und der Aufnahmezeremonie der Neuen hatte sie so ein merkwürdiges Gefühl, dass etwas anders war. Und nicht nur anders. *Falsch.*

»Ja, wie ich sagte: Wir probieren es gleich aus. Passt mal auf.« Thorbjørn beugte sich über einen Lederkoffer, den er mitgebracht hatte, und ließ die Schlösser aufschnappen. Dann zog er ein seltsam aussehendes Instrument hervor. »Weiß jemand, was das ist?«

»Eine misslungene Ukulele?«, riet Malou.

»Nein, das ist eine Leier. Ein Saiteninstrument, das in der Wikingerzeit gespielt wurde. Musik war ein großer Teil der damaligen Kultur – die Wenigsten wissen das«, sagte Thorbjørn und ließ die Finger über das Instrument gleiten, das in seinen großen Händen wie ein Spielzeug wirkte.

»Und wir sollen lernen, darauf zu spielen?«, fragte Sofie misstrauisch.

»Nein, ich habe sie mitgebracht, weil ich dachte, dass wir heute etwas singen könnten.«

»Singen?«, rutschte es Malou heraus, und wenn sich Kirstine nicht so unwohl gefühlt hätte, hätte sie der entsetzte Gesichtsausdruck der Freundin sicher zum Lachen gebracht. »Nein, danke!«

»Keine Sorge. Alle können mitmachen. Die Wikinger haben viel gesungen – und zu singen war ein großer und wichtiger Teil des magischen Wirkens der Völva. Oft wurde sie von mehreren Mädchen begleitet, deren magischer Gesang sie in Trance versetzte, sodass sie ihre Visionen empfangen und auf die Fragen antworten konnte, die die Leute ihr gestellt hatten«, erklärte Thorbjørn. »Der Gesang musste nicht schön klingen, um seine Wirkung zu entfalten. Der arabische Forschungsreisende al-Tarthushi«, Thorbjørn sprach den Namen langsam aus und gab sich bei jeder einzelnen Silbe Mühe, »besuchte Dänemark im 10. Jahrhundert und nach einer Reise nach Hedeby schrieb er, dass er noch nie einen schlimmeren Gesang gehört hätte als dort. Er fand, dass es wie jaulende Hunde klang. Vielleicht können wir es heute etwas besser machen.«

»Da wär ich mir mal nicht so sicher«, murmelte Malou.

Thorbjørn wühlte in seiner Tasche und zog ein paar Blätter Papier heraus, die er austeilte. Darauf stand ein Liedtext. *Drømte mig en drøm i nat.*

»Leider wissen wir nicht viel darüber, welche Lieder in der Wikingerzeit gesungen wurden. Erst viel später hatte man damit begonnen, Lieder, die die Leute außerhalb der Kirche sangen, aufzuschreiben. Immerhin gibt es diese Volksweise hier, die im Jahr 1300 niedergeschrieben wurde. Weshalb, und was das Lied für die Leute bedeutete, ist ein Mysterium, aber es ist Dänemarks ältestes Lied. Deshalb habe ich es mitgebracht. Kennt es schon jemand?«

Niemand meldete sich.

»Na, aber ihr könnt es leicht lernen. Ich singe es euch erst einmal vor. Seid ihr bereit?«

Thorbjørn fingerte an dem Instrument herum und brummte leise vor sich hin, um seine Stimme aufzuwärmen. Einige Mädchen kicherten. Dann begann er zu spielen. Die Melodie klang langsam und traurig, sie war wunderschön und dunkel, der Rhythmus beinahe hypnotisierend. Als Thorbjørn zu singen begann, bekam Kirstine am ganzen Körper Gänsehaut.

Ich träumte einen Traum heut' Nacht
von Seid' und weichem Fell.
Ich trug ein Kleid so leicht und glatt
in Sonnenuntergangs-Glanz.
– Nun erwacht der klare Morgen!

»Wow!«, flüsterte Kamille und riss die Augen auf.

Thorbjørns Stimme war warm und voll, die Musik klang so schön, dass Kirstine Lust bekam, alles loszulassen. Loszulassen und sich der Melodie und Thorbjørns Stimme und dem flimmernden Gefühl, das sich bedrohlich in ihrem Körper ausbreitete, hinzugeben. Sie war dabei zu verschwinden, und das ging nicht. Kirstine umklammerte so fest die Sitzfläche ihres Stuhls, dass ihre Hände schmerzten.

Als Thorbjørns Stimme verklang, saß die ganze Klasse vollkommen still da. Dann brach ohrenbetäubender Beifall los.

»Krass, wer hätte das gedacht?«, sagte Malou, während sie aus Leibeskräften klatschte und pfiff.

»Vielen Dank«, winkte Thorbjørn ab, während der Teil seines Gesichts, der nicht hinter dem beeindruckenden Bart verschwand, die Farbe von Rote-Bete-Saft annahm. »Jetzt seid ihr dran. Aber zuerst brauchen wir eine Freiwillige. Wir singen schließlich nicht einfach so, wir wollen diejenige, die einen Seiðr betreibt, dabei unterstützen, sich mit den Kräften zu verbinden und vielleicht sogar in Trance zu fallen.« Thorbjørn zog einen Stuhl heran und stellte ihn vor das Pult. »In der Wikingerzeit saß die Völva auf einer Art Thron, aber heute begnügen wir uns mit einem Stuhl. Wer will anfangen? Kirstine, du vielleicht?«

Thorbjørn schaute sie erwartungsvoll an. *Viel zu erwartungsvoll.* Hoffentlich hatte Jakob ihm nicht erzählt, dass sie in so was gut war. Kirstine hatte große Probleme mit den schriftlichen Aufgaben, aber in den praktischen Übungen war sie zu ihrer eigenen Überraschung eine der Besten der Klasse.

Kirstine hob ihren Blick von der Tischplatte. »Nein«, sagte sie.

Kamille drehte sich zu ihr und schaute sie verwundert an. Sie sagte normalerweise nie Nein zu einem Lehrer, das war auch Kirstine bewusst. Aber heute musste es sein.

»Ähm«, sagte Thorbjørn. »Ähm, und warum nicht? Alle kommen dran.«

»Ich möchte nicht«, sagte Kirstine und zwang sich, Thorbjørn in die Augen zu schauen.

»Komm schon!«, flüsterte Kamille. »Du musst nicht nervös sein, du bist bestimmt mega gut darin.«

Kirstine schüttelte den Kopf. Thorbjørn verlagerte sein Gewicht von einem Fuß auf den anderen, als ob er nicht wüsste, wohin mit sich. Er sah aus wie der stärkste Mann der Welt, der sich in die Hose gemacht hatte.

»Na gut, dann lassen wir dich heute aus. Aber irgendwann müsst ihr es alle versuchen. Ähm, Victoria, du vielleicht?«

21. SEPTEMBER
11 UHR 20

Malou

Malou schlang ihre Jacke enger um den Hals, der Wind blies heute heftig, und die Wellen hatten weiße Schaumkronen. Es war Samstag und die Fußgängerzone war voller Shoppingsüchtiger mit Einkaufstüten in den Händen.

»Hey, warte mal«, sagte Kamille und machte eine Kopfbewegung.

Malou schaute über die Schulter zurück. Kirstine war weit hinter ihnen, der Wind pustete ihr die Haare aus dem Gesicht. Malou verlangsamte ihren Schritt, aber Kirstine schien beinahe stehengeblieben zu sein. Das große, blasse Mädchen verhielt sich seit Schuljahresbeginn wirklich noch sonderbarer als vorher.

»Sie vermisst Jakob«, meinte Victoria, aber sie selbst tat ja auch kaum etwas anderes, als mit Benjamin zu chatten.

»Puh, ich hab nicht so richtig Lust«, sagte Kamille, als Kirstine sie endlich eingeholt hatte.

»Es ist nur ein Haus«, sagte Malou und zuckte mit den Schultern. Kamille hakte sich bei ihr ein, als sie weitergingen, und Malou ließ es zu, ohne den Arm wegzuziehen.

Das Haus sah genauso aus wie beim letzten Mal. Leer und traurig. Eine Weile standen sie davor und starrten es an, ohne sich überwinden zu können, näherzutreten.

»Jetzt kommt schon«, sagte Malou schließlich und betrat als Erste das Grundstück. Die Eingangstür war immer noch nicht abgeschlossen.

»Ist jemand zu Hause? Hallooo!«, rief sie und wandte sich dann an Kamille: »Siehst du, nichts als ein leerstehendes Haus.«

Trotzdem betraten sie es vorsichtig, flüsterten miteinander und gaben sich Mühe, so leise wie möglich zu sein.

»Wonach suchen wir eigentlich?«, wisperte Kamille.

»Nach allem, was mit Trine zu tun hat«, sagte Malou leise. »Irgendetwas muss es hier geben, das uns einen Hinweis darauf gibt, was mit ihr passiert ist.«

Sie gingen langsam ins Wohnzimmer. Die Möbel standen noch da wie beim letzten Mal, an der Wand tickte die Uhr zwischen den Fotos der beiden Schwestern, die ältere rothaarig und lächelnd, die jüngere dunkelhaarig und ernst. Vor einem Sekretär zögerte Malou. Irgendwie fühlte es sich falsch an, die privaten Unterlagen fremder Leute zu durchwühlen – selbst wenn sie vielleicht schon viele Jahre tot waren. *Hör schon auf, dich von Kamilles alberner Angst anstecken zu lassen!* Es gab nichts, wovor sie sich fürchten mussten. Entschlossen streckte sie den Arm aus, um die oberste Schublade aufzuziehen. Eine bleiche Hand ergriff ihr Handgelenk, und Malou fuhr zusammen.

»Kirstine!«, rief sie in einer Mischung aus Flüstern und Keuchen. »Mann, hast du mich erschreckt!«

»Lass es sein!«, flüsterte Kirstine, ihre ernsten Augen weit aufgerissen. »Lass es einfach.«

Malou zog die Hand zurück und massierte ihr Handgelenk. Sie hatte aufgegeben, sich zu fragen, was in Kirstine vorging, also drehte sie sich um und ging in die Küche. Das Linoleum knackte unter ihren Füßen. Neben dem Spülbecken stand eine abgenutzte Spülbürste, der Wasserhahn tropfte. Es war wirklich überhaupt nichts weggeräumt worden, seit die letzten Bewohner ausgezogen waren. Ob Trines Eltern gestorben waren? Oder waren sie einfach weggezogen und hatten alles genau so hinterlassen? Erinnerte sie das Haus zu sehr an die Tochter, die sie verloren hatten?

»Hier ist eine Treppe«, flüsterte Kamille. »Sollen wir hochgehen?«

Ein Knirschen ließ sie zusammenzucken. Malou fuhr herum. *Shit!*

»Was macht ihr hier?!«

Hinter ihnen, in der Wohnzimmertür, stand eine Frau. Malou rang erschrocken nach Luft. Woher war sie gekommen?

Das Gesicht der Frau war von tiefen Falten durchzogen, ihre Augen lagen im Schatten, und die Haare waren lang und wirr, grau, fast weiß, und reichten ihr bis zu den knochigen Hüften. Sie trug ein kariertes Hemd und eine weite Cordhose, die an den Knien abgescheuert war und nur von einer blauen Nylonschnur an ihrem mageren Körper gehalten wurde.

»Seid ihr hier, um die Hexe zu sehen?«, fauchte sie.

»Entschuldigen Sie die Störung!«, keuchte Malou. »Wir wussten nicht, dass hier jemand wohnt.«

»Alle Kinder wissen, dass hier die Hexe wohnt.« Ihre Stimme klang heiser, als ob sie lange nicht mehr gesprochen hätte.

»Wir kommen nicht von hier«, sagte Malou, »wir kommen aus Rosenholm.« Es war ein Versuch. Jede Magierin würde den Namen kennen, aber Malou konnte die Reaktion der Frau nicht deuten.

Sie kniff die Augen zusammen und musterte die Mädchen. »Was wollt ihr?«

»Sind Sie Trines Mutter?«, fragte Kamille.

»Was?«, rief die Frau, und ihre Stimme klang scharf. »Wovon redest du?«

»Wir versuchen herauszufinden, was mit einem Mädchen namens Trine passiert ist«, erklärte Malou. »Sie ist 1989 verschwunden. Eigentlich hieß sie Rose Katrine – «

»Ich weiß gut, wie sie heißt, und seit beinahe dreißig Jahren ist niemand mehr hier gewesen, um nach ihr zu fragen«, fuhr die Frau dazwischen, und ihre tiefliegenden Augen durchbohrten Malou. »Und jetzt will ich gerne wissen«, die Stimme der Frau war gefährlich leise geworden, wurde nun aber plötzlich so laut, dass sie zusammenzuckten. »WAS IHR HIER WOLLT?!«

Die Haare umwehten ihren Kopf, als stünde sie im Wind. Ihre Augen wurden größer und schwärzer, die Iris nahm immer mehr Platz ein, breitete sich aus wie Wasserfarbe, die das Weiße verdrängte.

Okay, sie *war* eine Magierin. Und sie war gefährlich. Malou spürte, wie sie vor Angst einen trockenen Mund bekam.

»Entschuldigen Sie bitte, wir gehen jetzt!«, sagte Kamille, aber die Frau stand mitten im Türrahmen und versperrte ihnen den Weg. Sie hob die Hände bis auf Höhe ihres Gesichts, ihre Fingernägel waren gelb und lang wie Krallen. »Was wollt ihr von mir …?«, zischte sie und bohrte langsam die Nägel in ihre eigene Wange.

»Sie sind Trines kleine Schwester«, sagte Kirstine. Ihre Stimme war seltsam ruhig. »Trine hat uns von Ihnen erzählt.«

Die Frau starrte Kirstine an. Ihre Nägel hatten lange, blutige Kratzer in ihrem Gesicht hinterlassen. »Trine?«, stieß sie giftig hervor. »Trine hat sich nie dazu herabgelassen, mit mir zu reden.«

»Sie redet mit uns«, flüsterte Victoria. »Sie hat uns aufgetragen zu sagen: *Entschuldige dich.*«

»Ha!«, blaffte die Frau wütend. »Ich soll mich also entschuldigen? Bei ihr? Niemals!« Sie krümmte sich vornüber, als hätte sie plötzlich Schmerzen. »Verschwindet endlich«, flüsterte sie, und die schwarzen Augen starrten sie an, es war nichts Weißes mehr darin zu erkennen. »VERSCHWINDET!« Sie sank im Türrahmen in sich zusammen.

»Kommt!« Malou nahm Kamilles Hand und sprang durch den Türrahmen. Die langen Fingernägel der Frau erwischten ihre Jacke, und sie schrie, als Malou sich losriss.

25. SEPTEMBER
22 UHR 06

Victoria

Trine … Trine, wo bist du?

Es fühlte sich … grenzüberschreitend an. Ja, das war das richtige Wort. Es fühlte sich an, als wäre sie dabei, eine Grenze zu überschreiten, eine entscheidende Barriere, und Victoria hatte Angst, dass sie nie wieder würde zurückkehren können, wenn sie sie erst überwunden hätte. Normalerweise wandte sie viel Energie dafür auf, sich zu verschließen, sich abzuschotten, sie abzuweisen. *Die weißen Schatten.* Und jetzt war sie kurz davor, Tür und Tor zu öffnen, ja, sie herbeizurufen, und sie fühlte sich verletzlicher als ihr lieb war.

Trine … bist du da?

Seit Trine sie zu Hause im Badezimmer überrascht hatte, war es Victoria nicht mehr gelungen, mit ihr in Kontakt zu treten. Sie hatte gedacht, dass Trine vielleicht zu Schuljahresbeginn hier sein würde, aber auch an der Schule hatte sie den Geist nicht gespürt. Das fühlte sich merkwürdig an, der Geist des toten Mädchens war Teil ihres Lebens geworden, sie hatte sich irgendwie an seine Anwesenheit gewöhnt, und jetzt war Trine plötzlich verschwunden. *Warum?*

Victoria ließ den Blick durch die Küche ihrer WG schweifen.

Auch wenn sie selbst es nicht sehen konnte, wusste sie, dass ihre Augen weiß waren und leer vor sich hinstarrten. Es war bald so weit, sie spürte es. Sie wurden von ihr angezogen, wie flatternde Motten von Licht einer dunklen Nacht. Als sich eine männliche Gestalt vor ihr materialisierte, fuhr sie zusammen. Er zeigte sich ziemlich deutlich. Der Mann war alt und krumm und hatte knorpelige Finger wie nach einem Leben voller harter, körperlicher Arbeit, und er betrachtete sie mit wässrigen Augen in einem bleichen Gesicht. Seine Energie war unangenehm. Er war aufdringlich, stand allzu nah bei ihr und die Art, wie er ständig seine herunterhängende Unterlippe mit der Zunge befeuchtete, verursachte ihr Gänsehaut. Victoria fürchtete, dass er aggressiv werden könnte, doch sie zwang sich, ruhig zu bleiben.

Nein, danke. Mach dich einfach wieder auf den Weg.

Sie wies ihn so freundlich und bestimmt ab, wie sie konnte, doch der Mann wich nur wenige Schritte zurück, und sein Starren weckte erneut ihr Unbehagen. Victoria versuchte, ihre Konzentration von ihm abzuwenden, aber der unangenehme Typ schien die anderen Geister zu vertreiben. Sie hielten sich im Hintergrund, die meisten von ihnen konnte sie nur als undeutliche Schatten ausmachen. Eine magere Frau mit Schürze und Kopftuch hastete mit gehetztem Ausdruck in den Augen vorbei, links von ihr erklangen leichte Schritte, vielleicht war es ein Kind. Aber keine Spur von Trine. Schließlich gab Victoria auf.

»Ich kann sie nicht erreichen«, flüsterte sie und schaute die anderen aus Augen an, in denen die braune Iris wieder zurück war. »Sie ist nicht hier.«

»Einen Versuch war es wert«, sagte Kamille und lächelte ihr aufmunternd zu. »Danke, dass du es probiert hast.«

»Okay, das war also eine Sackgasse«, stellte Malou fest. »Trine kann oder will uns nichts über sie erzählen. Wir wissen nur, dass die Frau in dem Haus Trines Schwester ist. Und sie ist ebenfalls Magierin. Vielleicht ist sie auch in Rosenholm zur Schule gegangen? Aber wir wissen nicht mal, wie sie heißt. Wir wissen nicht mehr über sie, als dass sie offensichtlich völlig den Verstand verloren hat und womöglich auch noch scheißmegagefährlich ist.«

»Stimmt nicht«, sagte Kirstine. »Wir wissen noch was: Wo sie wohnt.«

»Ja, das versteht sich von selbst ...«

»Vielleicht könnten wir ihr ... einen Brief schreiben?«, schlug Kirstine vor.

»Einen Brief?«, wiederholte Malou und zog skeptisch eine Augenbraue hoch.

»Hey, das ist vielleicht gar keine dumme Idee!«, sagte Kamille. »Sie wohnt ja sicher schon seit vielen Jahren alleine dort, vielleicht hat sie sich einfach nur erschreckt, als wir plötzlich in ihrem Haus standen. Wir sind ja praktisch eingebrochen ...«

»Ich glaube eher, dass sie total durchgeknallt ist, aber okay, lasst es uns mit dem Brief probieren. Sie ist immerhin die Einzige, die uns erzählen kann, was mit Trine passiert ist«, sagte Malou. »Soll ich ihr schreiben?«

»Nein, lass mich das machen«, sagte Kamille und griff nach einem Bleistift und einem Blatt Papier. »Du bist nicht gerade bekannt und geschätzt für deine diplomatischen Fähigkeiten, oder?«

Malou kniff die Augen zusammen, sagte aber nichts, sondern beobachtete Kamille nur, die unruhig auf ihrem Stuhl hin- und herrutschte, während sie schrieb.

»Darf ich sehen?«, fragte Kirstine, als Kamille fertig war. Sie beugte sich dicht über das Blatt und formte die Worte mit dem Mund, während sie sich durch den Text buchstabierte.

»Das klingt gut«, sagte sie schließlich und nickte.

»Lasst uns hoffen, dass sie überhaupt in den Briefkasten guckt«, meinte Malou. »Und dass sie bereit ist, mit uns zu reden.«

»Sagt mal, ist eigentlich irgendwo ein Fenster offen?«, fragte Kamille und schlug die Arme um ihren Oberkörper. »Es ist megakalt.«

Victoria sagte nichts, während sie beobachtete, wie sich der alte Mann mit anzüglichem Grinsen über Kamille beugte und wieder und wieder seine Unterlippe mit der großen, weißen Zunge befeuchtete.

An Trines Schwester

Es tut uns sehr leid, dass wir einfach so in Ihr Haus eingedrungen sind. Wir haben lange geklopft und als sich nichts gerührt hat, sind wir davon ausgegangen, dass es leer steht. Wir würden sehr gern mit Ihnen sprechen. Wir versuchen herauszufinden, was mit Ihrer Schwester Trine passiert ist, und glauben, dass Sie uns vielleicht helfen können. Wir legen diesem Brief unsere Telefonnummern und unsere Adresse bei und hoffen sehr, bald von Ihnen zu hören.

Mit freundlichen Grüßen
Malou, Kirstine, Victoria und Kamille
(Schülerinnen des Internats Rosenholm)

Einladung zum Club der Krähen

Treffpunkt: Bibliothek
Zeit: 8.10., 21 Uhr

CORVUS OCULUM CORVI NON ERUIT

8. OKTOBER
21 UHR 00

Malou

Malou stieß die große Doppeltür auf und trat ein, Victoria folgte ihr. Auf einem Schild an der Tür stand, dass die Bibliothek heute Abend reserviert sei und nur Schülerinnen und Schüler mit Einladung willkommen seien. Die geheimnisvolle Einladung hatte vor einigen Tagen auf Malous Bett gelegen. Victoria hatte ebenfalls eine erhalten, während Kamille und Kirstine leer ausgegangen waren. Victoria hatte sich erst im allerletzten Moment dazu entschlossen mitzukommen, und das auch nur, weil Malou sie gedrängt hatte.

In der Bibliothek loderte ein Feuer im Kamin, während draußen der Herbstwind durch die hohen Pappeln rauschte. Tiefe Sessel waren zwischen den Bücherregalen zu einem Halbkreis zusammengerückt worden, und ein Großteil von ihnen war bereits besetzt. Malou erkannte ein paar Schülerinnen aus dem Abschlussjahrgang, die die Köpfe zusammensteckten und miteinander flüsterten, wer die Einladung wohl verschickt haben könnte. Victoria und sie waren also nicht die Einzigen, die keinen verdammten Schimmer hatten, was hier vorging.

Sie setzten sich in zwei freie Sessel, Victoria zog sofort das Handy aus der Tasche und machte den Eindruck, als würde sie schon bedauern, mitgekommen zu sein. Ein blonder Typ aus ihrem Jahrgang grüßte sie freundlich, offensichtlich kannten die beiden sich, und Victoria grüßte kurz angebunden zurück. Dann suchten seine hellen Augen Malous, und er nickte ihr zu. Das Gemurmel verstummte nach und nach. Alle saßen still da und warteten, während sie dem Knistern des Feuers und dem Wind draußen lauschten.

Sie drehten sich alle zur Tür, als diese geöffnet wurde. Zlavko. *Natürlich.* Malou spürte, wie sich ihr Magen zusammenzog. Sie schaute zu Victoria, aber die schien nicht im Mindesten überrascht.

»Herzlich willkommen«, sagte Zlavko, und Malou fand, dass er ungewöhnlich gut gelaunt klang. »Willkommen zu diesem Informationstreffen, bei dem es um den Club der Krähen gehen soll. Die Einführung heute Abend findet hier in der Bibliothek statt, aber demnächst wird sich der Club an einem geheimen Ort treffen, den nur die Anwärter, Mitglieder und ich selbst kennen werden. Heute will ich euch von der Idee hinter dem Club erzählen und erklären, wie ihr euch um die Mitgliedschaft bewerben könnt.«

Sichtbar zufrieden ließ er den Blick über die Schülerinnen und Schüler wandern. »Den Namen Club der Krähen habe ich mir von einem alten Studentenclub hier in Rosenholm geborgt, der leider nicht fortgeführt wurde, als die moderne Pädagogik Einzug hielt. Das Motto des Clubs stammt ebenfalls von damals. Es lautet: *Corvus oculum corvi con eruit.* Das ist Latein, falls ihr das nicht wissen solltet. Weiß jemand, was das Motto bedeutet oder hat sich die Mühe gegeben, es herauszufinden?«

Malou blickte sich um, der blonde Junge meldete sich.

»Ja, Louis?«

»Das bedeutet so etwas wie: Eine Krähe hackt der anderen kein Auge aus.«

»Korrekt. Eine Krähe würde niemals ihresgleichen angreifen. Die Clubmitglieder werden immer – egal, welche Meinungsverschiedenheiten oder Streitigkeiten aufkommen – nach außen hin loyal agieren. Eine Krähe greift niemals eine andere Krähe an.«

»Und was, wenn eine Krähe etwas Falsches tut?«, fragte Victoria, und Malou war überrascht über den kritischen Tonfall, der in ihrer Stimme mitschwang.

Zlavko wandte sich ihr zu, und seine gute Laune schien bereits wie weggeblasen zu sein. »Wer hat dir erlaubt, Fragen zu stellen?«, fauchte er. »Wenn jemand denkt, dass ein Clubmitglied etwas Falsches getan hat, bespricht er das mit dem Betroffenen oder letzten Endes mit dem Leiter. Mit mir. Aber man fällt einem anderen Mitglied niemals in den Rücken. Verstanden?«

Als Victoria nicht antwortete, schaute sich Zlavko demonstrativ im Raum um.

Ein großes, dunkelhaariges Mädchen aus dem Abschlussjahrgang reckte die Hand in die Höhe.

»Ja, Amalie?«

»Was ist der Zweck des Clubs?«

»Das ist eine gute Frage. Jeder, der einen Studentenclub ins Leben rufen will, kann das tun, sofern er oder sie eine Erlaubnis vom Schulleiter und dessen Stellvertreter erhält«, sagte Zlavko in einem Tonfall, den Malou unerträglich selbstgefällig fand. »Die Gründerin oder der Gründer entscheidet selbst, was der Zweck sein soll. Dieser Club – der Club der Krähen – soll eine Gemeinschaft von Rosenholms besten, talentiertesten und ehrgeizigsten Schülerinnen und Schülern bilden. Sie sollen sich sowohl während ihrer Schulzeit als auch danach gegenseitig dazu herausfordern, ihr Potenzial voll auszuschöpfen.«

Erneut ließ Malou ihren Blick über die kleine Versammlung schweifen. Waren das hier wirklich die besten Schülerinnen und Schüler Rosenholms? Und war sie tatsächlich eine davon?

»Die Clubmitglieder verhalten sich untereinander loyal und unterstützen sich über die Schulzeit hinaus«, fuhr Zlavko fort.

»Eine Verbindung also«, bemerkte Victoria.

Zlavko ignorierte ihren Einwurf. »Der Club der Krähen nimmt nur die Besten auf. Man kann sich nicht um die Aufnahme bewerben, sondern ausschließlich eingeladen werden. Wer Anwärterin oder Anwärter werden möchte, muss eine Aufnahmeprüfung absolvieren, in der er oder sie beweist, des Clubs würdig zu sein. Wenn man diese besteht – und nach einer entsprechenden Zeit immer noch als würdig angesehen wird –, wird einem die volle Mitgliedschaft angeboten.«

Malou meldete sich. »Und Sie entscheiden, wer Mitglied werden darf?«

Zlavko grinste wie ein hungriges Raubtier. »Ja, das entscheide ich.«

»Was passiert denn bei den Clubtreffen?«, fragte ein kleines, blondes Mädchen mit großen, verschreckten Augen, nachdem Zlavko ihr aufmunternd zugenickt hatte.

»Das ist geheim. Erst die Anwärter bekommen einen Einblick. Und ihr seid noch keine.« Zlavko griff in seine Tasche und holte eine Handvoll schwarzer Federn heraus. »Nutzt die kommenden Herbstferien und überlegt euch, ob ihr Mitglied im Club der Krähen werden wollt. Im Gegenzug für eure Loyalität erhaltet ihr ein unzerreißbares Band und fantastische Möglichkeiten, das zu erreichen, was euch im Leben wichtig ist. Aber die Mitgliedschaft erfordert Stärke und Ausdauer – es ist nichts für Schwächlinge! Wenn ihr euch entscheidet dabei zu sein, legt diese Feder und einen Zettel mit eurem Namen in meinen Taubenschlag. Anschließend teile ich euch Zeit und Ort der Aufnahmeprüfung mit. Und eine letzte Sache – der Name muss mit eurem eigenen Blut geschrieben sein. Ein kleines Symbol für das Opfer, das ihr bereit seid, für die Mitgliedschaft zu erbringen.«

Victoria schnaubte entrüstet und schüttelte den Kopf. Malou beobachtete die Reaktionen der anderen. Amalie zog die Augenbrauen bis unter ihren gerade geschnittenen Pony hoch, und der blonde Louis starrte Zlavko konzentriert an.

Gemeinschaft, unzerreißbares Band und fantastische Möglichkeiten … Klang das nicht sehr verlockend? Womöglich *zu* verlockend. Die Dinge hatten immer einen Preis und wenn Zlavko involviert war, würde dieser vermutlich ziemlich hoch sein. Malou bemerkte, dass sie immer noch zu Louis rübersah. Er wendete seinen Blick von Zlavko ab und erwiderte nun ihren.

15. OKTOBER
23 UHR 05

Kamille

»Schläfst du?« Ihre Mutter lugte durch die geöffnete Tür. »Kamille?«

Kamille zog sich die Decke über den Kopf. *Geh einfach.* Ihre Mutter blieb noch kurz im Türrahmen stehen, als könnte sie sich nicht entschließen, ob sie ins Zimmer kommen sollte oder nicht. »Ich wollte dir nur Bescheid sagen, dass ich jetzt auch ins Bett gehe. Schlaf gut«, flüsterte sie und zog die Tür hinter sich zu. *Endlich.*

Kamille griff wieder nach ihrem Handy. Früher hatte sie die Ferien geliebt, aber diesmal war es anders. Die ersten Tage der Herbstferien waren die reinste Hölle gewesen: Sie versteckte sich in ihrem Zimmer, während sich ihre Mutter ständig vor der Tür herumdrückte und versuchte, sie herauszulocken. *Kamille, ich hab Zimtschnecken gebacken, magst du nicht rauskommen? Sollen wir einen Film gucken? Willst du einen Spaziergang mit mir machen? Geht es dir gut?*

Sie seufzte und drehte sich auf die andere Seite. Und sie hatten immer noch nicht *darüber* gesprochen. Das Einzige, was Kamilles Mutter gefragt hatte, war: »Hast du ihm davon erzählt?« Kamille hatte den Kopf geschüttelt und ihre Mutter erleichtert gewirkt. Dann war Kamille in ihr Zimmer gegangen. Wenn es so weiterging, würden das verdammt lange Ferien werden.

Sie schaute auf ihr Handy, aber sie hatte keine neuen Nachrichten bekommen. Also weiter darauf hoffen, dass Kirstine bald schreiben würde, dass ein Brief eingetroffen war. Sie war die Ferien über im Internat geblieben und hatte versprochen, regelmäßig nach der Post zu schauen. Doch vermutlich hatte Trines Schwester nicht vor, ihnen zu antworten, und sie würden sich etwas anderes einfallen lassen müssen. Sie hatten sich die alten Bilder der Abschlussklassen angesehen, die in dem Flur hinter der Bibliothek hingen. Trines Klassenfoto war dort, aber in den Jahrgängen danach gab es kein dunkelhaariges Mädchen mit demselben Familiennamen. Vielleicht war ihre Schwester nie in Rosenholm zur Schule gegangen? Aber sie war doch eine Magierin?

Kamille seufzte wieder und legte das Handy zur Seite, aber es wurde nicht dunkel in ihrem Zimmer. Ein fahles Licht flackerte mit einem Mal über die Wand. Es kam vom Fenster. Sie leuchtete mit dem Handy hin, ihr Herz schlug wild.

»Ist da jemand?«, versuchte sie es. Sie stand langsam auf und leuchtete hinaus in den Garten. Plötzlich tauchte Malou am Sprossenfenster auf, mit einer weit in die Stirn gezogenen Kapuze und einem breiten Grinsen im Gesicht.

»Herzlichen Glückwunsch zum 17.!«, rief sie durch das geschlossene Fenster, während sie ihrerseits mit der Handytaschenlampe in Kamilles Zimmer leuchtete.

»Malou, du Freak! Es gießt in Strömen!« Kamille öffnete das Fenster, und die Freundin kletterte hinein. Sie war klatschnass.

»Was ist los? Hast du was von Trines Schwester gehört?«, fragte Kamille.

»Keinen Ton.« Malou nahm die Kapuze ab, die Haare klebten ihr im blassen Gesicht.

»Aber was machst du dann hier?«

»Dir gratulieren! Bitte schön!« Sie reichte ihr einen Luftballon von McDonald's, der an einem kleinen Plastikstab hin und her hüpfte.

»Ich hab doch erst morgen Geburtstag«, protestierte Kamille.

»Das weiß ich, aber ich dachte, ich könnte vielleicht bei dir pennen? Nur für eine Nacht.«

»Klar kannst du das. Ist alles in Ordnung?«

»Ja, ich hatte bloß Streit mit meiner Mutter.« Malou wich Kamilles Blick aus. »Wo kann ich die nassen Klamotten hinlegen?«

»Gib sie mir, ich hol dir was Trockenes. Bist du den ganzen Weg gelaufen?«

»Ich bin mit dem Bus in irgendein Scheißkaff gefahren und musste dann die restliche Strecke zu Fuß gehen. Ihr wohnt ja echt verdammt weit draußen.« Malous Zähne klapperten, während sie sich aus den nassen Klamotten pellte.

»Malou, warum hast du nicht angerufen? Du wirst ja noch krank. Leg dich ins Bett, damit du auftaust. Kann ich dir irgendwas Gutes tun?«

»Wie wär's mit so 'ner Tasse Tee mit extra vielen Kräutern? Was Warmes zu trinken wäre mega«, brachte sie zitternd unter den Decken hervor.

Als Kamille mit einer Tasse Tee und selbstgebackenem Knäckebrot zurückkam, saß Malou aufrecht im Bett, steckte in einem von Kamilles alten T-Shirts und hatte sich in die Bettdecke eingekuschelt. Sie war gerade dabei, sich die Haare mit einem großen Handtuch trocken zu rubbeln.

»Ah, perfekt!«, sagte sie und stürzte sich auf den Tee und das dick mit Butter und Käse belegte Knäckebrot. »Ich hatte kein Abendessen.«

»Warst du nicht bei McDonald's?«

»Ah, doch«, sagte Malou. »Hatte ich glatt vergessen.«

»Malou, was ist eigentlich los?«

»Alles okay«, sagte sie und stopfte sich eine halbe Scheibe Knäckebrot auf einmal in den Mund. »Warum fragst du?«

»Weil man eher nicht stundenlang für einen Schlafplatz durch den strömenden Regen läuft, wenn alles in Ordnung ist ...?«

»Ich hatte Streit mit meiner Mutter, das hab ich doch schon gesagt. Du weißt doch selbst, wie das ist, oder?«

»Tu ich das? Ich bin mir nicht ganz sicher.«

»Ist es ein Problem, dass ich hier bin? Ich dachte, du freust dich, wenn ich zu deinem Geburtstag komme.«

»Natürlich freu ich mich. Du bist immer willkommen. Und wenn du über irgendwas reden willst, bin ich auch immer da, okay?«

»Perfekt, ich werd's mir merken. Komm jetzt ins Bett und trink deinen Tee. Du hast nicht zufällig noch 'ne Scheibe Knäckebrot?«

»Guten Morgen, mein großes Mädchen, alles Gute zum Geburtstag!«

»Es ist viel zu früh, Mama!«, murmelte Kamille müde. »Hau ab!«

»Es ist schon zehn, ich hab den Geburtstagstisch gedeckt und ... oh, hast du Besuch?«

Kamille steckte den Kopf unter der Decke hervor. »Das ist Malou. Sie ist gestern Abend gekommen, nachdem du ins Bett gegangen warst. Sie bleibt ein paar Tage.«

»Selbstverständlich. Herzlich willkommen, Malou.« Kamilles Mutter beugte sich über den Deckenberg, aus dem Malous blonde Haare hervorlugten. In der Nacht hatte Kamille keine zusätzliche Matratze holen wollen, sodass sie beide in ihrem Bett geschlafen hatten.

»Sie schläft ganz schön fest, was?«, bemerkte ihre Mutter, als Malou bloß leise im Schlaf grunzte.

»Sie hat einen gesunden Schlaf«, sagte Kamille und streckte sich. »Außerdem hat sie eine anstrengende Reise hinter sich. Sie war gestern Abend stundenlang zu Fuß unterwegs. Im Regen.«

»Oh, die Arme. Dann hat sie sicher Hunger. Kommt ihr zum Frühstück runter, wenn ihr so weit seid? Ich decke schnell für eine Person mehr.«

Als Kamille Malou endlich wach bekommen hatte, gingen sie in die Küche. Kamilles Mutter hatte den Tisch an der Eckbank vorbereitet.

»Ist das schön, Gäste zu haben«, sagte sie. »Bedien dich ruhig, Malou. Es gibt Brötchen und Knäckebrot, Käse und Hagebuttenmarmelade. Außerdem habe ich Muffins gebacken, die sind ziemlich über die Formen gegangen, aber sie schmecken bestimmt trotzdem. Ah, wartet! Ich hab ja die Geschenke vergessen. Bin gleich wieder da!«

»Deine Mutter ist süß«, sagte Malou und rutschte auf die Bank, auf der Lammfelle und selbstgehäkelte Flickendecken lagen.

»Sie will sich nur bei mir einschleimen, aber so leicht mach ich es ihr nicht.«

Malou warf Kamille einen fragenden Blick zu und angelte sich ein Brötchen, aber Kamille schüttelte nur den Kopf.

Als Kamille kurz darauf die Geschenke auspackte, goss sich ihre Mutter eine Tasse Kaffee ein und lehnte sich dann über den Tisch. »Jetzt muss ich euch aber fragen: Seid ihr zusammen?«

»Mama!«

»Oder wie bezeichnet ihr es? Ein Liebespaar?«

Malou bekam einen Lachanfall. »Ah, haha, nein, so viel Glück hatte ich bisher leider noch nicht. Aber man kann ja drauf hoffen.« Sie stieß Kamille mit dem Ellbogen in die Seite.

»Echt jetzt, Mama! Malou ist meine Mitbewohnerin. Ich hab dir schon mindestens tausend Mal von ihr erzählt.«

»Oh, dann muss ich mich wohl entschuldigen. Jedenfalls wärt ihr ein schönes Paar.«

Der restliche Tag verlief ohne weitere Peinlichkeiten. Tatsächlich half Malous Anwesenheit gewaltig gegen die angespannte Stimmung im alten Bauernhaus. Kamilles Mutter ließ die beiden die meiste Zeit in Ruhe, abgesehen von den Mahlzeiten, zu denen sie aus Anlass von Kamilles Geburtstag sämtliche Lieblingsgerichte ihrer Tochter auftischte. Der Himmel war aufgeklart und eine tief stehende Herbstsonne warf lange Schatten auf die abgeernteten Felder. Nach einer Birnentarte mit Crème fraîche beschlossen sie, einen Nachmittagsspaziergang zu machen. Malou schien es nicht eilig zu haben, nach Hause zu kommen, und Kamille sprach das Thema nicht an. Stattdessen zeigte sie der Freundin die Orte, an denen sie als Kind gespielt hatte, und führte Malou zu Grabhügeln und Waldrändern, wo Schlehdorn und Holunder wuchsen, wilde Brombeeren und Äpfel.

Sie kehrten mit roten Wangen zurück und stürzten sich auf die blubbernde Lasagne, die Kamilles Mutter soeben auf den Esstisch in der Küche gestellt hatte.

Nach dem Essen zogen sie sich satt und schläfrig in Kamilles Zimmer zurück.

»Schläfst du?« Kamille spähte zum Boden, wo Malou auf einer Matratze lag. Sie hatten eine Folge von Kamilles Lieblingsserie auf ihrem Computer gesehen, aber Malou hatte sich nicht besonders dafür interessiert.

»Mmm … noch nicht«, murmelte sie.

»Weißt du eigentlich, wer dein Vater ist?«, fragte Kamille und hoffte, dass die Frage wie zufällig hingeworfen klang.

»Tja, irgend so ein Arschloch, das meine Mutter irgendwann mal abgeschleppt hat«, murmelte Malou.

Kamille stützte sich auf den Ellbogen. »Weißt du, wo er wohnt?«

»Wahrscheinlich irgendwo in Jütland, wo er eine Ehefrau und Kinder hat. Die Armen.«

»Hast du ihn nie getroffen?«

»Hmm … ein paar Mal, als ich klein war, aber ich kann mich nur an eine einzige Begegnung erinnern. Und die war nicht besonders erfolgreich. Ich glaub nicht, dass er mich mochte. Seine neue Frau mochte mich jedenfalls nicht.«

»Und du hast keine Lust, ihn irgendwann noch mal zu besuchen? Ich meine, bist du nicht neugierig, was er für ein Typ ist?«

»Nee. Ich weiß schon, was das für einer ist. Ein Arschloch halt. Und er hat nichts mit mir zu tun. Echt jetzt, vergiss das mit deinem Vater. Wer er ist, bedeutet verdammt noch mal gar nichts.«

»Für mich schon«, sagte Kamille. »Meine Mutter hat mir endlich erzählt, wer er ist.«

Malous Schlafsack raschelte, als sie sich aufsetzte.

»Okay. Und wer ist es?«

Kamille zögerte. »Er weiß noch nichts davon. Irgendwie finde ich, dass er es erfahren sollte … bevor ich es jemand anderem erzähle …«

Malou nickte im Dunkeln. »Du willst also Kontakt zu ihm aufnehmen?«

Kamille seufzte und ließ sich zurück ins Bett fallen. »Vielleicht. Ja, wahrscheinlich schon. Aber ich hab einfach keine Ahnung, wie man jemandem so was sagt. Meine Mutter hat ihm nie erzählt, dass sie schwanger war.«

»Du riskierst, mega enttäuscht zu werden. Bestimmt ist er auch ein Arschloch, sonst hätte deine Mutter es ihm doch erzählt? Wenn ich du wäre, wäre ich froh darüber, so eine nette Mutter zu haben, und würde alles rund um den Mann vergessen, der zufällig dein Vater ist«, sagte Malou und legte sich wieder hin.

»Ich glaube nicht, dass ich das kann«, sagte Kamille.

»Tja, dann bleibt dir nichts anderes übrig, als es ihm zu erzählen. Aber glaub mir: Nicht alle Menschen sind dafür gemacht, Kinder zu bekommen.«

Eine Weile lag Kamille still in der Dunkelheit. Sie wollte Malou gern nach ihrer Mutter fragen, aber sie traute sich nicht. Jedes Mal, wenn das Thema zur Sprache kam, war Malou verschlossen wie eine Auster. Deshalb fragte sie stattdessen nach etwas anderem, worüber sie schon länger grübelte. »Malou, du hast nicht wirklich vor, bei Zlavkos Studentenclub mitzumachen, oder?«

Malou antwortete nicht, ihr Atem ging tief und gleichmäßig, aber Kamille war sich ziemlich sicher, dass sie nur so tat, als wäre sie eingeschlafen.

MALOU

17. OKTOBER
11 UHR 30

Kirstine

Sie zuckte zusammen, als jemand an die Zimmertür klopfte. Kirstine stoppte den Film, den sie gerade sah, und legte ihr Handy zur Seite. Sie suchte nach einem Sweatshirt, das sie über ihre Unterwäsche ziehen konnte, dann öffnete sie die Tür. Es war Jakob. Er lächelte ein bisschen unsicher, als ob er Angst hatte, dass sie die Tür vor seiner Nase zuknallen würde.

»Hi. Ich wollte bloß fragen, ob du vielleicht Lust hast, einen Spaziergang zu machen? Ich hab Proviant dabei.« Er wies auf einen Korb in seiner Hand. Eine Thermoskanne schaute daraus hervor, und sie entdeckte auch zwei Becher und etwas, das in ein Geschirrtuch eingeschlagen war. Er zeigte auf die Thermoskanne. »Kakao!«, sagte er mit so viel Begeisterung in der Stimme, als wäre diese Information zu großartig, um sie für sich zu behalten.

»Ich weiß nicht so recht …«

»Ich dachte, wir könnten vielleicht miteinander reden, aber das müssen wir natürlich nicht. Wir können auch einfach nur den Kakao trinken und dann zurückgehen … wenn du möchtest. Es wäre doch schade, ihn wegzuschütten.«

Kirstine seufzte. Gegen eine einfache Tasse Kakao war wohl nichts einzuwenden. »Ich zieh mir nur schnell was an«, sagte sie, und ihr wurde peinlich bewusst, dass sie sich bisher weder die Haare gebürstet, noch die Zähne geputzt hatte. Ganz zu schweigen davon, sich richtige Klamotten angezogen zu haben.

»Ich warte gern«, sagte er mit einem breiten Grinsen im Gesicht.

Nach zehn hektischen Minuten, in denen sie auf der Suche nach einem Paar sauberer Socken mit der Zahnbürste in der einen und der Haarbürste in der anderen Hand durchs Zimmer gehetzt war, brachen sie auf. Sie schwiegen, bis sie im Park angekommen waren. Das Wetter war tatsächlich schön, und ab und zu blinzelte sogar die Sonne zwischen den Wolken hervor und schien zwischen den gelb und orange gefärbten Blättern der Bäume herab.

»Können wir hierbleiben?«, bat Kirstine, als Jakob den Weg Richtung Wald einschlagen wollte. Aus einem unbestimmten Grund hatte sie keine Lust weiterzugehen, ein warnendes Kribbeln sagte ihr, dass es keine gute Idee war.

»Na klar. Wir können uns auf die Bank setzen«, sagte Jakob. Er packte den Korb aus, goss Kakao in die Becher und reichte ihr eine Decke, die ganz unten im Korb gelegen hatte. Aus dem Geschirrtuch wickelte er etwas, das Kirstine zuerst für Roggenbrot hielt.

»Gewürzkuchen«, sagte Jakob. »Nach dem Rezept meiner Mutter.«

»Hast du den selbst gebacken?«

»Ja, hab ich. Ich habe viele Talente. Da muss Butter drauf, schau mal.« Er gab ihr eine dicke Scheibe mit kalter Butter und Kirstine biss ein großes Stück ab. Sie hatte noch nicht gefrühstückt und merkte erst jetzt, wie hungrig sie war.

»Hmm!« Sie nickte mit dem Mund voller Kuchen. »Lecker!«

»Du brauchst gar nicht so überrascht tun«, lachte er.

Eine Weile saßen sie still da und aßen. Kirstine trank einen Schluck Kakao. Erwartete er, dass sie den Anfang machte? Er war es doch, der sie eingeladen hatte. Andererseits war sie es, die Schluss gemacht hatte. Kirstine seufzte. Das hier war wirklich süß von ihm, aber sie konnte nicht einfach so vergessen, dass er sie im schlimmsten aller Momente im Stich gelassen hatte. Anstatt ihr zuzuhören und dabei zu helfen, Kamille zu finden, als die in Lebensgefahr gewesen war, hatte er nur an sich selbst und seinen blöden Job gedacht, den er auf gar keinen Fall verlieren wollte.

Die frühere Schulleiterin, Birgit Lund, hatte durchschaut, dass zwischen Jakob und ihr etwas gelaufen war, aber als sie die Schule vor den Sommerferien verlassen hatte, durfte Jakob dennoch als Referendar in Rosenholm bleiben. Kirstine blickte verstohlen zu ihm rüber, schaute aber gleich wieder weg, als sich ihre Blicke trafen.

Er hatte seinen Job behalten, dafür hatte er sie verloren. Aber sie hatte auch *ihn* verloren.

»Hast du selbst darum gebeten, eine andere Klasse zu bekommen?«, fragte Kirstine.

»Ich fand, das sei das Beste. Nachdem, was passiert ist …« Jakob fuhr sich mit der Hand durch seine rötlichen Haare. Sie wusste, dass er das immer tat, wenn er nervös oder gestresst war. »Aber vielleicht können wir trotzdem Freunde sein?«

»Freunde?« Sie kniff die Augen zusammen und musterte ihn. Jakob blickte auf seine Hände. Seine Wimpern berührten ganz leicht die Wangen. Plötzlich erinnerte sie sich daran, wie sie ihre Haut gestreift hatten.

»Ja, ich mag dich nämlich immer noch sehr gern, Kirstine. Nachdem das mit der Beziehung nicht funktioniert hat, können wir es stattdessen vielleicht als Freunde versuchen? Ich vermisse unsere Gespräche …«

Seine Wangen nahmen unter den Sommersprossen eine leichte Röte an, und Kirstine verfluchte den Gedanken, wie gern sie ihn jetzt geküsst hätte. *Hör auf, du verräterisches Hirn!*

Er schaute sie fragend an, hielt die Luft an.

»Von mir aus können wir es versuchen«, sagte sie.

»Wirklich? Cool! Darf ich dich umarmen? Also freundschaftlich, selbstverständlich!«

Kirstine konnte sich ein Lächeln nicht verkneifen. Jakob hielt sie einen Moment länger im Arm als nötig. Plötzlich verschwammen die Herbstfarben der Baumkronen vor ihren Augen, und mit einem Kribbeln stieg Übelkeit in ihr auf, und wieder überkam sie das überwältigende Gefühl, dass etwas ganz und gar nicht stimmte.

Morgen Abend im Park.
Bei den hohen Pappeln.

Du darfst doch nicht aufs
Schulgelände ...?!

Ich sorge dafür, dass mich
niemand entdeckt.

20. OKTOBER
11 UHR 12

Victoria

»Victoria, kannst du uns erklären, was eine außersinnliche Wahrnehmung ist?«

Unauffällig legte Victoria ihr Handy zur Seite und schaute zu Jens, der sie auffordernd ansah. »Ähm … wie war die Frage?«

»Außersinnliche Wahrnehmung.«

»Hellsehen?«, riet Victoria.

»Ja, so lautet das Thema, das wir gerade durchnehmen, das ist also eine heiße Spur, aber vielleicht kommst du der richtigen Antwort noch etwas näher?« Sein Ärger hinterließ einen bitteren Geschmack auf ihrer Zunge, als ob sie in eine saure Frucht gebissen hätte.

»Hat es damit zu tun, dass man besonders viel wahrnimmt?«

Der Geisterkunde-Lehrer warf ihr einen skeptischen Blick zu.

»Entschuldigen Sie, ich hatte keine Zeit zum Lernen.«

Jens seufzte. »Gibt es sonst eine, die gelernt hat?«

Kamille meldete sich zögernd. »Außersinnliche Wahrnehmung bedeutet, dass man etwas wahrnimmt, ohne dabei die normalen Sinne zu benutzen.«

»Das ist korrekt. Welche Methoden können das zum Beispiel sein?«

»Beispielsweise Telepathie oder die Aura von jemanden zu sehen oder … wie heißt das noch … Psychometrie?«

»Und was genau ist diese Psychometrie?«

»Wenn man durch bloße Berührung die Geschichte eines Gegenstands erkennen kann.«

»Sehr gut, Kamille, gut gemacht.«

Victoria reckte den Daumen in die Höhe, und Kamille lächelte zurück. Sie war rot geworden.

»Psychometrie ist eine Methode, bei der man durch die bloße Betrachtung oder Berührung eines Gegenstands Informationen über diesen oder dessen Besitzer beziehungsweise dessen Besitzerin erfährt. Es handelt sich um ein uraltes Verfahren, aber den Begriff prägte Joseph Rodes Buchanan im Jahr 1842. Ja, Kirstine?«

»Wenn man ein Bild hat, also eine Fotografie, könnte man dann erkennen, wer alles anwesend war, als das Bild aufgenommen wurde?«, fragte Kirstine.

»Hmm, das ist eine gute Frage. Ich schätze, dass man sehr geübt in Psychometrie sein müsste, um überhaupt etwas von einer Fotografie ablesen zu können. Normalerweise benutzt man Gegenstände, die der Besitzer oder die Besitzerin nah bei sich getragen hat, zum Beispiel Schmuck oder Kleidung. Ich …« Jens wurde vom lauten Klingeln eines Handys unterbrochen.

»Entschuldigung, aber da muss ich unbedingt rangehen.« Malou schob ihren Stuhl zurück. »Hallo? Ja, einen Moment!« Malou schaute vom Handy auf. »Kommt!«, flüsterte sie und wies mit dem Kopf in Richtung Tür.

Kamille stand zögernd auf, und auch Victoria und Kirstine rückten ihre Stühle zurück.

»Was ist denn hier los?«, fragte Jens.

»Sorry«, flüsterte Kirstine.

»Das ist ein Notfall«, sagte Kamille und folgte Malou.

»Braucht es wirklich vier Mädchen, um einen Anruf anzunehmen?!«, fragte Jens.

»Moralische Unterstützung, Sie wissen schon!«, rief Victoria, bevor sie die Tür hinter sich zuzog.

»Hallo? Da bin ich wieder.« Malou stellte das Handy laut. Bis auf seltsam röchelnde Atemzüge war am anderen Ende nichts zu hören. »Hallo?«, wiederholte Malou.

»Seid ihr das? Aus Rosenholm?« Die heisere Stimme klang, als käme sie von weit her.

»Ja, hier ist Malou. Mit wem spreche ich?«

»Ich hab euren Brief bekommen. Dabei hasse ich es, Post zu bekommen.«

»Entschuldigen Sie. Wir wussten nicht, wie wir sonst mit Ihnen in Kontakt treten sollten.«

»Ha! Kontakt ...«, wiederholte die Stimme höhnisch. »Ihr könnt herkommen. Aber ihr müsst etwas mitbringen!«

»Natürlich«, sagte Malou. »Was sollen wir mitbringen?«

Die Frau rang ein paar Mal keuchend um Luft, bevor sie antwortete. »Milch, Vollmilch! Und Baguette ...«

»Machen wir. Noch etwas?«

»Wann kommt ihr?«

»Ähm, keine Ahnung. Wann sollen wir denn kommen?«

»Kommt ihr jetzt oder nicht?«, fauchte die Stimme, die plötzlich noch weiter entfernt klang.

»Wann passt es denn?«, rief Malou.

»Ihr könnt es auch sein lassen«, murmelte die Stimme.

»Wir kommen!«, sagte Malou. »Wir kommen so schnell wie möglich. Danke, dass Sie angerufen haben.«

Die Frau hatte aufgelegt. Malou schaute vom Handy auf. »Ich hätte nicht gedacht, dass sie sich meldet.«

»Was sollen wir denn jetzt tun?«, fragte Kamille.

»Wir besuchen sie«, sagte Malou. »Was denn sonst?«

»Guck mal, Mama! Die gehen zur Hexe.«

»Steig jetzt ein. Ich schnalle nur noch eben Lilly an, dann fahren wir los.«

»Aber guck doch mal, Mama!«

»Einsteigen, hab ich gesagt!«

Victoria winkte dem Jungen zu, der neben seine kleine Schwester auf die Rückbank kletterte. Dann gingen sie durch das Tor.

»Hast du alles?«, flüsterte Kamille. Malou hielt die Tüte hoch. Sie hatten auch noch Butter, Saft, Wurst und Eier gekauft.

»Klopf du an, Malou«, sagte Victoria. »Schließlich hat sie mit dir gesprochen.«

Malou hatte erst einmal geklopft, als die Tür auch schon aufging.

»Ihr seid zu spät!« Die Frau starrte sie an, ihre Augen waren dunkel, aber nicht schwarz. Sie trug dieselbe Kleidung wie beim letzten Mal, und erst jetzt fiel Victoria auf, wie dreckig die Sachen waren.

»Habt ihr das Essen dabei?«

Malou beeilte sich, ihr die Tüte zu geben.

»Setzt euch ins Wohnzimmer«, fauchte die Frau, während sie gierig die Tüte an sich riss.

»Wie heißen Sie?«, fragte Malou.

»Leah«, sagte die Frau. In ihrer Stimme schwang Überraschung mit, als wäre sie verwundert, dass sie überhaupt einen Namen hatte. Womöglich hatte sie seit vielen Jahren niemand mehr danach gefragt.

Im Wohnzimmer war es dämmrig. Leah hatte die Tüte in die Küche gebracht, Victoria hörte, wie sie dort die Verpackungen aufriss. Sie setzte sich neben Malou, die als Erste auf einem der Stühle Platz genommen hatte. Die Tür zur Küche stand offen, und von dort, wo Victoria saß, konnte sie Leah an der Anrichte stehen sehen. Sie konnte es nicht lassen, die Frau dabei zu beobachten, wie sie ein Ei aus dem Karton nahm, die Schale aufschlug und sich den Inhalt direkt in den Mund laufen ließ. Eigelb rann an ihrem Kinn hinab und tropfte auf ihr Hemd. Im selben Moment drehte Leah sich um, und ihre Blicke trafen sich. Victoria schlug verlegen die Augen nieder, als hätte sie Leah bei etwas sehr Privatem beobachtet. Leah trug das Brot, die Milch und die Butter ins Wohnzimmer und setzte sich gegenüber von Malou und Victoria.

»Dich kann ich nicht leiden!« Sie zeigte auf Kamille. »Du erinnerst mich an sie. Setz dich dahin.« Sie zeigte auf den hinteren Bereich, wo das Sofa stand. Zögernd stand Kamille auf. »Hau ab!«, rief Leah, biss ein großes Stück Baguette ab und pulte mit einem langen, gelben Fingernagel in der Butter. Sie schloss die Augen, während sie die Butter vom Finger schleckte.

»Du bist gefährlich«, stellte sie dann plötzlich fest und sah Kirstine an. »Setz dich weiter von mir weg.«

Kirstine rutschte mit ihrem Stuhl in Richtung Küchentür, während Leah weiter so selbstvergessen Butter aß, als wären sie gar nicht da.

»Ist das Ihr Haus?«, fragte Victoria.

»Ja, wem sollte es denn sonst gehören?«, fauchte die Frau. »Mutter und Vater sind doch längst tot.«

»Es gibt da etwas, das wir Ihnen erzählen müssen.« Malou räusperte sich. »Ich weiß nicht, ob Sie es wissen, aber … Trine, Ihre Schwester, ist tot. Sie starb bereits 1989 …«

»So, so«, sagte die Frau und betrachtete immer noch ihren Finger, der jetzt sauber abgeleckt war.

»Aber das wussten Sie vielleicht schon?«, fragte Malou.

»Irgendwann hab ich es mir gedacht. Sonst hätten wir wohl noch mal von ihr gehört.« Leah schaute auf ihren Finger und dann Malou direkt ins Gesicht. »Aber woher wisst *ihr* das?«

»Wir kommunizieren mit Trine – oder mit Trines Geist. Trine wurde ermordet. Wir haben ihr versprochen, dass wir herausfinden werden, wer sie getötet hat.«

»Na, sieh einer an, habt ihr das«, flüsterte Leah. »Ja, Trine war schon immer gut darin, andere herumzuscheuchen.«

»Victoria kann mit ihr sprechen«, erklärte Malou, aber Leah schaute Victoria nicht an.

»Nein, ich will nicht mit ihr sprechen«, murmelte sie zu sich selbst. »Das will ich wirklich nicht, nein … Ich will nichts mit ihr zu tun haben. Dafür ist es viel zu spät.«

»Wissen Sie, wer Trine getötet haben könnte?«, fragte Malou.

»Nein«, schmatzte die Frau. Sie hatte die Milch aufgerissen und trank direkt aus der Packung, sodass die weiße Flüssigkeit an ihrem Hals hinablief. »Sie ist einfach verschwunden«, sagte sie und wischte sich mit dem Handrücken über den Mund.

»Wir haben einen alten Zeitungsartikel gefunden. Darin steht, dass Trine einen Freund hatte. Wissen Sie etwas darüber?« Malou zog ein Blatt Papier aus ihrer Tasche und faltete es auseinander. Die Frau warf nur einen kurzen Blick darauf.

»Nein«, sagte sie erneut.

»Trine verschwand während ihrer Zeit am Internat Rosenholm«, versuchte es Malou noch einmal. »Kennen Sie die Schule?«

»Natürlich kenne ich Rosenholm!«, blaffte Leah. »Wofür hältst du mich eigentlich? Aber ich war nicht gut genug für sie, für all die feinen Damen und Herren. Rausgeschmissen haben sie mich. Aber das war eh besser so!«

Sie beugte sich wieder über das Essen und schien nichts mehr dazu sagen zu wollen. Malou nickte Victoria auffordernd zu, um ihr zu verstehen zu geben, dass sie selbst nicht weiterwusste.

»Dürfen wir uns ein wenig im Haus umschauen? Vielleicht finden wir irgendetwas, das uns weiterhilft«, versuchte Victoria es.

Die Frau hörte auf zu essen und starrte Victoria an. »Was bildet ihr euch eigentlich ein?«, zischte sie. »Trine ist verschwunden, sie wird niemals zurückkommen, hier gibt es keine Spuren. Ihr seid doch nur hier, um euch an meinem Unglück zu laben! Und woher weiß ich, dass ihr die Wahrheit sagt? Den alten Artikel kann schließlich jeder ausgegraben haben. Woher soll ich wissen, dass ihr wirklich Kontakt zu Trine habt?«

»Wir wollen Sie nicht reinlegen oder so«, versicherte Victoria.

»Dann beweis es mir!«, zeterte Leah. »Ruf Trine her! Ruf sie und lass sie mich nach etwas fragen, das nur sie und ich wissen.«

Victoria spürte, dass ihr Blick zu flackern begann. »Ähm, das … das kann ich nicht. Ich habe im Moment keinen Kontakt zu Trine. Sie ist nicht hier …«

»Ha! Was für ein Pech!«, rief die Frau höhnisch. »Ausgerechnet heute könnt ihr leider keinen Kontakt zu Trine aufnehmen. Lügnerinnen! Ihr habt euch den Zugang zu meinem Haus erschlichen!«

Eine Welle aus Wut und Paranoia schlug Victoria entgegen, und sie musste sich anstrengen, sich davon nicht entmutigen zu lassen. »Wir lügen nicht. Ich kann *wirklich* mit Trine reden, es stimmt. Bloß gerade klappt es nicht, ich weiß auch nicht weshalb, sie ist …«

»Raus mit euch!«, rief Leah und sprang auf. Victoria rechnete damit, dass die Augen der Frau wieder schwarz wurden.

»Warten Sie!«, sagte Malou. »Verraten Sie uns Ihre Frage! Etwas, worüber nur Sie und Trine Bescheid wissen. Das nicht in irgendeinem alten Zeitungsartikel steht. Wir finden die Antwort heraus, und dann wissen Sie, dass wir nicht lügen.«

Malou hielt den Atem an, als wüsste sie selbst, dass sie ein Risiko eingegangen war. Aber es klappte.

Leah nickte langsam. Sie setzte sich wieder an den Tisch und riss ein Stück Baguette ab.

»Abgemacht. Hier kommt die Frage, die ihr mir beantworten sollt. Ich bin der einzige lebende Mensch, der die Antwort kennt. Wie hat Trine mich genannt? Findet die Antwort, und dann verrate ich euch vielleicht ein Geheimnis.«

23.10.88

Liebe TP,

danke für deinen Brief. Es tut mir leid, dass es so viel Unruhe gab. Ich weiß, ich hatte versprochen, dass ich in den Herbstferien nach Hause komme, aber manchmal denke ich, es ist das Beste, wenn ich mich fernhalte.

In den Ferien habe ich Hausaufgaben gemacht und Zeit mit den anderen verbracht, die auch hiergeblieben sind. Mittwoch war richtig schönes Wetter und einige von uns sind losgezogen, um Kastanien zu sammeln, als wären wir immer noch in der ersten Klasse. Den ganzen Abend haben wir zusammengesessen und Kastanienmännchen gebastelt! Total irre, aber tierisch gemütlich. Außerdem hatte ich Zeit für Waldspaziergänge mit einer ganz besonderen Person ... Kannst du ein Geheimnis für dich behalten? Du darfst niemandem davon erzählen!!! Auch nicht Mama und Papa - die bringen mich um, wenn sie es rausfinden.

ICH BIN VERLIEBT!!!

Erinnerst du dich noch, dass ich dir erzählt habe, dass die Jungs hier auf der Schule total kindisch sind? Tja, jetzt hab ich einen Typen getroffen, der ganz anders ist. Er ist echt toll, aber er weiß noch nichts von meinen Gefühlen und ich trau mich nicht, ihm davon zu erzählen. Jungs und Mädchen dürfen an der Schule nichts miteinander anfangen, aber ich hab das Gefühl, dass er auch auf mich steht! Drück mir die Daumen - das kann ich brauchen, damit mein Herz nicht in tausend Stücke zerbricht!

Liebe Grüße, Trine

XXXX

24. OKTOBER
11 UHR 30

Kamille

Kamille beugte sich über Victoria und legte ihre Hände auf deren Stirn. Sie schloss die Augen und konzentrierte sich.

»Lasst die Energie aus eurem Innersten fließen – aus dem Teil von euch, den die Hindus Anahata nennen, das Herzchakra – und hinüber zur eurer Partnerin.« Lisa ging langsam durch die Reihen, ihre Stimme klang tief und ruhig, und die schwere Luft im Klassenzimmer duftete würzig. Die dunkelhaarige Naturmagie-Lehrerin unterrichtete am liebsten draußen, aber inzwischen war es zu kalt dafür, und stattdessen lagen die Schülerinnen nun auf dicken Decken und bunten Seidenkissen auf dem Klassenzimmerboden. Überall stieg Rauch aus kleinen Gefäßen auf, in denen getrocknete Kräuter glimmten. Kamille konnte Lavendel riechen, der gegen Nervosität half, und von dem sie wusste, dass Lisa ihn oft für Nachtlichter verwendete, um Stress zu lindern und den Blutdruck zu senken. Lisa schlenderte barfuß durch die Klasse, ihr dunkelroter Seidenkimono streifte Kamilles Wange.

»Gut so, Kamille, aber konzentrier dich noch stärker darauf, wie deine Energie frei zu Victoria hinüberfließen kann«, sagte Lisa leise und sah sie dabei eindringlich aus ihren dunklen Augen an, bevor sie zum nächsten Paar weiterging. Kamille versuchte, sich vorzustellen, wie sie ihr Herz für Victoria öffnete und ihr Ruhe und positive Energie schenkte. Sie wusste, dass Victoria gestresst war, weil es ihr immer noch nicht gelungen war, mit Trine in Kontakt zu treten, und sie freute sich, als sie merkte, wie sich die Freundin mehr und mehr entspannte und ihr Atem tiefer wurde.

»Malou, was machst du da?« Lisas Stimme klang ungewöhnlich scharf, und Kamille konnte nicht anders, als die Augen zu öffnen.

Malou saß steif wie ein Brett da, die eine Hand auf Kirstines Stirn, während sie mit der anderen auf ihrem Handy herumtippte. Jetzt packte sie es schnell weg.

»Kirstine, spürst du irgendeine Energie von Malou?«, fragte Lisa.

Kirstine schlug die Augen auf und guckte erschrocken von Lisa zu Malou und wieder zurück. »Ein bisschen vielleicht?«, sagte sie zögernd.

»Dann ist es sicher die Strahlung des Handys und nicht die von Malou. Malou, konzentrierst du dich bitte auf die Aufgabe? Ich denke, ihr solltet die Partnerinnen tauschen. Victoria, versuch du bitte, Energie auf Kirstine zu übertragen, dann kann Kamille es mit Malou probieren. Malou, achte darauf, wie sie es macht.«

Kamille konnte sich nicht verkneifen, Malou zuzuzwinkern, was die mit einer Grimasse erwiderte, die ihr hübsches Gesicht wie das eines trotzigen Kindergartenkinds aussehen ließ.

Kamille legte die Hände auf Malous Stirn, aber sie merkte schnell, dass Malou mit ihren Gedanken woanders und überhaupt nicht aufnahmefähig war. »Hast du dich entschieden, was du wegen Zlavkos Club machst?«, flüsterte sie deshalb, als Lisa weit genug von ihnen entfernt beschäftigt war.

»Tja«, antwortete Malou. Ihre Augen waren noch immer geschlossen, doch ihr Kiefer wirkte angespannt. »Ich denke, ich werde dieser Aufnahmeprüfung eine Chance geben. Falls ich nicht aufgenommen werde, dann ist es halt so.«

»Und du, Victoria?«, flüsterte Kamille. Das dunkelhaarige Mädchen beugte sich konzentriert über Kirstine, die etwas steif auf einem der königsblauen Kissen lag.

»Das ist nichts für mich«, sagte Victoria. »Solche Verbindungen interessieren mich nicht. Diese ganzen Geheimnisse und Ambitionen …«

»Und Privilegien?«, warf Malou ein.

»Die auch nicht.«

Malou öffnete die Augen, und Kamille spürte, dass sämtliche Muskeln ihres Körpers wie ein Flitzebogen gespannt waren. »Es ist ziemlich leicht, Privilegien lächerlich zu finden, wenn man mit ihnen geboren wurde. Wir anderen müssen kämpfen, wenn wir ein Stück vom Kuchen wollen«, zischte sie zwischen zusammengebissenen Zähnen hervor.

»Chill mal, Malou«, sagte Kamille. »Victoria hat es nicht so gemeint. Aber vielleicht solltest du trotzdem noch mal drüber nachdenken? Es gibt da so Gerüchte …«

»Was meinst du damit?« Malou setzte sich auf. Inzwischen hatten schon einige andere die Augen geöffnet und schauten zu ihnen herüber.

»Na ja, man munkelt, dass nur Schülerinnen und Schüler eine Einladung bekommen haben, die den sogenannten ›dunklen Zweigen‹ der Magie angehören. Also die mit Blut und Tod?«

»*Die dunklen Zweige der Magie* – was ist denn das für ein Scheiß? Das klingt ja wie aus dem 19. Jahrhundert. Wer spricht denn heute noch von guten und schlechten Zweigen der Magie?«, entgegnete Malou.

»Niemand natürlich, aber irgendwer hat so was gesagt«, murmelte Kamille.

»Das ist doch total schwachsinnig«, sagte Malou. »Ich hätte wirklich nicht gedacht, dass du was auf solch dumme Gerüchte gibst.« Sie warf Kamille einen ihrer besten Ich-könnte-dich-umbringen-Blicke zu, und ausnahmsweise hatte Kamille das Gefühl, ihn verdient zu haben. Malou hatte recht, sie sollte nicht darauf hören, worüber sich die anderen auf den Fluren die Mäuler zerrissen.

»Malou, wenn du kein Interesse am heutigen Unterricht hast, kannst du rausgehen.« Lisa stemmte die Arme in die Seiten und sah Malou streng an. Die zögerte einen langen Augenblick, bevor sie mit den Schultern zuckte, sich erhob, zur Tür marschierte, diese aufriss und hinter sich zuwarf.

Lisa seufzte und schüttelte den Kopf. Dann wandte sie sich an die restliche Klasse. »Entspannt euch wieder und macht mit der Übung weiter. Wir haben noch eine gute Viertelstunde bis zur Pause.«

»Geht ruhig schon mal vor, ich hab noch was zu erledigen«, sagte Kamille, nachdem Lisa sie in die Pause entlassen hatte, und scheuchte Victoria und Kirstine mit einer Handbewegung weg.

Draußen auf dem Flur schlug sie die entgegengesetzte Richtung zum Speisesaal ein, wohin die anderen zum Mittagessen unterwegs waren. Malou war nicht die Einzige, die gerade über etwas grübelte. Kamille konnte nicht länger so umherschleichen, immer in der Hoffnung, einen Blick auf ihn zu erhaschen. Sie musste sich entscheiden, ob sie es ihm sagen wollte oder nicht. Vielleicht sollte sie es, wie Malou ihr geraten hatte, lassen. Auf jeden Fall wäre es die einfachste Lösung. Er ahnte nicht, dass sie seine Tochter war, und wenn sie es ihm erzählte, würde das alles für immer verändern. Sie könnte einfach so tun, als ob nichts wäre, ihre Mutter wäre erleichtert, und sie würde sich die Enttäuschung ersparen, falls er nichts mit ihr zu tun haben wollte.

Sie war so in ihre Gedanken vertieft, dass sie ihn gar nicht bemerkte. Hätte sie nicht in der allerletzten Sekunde gestoppt, wäre sie in ihn hineingelaufen.

»Hoppla, pass doch auf!«

»Oh, Entschuldigung. Ich hab Sie nicht gesehen.«

Jens nickte fahrig und wollte schon weitergehen, hielt dann aber inne. »Ich hab das Gefühl, dass ich dich in letzter Zeit ganz schön häufig treffe.« Sein Blick, der vorher fern und nach innen gewandt gewirkt hatte, war plötzlich aufmerksam. Er musterte sie wie ein Rätsel, das er lösen musste. »Gibt es etwas, das du mit mir besprechen willst?«

»Was? Äh, nein«, murmelte Kamille und merkte, wie schwer es ihr fiel, ihm in die Augen zu sehen. Eigentlich fiel es ihr schwer, überhaupt etwas zu sehen. Oh Mann, weinte sie etwa? *Nein, nein, nein, hör auf!* Das war so ungefähr das Blödeste, was ihr jetzt passieren konnte. Doch sie konnte nichts dagegen tun, Kamille merkte, wie ihr die Tränen in die Augen stiegen. Sie senkte den Kopf zu Boden und hoffte aus ganzem Herzen, dass Jens einfach weitergehen und sie in Ruhe lassen würde.

»Sollen wir vielleicht in mein Büro gehen? Ich hab noch eine halbe Stunde Zeit bis zur nächsten Unterrichtsstunde. Komm!«

Kamille suchte vergeblich nach einer Ausrede. Schließlich gab sie auf und trottete hinter Jens die Treppe hinauf, während sie unauffällig ihre Tränen wegwischte.

Sie war noch nie zuvor im Büro des Schulleiters gewesen, aber sie wusste, wo es lag. Oberhalb des Flurs mit den Lehrerwohnungen in einem Eckbüro mit Aussicht über den Park. Jens öffnete die Tür und bat sie freundlich hinein. Das Büro war riesig, hatte eine ziemlich hohe Decke und mitten im Raum stand ein gewaltiger Schreibtisch aus dunkel glänzendem Holz. Ein dicker Teppich schluckte alle Geräusche. Eine der Wände war voller Bücher, doch es war die gegenüberliegende, die Kamilles Aufmerksamkeit erregte. Vom Boden bis zur Decke hingen dort Gemälde, Zeichnungen und Schraffuren in verschiedenen Größen. Sie wirkten wie ein kompliziertes Puzzle, und die weiße Wand stellte für jedes Bild nur noch eine Art einfachen, weißen Rahmen dar. Zögernd trat sie näher heran.

»Schau es dir gern in Ruhe an«, sagte Jens und hob die Arme in die Luft. »Leider habe ich selbst keine künstlerische Begabung, aber ich liebe es, Kunstwerke zu betrachten – und sie zu besitzen. Interessierst du dich für Kunst?«

»Äh, ja, so ein bisschen …«, antwortete Kamille, dankbar dafür, dass Jens anscheinend so gern über sein Hobby sprach. Solange er redete, musste sie es wenigstens nicht tun.

»Künstler haben eine wunderbare Fähigkeit, uns das zu zeigen, was man mit Worten nicht ausdrücken kann«, sagte Jens. »Als Menschen sind wir dazu verdammt, alles immer nur durch unsere eigenen Augen zu sehen, aber wenn wir das Werk eines Künstlers oder einer Künstlerin betrachten, sehen wir die Welt, wie er oder sie sie in diesem Augenblick gesehen hat. Ich finde, das ist etwas ganz Besonderes.«

Kamille ließ den Blick über die Bilder schweifen. Die meisten von ihnen waren alte Ölgemälde in schweren, goldenen Rahmen, aber es gab auch Schwarz-Weiß-Zeichnungen und ein paar Illustrationen, die orientalisch aussahen. Auf den ersten Blick waren die Bilder alle sehr unterschiedlich, aber dennoch schienen sie etwas gemeinsam zu haben.

»Auf allen sind … Gespenster?«

»Ja, Gespenster, Geister, Dämonen, Poltergeister, Seelen … Darauf habe ich mich spezialisiert: künstlerische Abbildungen von Geistern. Mein Interesse dafür ist doch selbstverständlich, oder? Es hat mich schon immer fasziniert, wie andere mit derselben Fähigkeit die Welt wahrnehmen. In der Kunst bekomme ich zumindest einen Einblick.«

Kamille nickte. Dass Geistermagier Dinge sehen konnten, die andere nicht sahen, wusste sie ja. Aber dass verschiedene Geistermagier nicht unbedingt dasselbe sahen, darüber hatte sie noch nie nachgedacht. Sie blieb vor einem ziemlich großen Gemälde stehen.

»Das ist das Kronjuwel der Sammlung«, sagte Jens stolz. »Es heißt *Nachtmahr* und wurde 1781 von dem Künstler Johann Heinrich Füssli gemalt. Das Bild war damals sehr berühmt, sodass der Künstler mehrere Varianten davon malte. Die anderen hängen in Museen überall auf der Welt, aber es gab ein einziges Bild in Privatbesitz. Letztes Jahr hatte ich das Glück, es erwerben zu können.«

Kamille betrachtete das Bild genau. Es zeigte eine junge Frau, die mit geschlossenen Augen rücklings im Bett lag. Sie trug ein weißes Gewand, das sich eng an ihren Körper schmiegte, und auf ihrer Brust saß ein abstoßendes, dämonenartiges Wesen, das den Betrachter anstarrte.

»Das ist ja richtig gruselig«, sagte sie.

»Genau. Dem Tod zu begegnen, kann ein ziemlich unheimliches und unangenehmes Erlebnis sein. Aber manchmal geht es einem mit den Lebenden ganz genauso.«

Kamille nickte. *Oh yes.* Damit kannte sie sich aus. Sie hatte den Eindruck, dass Jens ahnte, dass sie an Vitus und das, was im vergangenen Schuljahr passiert war, dachte. Vielleicht glaubte er, dass sie deshalb mit ihm reden wollte? Oder er hatte sie vielleicht schon durchschaut und wusste es schon lange. Er war doch so weise …

»Ich glaube, Sie sind vielleicht mein Vater.« Kamille schlug sich die Hand vor den Mund. Sie hatte nicht vorgehabt, so damit herauszuplatzen. Was hatte sie sich nur dabei gedacht?

»Was?« Jens starrte sie ungläubig an. »Was hast du gesagt?«

Oh nein. Er hatte es ganz offensichtlich *nicht* gewusst.

Kamille holte tief Luft. »Ich glaube – oder, ich weiß –, dass Sie mein Vater sind. Meine Mutter heißt Beate, Sie waren … ein Paar?«

»Beate, ja, aber … Beate hat eine Tochter?« Sein Blick huschte von Kamilles Gesicht zu ihren Haaren und dann meinte sie, plötzlich etwas in seinen Augen aufblitzen zu sehen. »Ich glaube, ich muss mich mal einen Augenblick hinsetzen«, sagte er.

An: asl@bib.kk.dk
Betreff: Verschwundenes Mädchen

Lieber Anders,

erinnerst du dich noch an mich? Du warst im Sommer so nett mir zu helfen, als ich nach Informationen über ein Mädchen gesucht habe, das 1989 verschwunden ist. Jetzt brauche ich noch mal deine Hilfe.
Könntest du nachschauen, ob du etwas über ein Mädchen mit dem Namen Leah Severinsen findest, oder über ihre Adresse? Sie lautet Solvangen 11, Kalundborg.

Vielen Dank vorab!
Malou Nielsen

31. OKTOBER
21 UHR 14

Malou

Malou klickte auf »Senden« und klappte den Laptop zu. Es konnte ja nicht schaden nachzufragen, auch wenn der Spitzname, den Trine ihrer Schwester gegeben hatte, vermutlich eher nicht in den Archiven der Königlichen Bibliothek zu finden war. Aber so langsam gingen ihnen die Ideen aus. Laut Kamille war Victoria todunglücklich darüber, dass es ihr nicht gelungen war, Kontakt zu Trine aufzunehmen, weshalb Kamille ihnen verboten hatte, weiter danach zu fragen. Dabei wirkte Victoria nicht besonders niedergeschlagen, fand Malou. Und wer weiß, hätte sie ein bisschen weniger Zeit damit verbracht, von Benjamins Bizeps zu träumen, vielleicht hätte sie dann Leahs Spitznamen schon herausgefunden.

Malou lugte in die Küche. Ihre Freundinnen bereiteten gerade eine improvisierte Halloween-Party vor. Kamille hatte dem Küchenteam eine Kürbistarte abgeschwatzt, Sara und Sofie hatten eine große Menge Süßigkeiten mitgebracht, und Anne und einige ihrer Freundinnen aus dem neuen Jahrgang waren ebenfalls gekommen – alle als Vampire verkleidet, mit so großen Plastikgebissen im Mund, dass man kaum verstehen konnte, was sie sagten.

Plötzlich war die Küche voller Menschen, und Malou hörte einige Mädchen darüber diskutieren, ob es wohl zu riskant sei, auch ein paar Jungs einzuladen. Sie hatte sich mit Kopfschmerzen entschuldigt, aber anstatt sich hinzulegen, hatte sie eine Tasche mit ihren Sachen gepackt und sah jetzt ihre Chance gekommen aufzubrechen, ohne dass es im Trubel der Feier jemand bemerkte.

Malou schlich sich über die Treppen und durch die Flure. Alle Lampen in der Schule waren ausgeschaltet worden, nur ausgehöhlte Rüben und Kürbisköpfe erhellten das Gebäude mit flackerndem Kerzenschein. Als sie um eine Ecke bog, erschreckte sie sich vor einem Rübenlicht mit einer unheimlichen Grimasse. Sie wusste nicht genau, wo sie sich treffen würden, sie war nie zuvor dort gewesen, aber es musste in irgendeinem Kellerraum sein. Malou spürte, wie sich ihr Magen bei diesem Gedanken zusammenzog. Hoffentlich musste sie nicht in die hinterste Ecke des Kellers, dorthin, wohin Vitus Kamille geschleppt hatte und wo sie beinahe alle in den Flammen umgekommen wären. Malou verspürte kein Bedürfnis, noch einmal dorthin zurückzukehren.

Am Eingang zum Festsaal erkannte sie Zlavko, der mit ein paar Schülerinnen und Schülern wartete. Die hochgewachsene Amalie stand neben dem kleinen blassen Mädchen mit den großen, immer leicht starrenden Augen. Malou nickte den anderen zu, sagte aber nichts. Nach ein paar Minuten waren weitere Jugendliche dazugekommen. Louis, der seine halblangen, fast weißen Haare zu einem Pferdeschwanz zusammengebunden hatte, stand mit einem hübschen dunkelhaarigen Typen aus dem Abschlussjahrgang zusammen, unter dessen linkem Auge es seltsam zuckte, und Malou erkannte außerdem ein Mädchen namens Asta aus ihrem eigenen Jahrgang.

»Da sind wir nun also alle.« Zlavko nickte zufrieden. »Wir gehen in die alte Küche im Schlosskeller. Folgt mir!«

Zum Glück befand sich die ursprüngliche Schulküche nicht in der Nähe der ältesten Vorratskeller, sondern ziemlich genau unterhalb des Festsaals. In den Kellergewölben waren die Feuerstellen noch zu erkennen, und dort, wo Köchinnen und Küchenmädchen früher alle Mahlzeiten für Rosenholm zubereitet hatten, waren die Wände immer noch rußig.

Die Schülerinnen und Schüler warteten still in der Mitte des hohen Raums während Zlavko an den Wänden eine Laterne nach der anderen entzündete. Jetzt erkannte Malou, dass jemand Stühle zu einem Kreis aufgestellt hatte. In der Mitte standen ein einzelner Stuhl und ein kleiner Tisch. Malou spürte mit einem Mal, wie nervös sie war. Sie hatten nichts darüber erfahren, was von ihnen erwartet wurde. Nur, dass sie anhand ihrer magischen Fähigkeiten beweisen sollten, würdige Mitglieder im Club der Krähen zu sein. Eine ganze Woche lang hatte sie jeden Abend geübt, Wasser zum Kochen zu bringen. Gestern hatte sie es dreimal hintereinander geschafft und war sich ziemlich sicher, es hinzubekommen. Aber ob das ausreichte, um Zlavko zu beeindrucken?

»Ich hoffe, ihr habt euch gut vorbereitet«, sagte Zlavko mit leiser Stimme, die dennoch den Raum füllte. Es war, als würde die gewölbte Decke den Klang zurückwerfen. »Wer will anfangen? Albert?«

Der dunkelhaarige Junge nickte ernst und trat in den Kreis. Seine Tics liefen vollkommen Amok, als er die Blicke der anderen auf sich spürte, und Malou überkam ein seltener Anflug von Mitleid. Albert flüsterte kurz mit Zlavko und packte dann mit zittrigen Händen einige Utensilien aus, die er auf den Tisch legte. Dann rückte er sich auf dem Stuhl zurecht und räusperte sich mehrmals.

»Zlavko wird euch jetzt bitten, jeweils eine Karte zu ziehen, und ich werde euch sagen, welche ihr gezogen habt«, murmelte er und starrte auf seine Hände.

Ein Kartentrick? Ist das nicht ein bisschen klischeehaft?

Albert saß einen Moment still da, als ob er sich konzentrieren müsste, und als er sich aufrichtete und seinen Blick auf sie richtete, waren seine Augäpfel weiß und die Zuckungen verschwunden. Malou unterdrückte einen Schauder. Sie hatte das zwar schon mehrmals bei Victoria gesehen, aber trotzdem war es jedes Mal wieder gruselig, wenn Geistermagier auf diese Weise »sahen«.

Sie musste zugeben, dass Alberts Darbietung nicht ganz so albern war, wie sie zuerst angenommen hatte. Sie sollten verschiedene Spielkarten ziehen und würfeln – und jedes Mal wusste Albert, welche Karte sie gezogen und welche Augenzahl sie gewürfelt hatten. Sie sollten auch etwas zeichnen, und er sagte ihnen, was es war, ohne auf das Blatt Papier zu schauen. Nur ein einziges Mal schaffte er es nicht, das Motiv zu erraten, aber es zeigte sich, dass das eher an Louis' Zeichenkünsten lag – selbst als er das Blatt hochhielt, erkannte niemand, dass er angeblich versucht hatte, ein Fahrrad zu malen.

Als Albert fertig war, brandete Applaus auf.

»Gut gemacht, Albert«, lobte Zlavko ihn. »Geistermagier sind oft gute Zauberkünstler – und gute Zauberkünstler sind oft Geistermagier. Es ist immer praktisch, einen unsichtbaren Freund zu haben, der den Leuten über die Schulter guckt. Verrätst du mir, ob du jedes Mal denselben Geist rufst oder ob es immer ein anderer ist, der gerade zufällig da ist?«

»Es ist immer derselbe«, antwortete Albert. »Er heißt Erik.«

»Ja, dann bedanken wir uns doch auch bei Erik. Amalie – willst du als Nächste in die Mitte kommen?«

Amalie hatte etwas dabei, das wie eine kleine Kühltasche aussah, aus der sie eine Schale mit einem Eisklumpen in der Größe einer Mango holte. Neben der Schale platzierte sie sorgfältig ein Messer mit einem schwarzen Griff, ein Athame, das Zlavkos ähnelte. Normalerweise hatten nur fertig ausgebildete Blutmagier ihr eigenes Athame, Amalie musste also ausgesprochen begabt sein. Malou lehnte sich konzentriert vor, um ja kein Detail zu verpassen.

Nachdem Zlavko ihr bedeutet hatte, dass sie loslegen könne, nahm Amalie resolut das Athame und ritzte sich leicht in die Handfläche, gerade so, dass das Blut zu rinnen begann. Dann umfasste sie den Eisklumpen mit beiden Händen. Die Sekunden tickten davon, ohne dass Malou irgendeine Veränderung bemerkte. Schließlich landete der erste Tropfen in der Schale, rot gefärbt von Amalies Blut, und plötzlich ging es schneller und schneller, das Wasser tropfte in die Schale und der Eisklumpen zwischen Amalies langen, starken Fingern wurde kleiner und kleiner. Nach weniger als einer Minute hatte sie den großen Eisklumpen geschmolzen. Dann umfasste sie die Schale mit den Händen. Oh Mann, das hier ließ Malous eigene Nummer zu einem Kindergartenauftritt werden.

In Nullkommanichts brachte Amalie das Wasser zum Kochen, aber sie machte einfach weiter, Dampf stieg aus der kleinen Schale auf, bis diese schließlich leer war. Von Eis zu Dampf in weniger als fünf Minuten. *Scheiße!* Egal wie gut Malou das Wasser in ihrem Glas zum Kochen bringen würde, es würde ein Fiasko werden. Sie überlegte, ob sie jetzt noch abhauen konnte.

»Beeindruckend!« Zlavko nickte anerkennend. »Wirklich wunderbar gemacht, Amalie. Aber damit habe ich auch gerechnet. Setz dich bitte wieder. Iris, jetzt bist du dran.«

Das kleine blasse Mädchen mit den großen, starrenden Augen stand erschrocken auf und ging zu dem Stuhl in der Mitte des Raums. Sie sah aus, als würde sie frieren, obwohl sie einen dunkelgrünen Strickpullover und ein großes weißes Halstuch trug. Sie hatte keine Utensilien dabei und setzte sich abwartend hin, die großen Augen auf Zlavko gerichtet.

»Leg los, Iris«, sagte Zlavko sanft.

Kaum hatte er die Worte ausgesprochen, lief ein Schauer über ihren mageren Körper, sie warf den Kopf zurück und stieß ein unheimliches Zischen aus der Tiefe ihrer Kehle hervor. Als sie sich wieder der Gruppe zuwandte, war nur das Weiße in ihren Augen zu sehen.

Eine Weile passierte nichts weiter, das Mädchen saß wie gelähmt da, die unheimlichen weißen Augen weit aufgerissen. Malou spähte verstohlen zu den anderen hinüber.

»Ihr seid viel zu viele, ich brauche nur einen von euch«, sagte Iris dann, und Malou zuckte zusammen, obwohl die Stimme des Mädchens nicht mehr als ein Flüstern gewesen war.

»Danke«, murmelte Iris und stand auf. Mit langsamen Bewegungen nahm sie das Tuch von ihrem Hals. Es war aus dünner weißer Baumwolle und durchzogen von schmalen goldenen Fäden, die das Licht der flackernden Laternen reflektierten. Iris hielt sich das Tuch mit ausgestreckten Händen vor den Körper. Es war so groß, dass es bis zum Boden reichte. Mit einer plötzlichen Bewegung warf sie es in die Luft, sodass es herabsegelte, doch es erreichte den Boden nicht, sondern legte sich um eine Gestalt, die plötzlich für alle sichtbar geworden war. Ein Raunen ging durch die Gruppe, und Zlavko nickte zufrieden, aber niemand sagte ein Wort.

»Bitte schön, wenn du bereit bist …«, flüsterte Iris.

Alle Augen waren auf die Gestalt unter dem weißen Tuch gerichtet. Langsam, sehr langsam und leise, hörten sie, wie der Geist sang. Er sang nicht durch Iris, deren Mund geschlossen war, der Klang kam direkt von der unsichtbaren Gestalt. Eine dünne, brüchige Stimme. Es war eine traurige Melodie, aber Malou hatte das Gefühl, sie zu kennen, bloß die Worte waren schwer zu verstehen. *Leg mich in denselben Sarg, leg mich ins selbe Grab.*

Dann erkannte sie das Lied. Es war *Langt oppe bag Norges kyster*, ein Seemannslied aus dem 19. Jahrhundert, das ihre Klassenkameradinnen an der alten Schule immer gesungen hatten, wenn sie einen Ausflug gemacht und mit dem Bus gefahren waren.

Die Stimme des Geistes stieg an, je mehr sich das Ende des Liedes näherte. Iris' Kopf dagegen hing herunter, ihr kleiner Körper schien sich kaum mehr aufrecht halten zu können, während der Geist mit immer größerer Kraft sang. Als das Lied zu Ende war, stürzte Iris vor den Füßen der Gestalt zu Boden.

»Iris!«

Mehrere Schülerinnen und Schüler waren aufgesprungen, doch Zlavko hielt sie zurück. Stattdessen murmelte er einige unverständliche Wörter und malte ein merkwürdiges Zeichen in die Luft. Sofort fiel die Gestalt in sich zusammen, und das Tuch segelte zu Boden. Iris rappelte sich auf und zog sich am Stuhl hoch.

»Entschuldigung«, murmelte sie. »Das passiert normalerweise nie.«

»Du hast die Kontrolle über den Geist verloren«, sagte Zlavko und beobachtete, wie Iris zum Stehen kam. »Das war natürlich unglücklich, aber ich habe nur selten eine junge Magierin gesehen, die imstande war, einem Geist eine feste Form und eine Stimme zu verleihen, wie wir es gerade erlebt haben. Du hast großes Talent, Iris. Jetzt setz dich wieder.«

Als Nächstes war Asta dran. Das Mädchen, das Malou nur oberflächlich kannte, hatte nicht viel Glück damit, ihre Fähigkeiten in der Geistermagie zu beweisen. Zlavko war ganz offensichtlich enttäuscht von Astas fragwürdigen Versuchen, Amalie weiszusagen. Die anderen klatschten brav, als Asta mit roten Wangen wieder ihren Platz einnahm. Malou war sich ziemlich sicher, dass Asta es mit diesem Auftritt nicht in Zlavkos Club schaffen würde und wenn sie die verdrossene Miene des Mädchens richtig deutete, war sie sich auch darüber im Klaren. Wenn Malou Glück hatte, würde sie selbst es zumindest besser als Asta hinkriegen.

Aber zunächst war Louis an der Reihe. Er stellte sich selbstbewusst in die Mitte des Kreises.

»Ich habe mir überlegt, dass wir heute Abend noch eine andere Tradition Rosenholms wiederaufleben lassen könnten. Nämlich das Magierduell.« Er grinste so breit, als hätte er gerade verkündet, dass es Gratis-Süßigkeiten für alle gab. »Und dafür brauche ich einen oder eine Freiwillige. Keine Sorge, es ist völlig ungefährlich. Ich brauche einfach nur jemanden, an dem ich etwas vorführen kann. Albert, wie wär's mit dir?«

»Lasst es uns etwas interessanter machen«, unterbrach Zlavko ihn. »Louis, nimm doch einen Blutmagier oder eine Blutmagierin. Blut gegen Blut. Malou, würdest du Louis bitte assistieren?«

»Perfekt«, sagte Louis, nickte ihr zu und wandte sich dann wieder an alle. »Ich möchte euch gern die wunderschöne, uralte Kampfsportart Iaijutsu vorführen.« Mit einem schiefen Grinsen zog er plötzlich ein langes schmales Schwert aus einer Scheide an seiner Seite, die Malou in der Dunkelheit des Kellers bislang nicht bemerkt hatte.

»Das ist ein Kantana«, erklärte er und schwang das Schwert elegant durch die Luft, sodass ein peitschender Laut zu hören war.

»Die Lieblingswaffe der Samurai. Leicht, elegant und scharf wie eine Rasierklinge.« Er klang, als würde er über seine Freundin sprechen, in die er bis über beide Ohren verknallt war. »Nun werden meine reizende Assistentin und ich euch zeigen, wie man es gebraucht.« Er drehte sich ruhig zu Malou.

»Fuck you«, zischte Malou. »Soll ich etwa stillhalten, während du mich damit abstichst?«

»Nein«, sagte Louis. »Du sollst stillhalten, während ich versuche, dich *nicht* damit abzustechen.« Er packte das Schwert mit beiden Händen, seine Pupillen weiteten sich, sein Blick war konzentriert auf die Schwertspitze gerichtet. Dann sprang er plötzlich mit dem Schwert voran auf sie zu. Blitzschnell führte er einige Angriffe gegen sie aus, wobei das Schwert so dicht an ihr vorbeirauschte, dass sie einen kühlen Lufthauch spürte. Malou hörte, wie die anderen scharf die Luft einsogen, traute sich aber selbst kaum zu atmen. Louis' Bewegungen waren schnell und elegant wie die eines Tänzers, doch das war es gar nicht, was seine Vorführung besonders machte. Die Zeit um ihn herum schien beinahe elastisch zu werden, manche seiner Bewegungen wirkten so unnatürlich schnell, dass sie das Auge täuschten, dann wieder schien es, als bewege er sich unter Wasser. Er sprang völlig mühelos, blieb viel zu lange in der Luft und konnte mitten im Sprung die Richtung wechseln. So etwas hatte sie noch nie gesehen. Der einzige Laut im Raum war das peitschende Zischen des Schwerts. Malou stand wie versteinert da, sie wagte nicht, sich auch nur einen Millimeter zu bewegen, aus Angst, Louis würde ihr mit seinem schwachsinnigen Schwert die Nase oder das Ohr abschneiden. Es blieb ihr nichts anderes übrig, als seiner Vorführung stocksteif wie ein Requisit zu folgen und dann wäre sie selbst dran, sich auf derselben Bühne mit ihrem albernen, kleinen Trick lächerlich zu machen. Sie spürte, wie eine Welle von Wut in ihr aufstieg und die Lähmung, die sie ergriffen hatte, wegspülte.

Endlich beendete Louis seine Vorstellung und verbeugte sich elegant vor dem Publikum, das in Jubel ausbrach. Doch als sein Blick auf Malou fiel, gefror sein siegessicheres Lächeln.

»Oh, entschuldige, ich muss dich getroffen haben.«

Malou fasste sich ins Gesicht, sie hatte nichts bemerkt, aber ihre Finger waren blutig. Er hatte sie an der linken Wange erwischt.

»Tut mir leid«, sagte er und ging einen Schritt auf sie zu. »Ist es tief?«

Der Schlag traf ihn, als er absolut nicht damit rechnete, und überrumpelte ihn dermaßen, dass ihm das Schwert aus der Hand glitt und zu Boden fiel. Malou hatte ihn mit der geballten Faust gegen die Schulter geschlagen, direkt aufs Gelenk, wo der Arm am verletzlichsten ist, und jetzt wartete sie nicht auf seine Gegenreaktion. Stattdessen drehte sie sich geschmeidig und trat in seine Kniekehle, sodass ihm das Bein wegknickte. Er stürzte auf alle viere, doch als Malou ihm in den Bauch treten wollte, rollte er sich ab. Das Manöver erinnerte an einen Purzelbaum, bloß rückwärts, und er landete zu ihrer Überraschung elegant auf den Füßen, die Arme in Angriffsposition.

Malou spürte das Blut durch ihren Körper donnern, und sie ließ es donnern, folgte dem Rauschen, dachte nicht nach. Mit einem Aufschrei griff sie Louis an, doch er wich aus, zögerte aber zurückzuschlagen, und sie nutzte diesen kurzen Moment, um ihm den Ellbogen ins Gesicht zu rammen. Er stöhnte vor Schmerz auf und warf sie mit einer einzigen, fließenden Bewegung über seine eine Hüfte zu Boden, wo sie hart auf dem Rücken aufkam. Malou sprang genauso schnell wieder auf, wie Louis es vor wenigen Sekunden getan hatte. Seine Lippe blutete. Sie hatte ihn ebenfalls verletzt. Sein Blut gab ihr eine Kraft, die sie selbst nicht begreifen konnte, aber sie war bereit, sie zu nutzen. Er sollte bloß nicht glauben, dass er damit davonkommen würde, sie vor allen anderen lächerlich zu machen. *Meine reizende Assistentin. Hell no!*

Diesmal hatte er mit ihrem Angriff gerechnet und sprang blitzschnell zur Seite. Malou war nicht darauf vorbereitet gewesen, dass er plötzlich nicht mehr dort stehen würde, wo er noch vor dem Bruchteil einer Sekunde gestanden hatte. Sie schrie vor Wut, als er sie zu Fall brachte. Louis stellte sich über sie und deutete mit einem Schlag in Richtung ihres Halses an, dass er sie überwältigt hatte. Malou schnaubte. Seine lächerlichen Gentleman-Regeln waren ihr scheißegal. Okay, vielleicht hatte er Fechtunterricht genommen oder whatever, aber dafür hatte sie gelernt, wie man sich auf die harte Tour prügelte. Als Louis sich aufrichtete und einen Schritt zur Seite machen wollte, trat sie nach ihm, riss ihm die Beine unter dem Körper weg und schlug ihm so mit der Faust ins Gesicht, dass seine Nase zu bluten begann. Benommen ging er zu Boden, und Malou stellte sich über ihn, den Fuß auf seinem Hals.

»Wer hat gewonnen?«, stöhnte sie und verlagerte das Gewicht auf den Fuß, der seine Kehle berührte.

»Du hast gewonnen«, flüsterte er. Blut strömte über sein Gesicht. Aber er lächelte.

Für Malou Nielsen

Es ist mir eine Ehre dir mitzuteilen,
dass du als Anwärterin in den
Club der Krähen aufgenommen wirst.

Mit freundlichen Grüßen
Zlavko

CORVUS OCULUM CORVI NON ERUIT

Ich vermisse dich.

Ich dich auch.

Wann sehen wir uns?
Fährst du am Wochenende
nach Hause?

Nein. Dieses Wochenende nicht :-(
Wir sind mit Thorbjørn beim Útiseta.

Dann komme ich dich besuchen!

Lieber nicht – was,
wenn dich jemand sieht?

Das passiert schon nicht. Letztes Mal
ist es doch gut gegangen, oder?

...

14. NOVEMBER
21 UHR 05

Kirstine

Schon als sie an der Treppe standen und warteten, wusste Kirstine, dass es ein Fehler gewesen war. Sie hätte nicht kommen sollen.

»Seid ihr warm genug angezogen? Wir werden mindestens drei Stunden lang draußen sein und für heute Nacht sind Minustemperaturen angesagt.« Thorbjørn ließ den Blick über die Schülerinnen in der großen Halle schweifen, eingemummelt in Daunenjacken, Mützen und Schals. Kirstine trug Handschuhe, aber ihre Finger fühlten sich schon jetzt eiskalt an, was jedoch nichts mit der Temperatur zu tun hatte. Sie hatte Angst. Es war ihr bisher gelungen, den praktischen Übungen im Unterricht zu entgehen, aber Thorbjørn hatte mehrfach betont, dass die heutige Lektion für alle obligatorisch war.

»Heute Abend erproben wir unsere Kräfte bei einem Útiseta, was ein wichtiger Teil des Lehrplans im zweiten Oberstufenjahr ist. Das Útiseta ist eine spezielle Art des Seiðr. Bevor wir aufbrechen, möchte ich euch etwas über die Hintergrundgeschichte erzählen. In der Völuspá erfahren wir etwas über die Völva Heid.« Thorbjørn zog ein Buch aus der Tasche und schlug eine der ersten Seiten auf:

Allein saß sie draußen,
als der Alte kam,
der Yggjung der Asen,
und ihr ins Auge schaute:
›Was fragt ihr mich,
warum versucht ihr mich?
Schon weiß ich, Odin,
wo du das Auge verbargst‹.

Thorbjørn schaute auf. »Hier lesen wir, dass die Völva ›draußen sitzt‹ – ein doppeldeutiger Begriff. Wortwörtlich verstanden heißt das, dass sie draußen in der Natur sitzt, aber es bedeutet auch, in Ekstase zu sein. Die Völva begegnet Odin, und das Gedicht handelt davon, dass sie in ihrer Ekstase eine Vision empfängt, die ihr sowohl die Erschaffung der Erde zeigt als auch deren Zukunft: Ragnarök.« Er schlug das Buch zu und schob es so vorsichtig zurück in seine Tasche, als handle es sich um ein lebendiges Wesen. »Beim Útiseta hält man sich normalerweise vom Sonnenuntergang bis zum Sonnenaufgang draußen in der Natur auf, und zwar ohne Licht, Essen, Handy und allem anderen, das einen ablenken könnte. Manche fasten vorher sogar, um das Erlebnis noch intensiver wahrzunehmen. Aber wir fangen heute erst einmal mit drei Stunden an. Während die Nacht anbricht, werdet ihr die Natur um euch herum ganz anders als sonst wahrnehmen, und vielleicht habt ihr eine Vision, die wir im Anschluss gemeinsam deuten werden. Habt ihr noch Fragen?«

Niemand meldete sich, und so verließen sie die Halle und überquerten den Wassergraben. Es war Vollmond und Thorbjørn verbot ihnen, den Weg zu beleuchten, denn dann würden sich ihre Augen nicht an die Dunkelheit gewöhnen. Schon bald stellte Kirstine fest, dass er recht hatte. Das Mondlicht reichte aus, um sich zu orientieren. Die Luft war klar und windstill, aber kalt. Sie würden eine Stunde unterwegs sein, um ihr Ziel zu erreichen, ein altes Wikingergrab an einem kleinen Feldweg, der parallel zur Landstraße verlief. Sie war noch nie dort gewesen, hatte jedoch gehört, dass es eine Schiffssetzung war – ein Grab, umringt von großen Steinen, die den Umriss eines Schiffs bildeten. Wahrscheinlich sollte es die Reise zwischen dem Reich der Lebenden und dem der Toten symbolisieren.

Die Mädchen gingen langsam. Einige unterhielten sich und lachten leise, aber Kirstine ließ sich lieber zurückfallen. Trotz des wunderschönen Vollmonds wuchs ihr Unwohlsein. Je weiter sie sich vom Schloss entfernten, desto stärker wurde ihre Ahnung, dass sie nicht hätte mitgehen sollen.

»Thorbjørn?« Kirstine wartete, bis sie auf einer Höhe mit dem großen Mann war, der ein Stück hinter der Gruppe lief. Mit seinen riesigen Gummistiefeln bahnte er sich den Weg durch den Matsch.

»Ja, was ist denn?«, brummte er.

»Mir geht es nicht so gut, ich glaube, es ist am besten, wenn ich zurückgehe«, sagte sie. »Wahrscheinlich werde ich krank.«

»Hm«, brummte er. »Bist du sicher, dass es daran liegt?«

»Was meinen Sie?«

»Das erste Halbjahr ist bald vorbei, und du hast immer noch nicht an den praktischen Übungen teilgenommen – jedes Mal hast du eine neue Ausrede. Man könnte fast glauben, dass dir irgendetwas Angst macht.«

Kirstine sagte nichts. Sie hatte im Halbdunkeln eine Pfütze übersehen und spürte, wie der Schlamm bis hoch auf ihre Hose gespritzt war.

»Was du letztes Jahr erleben musstest, war schrecklich. Aber du musst keine Angst haben. Das Útiseta ist eine ruhige meditative Übung, bei der man sich auf sein Inneres konzentriert. Und wenn du trotzdem beunruhigt bist, kannst du dich in meine Nähe setzen.«

»Ich glaube einfach nicht, dass es eine gute Idee ist …«, versuchte es Kirstine noch einmal, aber Thorbjørn fegte ihren Einwand beiseite.

»Selbstverständlich machst du mit. Es wird schon gut gehen. Ah, hier müssen wir abbiegen.«

Sie liefen am Feldrand entlang und an einem Birkenwäldchen vorbei, die weißen Rinden der Baumstämme leuchteten in der Nacht. Dann waren sie da. Die Schiffssetzung war ein kleiner Steinkreis, andere waren bis zu dreihundert Meter lang und bestanden aus hunderten von Steinen. Dieser Grabhügel war viel kleiner und im Laufe der Jahrhunderte verwittert. Mehrere der großen Steine waren umgekippt und lagen beinahe versteckt im Gras. Andere standen wie stolze Greise im silbernen Mondschein. Thorbjørn forderte sie auf, sich einen Platz rund um die Grabstätte zu suchen, am Rand des Waldes oder auf der kleinen Lichtung. Jede sollte für sich allein sitzen, damit sie sich nicht gegenseitig störten.

Kirstine trat zögernd näher. Sie fühlte sich von den großen Steinen angezogen, die unter den abgenutzten Sohlen ihrer Gummistiefel zu summen schienen.

14. NOVEMBER
22 UHR 36

Victoria

Ein weißer Schatten tauchte im Wald zwischen den schwarz und weiß flimmernden Birkenstämmen auf. *Ein Geist.* Victoria hielt den Atem an und spähte hinüber. War das Trine?

Sie saß still da, während der Geist näherkam. Nein, die Gestalt war groß und breit. Ein Mann. Die Enttäuschung schwang wie ein schnarrender Ton in der Nacht. Andere Geister als Trine nahm Victoria normalerweise nur als weiße Schatten wahr, doch in letzter Zeit hatten sich ihr mehr und mehr von ihnen so deutlich vor ihren Augen gezeigt, als ob sie lebendig wären. Der Geist, der nun durch den Wald streifte, sah stark aus, und er bewegte sich so selbstsicher, als hätte er ein klares Ziel. Er zog etwas hinter sich her, aber sie konnte nicht erkennen, was es war. Etwas Schweres, vielleicht ein Tier, das er im Wald erlegt hatte. Er verschwand weiter hinten zwischen den Baumstämmen, er schien sie nicht bemerkt zu haben.

Victoria atmete langsam aus, erleichtert darüber, dass der Geist sie nicht heimgesucht hatte. Vielleicht hatte es etwas mit Trines Abwesenheit zu tun, dass sie plötzlich andere Geister so deutlich erkennen konnte, vielleicht hatte Trine sie bislang irgendwie beschützt. Und jetzt war sie verschwunden. Victoria wusste nicht, weshalb, aber Fakt war, dass Trine sie verlassen hatte. Und egal, was Victoria anstellte, sie schaffte es nicht, wieder mit ihr in Kontakt zu kommen und Trine zu fragen, wie sie ihre kleine Schwester genannt hatte.

Ein entfernter, knurrender Laut riss sie aus ihren Gedanken. Ob das vielleicht ein Fuchs oder ein Dachs war? Sie stand auf und lauschte, ihre Beine waren vom langen Sitzen ganz steif und kalt. Ein neuer Laut durchbrach die Stille, dieses Mal klang es wie eine Mischung aus einem Knurren und einem Schrei. *Irgendetwas stimmt hier nicht.* Victoria stolperte am Rand des Waldes entlang, und als sie das matschige Feld erreichte, fiel sie hin. Wasser sickerte in ihre Hose. In der Nähe knackte ein Ast. Es war Kamille, die ebenfalls aus dem Wald kam.

»Was ist passiert?«

»Keine Ahnung. Ich glaube, das kommt vom Grabhügel.«

Plötzlich wurde die stille Nacht von einem scharfen, hohen Schrei zerrissen. *Ein Schmerzensschrei.*

»Komm!« Kamille rannte los, und Victoria folgte ihr. Der schwere Boden klebte an ihren Gummistiefeln.

Als sie sich der Grabstätte näherten, sahen sie, dass sich die anderen Schülerinnen zu einem Kreis versammelt hatten. In ihrer Mitte zeichnete sich eine zusammengekrümmte Silhouette ab, die wie von einem Lagerfeuer beleuchtet wurde. Nein, es war kein Lagerfeuer, das Gras brannte, ein orangefarbenes, von Qualm durchzogenes Licht um die Füße der kauernden Gestalt. Sie schrie erneut.

»Kirstine!« Victoria wollte zu ihr laufen, aber jemand packte sie am Arm und hielt sie zurück.

»Wir dürfen nicht näher ran. Thorbjørn hat es verboten!«, sagte Malou direkt an ihrem Ohr. Erst jetzt bemerkte Victoria, dass der Lehrer neben Kirstine stand. Unablässig murmelte er irgendwelche Formeln und bewegte die Hände durch die Luft, als würde er zeichnen. Kirstines Körper verharrte in einer sonderbaren Haltung, als wäre sie in einem schmerzhaften Krampf gefangen.

»Warum tut er nichts?«, flüsterte Kamille.

Stück für Stück näherte sich Thorbjørn und hielt dabei die Hände vor sich in die Höhe. Kirstine stieß einen Laut aus, der an ein Knurren erinnerte und tief aus ihrer Kehle zu kommen schien, doch Thorbjørn setzte seinen Weg langsam fort. Als er sie fast erreicht hatte, machte er plötzlich einen Satz nach vorn und legte beide Hände um ihre Taille. Im selben Moment begann Kirstine fürchterlich zu brüllen, der Schrei gellte durch die Nacht, und Victoria spürte den Schmerz am eigenen Körper, einen schrecklichen, brennenden Schmerz, der sie von innen zu zerreißen schien.

»Lassen Sie sie los!«, rief sie. »Sie tun ihr weh!«

Aber er hielt Kirstine unbeirrt fest, sein massiger Körper umschloss sie.

»Er versucht, sie hochzuheben!«, schluchzte Kamille. »Warum kann er sie nicht hochheben?«

Kamille hatte recht. Thorbjørn versuchte, Kirstine hochzuheben. Versuchte, sie aus dem Steinkreis herauszubekommen. Aber sie schien wie festgenagelt. Für einen Sekundenbruchteil sah Victoria den mächtigen Thor vor sich, dem es nicht gelang, Utgardlokis Katze hochzuheben, weil die in Wirklichkeit die getarnte Midgardschlange war.

»Arrrrggggg!«, brüllte Thorbjørn, ein Schrei aus Schmerz und Verzweiflung, und auf einmal ließ Kirstine los, oder vielleicht war es auch die Erde unter ihren Füßen, die sie losließ, und die beiden stolperten aus dem Steinkreis und landeten im Matsch.

»Aus dem Weg!« Thorbjørn keuchte. »Fasst sie nicht an.« Schnaufend kam er auf die Beine und betrachtete einen Moment lang seine großen Hände, während Kirstine bewusstlos im Gras lag. Im Licht des qualmenden Feuers und des Mondes sahen sie, dass seine Handflächen von riesigen Brandblasen übersät waren.

»Was ist passiert?«, schluchzte Kamille, doch statt zu antworten, hob Thorbjørn nur Kirstine vom Boden hoch und rannte mit ihr in Richtung Schloss.

Durch die Dunkelheit taumelnd folgten sie ihm.

»Hast du gehört, was sie gesagt hat?«, fragte Malou, während sie hinterher hasteten.

»Was meinst du damit?«, fragte Victoria. »Ich hab sie nur schreien gehört.«

»Nein, zuerst hat sie was gesagt. Es klang wie eine Weissagung.«

»Was denn?«, fragte Kamille.

»*Erfüllt euer Versprechen vor der Nacht, in der es Sommer wird. Sonst wird sie töten oder sterben …* Das hat sie gesagt.«

16. NOVEMBER
19 UHR 30

Kirstine

Kirstine wurde wach. Im Raum war es dunkel, aber durch die Tür zum Flur fiel Licht. War es Nacht? Sie warf einen Blick auf ihr Handy. Die Bewegung ließ sie aufstöhnen, ihre Muskeln schmerzten wie offene Wunden, und auch wenn sie äußerlich nichts erkennen konnte, fühlte sie sich innerlich zerbrochen.

Die beiden Tage danach hatte sie in einem tiefen, traumlosen Schlaf verbracht, unterstützt von Lisas Kräutern und Ingrids Beschwörungen, aber im selben Maße, wie die beiden die starke Kräutermedikation zurückschraubten, waren die Schmerzen immer wirklicher geworden.

Die Tür öffnete sich, und Kirstine drehte den Kopf. »Ähm, äh, störe ich?« Die Gestalt füllte den kompletten Türrahmen aus, sodass fast kein Licht mehr in den Raum drang.

»Ist schon okay, ich bin wach«, sagte Kirstine.

Thorbjørn ging auf ihr Bett zu. Er sah so verloren aus, dass Kirstine einen Augenblick lang fürchtete, der riesige Mann mit dem buschigen Bart würde sich auf ihre Bettkante setzen.

»An der Tür steht ein Stuhl, falls Sie …«, sagte sie.

»Ah ja, ähm, danke«, murmelte er. Er schob den Stuhl an ihr Bett und setzte sich.

Kirstine schaltete die Nachttischlampe ein, die einen goldenen Schimmer auf Thorbjørns ernstes Gesicht warf. Er schien sich noch unwohler in seiner Haut als sonst zu fühlen. Erst vermutete sie, er hätte Fäustlinge an, weiße Fäustlinge, aber dann begriff sie, dass seine Hände verbunden waren.

»Wie geht es dir?«, fragte er.

»Ich bin sehr müde«, sagte sie. »Und ich kann mich nicht daran erinnern, was passiert ist …«

»Ich habe es erst erkannt, als du schon mitten im Steinkreis standest, und da hatte es bereits zu brennen begonnen …« Seine Stimme wurde brüchig, und er musste sich räuspern, bevor er weitersprechen konnte. »Kirstine, es tut mir leid, dass ich nicht auf dich gehört habe, als du nicht mitkommen wolltest.«

»Sie konnten doch nicht wissen, was passieren würde …«, sagte sie.

»Nein, aber du … du hast es gewusst, oder?«

»Ich hatte Angst, dass … irgendetwas passieren würde«, flüsterte sie.

»Als du bei der Zeremonie in Ohnmacht gefallen bist – der Grund war nicht, dass du zu wenig getrunken hattest, richtig?«

Kirstine schüttelte den Kopf.

»Magst du mir erzählen, was damals passiert ist?«

Sie drehte den Kopf von ihm weg, weg vom Licht. Im Dunkeln war es leichter, darüber zu sprechen. »Es hat sich angefühlt, als wüsste der Baum, dass ich da war. Es hört sich wahrscheinlich völlig irre an, aber ich glaube, seine Wurzeln haben nach mir gesucht, und als ich weglaufen wollte, konnte ich nicht. Ich war mit dem Boden verbunden, so wie im Steinkreis, als hätte ich selbst Wurzeln geschlagen. Und plötzlich fühlte es sich an, als ob ich von innen brennen würde …«

Thorbjørn nickte, als bestätigte das seine schlimmsten Befürchtungen.

»Werde ich verrückt?« Ihre Stimme brach. »Irgendwas stimmt nicht mit mir. Weil ich ihn getötet habe ...«

»Nein«, sagte er ruhig. »Du wirst nicht verrückt. Und was passiert ist, ist nicht deine Schuld. Aber ich vermute, es hat damit zu tun, was geschehen ist, als ... Vitus starb. Und ich mache mir Sorgen, dass du vielleicht in Gefahr bist. Erinnerst du dich daran, was du gesagt hast, als du im Steinkreis standest?«

»Nein ...« Kirstine erinnerte sich an nichts als den Schmerz und das Feuer, das in ihr gebrannt hatte.

»*Erfüllt euer Versprechen vor der Nacht, in der es Sommer wird. Sonst wird sie töten oder sterben.* Sagt dir das etwas?«

»Nein, ich habe keine Ahnung, was das bedeutet. Geht es um mich? Bin ich es, die sterben wird? Oder ... töten?«

»Ich weiß nicht, was deine Weissagung bedeutet, und solange wir nicht mehr wissen, können wir nichts ausschließen.«

»Warum ich? Was ist verkehrt mit mir?«

Thorbjørn atmete tief ein und hielt einen Moment die Luft an. »An diesem Abend, beim Frühlingsball ...«

Kirstine nickte im Dunkeln. *Dieser Abend, diese Nacht.* Die Nacht, in der sie einen Menschen getötet hatte. Sie hatte es getan, um Leben zu retten, aber dennoch hatte es sie verändert.

»Du kannst dich vermutlich nicht daran erinnern, aber ich war es damals, der dich gefunden hat.« Thorbjørns Stimme klang heiser, irgendwie verletzlich, aber sie wollte nicht darüber nachdenken, denn dann hätte sie wahrscheinlich Mitleid darin erkannt. Und sie hatte keine Lust, irgendjemandes Mitleid zu erwecken. »Wir hatten das Feuer im Keller gelöscht, die anderen drei waren schon zu Ingrid gebracht worden, wo Lisa und sie sich um sie kümmerten«, fuhr er fort. »Danach machte ich mich daran, deine und Benjamins Spuren im Wald zu verfolgen. Sie führten mich ein ganzes Stück in den Wald hinein, bis ich einen Flammenschein bemerkte. Benjamin lag dort, er war ernsthaft verletzt, du lagst ebenfalls dort, bewusstlos. Und Vitus ... es brannte immer noch ... Er ... er war nicht mehr zu retten.«

Thorbjørn machte eine Pause, und Kirstine sagte nichts, schaffte es nicht einmal, die Tränen wegzuwischen, die ihre Wangen hinabliefen.

»Ich trug dich zum Schloss. Als ich auf die Lichtung zurückkehrte, war das Feuer verloschen, und Vitus war beinahe verschwunden. Nur seine Hand ragte noch aus der Erde, und als ich näher heranging, verschwand auch sie ...« Thorbjørns Stimme war nur noch ein Flüstern. »Als ob sie hinunter in die Erde gezogen worden wäre.«

»Der Baum?«

»Ja. Ich glaube, der Baum hat ihn sich geholt.«

»Warum?«

»Damals wusste ich es nicht, und danach ist sehr viel passiert. Birgit wollte nicht, dass wir der Sache weiter nachgehen, aber nach dem, was auf der Schiffssetzung passiert ist, habe ich begonnen, in alten Büchern nachzulesen ...«

»Und?«

»Die große Eiche auf der Lichtung ist ein sehr, sehr alter und heiliger Baum. Sie ist jahrhundertelang verehrt und gefeiert worden. Vor tausend Jahren war es nicht ungewöhnlich, dass man den Göttern und den heiligen Mächten Opfer brachte. Die Menschen opferten Waffen, kostbare Gaben, Pferde und andere Tiere. Und man opferte sogar das Kostbarste, das man hatte: Menschen.«

Kirstine schloss die Augen, sie wollte nichts davon hören.

»Es gibt Berichte darüber, dass die Wikinger Menschen an Bäumen erhängten, die sie für heilig hielten. Das taten sie, um die höheren Mächte zufriedenzustellen und um etwas von ihnen zu erbitten. Ich glaube …«

Sie öffnete die Augen. »Ja?«

»Ich glaube, dass der Baum davon ausgeht, dass du … ihm Vitus geopfert hast. Und er hat dein Opfer angenommen.«

Kirstine spürte ein Brennen im Hals und schluckte. »Was bedeutet das?«, flüsterte sie.

»Das weiß ich noch nicht genau, aber ich vermute, dass der Baum dir Kräfte verliehen hat, die sowohl für dich als auch für andere ziemlich gefährlich werden können.« Thorbjørn legte seine riesige, weiß verbundene Pranke auf ihre Hand. »Ich wünschte, ich müsste dir dies alles nicht erzählen, aber es führt kein Weg daran vorbei. Bis wir mehr darüber wissen, musst du verdammt vorsichtig sein. Du musst deine Kräfte im Zaum halten. Selbstverständlich werde ich im Unterricht Rücksicht darauf nehmen, aber du musst auch selbst auf dich aufpassen. Du darfst nichts tun, was deine Kräfte verstärkt. Und vor allem darfst du dich nicht … verlieben.«

Kirstine spürte, wie ihre Wangen zu brennen begannen.

»Ich will diese Kräfte nicht«, sagte sie. »Wie werde ich sie wieder los?«

»Ich weiß es nicht«, sagte Thorbjørn. »Aber ich werde alles in meiner Macht Stehende tun, um es herauszufinden. Bis dahin musst du mir versprechen, äußerst vorsichtig zu sein, Kirstine. Im schlimmsten Fall könnte diese Sache jemanden das Leben kosten. Womöglich sogar dich selbst.«

An: coolmalou@gmail.com
Betreff: Verschwundenes Mädchen

Hallo Malou,

natürlich erinnere ich mich an dich. Hast du eine gute Note für dein Schulprojekt bekommen? Es wäre bestimmt spannend, die Arbeit irgendwann mal zu lesen :-)
Ich habe nach den beiden Hinweisen gesucht, die du mir geschickt hast. Der Name Leah Severinsen hat keinen Treffer ergeben, aber ich habe einen Bericht gefunden, in dem die Adresse vorkommt. Es ist eine Polizeimeldung in einer Lokalzeitung. Und stell dir vor, das ist auch eine ziemlich unheimliche Geschichte. Die Meldung stammt vom November 1995. Ich habe sie dir eingescannt und hänge sie an diese Mail an.

Viele Grüße
Anders

Anders Sahl Larsen
Die Königliche Bibliothek
Christians Brygge 8
1219 Kopenhagen

Kalundborg: Doppelselbstmord erschüttert die Nachbarschaft

Freitagabend alarmierten die Nachbarn des Hauses Solvangen 11 in Kalundborg die Polizei, weil sie die Bewohner mehrere Tage lang nicht erreicht hatten. Als sich die Polizisten Zugang zum Haus verschafften, mussten sie feststellen, dass beide Bewohner, ein 51-jähriger Mann und dessen 48-jährige Ehefrau, tot waren. Die Polizei berichtet, dass es sich um Selbstmord handelt, und nennt das Ereignis ein Familiendrama. Die Beerdigung soll nach Wunsch der Hinterbliebenen in aller Stille stattfinden.

27.11.88

Meine liebe TP,

ich bin so unglücklich - vor lauter Tränen sehe ich kaum, was ich schreibe! Ich weiß, du bist noch zu klein, um mich zu verstehen, aber ich habe sonst niemanden, mit dem ich reden kann. Denn mit meinen Freundinnen in der Schule darüber zu sprechen, traue ich mich nicht. Was, wenn sie es weitertratschen? Du bist die Einzige, der ich mein Geheimnis anvertrauen kann.

Noch vor einer Woche war ich glücklich - so glücklich wie noch nie zuvor. **ER** hat mir gestanden, dass er in mich verliebt ist, wir haben uns geküsst - endlich!
Ich wusste gar nicht, dass man so glücklich sein kann.
Aber als wir uns gestern trafen, sagte er, dass wir uns nicht mehr sehen können, weil das Risiko zu groß ist. An der Schule ist es ja verboten, mit jemandem zusammen zu sein, aber die meisten halten sich nicht dran und das habe ich ihm auch gesagt, doch das wollte er nicht hören.

Ich bin mir sicher, dass er mich immer noch liebt und schwanke ständig zwischen der Gewissheit, dass er seine Meinung noch ändern wird - und der Angst, dass es wirklich vorbei ist.
Ich weiß nicht, was ich tun soll, TP ... Sei froh, dass du noch nichts mit der Liebe zu tun hast, denn die Liebe ist wirklich die größte Folter, die man sich vorstellen kann. Die Liebe ist ein großer Mist!

Deine unglückliche Schwester
Trine

3. TEIL
WINTER

Farn

»Du täuschst mich.«

10. DEZEMBER
15 UHR 47

Kamille

Kamille saß in einem der tiefen Bibliothekssessel und blätterte in einem Buch. *Keltische Feste in vorchristlicher Zeit* stand auf dem braunen Lederumschlag. Sie suchte nach einer bestimmten Stelle. Als sie sie gefunden hatte, las sie den Text noch einmal aufmerksam und machte sich dabei ein paar Notizen. Dann legte sie das Buch zur Seite und überflog, was sie notiert hatte.

Walpurgisnacht. Der letzte Abend im April. Die Kelten und Germanen feierten in dieser Nacht den Übergang vom Winter zum Sommer. Sie wachten die ganze Nacht lang, um nicht vom »Huldrefolk« überlistet zu werden, also all jenen unsichtbaren Wesen, die sich unter der Erde oder in der Natur versteckt halten und den Menschen Gutes, aber auch Böses tun können. Man machte zur Walpurgisnacht Feuer, die nur auf die alte Art und Weise entzündet werden durften: Dazu rieb man zwei Holzstücke aneinander, bis sie Funken schlugen. In späteren Jahrhunderten glaubten die Menschen, dass sich an diesem Abend die Hexen trafen.

Kamille hatte das Buch früher am Tag entdeckt, als sie während Thorbjørns Unterricht mit der ganzen Klasse in der Bibliothek gewesen waren. Jetzt am Nachmittag war sie zurückgekommen, um noch einmal in Ruhe nachzulesen. In der Walpurgisnacht feierte man den Übergang vom Winter zum Sommer. Sie biss auf ihren Bleistift und schrieb die Weissagung unter ihre Notizen.

Erfüllt euer Versprechen.

Damit musste ihr Versprechen gegenüber Trine gemeint sein, das war nicht so schwer zu verstehen. Ihr Versprechen, ihren Mörder zu finden.

Vor der Nacht, in der es Sommer wird.

Wenn sich das auf die Walpurgisnacht bezog, hatten sie bis zum 30. April Zeit.

Sonst wird sie töten oder sterben.

Sonst würde wer töten? Kirstine? Sie hatte die Weissagung schließlich empfangen. Oder war Kirstine es, die laut der Weissagung stürbe, wenn sie ihren Mörder nicht ausfindig machten? Kamille fasste ihre Erkenntnisse zusammen:

Trines Mörder bis zum 30. April finden, sonst wird (…?) sterben.

Sie starrte auf die Worte. Dann strich sie sie durch. Bis April war es noch ewig hin, das musste doch zu schaffen sein.

Kamille schaute auf ihre Handyuhr, schlug das Buch zu und stellte es zurück an seinen Platz. Sie hatte eine Verabredung und wollte nicht zu spät kommen.

Als sie kurz darauf vor der massiven Eichentür stand, war sie unschlüssig, ob sie anklopfen oder einfach hineingehen sollte. Sie entschied sich für ein halbherziges Klopfen, öffnete dann jedoch sofort die Tür, ohne eine Antwort abzuwarten.

Jens' großes Büro war leer. Ob sie besser draußen warten sollte? Aber was, wenn er sie vergessen hatte? Und was sollte sie sagen, wenn jemand vorbeikam und sie vor der Tür des Schulleiters stehen sah? Kamille schüttelte den Kopf, um ihre Grübelei zu beenden und ging stattdessen zu dem großen Bücherregal, wo ein paar Sessel um einen Beistelltisch standen. Sie setzte sich auf eine

Sesselkante und wartete. Zum Glück trat Jens bald durch die Tür. Er kam rückwärts in den Raum, schob die Tür mit der Hüfte auf, sodass er das Tablett in seinen Händen nicht absetzen musste.

»Ah, da bist du ja«, sagte er, als er sie entdeckte. »Gut, gut. Ich hab uns nur noch eben Tee geholt. Und Vibeke aus dem Sekretariat war so nett, Madeleines für uns zu backen. Sie weiß, dass ich die am liebsten mag.« Er räumte die Sachen vom Tablett auf den Beistelltisch: eine kleine, silberne Teekanne, weiße Porzellantassen, Kuchenteller sowie eine hübsche Platte mit kleinen, gelben Küchlein, die die Form von Muscheln hatten. Außerdem hatte er zwei weiße Stoffservietten mitgebracht, die gemangelt oder gebügelt worden waren – oder was auch immer man anstellte, damit sie so steif wurden und stehen konnten. Sorgfältig legte sich Jens eine Serviette in den Schoß, seine Hände waren breit und stark, doch seine Bewegungen wirkten elegant, als er ihnen beiden einschenkte, Kamille von den Küchlein anbot und sich selbst eines nahm.

»Vibeke backt sie mit Mandelmehl und ein klein wenig Zitronenschale. Sie sind wirklich gut«, sagte er, und Kamille biss höflich in eines der perfekt geformten Madeleines, während ihre Gedanken darum kreisten, wie um Himmels Willen sich Jens und ihre Mutter ineinander hatten verlieben können. *Man sagt ja immer, dass Gegensätze sich anziehen.*

Sie saßen eine Weile schweigend da. Kamille fiel es normalerweise nicht schwer, sich mit jemandem zu unterhalten – sonst war es eher so, dass sie zu viel plapperte, aber jetzt war ihr Kopf einfach nur leer. Sie nahm einen Schluck Tee und verbrannte sich die Zunge, während sie spürte, wie Jens sie betrachtete. Sein Blick war freundlich und neugierig, und doch fühlte es sich ein bisschen komisch an, so gemustert zu werden.

»Wann hat Beate dir erzählt, dass ich dein Vater bin?« Er machte eine kaum merkbare Pause, bevor er das Wort »Vater« aussprach.

»In den Sommerferien«, antwortete sie. »Ich war mir nicht sicher, ob ich mit Ih… dir darüber reden sollte oder nicht.« Der letzte Satz klang wie eine Frage. Außerdem fühlte es sich komisch an, Jens zu duzen, obwohl er es ihr beim letzten Mal selbst angeboten hatte.

»Ich bin sehr froh, dass du es mir erzählt hast«, sagte Jens. »Gerade hatte ich mich damit abgefunden, dass ich zu alt für eigene Kinder geworden bin, und dann plötzlich … Aber eins würde ich dich gern fragen: Hast du jemals das Gefühl gehabt, die Begabung zur Geistermagie zu besitzen? Es passiert ja nicht so selten, dass sich magische Fähigkeiten vererben.«

Kamille schüttelte den Kopf. »Nein, ich komme wohl eher nach meiner Mutter«, sagte sie und tastete nach dem silbernen Blatt um ihren Hals, dem Zeichen dafür, dass sie zum magischen Zweig der Natur gehörte.

»Oh ja, na klar.« Jens nickte. »Und du hast keine Geschwister?«

»Das wollte ich dich fragen«, sagte sie. »Meine Mutter hat jedenfalls nur mich.«

»Ich habe keine Kinder«, sagte Jens und sah einen Moment lang ganz erschrocken über seinen Versprecher aus. »Also keine außer dir«, schob er schnell hinterher.

»Dann bin ich also immer noch ein Einzelkind«, stellte Kamille fest und wusste nicht, ob sie erleichtert oder enttäuscht sein sollte.

Jens holte tief Luft, als wäre er sich nicht sicher, wie genau er sich ausdrücken sollte. »Ich hoffe, du verstehst, dass wir die Sache geheim halten müssen. Jedenfalls eine Weile lang. Weißt du, ich bin eine ganze Ecke älter als deine Mutter, und ich war ihr Lehrer. Damals war ich das erste Jahr an der Schule, und wenn das herauskommt, ausgerechnet jetzt, da ich zum Schulleiter ernannt worden bin …«

»Das ist in Ordnung, ich habe auch noch niemandem davon erzählt«, sagte Kamille und musterte ihn verstohlen. Ja, er war älter als ihre Mutter, aber er wirkte stark und energisch und überhaupt nicht wie ein alter Mann. Okay, seine Haare waren silbergrau, aber voll und glänzend.

Jens goss ihnen Tee nach und nahm sich ein weiteres Küchlein. »Eine seltsame Vorstellung, wie anders alles hätte werden können, wenn ich von Beates Schwangerschaft gewusst hätte, als wir uns getrennt haben«, meinte er.

Kamille nickte. »Keine Ahnung, ob ich ihr jemals verzeihen kann, dass sie dir nichts davon erzählt hat.«

»Sie hat sicher getan, was sie für das Beste hielt. Soweit ich mich erinnere, hatte deine Mutter immer ihre eigene Meinung.«

»Ja, das kannst du wohl sagen!«, rutschte es Kamille heraus.

»War sie denn eine gute Mutter? Ich meine, hast du es gutgehabt?«

Plötzlich spürte Kamille einen Kloß im Hals. »Meine Mutter ist … sie ist großartig. Ich hatte eine wunderbare Kindheit.« Erst jetzt, als sie die Worte aussprach, ging ihr auf, dass das die Wahrheit war.

»Das ist gut«, sagte Jens, »das ist schließlich das Wichtigste. Man hört ja so das eine oder andere.«

»Meine Freundin hat es mit ihrer Familie nicht so gut getroffen.«

»Ach, Victoria?«, fragte Jens.

»Victoria? Nein, ich meinte Malou«, sagte Kamille verwirrt.

»Ah ja, Malou. Ihre Familie kenne ich nicht.«

»Aber Victorias Familie schon?«

»Ja, genau. Oder sagen wir, ich weiß so einiges über sie. Es muss nicht leicht für Victoria sein. Deshalb mache ich mir auch ein bisschen Sorgen, dass sie in Schwierigkeiten geraten könnte.«

»In Schwierigkeiten? Victoria? Was ist denn mit ihrer Familie?«

»Hmm … Ich fürchte, ich habe schon zu viel gesagt«, sagte Jens und rückte seinen Stuhl zurecht. »Ich dachte, du wüsstest …« Er machte eine Pause und sah durch die großen Fenster hinaus in den Park. »Mehr kann ich dir nicht erzählen, schließlich bin ich nicht nur dein Vater, sondern auch Schulleiter von Rosenholm. Zumindest so viel kann ich aber sagen, dass Victorias Kräfte als Geistermagierin ungewöhnlich stark sind. Deshalb habe ich ihr im letzten Schuljahr auch Zusatzunterricht angeboten, aber irgendwann ist sie einfach nicht mehr gekommen. Ab und zu mache ich mir Gedanken, wie es ihr wohl geht.«

»Ihr geht's gut«, sagte Kamille, ohne zu zögern. Sie sah Victoria vor sich, wie sie sich über ihr Handy beugte und wieder mal eine von Benjamins tausend Nachrichten las oder sich zu einem heimlichen Date aufmachte, von dem sie dachte, dass die anderen es nicht bemerken würden.

»Das freut mich zu hören«, sagte Jens. »Und es ist gut zu wissen, dass sie jemanden wie dich hat, die ein bisschen auf sie aufpasst. Freundinnen sind so wichtig, vor allem für Victoria. Denn wenn ein Geist es schafft, Macht über eine junge Geistermagierin zu erlangen, kann das wirklich gefährlich werden.«

»Wie meinst du das?«, fragte Kamille.

»Tja, Geister haben alle möglichen Motive, Kontakt zu Lebenden aufzunehmen. Manchmal gibt es etwas, das der oder die Tote vielleicht selbst zu Lebzeiten nicht erledigen konnte und das der

Geist nicht loslassen kann. Dann wird er versuchen, die Lebenden dazu zu bringen, diese Aufgaben für ihn zu erledigen. Vielleicht versucht er sogar, einem Lebenden ein Versprechen abzuringen.«

»Ein Versprechen? Was passiert denn, wenn man einem Geist etwas verspricht?«

»Das darf man niemals tun«, sagte Jens ernst. »Wenn du einem Geist von ganzem Herzen ein Versprechen gibst, dann kannst du es nie wieder brechen. Der Geist wird dich auf ewig verfolgen, dir die Lebenskraft aussaugen, und wenn du dein Versprechen nicht hältst, geht das früher oder später fatal aus.« Einen Augenblick lang ließ er seinen scharfen Blick auf ihr ruhen. »Du willst damit hoffentlich nicht sagen, dass Victoria so dumm war, einem Geist irgendetwas zu versprechen?«

»Was? Nein, bestimmt nicht«, sagte Kamille und merkte, wie ihr heiß wurde. »Ich fand nur, dass das spannend klang. Wenn man einem Toten etwas versprochen hat, gibt es also keine Möglichkeit, da jemals wieder rauszukommen?«

»Nein, es gibt keine andere Möglichkeit, als das Versprechen einzulösen.« Jens fuhr sich mit einer Hand über das Kinn, sodass seine Bartstoppeln knisterten. »Allein ein Siegesstein kann einem etwas zusätzliche Zeit verschaffen. In diesem kleinen Burschen steckt eine gewaltige Kraft.«

»Ein Siegesstein?«

»Ja, allerdings sind sie leider extrem selten und beinahe unmöglich zu bekommen. Aber es war ja ohnehin eine rein hypothetische Frage, nicht wahr?«

»Natürlich.«

In diesem Moment klopfte es an der Tür. Jakob steckte den Kopf herein. »Tut mir leid, falls ich störe, aber ich sollte nach dir suchen, Jens. Wir sitzen alle schon im Lehrerzimmer. Die Konferenz.«

»Oh, die ist heute? Ich war wohl mit anderen Dingen beschäftigt«, sagte Jens und zwinkerte Kamille unauffällig zu, während er aufstand. »Ich komme sofort, Jakob, ich suche nur schnell meine Sachen zusammen. Gib mir zwei Minuten, ja?«

»Ich muss leider los«, sagte Jens, nachdem Jakob weg war. »Aber lass uns das bald wiederholen, ja? Und du kannst immer zu mir kommen, wenn du eine Frage hast oder Hilfe brauchst ...« Er hielt kurz inne und musterte sie. »Versprichst du mir das?«

»Na klar«, sagte Kamille und zwang sich zu einem Lächeln. »Und danke für den Tee.«

An Kamille
Danke für das nette Gespräch letztens.
Ich könnte mir vorstellen, dass dich dieses Buch vielleicht interessiert. Du erfährst darin etwas mehr über das, worüber wir gesprochen haben (auf Seite 93 unter dem Stichwort Amulette).

Viele Grüße
Jens

SIEGESSTEIN

Siegessteine sind begehrte und mächtige Amulette. Ihr Ursprung ist nicht klar belegt, aber eine färöische Volkssage erzählt davon, dass Raben ihre Eier ausbrüten, indem sie einen Stein in ihr Nest legen, der Siegesstein heißt. Hatte man Glück und war schnell genug, konnte man einen solchen Stein aus dem Nest des Raben stehlen, bevor die Küken schlüpften.

Ein Siegesstein sichert seinem Besitzer den Sieg im Kampf und beschützt ihn sowohl vor anderen Menschen als auch vor Zauberei. Außerdem hilft er bei schweren Geburten und gehörte deshalb häufig zur Ausstattung von Hebammen. Heute sind Siegessteine sehr selten, und es existieren nur noch wenige bekannte Exemplare.

Liebe Krähe,

das erste Treffen findet am 21.12. um 19 Uhr
(vor dem Julfest) in Zlavkos Appartement statt.

CORVUS OCULUM CORVI NON ERUIT

21. DEZEMBER
18 UHR 50

Malou

Malou saß auf der breiten Fensterbank in ihrem Zimmer und schaute in den Park. Endlich war der starke Regen der letzten Tage abgezogen und hatte kristallklarem Frost Platz gemacht. Ihre Gedanken wanderten zu der Weissagung. Zu dem, was Kamille ihnen über die Walpurgisnacht erzählt hatte und darüber, dass man einem Geist niemals etwas versprechen durfte. Doch das hatten sie längst getan, sodass sie keine andere Möglichkeit hatten, als ihr Versprechen zu halten. Trines Mörder zu finden.

Sie beobachtete Thorbjørn, der unten im Park mit einer kleinen Petroleumlampe umherlief und Fackeln in die Erde steckte. Die würden später den Weg zum Festzelt beleuchten. Aber bis dahin hatte Malou noch etwas vor. Sie schlüpfte in ihre Stiefel und ging in die Küche.

»Hast du Lust, mit mir zu basteln? Wenn wir noch alles weihnachtlich dekorieren wollen, müssen wir uns ranhalten«, sagte Kamille, die darauf bestand, die sogenannte »gemütliche Weihnachtszeit« zu zelebrieren, obwohl sie weit wichtigere Dinge zu tun hatten.

Malou seufzte, sie hatte gehofft, sich rausschleichen zu können, ohne dass Kamille sie erwischte. »Willst du das da zur Feier tragen?«, fragte sie, statt auf Kamilles Frage einzugehen.

Die Freundin blickte von der schiefen Girlande auf, die sie gerade zusammenklebte.

»Gefällt dir mein Outfit nicht?«, fragte sie von ihrem Platz am Tisch der kleinen Küche aus.

Malou antwortete nicht, sondern verdrehte nur die Augen. Kamille hatte den Großteil des Dezembers denselben hässlichen Pullover getragen. Darauf war ein Rentier abgebildet, dessen Nase, ein roter Bommel, mitten auf Kamilles Bauch vor sich hin baumelte. Es sah wirklich lächerlich aus.

»Keine Sorge, du kleine Weihnachtshaterin. Ich ziehe mir fürs Fest was Schickes an. Und du hast dich schon umgezogen?«, sagte Kamille, während sie weitere Streifen Glanzpapier zurechtschnitt.

Malou trug einen Fake-Lederrock und einen schneeweißen Pulli mit breiten Schultern und schmaler Taille. Er war aus Polyester, aber das fiel gar nicht auf. »Ich muss vorher noch was erledigen, aber wir sehen uns dann später auf dem Fest, okay?«

»Hat es was mit Zlavkos Club zu tun?«, fragte Kamille und legte die Schere zur Seite. »Komm doch danach zurück, dann können wir zusammen rübergehen.« Ihr Gesicht verriet eine Mischung aus Enttäuschung und Vorwurf, genau das, was Malou zu vermeiden gehofft hatte.

»Ich glaube nicht, dass ich das schaffe. Du kannst doch mit den anderen hingehen. Wir sehen uns dann dort!«

Malou beeilte sich, der WG-Küche zu entkommen, und steuerte auf die Lehrerappartements zu. Überall in der Schule hingen rote Laternen mit Kerzen darin, Tannenzweige und rote Kugeln. *Wer ist bloß auf die Idee gekommen, echte Kerzen und furztrockene Tannenzweige in einem uralten Haus aufzuhängen? Was wohl die vom Brandschutz dazu sagen würden, wenn sie davon wüssten?* Malou seufzte. Vielleicht lag Kamille doch richtig damit, dass sie einfach alles hasste, was mit Weihnachten zu tun hatte.

Sie fand die richtige Tür, zögerte aber, anzuklopfen. Letztes Mal, als sie an Zlavkos Tür geklopft hatte, war das nicht gerade fantastisch ausgegangen. Aber wie oft wurde ein Abend auch schon gut, wenn man an eine Tür klopfte und jemanden eines Verbrechens bezichtigte?

Diesmal war es eine andere Tür. Zlavko hatte eine neue Wohnung im Lehrerflur bekommen, nachdem er im vergangenen Schuljahr zunächst von Birgit der Schule verwiesen und dann von Jens als stellvertretender Schulleiter zurückbeordert worden war.

»Sollen wir reingehen oder sollen wir lieber hier draußen stehen bleiben?«

Es war Louis, der das fragte. Sie hatte nicht mehr mit ihm gesprochen, seit sie ihm bei der Aufnahmeprüfung beinahe die Nase gebrochen hatte. Er grinste sie schief an. »Oder hast du womöglich auf mich gewartet?«

Er hob die Hand, um zu klopfen, aber Malou kam ihm zuvor.

»Kommt rein«, klang Zlavkos unverkennbarer Akzent durch die Tür, und Malou öffnete sie langsam. Diese Wohnung war eindeutig größer als jene, in der er letztes Jahr gewohnt hatte. Sie konnte sich allerdings kaum daran erinnern, wie die alte Wohnung ausgesehen hatte, damals hatte darin völliges Chaos geherrscht, weil Zlavko gerade im Begriff gewesen war abzureisen. Hier dagegen war alles perfekt aufgeräumt. Ein paar niedrige, minimalistisch wirkende Liegen im asiatischen Stil standen um einen Couchtisch aus dunklem Holz, ein exotisch aussehender Teppich bedeckte fast den kompletten Boden, und an einer der Wände hing ein Seidentuch mit hübschen kalligrafischen Buchstaben darauf. Vielleicht waren es chinesische Zeichen. Sie waren rot, und Malou konnte beim Gedanken daran, dass sie möglicherweise mit Blut geschrieben waren, ein Schaudern nicht unterdrücken.

»Bitte setzt euch«, sagte Zlavko. Es klang eher wie ein Befehl als wie ein freundlicher Empfang. Seine langen schwarzen Haare waren offen, nicht wie sonst zu einem Dutt gebunden, doch wenigstens trug er heute einen schwarzen Wollpullover – Malou hatte schon befürchtet, dass er wie beim vergangenen Julfest seinen nackten Oberkörper präsentieren würde.

Louis hatte sich auf die eine Liege gesetzt, und Malou ließ sich ihm gegenüber nieder, immer bemüht, ihm nicht in die Augen zu schauen.

Kurz darauf traf die großgewachsene Amalie zusammen mit Albert ein, dann Iris und ein kleines Mädchen mit dunklen Locken und noch ein paar andere Schülerinnen und Schüler, bis sie schließlich vollzählig waren.

»Nun sind wir also komplett«, sagte Zlavko und stellte ein Tablett mit eleganten, hochstieligen Gläsern auf den Tisch zwischen ihnen. »Da heute ein besonderer Tag ist, schlage ich vor, dass wir erst einmal anstoßen. Später werden wir uns ins Zelt zu einem der Höhepunkte des Jahres begeben, aber zunächst freue ich mich, euch zu diesem ersten richtigen Treffen des Clubs der Krähen willkommen zu heißen.« Zlavko öffnete eine schwarz lackierte Schranktür und nahm eine Flasche mit einer goldenen Flüssigkeit darin heraus. Dann schenkte er ein und reichte jedem ein Glas.

»Prost, meine kleinen Krähenanwärter«, sagte er und hob sein Glas. »Betrachtet das hier als den ersten Schritt auf dem Pfad, der euch zur Größe führen wird!«

Zögernd nahm Malou einen kleinen Schluck. *Bah!* Das Getränk schmeckte bitter und kein bisschen wie der süße Met, den es zum Julfest gab. Das Mädchen mit den dunkelbraunen Locken verschluckte sich und bekam einen Hustenanfall.

»Ja, am Anfang ist er ein bisschen stark. Aber man gewöhnt sich daran«, sagte Zlavko, nippte an seinem Glas und nickte Malou dabei auffordernd zu. Sie nahm einen ordentlichen Schluck, wobei sie sich Mühe gab, neutral zu gucken, während das abscheuliche Gebräu ihren Rachen herabrann.

»Was ist das?«, wollte Amalie wissen.

»Meine eigene kleine Mischung. In erster Linie besteht sie aus Pflaumenwein, den ich selbst aus Pflaumen aus dem Schlossgarten herstelle. Ein kleiner Anteil der Pflanze *Banisteriopsis caapi* führt dazu, dass der Wein hervorragend dazu geeignet ist, das Bewusstsein ein wenig zu erweitern. Einige südamerikanische Urvölker nutzen dieselbe Pflanze.« Zlavko hielt sein Glas gegen das Licht und betrachtete die Flüssigkeit. »Ich stelle jedes Jahr nur einige wenige Flaschen her, aber ich dachte, es wäre eine gute Gelegenheit für euch, das Julfest heute Abend noch intensiver zu erleben.«

Iris sah erschrocken zu ihm auf, was Malou ärgerte. Sie selbst bemühte sich, nicht die Reaktion zu zeigen, auf die er offenbar aus war.

»Ist das gefährlich?«, fragte das lockige Mädchen und starrte misstrauisch in ihr Glas. Zlavko grinste, wie Malou es vorhergesehen hatte. Das war ein Augenblick nach seinem Geschmack.

»Ich glaube nicht. Normalerweise ist der Wein ziemlich harmlos. Das hier ist allerdings die erste Flasche, die ich vom neuen Jahrgang geöffnet habe, und bevor man ihn nicht probiert hat, weiß man nie genau, wie er geworden ist«, sagte er und lächelte. »Ihr seid nun offizielle Anwärterinnen und Anwärter, und ich erwarte viel von euch. Ich werde eure Fähigkeiten, eure Loyalität und euren Mut auf die Probe stellen. Die heutige Aufgabe besteht darin, dieses Glas Wein mit mir zu genießen, und beim nächsten Treffen möchte ich dann gerne wissen, was ihr auf dem Julfest erlebt habt. Ich freue mich darauf, von euren Erlebnissen zu hören, also enttäuscht mich nicht!« Er schaute einen nach dem anderen an. »Ich hasse die langweiligen Erzählungen langweiliger Menschen über ihre langweiligen Leben. Von euch erwarte ich etwas anderes.«

21. DEZEMBER
21 UHR 15

Victoria

Die matschigen Blätter waren zu Eis gefroren. Sie knirschten unter Victorias Füßen, als sie langsam in den Wald hineinging. Weiter entfernt hörte sie das Lachen der anderen Schülerinnen und Schüler. Frost bedeckte den Boden, die Spuren waren deutlich zu erkennen. Ob jemand bemerkt hatte, dass sie sich vom Zelt weggeschlichen hatte, wo das Julfest bereits in vollem Gang war? Ihr Atem stand so deutlich in der Luft, dass sie eine Sekunde lang dachte, vor ihr befände sich ein Geist. Doch es war still. Wo steckte er bloß?

Die Abdrücke von Pfoten führten noch ein ganzes Stück weiter, dann hörte sie, worauf sie gelauscht hatte. Ein leises Knurren.

»Benjamin?« Sie flüsterte, es knurrte wie zur Antwort zurück. Der Wolf stand etwas weiter voraus auf dem Weg. Er war größer als ein gewöhnlicher Wolf, aber nicht länger ein gruseliges Mischwesen zwischen Mensch und Tier. Benjamins Gestaltwandlung war inzwischen vollkommen. Der Wolf war wunderschön. Er stellte die Ohren auf und schlug mit dem Kopf. Knurrte in ihre Richtung.

»Es ist in Ordnung«, sagte sie. »Ich will es gerne sehen.«

Der Wolf schüttelte sich, als wollte er protestieren, aber Victoria blieb stehen. Schließlich gab das Tier nach.

Der Wolf machte eine Art Katzenbuckel, es sah aus, als würde das Fell am Rücken aufplatzen. Haut kam zum Vorschein, und das Fell fiel zu beiden Seiten des Körpers herab wie bei einem Tier, das gehäutet wurde. Victoria schluckte, zwang sich aber, weiter hinzusehen. Sie hatte gehört, dass Gestaltwandel wehtat. Jetzt verstand sie, warum. Das Fell verschwand, der Wolf war nicht länger ein Wolf, sondern irgendetwas zwischen Wolf und Mensch. Er prustete, stand jetzt vornübergebeugt auf zwei Beinen. Er war nackt. Daran hatte sie nicht gedacht. Victoria wandte den Blick nicht ab, sie konnte nicht anders, als hinzuschauen. Er hustete, richtete sich auf und schaute sie an.

»Neugierig?« Seine Stimme klang heiser. Aber er grinste. Sie spürte, wie warm ihr trotz des kalten Wetters war.

Einen Moment lang glaubte sie, dass er auf sie zugehen würde, aber stattdessen verschwand er hinter einem Busch und zog einen Jutebeutel hervor. Aha, er hatte Kleidung dabei. Ein Hauch von Enttäuschung überkam sie, und sie musste lächeln. Er musste den Beutel im Maul hergetragen haben. Als er begann, sich anzuziehen, schaffte sie es endlich, den Blick von ihm zu lösen, und sie schaute zu den Sternen. Im Zelt hatte die Musik begonnen, hier draußen im Wald war nichts als der monotone Rhythmus zu hören. Es klang wie ein Mantra, ein tiefer Gesang, der Rhythmus eines Tieres.

»Ich hab dich vermisst.« Sie spürte seinen Atem an ihrem Hals, seine Lippen waren weich, seine Zunge warm. Seine Bartstoppeln streiften ihr Kinn und hinterließen ein Prickeln, das blieb, als er von ihr abließ. Er lächelte. Alles in ihr bebte.

»Ist die Party schon im Gange?«

»Davon gehe ich aus.«

»Hoffentlich haben sie genug Met getrunken, um nicht zu merken, dass ein Schüler zu viel da ist«, sagte er und nahm ihre Hand. Jetzt konnten sie die Melodie hören, die die Trommel begleitete. Das Zelt wurde von einem großen Feuer im Inneren erhellt, und am Eingang steckten Fackeln in der dunklen Erde. Er drückte ihre Hand.

21. DEZEMBER
21 UHR 30

Malou

Langsam tanzten sie um sie herum. Die Menge hüpfte im Takt, aber Malou nahm die Musik nicht wahr. Es war still geworden und alles bewegte sich wie in Zeitlupe. Verschwitzte Körper, grinsende Gesichter, Münder, die sich viel zu weit öffneten, Augen, als ob sie über Wangen glitten. Das Zelt drehte sich. Das geopferte Schwein, das Blut, das aus ihm rann, alles wurde vor ihren Augen zu roten Streifen. Am liebsten hätte sie losgelassen, sich fallen gelassen. Sie spürte, dass sie dabei war, sich in dieser erhitzten, blutigen Suppe aus Körpern, hämmerndem Puls, Schweiß und Atemzügen zu verlieren. Er fing sie auf, bevor sie zu Boden ging. Sie wusste nicht, ob sie in seinen Armen lag oder ob sie noch auf ihren Füßen stand, ihr war das Gefühl für oben und unten verloren gegangen. Seine Augen glänzten, sie wurden immer größer. Er küsste sie, sie saugte sich an ihm fest, als wäre sein Mund das Seil, an dem sie sich festhalten musste, um nicht aufs weite Meer hinausgetrieben zu werden. Seine Finger bohrten sich in ihre Haut, ihre Finger bohrten sich in seine Haut. Er war schweißgebadet, er war kalt, er brannte.

Schwarze Augen statt der hellgrauen. *Fuck, fuck, fuck. Reiß dich zusammen!*

Zlavko stand über ihr. Lag sie etwa? Louis hatte immer noch die Arme um sie gelegt. Zlavko hielt die Schüssel mit dem Schweineblut. Jetzt stand sie auf. Unendlich langsam tunkte er die Finger in das Blut. Ihr Blick folgte der Bewegung. Er hob die Hand an ihr Gesicht, fuhr ihr mit den Fingern über die Lippen. Er lächelte sie an. Ein anderes Lächeln, ein neues Lächeln, eines, das sie noch nicht von ihm kannte, das ihr Angst machte. Er lachte, das Grinsen zerteilte sein Gesicht der Länge nach, eine schwarze Flüssigkeit stieg aus dem Loch auf, das einmal sein Mund gewesen war. Louis zog sie an sich, sie schmeckte ihn, schmeckte den metallischen Geschmack von Blut.

Plötzlich kehrten die Geräusche zurück, die Zeit raste davon, Malou krallte sich an ihm fest, saugte sich an ihm fest, als wollte sie ihn auffressen, vor ihren Augen flimmerte es, es brannte, und sie spürte das Blut durch seine Adern brausen, sie wusste, wohin es sich seinen Weg bahnte, durch das feinmaschige Netz der Blutgefäße seiner Lunge in seine muskulösen Armen und zu den Leisten. Und mit einem Mal fühlte es sich an, als könnte sie es kontrollieren.

Erschrocken riss sie sich los, er hatte Blut am Mund. War es ihres? *Ich muss hier weg.* Malou wandte sich von ihm ab, wollte weg. Da sah sie sie. Im selben Moment drehte sie sich um und verschwand in der Menge, aber Malou hatte sie gleich wiedererkannt. Und das große Messer gesehen, das sie in den knochigen Händen vor ihren Körper hielt. Ein Athame, das zeremonielle Messer der Blutmagier.

Malou musste sie finden, sie aufhalten, damit niemandem etwas passierte. Sie drängte sich an den anderen vorbei, boxte sich den Weg frei, es war ihr egal, wen sie anrempelte. Plötzlich war sie draußen in der Dunkelheit. Sie rannte, fiel hin, rannte weiter.

Die Erde türmte sich auf und stieß sie seitlich an, sie fiel wieder hin. Der Frost bildete eine dünne Kruste, darunter war eiskalter Matsch, der sie umschloss, und sie rappelte sich nicht wieder auf.

21. DEZEMBER
22 UHR 14

Kirstine

Kirstine ließ die Bürste durch ihre nassen Haare gleiten. Was machte man allein zu Hause an einem Abend, an dem alle anderen feierten? Tja, wenn man sich sonst das Badezimmer mit drei anderen Mädchen teilte, nutzte man die Gelegenheit für ein langes Bad. Sie hatte kein Problem damit, allein zu sein, genoss den seltenen Moment sogar, aber heute fühlte es sich ein bisschen leer an. Victoria und Kamille hatten ihre Outfits ausgewählt, sich geschminkt, über Jungs gesprochen. Sie hatten gekichert, herumgealbert und sich gegenseitig aufgezogen. Doch Kirstine musste in der WG bleiben. Das Julfest war eine Huldigung der nordischen Götter, der Geschichte der nordischen Völker. Eine Feier, die man abhielt, um die Erde zu wecken, jene Kraft, die sich ihrer so stark bemächtigt hatte. Thorbjørn hatte sie zur Seite genommen und gesagt, dass es wohl am besten wäre, wenn sie nicht teilnahm. Und Partys und Alkohol waren eh nicht ihr Ding. Warum fühlte sie sich also trotzdem so schrecklich einsam und verlassen? Vielleicht einfach nur, weil alle ihre Freundinnen und Freunde dort unten in dem hell erleuchteten Zelt zusammen waren. Alle Mädchen, alle Jungs. Die Lehrerinnen und Lehrer. Jakob …

Hör auf, es hilft nichts, darüber nachzugrübeln. Kirstine schlüpfte in ihren Schlafanzug und setzte sich, in eine Decke gewickelt, auf die Fensterbank. Beim vergangenen Julfest waren ihre Gefühle völlig durcheinandergewirbelt worden. Jakob und sie hatten sich gestritten, doch kurz danach hatten sie sich zum ersten Mal geküsst. Ihr erster richtiger Kuss. Und jetzt sollten sie einfach nur Freunde sein. Doch weshalb fühlte es sich dann wie ein Stich ins Herz an, wenn sich ihre Blicke trafen? Warum raste ihr Puls, wenn er sie anschaute? Ob es ihm wohl genauso ging?

Kirstine musste zugeben, dass sie ihre kleinen Begegnungen genoss. Jakob brachte sie zum Lachen. Und zum Reden. Sie sprachen selten über ernste Dinge, aber auch das genoss sie. Es fühlte sich an wie eine Pause. Sie hatte ihm nicht von der Weissagung, dem inneren Feuer und dem brennenden Schmerz erzählt, die sie auf der Schiffssetzung erlebt hatte. Aber irgendwann würde sie davon erzählen müssen. Wenn sich doch etwas zwischen ihnen entwickelte, könnte es gefährlich für sie beide werden …

Schon der Gedanke daran machte sie nervös. Waren es ihre Gefühle für Jakob, die sie so reagieren ließen? Es kribbelte in ihren Fingern, sie meinte, die Musik vom Zelt unten zu hören. Nein, das war irgendetwas anderes. Etwas, das sich ihr aufdrängte und um ihre Aufmerksamkeit bettelte. *Eine Vision.* Normalerweise benötigte Seiðr Zeit, Energie und genaue Vorbereitung, aber seit Vitus' brennender Körper am Fuße des alten Baums in der Erde verschwunden war, tauchten solche Visionen wie unkontrollierbare Funken in ihrem Bewusstsein auf. Sie kniff die Augen zusammen, schüttelte den Kopf. Die Bilder flackerten vorbei. *Zwei Mädchen, die sich an den Händen hielten, sie drehten sich in ihren Sommerkleidern. Ein weißer Turm vor einem blauen Himmel. Wieder die zwei Mädchen. Jemand lachte.* Das Bild veränderte sich, wurde klarer und schärfer. *Eine Gestalt lag auf gefrorenem Waldboden.*

»*Elhaz.*« Sie flüsterte den Namen der Rune, es war mehr eine Bitte um Schutz als eine Beschwörung. Die Vision hatte nicht länger als ein paar Sekunden gedauert, doch als die Bilder verschwanden, war sie trotzdem nass geschwitzt. Der letzte Teil der Vision war anders gewesen als der Rest, und nun verstand sie, weshalb. Sie hatte nicht die Vergangenheit gezeigt. Sie hatte die Gegenwart oder vielleicht sogar die Zukunft gesehen. Etwas war im Wald passiert. Ihr blieb nichts anderes übrig, als dorthin zu gehen. Kirstine zog rasch ihre Winterjacke über den Schlafanzug und stieg in die Gummistiefel, dann rannte sie die Treppe hinunter. Kaum war sie vor die Tür getreten, bereute sie, dass sie nicht auch noch eine Mütze oder einen Schal angezogen hatte, denn es war ziemlich kalt geworden. Fackeln beleuchteten den Weg zum Zelt, aber das Zelt war nicht ihr Ziel.

Sie konnte den Rhythmus der Musik nun deutlich hören, er vermischte sich mit ihrem Puls. Sie lief in Richtung Wald. Es war still, niemand war zu sehen. Alle schienen sich im Zelt aufzuhalten. Was war bloß in sie gefahren? Sie hatte Thorbjørn versprochen, in ihrem Zimmer zu bleiben, und jetzt lief sie hier draußen im Stockdunkeln herum. Kirstine blieb einen Moment lang stehen. Sie zitterte, die feuchten Strähnen waren gefroren und rahmten ihr Gesicht ein, und der verschwitzte Pyjama unter der Jacke fühlte sich kalt und klamm an. Doch ihr Körper war immer noch voll nagender Unruhe. Sie musste weitergehen.

Kaum hatte sie den Wald betreten, merkte sie es. Etwas erwachte. Etwas reagierte auf ihre Anwesenheit. Es bewegte sich im Waldboden, es raschelte und säuselte um ihre Füße herum, rief nach ihr und forderte sie auf, einen bestimmten Weg einzuschlagen. *Der Baum.*

Sie zwang ihre Füße, den Pfad zu verlassen und zwischen den

Stämmen hindurchzugehen, um nicht in die Irre geführt zu werden, um nicht dem Weg zu folgen, der sich ihr zu öffnen schien. Sie musste jetzt stark sein, beweisen, dass sie dem Drang widerstehen konnte. Wurzeln stellten ihr Fallen, Zweige peitschten ihr ins Gesicht, als wollte der Wald sich nicht damit abfinden, dass sie einen anderen Weg gewählt hatte. Einen Augenblick lang meinte sie, schwarze Baumwurzeln zu erkennen, die sich in der Dunkelheit wie Würmer um ihre Füße wanden, aber als sie genauer hinschaute, verschwanden sie. Wo war sie? Sie hatte die Orientierung verloren, ihr war schwindelig und sie war müde. Kirstine hielt einen Moment lang inne und lehnte die Stirn gegen die schmutzige Rinde eines Baums.

»Steh auf!«

Ein Ruck ging durch sie, dann folgte sie der Stimme. Sie hatte sie erkannt.

Zlavko stand über eine Gestalt gebeugt, die auf dem Waldboden lag. Es war Malou.

»Verdammt noch mal, komm jetzt her!« Er zog sie am Arm hoch, aber Malous Beine knickten unter ihr weg, und sie klappte zusammen, fiel, ohne sich halten zu können. Sie stieß einen klagenden Laut aus und sagte irgendetwas, das Kirstine nicht verstand.

»Reiß dich zusammen!«, fauchte Zlavko. »Was hast du gesagt?« Er hob sie wieder hoch und zog sie grob mit sich, aber Malou wehrte sich.

»Nein, nein, nein«, murmelte sie. Ihr Kopf hing auf eine komische Art und Weise hinab, als wäre sie nicht in der Lage, ihn zu halten.

»Was ist hier los?« Es war eine Männerstimme.

Kirstine schnappte nach Luft, sie war so gefangen von der seltsamen Szene gewesen, dass sie nicht mitbekommen hatte, wie sich jemand näherte. Benjamin trat zwischen den Bäumen hervor und stellte sich vor Zlavko. Kirstine spürte eine Hand auf ihrer Schulter. Victoria.

Zlavko wirkte kurz überrascht, dann sammelte er sich.

»Was zum Teufel machst du auf dem Julfest? Du bist nicht mehr auf unserer Schule.«

»Ich hab nur einen Waldspaziergang gemacht. Und was machen Sie überhaupt hier?« Benjamin hob eine Augenbraue und sah Zlavko fragend an. »Was ist mit Malou passiert?«

»Zu viel Met«, schnaubte Zlavko. »Als Lehrer dieser unvernünftigen Teenager ist es meine gottverdammte Pflicht, auf diejenigen aufzupassen, die sich nicht im Griff haben.«

»Met?«

Malou begann, gefährlich zu schwanken, und endlich gelang es Kirstine, die Kontrolle über ihren Körper zurückzuerlangen. Sie stürzte auf die Lichtung, um Malou aufzufangen, bevor sie fiel. Victoria folgte ihr.

»Großartig. Das ist ja jetzt eine eigene kleine Party«, zischte Zlavko, während Kirstine und Victoria je einen Arm um Malou legten und sie stützten. Ihr Kopf kippte hintenüber, und in der Dunkelheit war das Weiße in ihren Augen zu erkennen.

»Ich hab sie gesehen«, murmelte sie. »Sie war hier.«

»Was? Wer?«

»Sie redet Unsinn«, sagte Zlavko.

»Ich denke, Ingrid sollte einen Blick auf sie werfen«, sagte Benjamin. »Das ist kein normaler Rausch.«

»Halt du dich da raus«, fauchte Zlavko. »Sorgt dafür, dass sie sich einen Finger in den Hals steckt und bringt sie dann ins Bett«, sagte er zu Kirstine und Victoria. Dann ging er einen Schritt auf Benjamin zu. »Und wenn du nicht bald von hier verschwindest, erzähle ich dem Kollegium, dass du hier im Wald herumschleichst, um deine kleine Freundin zu treffen.«

»Hey, beruhigen Sie sich mal«, sagte Benjamin und hielt Zlavkos Blick stand. »Wenn Sie mich in Ruhe lassen, werde ich das auch bei Ihnen tun.«

»Hau endlich ab.« Zlavkos Augen blitzten, und Kirstine hielt den Atem an. Schließlich wandte sich der Lehrer um und verschwand zornig zwischen den Bäumen, allerdings nicht in Richtung Schule.

»Ich sollte besser gehen«, murmelte Benjamin und griff nach Victorias Hand.

»Ja, klar«, sagte sie. »Und wir müssen Malou zur Schule zurückbringen.«

Doch beide blieben stehen, als wäre ihnen gar nicht bewusst, dass sie nicht allein waren. Kirstine seufzte. »Das erste Stück schaff ich schon allein«, sagte sie und hakte Malou unter. »Dann könnt ihr euch in Ruhe verabschieden.«

»Bist du sicher?«, fragte Victoria, ohne Kirstine überhaupt anzuschauen.

Kirstine nickte nur und setzte sich in Bewegung, während sie Malou, die pausenlos unverständliche Wörter und Bruchstücke von Sätzen vor sich hinmurmelte, halb hinter sich herzog, halb trug.

Nach einer Weile hielt Kirstine an, um Luft zu holen. Wo blieb Victoria nur?

»Ich hab sie gesehen, sie war hier …«

»Was sagst du?«, murmelte Kirstine, die sich wieder in Bewegung gesetzt hatte und gerade versuchte, Malou über den nächsten am Boden liegenden Baumstamm zu bugsieren. Es schien fast so, als wollte der Wald es ihr so schwer wie möglich machen. Ihre

Arme schmerzten. Sie mussten bald am Waldrand angelangt sein und immer noch keine Spur von Victoria. Sie war wohl immer noch nicht fertig damit, Benjamin seinen Abschiedskuss zu geben.

»Nein, nicht hier entlang. Wir müssen sie finden. Nicht hier lang …«, brabbelte Malou.

»Wir bringen dich jetzt ins Bett«, murmelte Kirstine.

»Wir müssen sie finden.« Malou ließ nicht locker. »Leah! Sie ist in den Wald gelaufen. Kirstine, sie hat ein Messer, sie ist hier, um uns zu bedrohen …«

Dann beugte sie sich vor und übergab sich auf Kirstines frisch gewaschene Haare.

21. DEZEMBER
23 UHR 40

Victoria

»Du musst gehen.«

»Nur noch zwei Sekunden.«

Sie lachte und schüttelte den Kopf. »Das geht so nicht. Du darfst nicht mehr herkommen.«

»Ich kann nicht anders.«

»Aber jetzt weiß Zlavko davon.«

»Chill mal. Er wird nichts verraten. Sonst müsste er nämlich erklären, was er mit einer halb bewusstlosen Malou im Wald gemacht hat.«

»Und was meinst du, hat er gemacht?«

»Ich habe keine Ahnung, aber pass auf sie auf. Wenn es ihr schlechter gehen sollte, informiert ihr Ingrid, ja?«

Victoria nickte. »Geh jetzt.«

Er biss ihr leicht auf die Unterlippe, bevor er sich von ihr löste. »Bis bald.«

Sie schaute ihm einige Sekunden lang nach, während er zwischen den Bäumen verschwand. Dann war er weg. Victoria drehte sich um. »Kirstine? Ich komme jetzt!«

Kirstine antwortete nicht, es war stockdunkel. Victoria lief los. Sie müsste sie leicht einholen können, schließlich schleppte Kirstine Malou mit sich. Aber es fehlte jede Spur von den beiden. Lief sie überhaupt in die richtige Richtung?

Victoria stieß mit dem Fuß gegen einen Baumstumpf, stöhnte auf und hielt kurz inne. Normalerweise war die plötzliche Kälte ein Warnzeichen, aber heute herrschten ohnehin Minustemperaturen, sodass sie sie erst bemerkte, als sie ihr direkt gegenüberstand.

»Victoria …«

Sie fuhr zusammen. Trine stand vor ihr. Deutlicher als jemals zuvor. War es die Dunkelheit, die den weißen Geist so stark hervortreten ließ? Sie erkannte die Gesichtszüge der jungen Frau von dem Foto in Trines Elternhaus wieder. Victoria nahm Trine genauso stark wahr wie sonst ihre Freundinnen. Sie war nicht länger nur eine seltsame, sich aufdrängende Erscheinung, die Victorias Aufmerksamkeit einforderte. Sie wirkte wie ein Mensch. Und dieser Mensch hatte Angst. Eiskalte, hellblaue Angst, gepaart mit dunkellila Trauer, schien ihr wie eine umgekehrte Sonne entgegen, die Kälte ausstrahlte.

»Pass auf … Er darf uns nicht zusammen sehen.«

»Wer?«, flüsterte Victoria. Das weiße Mädchen erschreckte sie. *Man darf einem Geist niemals etwas versprechen.* War Trine gekommen, um sie zu bestrafen? Nein, Trine war ängstlich, nicht wütend. Victoria streckte die Hand aus. Am liebsten hätte sie Trines Hand genommen, ihr gesagt, dass alles gut werden würde. Aber man kann einem Geist nicht die Hand reichen, und Victoria konnte Trine nicht retten. Dafür war es zu spät. Doch es war nicht zu spät, um Gerechtigkeit dafür zu erlangen, dass sie so jung hatte sterben müssen.

»Wir werden denjenigen finden, der es getan hat. Wir werden nicht aufgeben, Trine.«

Dicke, weiße Tränen stiegen dem Geist in die Augen. »*Komm*«, flüsterte Trine. Sie wandte sich um und verschwand zwischen den Bäumen.

Victoria zögerte einen Moment lang. Dann folgte sie ihr. Es war schwer zu sagen, wie lange sie liefen. Trine bewegte sich leichtfüßig durch den Wald, ohne Rücksicht auf Zweige oder Gestrüpp, die ihr nichts anhaben konnten, während Victoria keuchend hinterherstolperte. Sie hatte in der Dunkelheit längst die Orientierung verloren. Ab und zu schob sich der Mond hinter einer Wolke hervor, und sein weißes Licht fiel auf den Waldboden. Victoria vernahm das Glucksen des Wassers, bevor sie es sah, und plötzlich wusste sie, wohin Trine sie geführt hatte. Der Bach unterhalb des Steilhangs. Der Hang, auf dem im Frühjahr die Violen blühten. Hier war Trine ermordet worden. Weshalb führte sie sie hierher? Trine hatte ihr die Stelle schon längst gezeigt. Doch es war nicht der Hang, auf den die junge Frau zeigte. Die weiße Gestalt war weiter vorn stehen geblieben. Langsam schloss Victoria zu ihr auf.

»Trine?«, flüsterte sie.

Die Gestalt wies zum Fluss. Er führte mehr Wasser als gewöhnlich, die Strömung war so stark, dass er nicht zufror. Das Mondlicht glitzerte auf dem Wasser. Halt, da war noch etwas anderes …

Victoria trat direkt ans Ufer, beugte sich hinab und streckte die Hand in das eiskalte Wasser. Der Bach war tiefer, als sie gedacht hatte, und der Ärmel ihres Blazers schnell völlig durchnässt. Als sie die Hand wieder aus dem Wasser zog, hielt sie eine Silberkette in der Hand.

»Was ist das?«, flüsterte sie.

Der weiße Schatten flackerte, Trine würde bald verschwinden. Obwohl Victoria nicht mehr sehen konnte, wie ihre Lippen sich bewegten, hörte sie doch, was Trine flüsterte.

»*Trollprinzessin.*«

»Trine?!«

»Mit wem redest du da?«

Victoria ließ die Kette in ihrer Tasche verschwinden und drehte sich um. Zlavko trat zwischen den dunklen Baumstämmen hervor.

»Mit niemandem.«

Was machte er hier? Sein Oberkörper war nackt. Trotz der Kälte glänzte seine Haut vor Schweiß, und sein Atem war in der Stille deutlich zu hören. Er war gerannt. Hatte er nach Benjamin gesucht? Oder nach ihr?

»Ich wollte zurück zum Zelt gehen, hab mich aber in der Dunkelheit verlaufen«, sagte sie.

»Das kann man wohl sagen. Du bist in die entgegengesetzte Richtung gegangen.«

Sie konnte seine Stimmung nicht einordnen, was sie verunsicherte. Er war wütend, aber zudem unruhig, nervös. War er auf sie wütend? Weil sie nicht in seinem Club hatte mitmachen wollen?

Zlavko stand einen Augenblick da, als könnte er sich nicht entscheiden, was er als nächstes tun sollte. Aufgebracht fuhr er sich mit einer Hand durchs Gesicht. Dann seufzte er und ließ beide Arme rechts und links am Körper herabhängen. »Komm mit«, zischte er wütend und wandte sich in Richtung Schloss.

22. DEZEMBER
14 UHR 31

Kamille

Kamille hielt ihre Teetasse in den Händen. Der Tee war kalt geworden, sie hatte nichts davon getrunken. Kirstine und Victoria saßen ebenfalls still über ihre Tassen gebeugt. Mitten auf dem kleinen Küchentisch lag sie: die Kette. Sie bestand aus miteinander verbundenen Gliedern aus Silber und einem ovalen Anhänger, ebenfalls aus Silber. Der Verschluss war auseinandergerissen, als wäre die Kette derjenigen, die sie getragen hatte, vom Hals gerissen worden. Nichts an ihr war auffällig, sie hatte keine Gravur oder ähnliches.

»Schläft sie immer noch?«, fragte Victoria. »Sollen wir versuchen, sie zu wecken?«

»Sie hat sich bis halb sechs übergeben«, sagte Kamille. »Wir sollten sie in Ruhe lassen.«

Genau in diesem Moment öffnete sich die Tür von Malous und Kamilles Zimmer. Malou wankte hinaus und ließ sich schwer auf den vierten Stuhl am Tisch sinken. »Ich glaub, ich sterbe«, murmelte sie und ließ ihren Oberkörper auf die Tischplatte fallen.

»Du wirst schon überleben«, sagte Kamille und strich ihr übers Haar, »du riechst allerdings ein bisschen nach Tod. Hier, trink das, es wird helfen.« Sie schenkte ihr ein Glas Limonade ein.

Malou spähte misstrauisch auf das Glas, richtete sich auf und leerte es dann doch.

»Was war denn los?«, fragte Kirstine.

»Zlavko«, murmelte Malou und ließ ihren Oberkörper wieder auf den Tisch herabsinken.

»Echt jetzt, Malou, was hat er euch denn gegeben?«

Malou bedeutete ihr, leiser zu sprechen, und murmelte etwas Unverständliches.

»Ich finde, du solltest Jens davon erzählen. Ich bin sicher, er würde Zlavko zurechtweisen. Es ist nicht okay, einfach so Schülerinnen zu vergiften«, sagte Kamille.

Malou schaute auf. »Sssch, nicht so laut, mein Kopf ...« Sie ließ wieder den Kopf auf die Arme sinken. »Ich hab total wirres Zeug gesehen. Ich dachte sogar, ich hätte Leah gesehen ... Und dann war es plötzlich, als wäre ich draußen im Wald ...«

»Du *warst* draußen im Wald«, sagte Kirstine. »Ich habe dich eigenhändig nach Hause geschleppt.«

»Du hättest erfrieren können«, sagte Kamille. »Wenn *du* Jens nicht davon erzählen willst, mach *ich* es.«

»Nein«, protestierte Malou. »Dann denkt Zlavko bloß, er hätte gewonnen. Diese Genugtuung gönn ich ihm nicht!«

»Gewonnen? Das ist doch kein Wettbewerb!«

»Was ist das?«, fragte Malou und zeigte auf das Schmuckstück zwischen ihnen.

Kamille war sich ziemlich sicher, dass sie nur das Thema wechseln wollte. »Trines Kette«, antwortete sie dennoch. »Das glauben wir jedenfalls. Victoria hat sie gefunden.«

»Was? Wo?«

»Wir hatten bemerkt, dass du verschwunden warst. Benjamin hat dich rausgehen sehen«, sagte Victoria.

»Benjamin?«

»Er war nur kurz da«, wiegelte Victoria ab. »Wir haben dich gesucht und im Wald gefunden. Plötzlich war Trine da. Sie hatte Angst. Irgendwas hatte sie erschreckt. Wahrscheinlich hat sie sich deshalb im Hintergrund gehalten. Sie hat mich zum Bach am Hang geführt. Ihr wisst schon, dorthin, wo sie gestorben ist. Und dort im Bach lag sie. Die Kette.«

»Hat sie all die Jahre dort gelegen?«, fragte Malou und strich über das glatte Silber.

»Der Bach ist wegen des vielen Regens über die Ufer gestiegen. Vielleicht hat das Wasser die Kette von dort mitgespült, wo sie verborgen war«, sagte Kamille.

»Sie muss wichtig sein. Schließlich wollte Trine, dass du sie findest«, sagte Kirstine.

»Wenn ich nur wüsste, *weshalb* sie wichtig ist«, sagte Victoria.

»Sollen wir diese Psychometrie ausprobieren? Das Lesen eines Gegenstands?«, fragte Kamille. »Jens hat gesagt, dass man dafür normalerweise Schmuck nimmt.«

»Öhworumgeht's?«, murmelte Malou.

»Die Geschichte eines Gegenstands lesen. Das haben wir in Hellsehen gehabt.«

»Seit wann passt du denn in Hellsehen auf?«

»Wir nehmen die Kette nacheinander in die Hände und konzentrieren uns darauf, ob wir irgendetwas wahrnehmen.« Kamille ignorierte Malous Kommentar.

»Okay«, sagte Malou und richtete sich auf. Sie griff nach der Kette.

»Warte!«, sagte Kamille. »Wir dürfen uns nicht gegenseitig beeinflussen. Wenn ihr etwas spürt, schreibt ihr es auf. Erst zum Schluss zeigen wir uns gegenseitig unsere Zettel.« Sie stand auf, um Papier und Bleistifte zu holen, und verteilte sie an alle. »Willst du anfangen, Victoria?«

»Nein, fang du an.«

Kamille nickte, nahm die Kette in die Hand und schloss die Augen. Sie wusste selbst nicht genau, wie das Ganze eigentlich funktionierte, versuchte aber, ihr Stirnchakra zu öffnen und hoffte, dass es ihre hellseherischen Fähigkeiten stärken würde. Sie hatte Lisa vom Stirnchakra als »drittem Auge« reden hören und wusste, dass die Intuition und der sechste Sinn des Menschen mit dem indigoblauen Chakra verbunden waren. Das brauchte sie jetzt.

Das Erste, was sie wahrnahm, war ein starkes Gefühl. Leidenschaft vielleicht? Aber war sie gut oder schlecht? Möglicherweise war es sogar eine Mischung aus beidem? Ein Zwischending zwischen Liebe und Hass? Dann wurde eine Person deutlich. Kamille atmete rascher, als sie merkte, dass sie die Person kannte. Konnte das wirklich stimmen? Oder hatte ihre Sorge um Malou sie auf die falsche Spur geführt? Die Vision war völlig klar, es gab nicht viel, was man daran hätte missdeuten können. Sie schrieb etwas auf einen Zettel und gab die Kette weiter.

Kirstine saß lange mit der Kette in der Hand da, Victoria brauchte ein paar Minuten, während Malou die Kette kaum berührt hatte, als sie auch schon ein Wort auf ihren Zettel kritzelte.

»Sind alle fertig?«

Sie drehten ihre Zettel um und schoben sie in die Mitte des Tischs, neben die Kette. Auf allen Zetteln stand dasselbe. *Zlavko.*

»Wow!«, flüsterte Kamille.

»Habt ihr auch Liebe gespürt?«, flüsterte Kirstine.

»Und Hass. Und eine ekelhafte Menge Verlangen«, ergänzte Malou. »Ich war kurz davor, mich schon wieder zu übergeben.«

»Aber heißt das, dass …« Kamille hielt inne.

»War Zlavko Trines Freund?«, flüsterte Victoria. »Aber ist er nicht viel zu jung?«

»Vielleicht ist er älter, als er aussieht«, sagte Kirstine.

»Zlavko ist mir im Wald gefolgt. Er hat mich am Bach gefunden«, sagte Victoria. »Ich dachte erst, er hätte nach Benjamin gesucht. Oder nach mir. Aber vielleicht war es Trine? *Er darf uns nicht zusammen sehen.* Das waren Trines Worte.«

»Es ist Zlavko, der ihr Angst macht!«, stellte Malou fest.

»Vielleicht«, sagte Kamille und zog die Augenbrauen zusammen. »Vielleicht war er wirklich Trines Freund. Aber wie sollen wir das beweisen?«

»Leah«, sagte Malou. »Sie muss es wissen. Wenn sie bloß mit uns reden würde.«

»Wartet!«, sagte Victoria. »Sie hat ihn mir doch verraten, ihren Spitznamen. Oh Mann, das ist es! *Trollprinzessin.* Das war das Letzte, das sie zu mir gesagt hat.«

»Trollprinzessin«, murmelte Malou und ließ den Kopf wieder auf ihre Arme sinken. »Rumpelstilzchen wäre passender!«

»Was machen wir jetzt?«, fragte Kamille.

»Ich rufe sie an und sage ihr, dass wir die Antwort auf ihre bescheuerte Frage gefunden haben«, murmelte Malou. »Und dann muss sie mal ein bisschen was ausspucken. Aber erst muss ich mich noch mal hinlegen.«

»Malou?«

Das große Mädchen drehte sich im Türrahmen um. Sie wirkte so jämmerlich wie eine nasse Katze.

»Bist du sicher, dass du über Weihnachten nicht mit zu mir kommen willst? Meine Mutter würde sich sicher freuen«, sagte Kamille.

»Danke für das Angebot, aber ich habe versprochen, nach Hause zu fahren«, sagte Malou. »Und übrigens … frohe Weihnachten.« Dann zog sie die Tür hinter sich zu.

Kamille blieb sitzen, während Kirstine und Victoria in ihr Turmzimmer gingen. Sie würde weiter versuchen, Malou zu überreden. Zum einen war sie sich längst nicht sicher, dass Malou die Wahrheit über ihre Weihnachtspläne sagte, zum anderen war da etwas, das sie während der Ferien erledigen musste. Und das würde leichter sein, wenn sie nicht allein mit ihrer Mutter wäre. Sie hatte so ein Gefühl, dass sie irgendetwas übersehen hatten, was mit der Kette zusammenhing. Und wenn sie es nicht schafften, ihr Versprechen gegenüber Trine einzulösen, könnte das, was sie vorhatte, entscheidend sein.

Kamille stand auf und schüttete den kalten Tee ins Spülbecken, bevor sie in ihr Zimmer ging, um ihre Sachen zu packen.

Haben Sie etwas rausgefunden?

Ich bin mehreren Dingen auf der
Spur, aber wäre gern noch sicherer.
Ist etwas passiert?

Neuerdings schlafwandle ich.
Heute Nacht bin ich auf dem Weg
die Treppe runter aufgewacht. Ich glaube,
ich war auf dem Weg nach draußen …?!

Ich habe die Beschreibung eines Rituals
gefunden. Das könnte vielleicht helfen.
Aber es ist nicht ungefährlich.

Was für ein Ritual?

Komm heute nach dem Abendessen in
mein Büro. Dann können wir darüber
reden. Es gibt da etwas, das ich erst noch
abklären muss.

24. DEZEMBER
19 UHR 08

Malou

Es regnete in Strömen, selbstverständlich tat es das. Malou zog die Kapuze über den Kopf und griff nach der Tüte vom Kiosk. Der Blick des jungen Manns an der Kasse bohrte Löcher in ihren Rücken, als sich die Türen hinter ihr schlossen. Vermutlich war sie die einzige Kundin, die der arme Kerl heute Abend gehabt hatte. Wer kaufte auch schon um kurz nach sieben am Heiligabend fünf Rumkugeln und zwei Liter Milch, während der Rest des Landes gemütlich um den Tisch saß und sich mit Schweinebraten und Ente und brauner Soße den Bauch vollstopfte? Normale Menschen nicht, so viel war sicher.

Die Fußgängerzone war leer. Die Girlanden aus Tannenzweigen, die sich zwischen den hell erleuchteten Schaufenstern von einer Straßenseite zur anderen spannten, schaukelten heftig im starken Wind. Ein Weihnachtsbaum war umgestürzt, seine Lichterkette leuchtete immer noch in der Dunkelheit. *Was zur Hölle tat sie hier?*

Kamille hätte das sicher für eine schlechte Idee gehalten. Und sie wäre vermutlich ziemlich wütend geworden, hätte sie gewusst, dass Malou ihre Einladung abgelehnt hatte, obwohl es keinen anderen Ort gab, an dem sie den Abend verbringen konnte. Sie hätte natürlich zusammen mit Kirstine in Rosenholm bleiben können, aber auch hierzu hatte sie »Nein danke« gesagt. Warum eigentlich? Mitten im strömenden Regen konnte sie sich plötzlich nicht mehr daran erinnern, weshalb sie ihren Stolz nicht einfach runtergeschluckt und eines der Angebote angenommen hatte.

In den großen Villen waren die Fenster hell erleuchtet und mit Herzen, Sternen und blühenden Amaryllis in riesigen Vasen dekoriert. In den Einfamilienhäusern standen Weihnachtsbäume mitten im Wohnzimmer und leuchteten, während die Bewohner zu viel aßen und tranken und bald viel zu viele Geschenke auspacken würden, für die sie viel zu viel Geld ausgegeben hatten und die sie gar nicht brauchten. Malou verstand nicht, warum den Leuten Weihnachten so verflucht wichtig war. Aber sie war sich auch nicht sicher, warum es so wichtig war, dass sie das hier ausgerechnet heute Abend machte. Warum sie unbedingt durch die menschenleeren Straßen streunen und in die hell erleuchteten Fenster auf all das Familienglück starren musste, wie so eine moderne Ausgabe vom Mädchen mit den Schwefelhölzern. *Das Mädchen mit den Rumkugeln. Scheiße, Mann …*

Leah hatte am Telefon gesagt, dass sie heute Abend kommen könne, aber Malou hätte trotzdem ablehnen oder einen anderen Tag vorschlagen können. Vielleicht hatte Zlavko recht damit, was er damals bei der Übung mit dem Eiswasser gesagt hatte: dass Malou den Schmerz genoss. Gerade schien das jedenfalls die beste Erklärung zu sein.

Dann erreichte sie das Haus. Die Fenster waren dunkel. Was hatte sie denn auch erwartet? *Weihnachtsbaum, Krippenspiel und Drei Haselnüsse für Aschenbrödel?* Na klar! Sie ging durch das Tor und klopfte an die Haustür. Leah öffnete so schnell, dass Malou der Verdacht beschlich, sie hätte auf der anderen Seite gestanden und gewartet.

»Was hast du mitgebracht?«, fragte sie.

»Ähm … Rumkugeln. Und Vollmilch«, sagte Malou. Leah wirkte, als überlegte sie, ob Rumkugeln und Vollmilch ausreichten, um Malou Zugang zu ihrer Bruchbude von Haus zu verschaffen.

»Bis auf einen Kiosk war alles zu«, sagte Malou.

Leah murmelte irgendetwas und machte einen Schritt zur Seite, sodass Malou hineingehen konnte. Drinnen war es dunkel und kalt. Es roch feucht und muffig. In einer Ecke verströmte eine kleine Schreibtischlampe mit gelbem Schirm ihr schwaches Licht.

»Frohe Weihnachten«, sagte Malou, ihre Stimme klang fremd.

»Ha!« Leah lachte und riss ihr die Tüte aus der Hand, um den Inhalt zu begutachten. »Hast du schon gegessen?«, fragte sie und sah Malou misstrauisch an.

»Nehmen Sie nur, ich hab keinen Hunger.« Malou hatte zwar seit heute Morgen nichts mehr gegessen, doch sie konnte sich nicht vorstellen, in diesem Haus etwas zu sich zu nehmen.

Diesmal goss Leah die Milch in ein großes schmutziges Glas, bevor sie sich an den Esstisch setzte und die Rumkugeln langsam, eine nach der anderen, verputzte. Dabei murmelte sie und schmatzte gierig vor sich hin.

Malou setzte sich ihr gegenüber, sie schauderte. Ihre Jacke war nass und klebte ihr am Körper, doch ihr war zu kalt, um sie auszuziehen.

»Warum wird dir nicht warm?«, fragte Leah, während sie sich die letzten Reste von den Fingern leckte.

»Ähm, was?« Malou verstand nicht, was Leah meinte.

»Blutmagier frieren nicht. Du bist doch Blutmagierin, oder?«

Instinktiv griff Malou nach dem silbernen Tropfen, der um ihren Hals hing. »Ja.«

»Dann weißt du doch sicher, wie man es macht. Wie du dich durch dein eigenes Blut wärmst.«

»Ich fürchte, das haben wir noch nicht gelernt«, sagte Malou. »Sind Sie auch … Blutmagierin?«

»Das habt ihr also noch nicht gelernt«, höhnte Leah und ignorierte Malous Frage. »Eines der ersten Dinge, die jeder Blutmagier lernen muss: Überleben unter den widrigsten Umständen. Wir sind vielleicht nicht viel wert, aber das können wir. Komm, gib mir deine Hand.« Sie streckte ihre Hand über den Tisch aus, doch Malou zögerte.

»Es passiert dir schon nichts, Dummchen. Komm, gib schon her.« Sie hielt Malou ihre Handfläche hin und langsam legte Malou ihre Hand in Leahs. Die langen, dünnen Finger schlossen sich fest um ihre.

»Oh, wie kalt diese kleine Hand ist.« Leah lachte heiser. Ihr langer Daumennagel streichelte Malous Handrücken, zeichnete die Adern unter ihrer Haut nach. »Jetzt pass auf.« Sie drückte fest zu und riss die Augen auf. In dem fast dunklen Wohnzimmer konnte Malou gerade noch erkennen, wie sich das Weiße in Leahs Augen mit Tinte füllte. Beinahe im selben Augenblick kam die Wärme, eine wahre Hitzewelle, als würden ihre Adern von brühend heißem Tee durchspült. Es war zu viel, zu heiß. Erschrocken zog sie ihre Hand zurück.

»Es hat geklappt, oder?«

Malou rieb sich den Handrücken, Leahs Nägel hatten darauf einen langen, blutigen Kratzer hinterlassen.

Leah lachte leise und studierte wieder ihren Daumennagel. An seiner Spitze klebte Malous Blut, und sie steckte ihn mit demselben zufriedenen Gesichtsausdruck in den Mund, mit dem sie das Süße von ihren Fingern abgeleckt hatte.

Malous Magen zog sich zusammen, und sie spürte Übelkeit in sich aufsteigen. Was wäre passiert, wenn sie ihre Hand nicht zurückgezogen hätte? Leah hätte sie wahrscheinlich lebendig gekocht und sie dann mit Vollmilch zum Nachtisch verspeist. Mit einer großen Menge Vollmilch.

»Hatte Trine einen Freund, der Zlavko hieß?«

Leah zog überrascht die buschigen Augenbrauen hoch. »Was sagst du da?«

»Zlavko. Groß, schwarze Haare, dunkle Augen, seltsamer Akzent?«

»Ich habe keine Ahnung, wovon du sprichst«, sagte Leah und drehte den Kopf zur Seite, als würde Malou sie plötzlich langweilen.

»Unerträglich selbstgefällig mit eindeutig psychopathischen Zügen? Blutmagier?«

»Das sagt mir nichts.«

»Sind Sie sicher? Vielleicht hat Trine ihn mal mit nach Hause gebracht? Oder von ihm erzählt?«

»Trine hat ihn nie erwähnt.« Ungeduldig setzte Leah das Glas ab, sodass es klirrte. »Hör mal, ich dachte, du hättest mir etwas zu erzählen? Sonst kannst du gleich wieder gehen.«

»Das habe ich auch. Trine hat uns Ihren Spitznamen verraten …«

»Aahh, Trine hier und Trine da. Immer geht es nur um sie.«

»Aber der Spitzname …«

»Erzähl mir lieber etwas über dich.«

»Was … nein! Sie haben versprochen …«

»Du kommst hierher, um in meinem Leben herumzuschnüffeln, mich über meine Schwester auszufragen, über mein Unglück, und du willst mir nichts dafür geben?«

»Aber …«

»Verrat mir ein Geheimnis, etwas, das die anderen Mädchen nicht wissen, erzähl mir, in wen du verliebt bist, oder wen du insgeheim hasst. Erzähl's mir, und dann werde ich *dir* ein Geheimnis verraten.«

Malou biss die Zähne zusammen. Ihr erster Impuls war, einfach zu gehen und die Tür hinter sich zuzuknallen. Doch wenn sie das tat, konnte es sein, dass sie nie wieder etwas aus diesem verrückten, alten Drachen herausbekommen würden. Sie seufzte. »Okay. Ähm … beim Julfest an der Schule habe ich einen Jungen geküsst, Louis.«

»Wart ihr im Bett?« Leah lehnte sich über den Tisch, Malou hatte jetzt ihre volle Aufmerksamkeit.

»Nein, wir haben uns nur geküsst. Glaube ich jedenfalls. Ich kann mich nicht mehr richtig erinnern.«

»Bist du in ihn verliebt?«

»Nein, ich glaube nicht, ich kenne ihn kaum …«

»Ha! Du kleiner Schwachkopf. Wenn du nicht weißt, ob du verliebt bist, dann bist du es noch nie gewesen. Sei bloß froh! Es heißt, es wäre schmerzhaft, ein Kind zu gebären, das musste ich zum Glück nie erleben, aber Verliebtheit muss trotzdem der schlimmste Schmerz sein, den ein Mensch erleben kann.«

»Okay. Das war jedenfalls mein Geheimnis.«

»Warum hast du ihn geküsst, wenn du nicht in ihn verliebt bist?«

»Ich weiß nicht. Einer der Lehrer hat mir Alkohol gegeben, ich war nicht ich selbst.«

»Ich war betrunken, ich wusste nicht, was ich getan habe, ich bin nur ein dummes, kleines, unschuldiges Mädchen …« Leah lachte hämisch. »Jetzt sag mir, wen du hasst.«

»Den Lehrer, der mir diesen Scheiß eingeflößt hat. Er heißt Zlavko. Vielleicht ist er Trines Freund gewesen?«

Leah riss die Augen auf. »Wie originell, eine Schülerin, die ihren Lehrer hasst«, zischte sie. »Nein, damit kriegst du mich nicht. Wen hasst du wirklich, insgeheim? Wenn du mir das verrätst, erzähle ich dir *mein* Geheimnis!«

»Wie viel Zeit haben Sie?« Malous Liste mit Leuten, die sie hasste, war ziemlich lang.

»Raus damit, sonst kannst du gleich wieder verschwinden.«

»Meine Mutter.«

»Ein Teenager, der seine Mutter hasst, das ist ein bisschen wenig. Du hast es in dir, das kann ich sehen. Versuch's noch mal.«

»Ach, Scheiße! Okay, manchmal, nicht immer, aber ab und zu hasse ich Victoria. Weil sie einfach alles hat. Das ist die Dunkelhaarige …«

»… die, die Trine sehen kann, richtig?« Leah lächelte so sehr, dass ihre großen, gelben Zähne in der Dunkelheit leuchteten. Sie lehnte sich über den Tisch, ohne Malou aus den Augen zu lassen.

Malou nickte. »Und jetzt sind Sie dran.«

»Immer langsam. Nicht so schnell, junge Dame! Du musst mir erst noch den Spitznamen verraten. Wie hat Trine mich immer genannt?«

»Trollprinzessin.«

Leah lehnte sich langsam im Stuhl zurück. Vielleicht hatte sie nicht damit gerechnet, dass sie es schaffen würden.

»Ich habe diesen Namen gehasst«, murmelte sie. »Trine war die Fröhliche, die Übersprudelnde, während ich das kleine, hässliche

Trollkind war. Und sie nutzte jede Gelegenheit, um mich daran zu erinnern. Ich war ein unglückliches Kind, aber Trine war egal, wie es mir ging. Hauptsache, sie selbst hatte Spaß.«

»Das Geheimnis?«

»Ah, es sind so viele. Ein ganzes Leben voller Geheimnisse und Dinge, über die man nicht reden, die man niemals ansprechen darf, niemals Trines Namen aussprechen, weil sie dann wieder wütend werden würden …«

»Wer, Ihre Eltern?«, fragte Malou. »Wie sind sie gestorben?«

Aber Leah schien ihre Frage gar nicht gehört zu haben. »So viele, viele Geheimnisse, und du erfährst nur eins davon.«

»Verraten Sie es mir«, sagte Malou ungeduldig.

Leah lächelte. »Also gut. Ich habe immer noch Trines Briefe. Ich habe sie noch nie jemandem gezeigt. Nicht, als die Polizei kam, nicht, als die Schule anrief, nicht, als er anrief. Nicht mal Mama und Papa, nein, nicht einmal ihnen. Aber ihr dürft sie lesen. Vielleicht findet ihr darin etwas, das euch weiterbringt. Wenn ihr das nächste Mal mehr Essen mitbringt, gebe ich sie euch vielleicht.«

»Kann ich sie nicht jetzt schon haben?«

»Sei nicht so ungeduldig, du dumme, kleine Gans. Komm mich wieder besuchen und bring die anderen mit, dann bekommt ihr die Briefe vielleicht. Wenn ihr bereit seid, etwas dafür zu geben. Und nun geh. Ich habe keine Lust, noch länger mit dir zu reden.«

»Wissen Sie, mit wem Trine zusammen war, wenn es nicht Zlavko war?«, versuchte Malou es ein letztes Mal.

»Keine Fragen mehr und keine Antworten. Geh jetzt.«

Malou stand auf. Sie zog die Kapuze über den Kopf, bevor sie hinaus in die Dunkelheit ging.

24. DEZEMBER
22 UHR 30

Kamille

»Willst du noch etwas?« Kamilles Mutter ließ sich neben ihr auf dem Sofa nieder. Sie hielt ein Tablett in den Händen. »Ich habe Chai gekocht. Mit Zimt und Kardamom. Und es gibt auch Kekse.«

Kamille warf einen Blick auf die großen, unförmigen Kleckse, die auf einem Teller lagen. »Nein, danke.«

»Sie schmecken wirklich gut, auch wenn sie nicht besonders hübsch geworden sind. Du kannst dir auch nur ein Stück abbrechen, falls sie zu groß sind. Ich hab sie extra für dich gebacken.«

»Mama, ich kann wirklich nichts mehr essen.« Ihre Mutter hatte bereits das Weihnachtsessen serviert, das in dem kleinen, reetgedeckten Bauernhaus immer aus einem Berg Falafel, Fladenbrot, Lammkotelett mit Minze, Hummus, Granatapfelsaft und vielem mehr bestand. »Jesus kam doch aus dem Mittleren Osten«, sagte Kamilles Mutter immer.

Alles war wie gewohnt. Sie hatten gegessen, gesungen, Geschenke ausgetauscht. Kamille hatte ihrer Mutter einen Gutschein für irgendeinen megalangweiligen Laden geschenkt. Früher hatte sie sich immer große Mühe gegeben, etwas Persönliches zu finden. Dennoch hatte ihre Mutter sie auch heute so überschwänglich umarmt, als hätte sie ihr gerade einen fantastischen Schatz überreicht. Kamille hatte ein neues Kleid bekommen, es musste teuer gewesen sein. Doch obwohl alles wie immer abgelaufen war, war der Abend trotzdem nicht so gemütlich gewesen, wie Kamille es von den Weihnachtsabenden ihrer Kindheit in Erinnerung hatte.

»Hier, eine Tasse Tee geht noch«, sagte ihre Mutter und reichte ihr einen Becher.

Kamille nippte daran. Der Tee schmeckte gleichzeitig süß und bitter. Genau so, wie sie ihn mochte.

»Ah, ich habe eine Idee!« Ihre Mutter setzte sich begeistert auf. »Sollen wir Karten spielen?«

»Ich glaube, ich bin zu müde.«

»Ja, du hast recht, es ist auch schön, einfach nur dazusitzen und ins Feuer zu schauen.« Ihre Mutter stand auf, um einen Holzscheit nachzulegen. »Oder soll ich Musik anmachen?«

»Weshalb hast du mir nicht erzählt, dass Jens mein Vater ist? Du wusstest, dass ich ihn als Lehrer bekommen würde. Warum hast du nichts gesagt?«

Kamilles Mutter, die inzwischen wieder auf dem Sofa saß, sank in sich zusammen, als hätte ihr jemand die Luft abgelassen.

»Das habe ich dir doch schon beantwortet, so gut ich konnte. Ich fand, du warst noch zu jung, dass es zu kompliziert werden würde … Und ich hatte auch keine Lust dazu, weil …«

»Weil was?«

»Weil ich wusste, wie wütend du werden würdest.«

»Feigling.«

»Du hast recht. Ich habe mich wie ein Feigling benommen. Hast du mit ihm geredet?«

»Ja.«

»Hast du es ihm erzählt?«

»Ja.«

»Was hat er gesagt?«

»Na ja, zuerst war er ein bisschen schockiert. Er hatte ja keine Ahnung, dass es mich überhaupt gibt. Jetzt treffen wir uns ab und zu«, erzählte Kamille und zuckte mit den Schultern. »Wir trinken Tee ...«

»Ah ja«, sagte ihre Mutter und klang plötzlich angespannt. Sie beugte sich über ihre Tasse und schwieg. Die Scheite zerfielen im Ofen, und der Wind fuhr in den Schornstein, dass es nur so pfiff. Draußen regnete es immer noch.

Tatsächlich hatte Kamille sich nach ihrer ersten Verabredung zum Tee nur noch ein einziges Mal mit Jens getroffen. Er hatte viel zu tun, sodass ihnen nicht viel gemeinsame Zeit blieb. Aber es war gemütlich gewesen. Ein bisschen seltsam, aber dennoch schön. Jens gab sich ziemlich fürsorglich, wenn auch auf eine etwas ungeschickte Art und Weise. Er fragte nach ihren Freundinnen, besonders um Victoria schien er sich Sorgen zu machen (wenn er ihr auch nicht mehr über deren Familie erzählen wollte), er war interessiert an Kamilles Zukunftsplänen, und als er erfuhr, dass sie sich für Naturmedizin interessierte, schlug er ihr vor, sie könne Medizin studieren.

Aber es klang nicht so, als hätte ihre Mutter Lust, weiter über Kamilles Treffen mit ihrem Vater zu reden. Das war auch egal, denn etwas anderes interessierte Kamille viel mehr, und sie hatte so ein Gefühl, dass sie Jens in diesem Zusammenhang besser nicht erwähnen sollte.

»Soll ich dir die Haare flechten?«, fragte Kamille.

»Hast du Lust dazu?«, fragte ihre Mutter glücklich und drehte sich zu ihr. »Das hast du lange nicht mehr gemacht. Ich hole einen Kamm.«

Sie öffnete ihr langes rotes Haar mit den silbernen Strähnen darin und ließ es über die Sofalehne fallen. Langsam begann Kamille, die verknoteten Haare auszukämmen, Strähne für Strähne. Ihre Mutter trug ihr Haar meist zu einem unordentlichen Knoten im Nacken, aber jetzt, wo Kamille es im Schein des Feuers bürstete, sah es wirklich schön aus. Sie flocht einen einfachen Zopf. Ihre Mutter hatte den Kopf über die Rückenlehne fallen lassen und die Augen geschlossen. Kamille konnte das kleine silberne Blatt erkennen, das um ihren Hals hing. Und den einfachen Lederbeutel, den die Mutter ebenfalls stets trug.

»Erinnerst du dich noch daran, wie ich immer mit den Dingen aus deinem Beutel gespielt habe?«, fragte Kamille.

»Ja.« Ihre Mutter lächelte, ohne die Augen zu öffnen. »Damit konntest du dich ziemlich lange beschäftigen.«

»Aber ich habe noch nie verstanden, was es damit eigentlich auf sich hat.«

»Mit dem Beutel? So einen hat jede Heilerin. Darin sind meine Amulette und andere wichtige Dinge.«

»Darf ich mal sehen?«, fragte Kamille und setzte sich neben ihre Mutter aufs Sofa.

»Ja, klar«, sagte ihre Mutter und zog die Lederschnur, an der der Beutel befestigt war, über den Kopf. Sie öffnete ihn und schüttete den Inhalt vorsichtig in ihre Handfläche. »Es ist ein bisschen was von allem drin. Der Amethyst beschützt vor bösen Geistern, die Hasenpfote bringt Glück. Und sieh mal hier!« Ihre Mutter zeigte auf einen kleinen, weißen Gegenstand.

»Ist das … äh, ein Zahn?«

»Ja, das ist der erste Milchzahn, den du verloren hast. So hab ich dich immer bei mir.«

Kamille rümpfte die Nase. »Das ist aber ein bisschen eklig.«

»Und schau mal hier, das ist etwas ganz Besonderes. Weißt du, wie man den nennt?«, fragte ihre Mutter und legte einen mattschwarzen, ovalen Stein von ihrer eigenen in Kamilles Handfläche.

»Nein«, log Kamille. »Was ist das?«

»Ein Siegesstein«, erklärte ihre Mutter. »Den hat mir meine Mutter vererbt, als ich mit dir schwanger war. Die helfen bei schwierigen Geburten. Wenn das Kind nicht herauswill, legt man den Stein auf den Bauch der werdenden Mutter. Du kannst mir glauben, dieser Stein hat schon viele Leben gerettet und wurde seit Jahrhunderten von Mutter zu Tochter vererbt. Oma hat ja bei Geburten geholfen, genauso wie davor ihre Mutter. Und wie ich.«

Kamille drehte den Stein in der Hand. Er war tiefschwarz mit kleinen, glitzernden Einsprengseln. »Er ist schön.«

»Du kannst ihn behalten.«

»Nein, das kann ich nicht annehmen.«

»Doch, nimm ihn ruhig. Du bist jetzt so weit.«

»Ich habe nicht vor, in nächster Zeit ein Kind zu bekommen!«, sagte Kamille.

Ihre Mutter lachte. »Nein, das wollen wir mal nicht hoffen. Du kannst ihn trotzdem behalten. Ich brauche ihn ohnehin nicht mehr. Alle jungen Leute ziehen von hier fort. Hier draußen hat schon ewig niemand mehr ein Kind geboren und die paar, die doch eins bekommen, gehen ins Krankenhaus. Es ist lange her, seit ich das letzte Mal bei einer Geburt geholfen habe.«

»Danke, Mama«, sagte Kamille. »Ich werde gut auf ihn aufpassen.«

Ihre Mutter legte einen Arm um sie und küsste sie auf den Kopf. »Ich weiß, dass du das tun wirst, mein Schatz.«

Wir sollten es tun.

Du solltest es dir genau überlegen, bevor du dich entscheidest.

Das habe ich. Heute Nacht bin ich draußen im Park aufgewacht. Was, wenn ich das nächste Mal ganz bis zum Baum gehe?

Ich habe immer noch meine Zweifel.

Sie haben selbst gesagt, dass am Ende ich entscheiden muss.

Und wenn es schiefgeht?

Dann war es trotzdem meine Entscheidung. Ich bin kein kleines Kind mehr.

Na gut, wenn du dir sicher bist.

Das bin ich.

31. DEZEMBER
23 UHR 00

Kirstine

Kirstine wartete auf der anderen Seite des Burggrabens bei der großen Blutbuche. Als eine Rakete aufstieg, zuckte sie zusammen. Der Knall hallte von den Schlossmauern wider, aber sie konnte keine Menschenseele entdecken. Wahrscheinlich kam der Lärm aus dem Park der Jungs. Sie schaute zur Schule hinüber. Einige Fenster im zweiten Stock waren erleuchtet, ein paar wenige Schülerinnen und Schüler, die den Silvesterabend in Rosenholm verbrachten, feierten dort.

Sie schaltete ihr Handy aus und steckte es zurück in die Tasche. Malou hatte ihnen eine ernüchternde Nachricht geschickt. Leah wusste nichts davon, dass Zlavko und Trine zusammen gewesen waren. Oder sie wollte es ihnen nicht verraten. Immerhin hatte sie behauptet, dass sie alte Briefe von Trine besaß, und Malou war völlig besessen davon, sie in die Hände zu bekommen.

Kirstine hatte nicht viele Gedanken an die Briefe verschwendet, sie plagten andere Sorgen. Seit einiger Zeit schlafwandelte sie. Sie kam dann barfuß im Park zu sich, auf dem Weg in den Wald. Und das passierte häufig, nachdem sie sich mit Jakob getroffen hatte. Sie hatte ihm immer noch nichts davon erzählt, doch vielleicht musste sie das auch nicht. *Wenn das hier nur funktioniert.*

Da kam er. Kirstine trat nervös von einem Fuß auf den anderen. Aber er war nicht allein. Warum war er nicht allein?

»Gut, dass du bereit bist«, brummte Thorbjørn, als er schließlich vor ihr stand und sich sogleich von ihrem Herumgezappel anstecken ließ. Hätte ihr Puls nicht so heftig unter der Jacke gewummert, dann hätte sie sich vielleicht darüber amüsiert, wie ungeschickt Thorbjørn und sie sich jedes Mal verhielten, wenn sie zusammen waren. Warum stand er bloß herum, anstatt ihr zu erklären, weshalb er ihn mitgebracht hatte? Wer weiß, was er ihm erzählt hatte …

Der Wind fuhr durch Jakobs Haar, er trug keine Mütze, und es war eiskalt.

»Ich habe Jakob alles erzählt«, sagte Thorbjørn. Er klang beinahe verlegen, als habe er etwas Falsches getan, aber das war ja eigentlich nicht der Fall. Kirstine wünschte, sie könnte ihm das ehrlich so sagen.

»Ich dachte, es wäre besser, wenn wir zu zweit sind«, sagte Thorbjørn. »Falls etwas passiert.«

»Wissen alle davon?«, fragte sie. »Das ganze Kollegium?«

»Nein, nur noch Lisa. Sie kennt den Baum am besten. Ich habe schon mehrmals mit ihr darüber gesprochen.«

»Und was hat sie gesagt?«

»Sie findet, dass wir es sein lassen sollten.« Er wich ihrem Blick aus.

»Ich finde, wir sollten es versuchen.«

»Bist du dir sicher?« Es war Jakob, der diese Frage stellte.

Ja, ich bin mir sicher. Dabei vertraute sie sich selbst nicht mehr. Nachts rief der Baum nach ihr. Wer wusste schon, was dort draußen passieren würde? Was, wenn sie die Kontrolle über sich und ihre Fähigkeiten verlor? Womöglich würde sie sich selbst töten.

Oder jemanden, den sie mochte. *Sonst wird sie töten oder sterben.* Das durfte nicht geschehen.

»Ich bin mir sicher.«

Thorbjørn ging voraus, führte sie den Weg entlang, über die Wiese und zum Moor. Ab und zu störte ein Feuerwerkskörper die Stille, aber der Lärm wurde immer leiser. Zuerst hatte sie nicht verstanden, warum es ausgerechnet heute Nacht sein musste, doch jetzt begriff sie, dass es kein Zufall war. Die Schule war beinahe verwaist, und die paar Leute, die geblieben waren, waren sicherlich betrunken und wahrscheinlich so sehr damit beschäftigt zu feiern, Raketen abzufeuern und jemanden zu finden, den sie um Mitternacht küssen konnten, dass sie sich nicht für die drei schwarzgekleideten Gestalten interessierten, die weg von der Schule hinein in die Dunkelheit liefen.

Hohes Gras bedeckte den Boden und machte es im Dunkeln unmöglich herauszufinden, wie der Untergrund beschaffen war. Eine dünne Eisschicht knackte unter Kirstines Stiefeln und sumpfiges Wasser schwappte um ihre Sohlen.

»Ich habe die Fallen da drüben neben den Büschen aufgestellt.« Thorbjørn flüsterte und bedeutete ihnen, leise zu sein, während er sich näher heranschlich.

»Ah!« Kirstine war in ein Loch getreten, das eiskalte Wasser lief augenblicklich in ihren Stiefel hinein, und als sie versuchte, das Bein zu heben, fiel sie beinahe hin. *Na toll.*

»Hier, nimm meine Hand.«

Sie zögerte einen Moment, bevor sie den Fausthandschuh auszog und Jakobs ausgestreckte Hand ergriff.

»Aaaah!« Er ließ sie blitzschnell wieder los. Kirstine hatte es ebenfalls gemerkt, ein schmerzhafter Stromstoß, der plötzlich zwischen ihnen entstanden war.

»Was …?«, flüsterte er, kam aber nicht weiter.

»Sch«, zischte sie nur. Sie musste den Fuß losbekommen. Sie zerrte und zog, aber es war, als schlösse sich das Loch immer fester um sie, als wäre da etwas, das sie zu sich nach unten ziehen wollte.

»*Dagaz, dagaz, dagaz.*« Sie murmelte den Namen der Rune, die auf das Tageslicht und den Lichtgott Balder verwies, wie eine schützende Beschwörungsformel und legte so viel Kraft hinein, wie sie konnte. Mit einem widerwilligen Schmatzen gab das Moor sie endlich frei.

»Alles in Ordnung?« Jakob streckte den Arm nach ihr aus, um ihn ihr um die Schultern zu legen, hielt dann aber in der Bewegung inne. Sein Arm blieb in der Luft hängen. Um sie herum knisterte es elektrisch.

»Du … Sie dürfen mich nicht berühren«, flüsterte sie und stolperte weiter, während das Wasser in ihrem Stiefel hin und her schwappte.

»Kommt! Ich hab was!«, erklang Thorbjørns Stimme von den Büschen her. Er sprach leise, vielleicht um das zappelnde Tier, das er in den Händen hielt, nicht zu erschrecken. Es war ein Hase. »Beeilt euch. Jakob, dein Messer.«

Jakob zog ein Jagdmesser aus einer Scheide an seinem Gürtel und reichte es Kirstine. Sie starrte es an, dann schaute sie zu Thorbjørn, der den Hasen zu Boden drückte und den Hals des Tieres, das in seinen Händen zitterte, freilegte.

»Es ist am besten, wenn du ihn tötest. Es wird am besten wirken, glaube ich.«

Kirstine starrte auf den Hasen. Er musste furchtbare Angst haben. Sie hatte einen Menschen getötet, aber noch niemals ein Tier. Ein völlig unschuldiges Tier. *Nun mach schon, Kirstine!*

Sie griff nach dem Messer und schnitt die Kehle des Hasen durch. Das warme Blut spritzte in einem Strahl heraus und traf ihr Gesicht.

»Gut«, sagte Thorbjørn erleichtert. »Gut, Kirstine. Jetzt fehlt nur noch der letzte Teil unseres Plans.«

Sie änderten die Richtung und liefen in den Wald, der Hase zeichnete eine Blutspur hinter ihnen.

»Hören Sie das?« Kirstine versuchte, ihre Stimme ruhig klingen zu lassen, schaffte es aber nicht ganz. Ein schwirrendes Summen erfüllte ihre Ohren.

»Ja«, brummte Thorbjørn. »Der Baum weiß, dass du auf dem Weg zu ihm bist. Jakob, du läufst hinter Kirstine, ich gehe voran. Wir werden dich abschirmen.«

Thorbjørn murmelte etwas vor sich hin, Jakob stimmte ein, und als sie weitergingen, verstand Kirstine, was Thorbjørn gemeint hatte. Die beiden schirmten sie nicht nur mit ihren Körpern ab, sie schafften auch einen schützenden Raum, in dem sie leichter gehen konnte und in dem die Geräusche nicht so aufdringlich waren. Trotzdem brauchten sie fast eine halbe Stunde bis zur Lichtung. Sie konnte den Baum schon von Weitem sehen. Sein kaltes, silbriges Licht umspielte die schwarzen Äste der anderen Bäume und erhellte den dunklen Wald. Thorbjørn machte ein Zeichen, dass sie anhalten sollten. Es war still, das Summen war verschwunden. Kirstine zitterte, die Kälte ergriff sie, als hätte ihr jemand die Bettdecke weggezogen. Thorbjørn und Jakob hatten ihr schützendes Gemurmel unterbrochen und auf einmal fühlte sie sich verletzlich und schutzlos.

»Kirstine, das hier gefällt mir nicht …« Jakob, der hinter ihr stand, sprach leise. Er war so dicht bei ihr, dass sie seinen Atem an ihrem Hals spürte.

Thorbjørn drehte sich um, das silberfarbene Licht ließ ihn alt und müde wirken.

»Bist du bereit?«

Sie nickte.

»Ich gehe mit.« Jakobs Stimme dröhnte in der Stille und Thorbjørn zuckte zusammen.

»Nein!«, flüsterte er. »Kirstine muss es tun, *nur* sie allein.«

»Aber der Baum … er ist erwacht. Normalerweise benötigt man eine Zeremonie, um ihn zu wecken, wir wissen nicht, wie er reagieren wird.«

»Ganz genau. Es besteht ein großes Risiko, dass er unsere Anwesenheit als Provokation auffassen wird. Er erwartet Kirstine. Sie allein – sonst niemanden.«

»Ich bin bereit.« Sie war selbst überrascht, wie abgeklärt sie klang.

»Gut«, sagte Thorbjørn und setzte seinen Rucksack ab. »Hier ist der Kranz, den Lisa gebunden hat, also dann …«

Kirstine nickte und warf ihre Jacke von sich. Sie ließ sie einfach so vor sich auf den Waldboden fallen, schlüpfte in einer schnellen Bewegung aus ihrem Pullover, trat aus ihren Stiefeln und stand schließlich nackt vor den beiden Männern. Die Kälte schmerzte auf ihrer Haut, die im Licht das Baums weiß schimmerte. Sie hätte niemals gedacht, dass Jakob sie in einer solchen Situation zum ersten Mal nackt sehen würde, doch sie spürte keine Scham. Es stand Wichtigeres auf dem Spiel.

»Der Kranz«, flüsterte sie, und Thorbjørn reichte ihn ihr, ohne sie direkt anzuschauen. Lisa hatte den Kranz aus Misteln und Efeu gebunden, sie setzte ihn sich auf den Kopf und griff nach dem Hasen, den Thorbjørn getragen hatte. Dann verließ sie die beiden und ging das letzte Stück allein. Es war still, kein Geräusch, keine Baumwurzeln, die ihr ein Bein stellten. Der raue Farn strich an ihren Schenkeln, und die gefrorene Erde gab unter ihren Füßen nach, doch merkwürdigerweise fror sie nicht mehr, als sie die Lichtung betrat. Der Baum pulsierte, er leuchtete heller als jemals zuvor, und sie wusste nicht, ob es ihr Herz war, das sie schlagen hörte, oder seine Lebensader. Langsam, sehr langsam ging sie weiter, so wie Thorbjørn es ihr erklärt hatte. Dieses uralte Ritual war seit Menschengedenken von unzähligen, namenlosen Heilerinnen ausgeführt worden, die den magischen Baum gebeten hatten, ihnen übermenschliche Kräfte zu verleihen. Doch Kirstine war keine Heilerin, und sie bat den Baum nicht um besondere Fähigkeiten – sie wünschte sich, dass er sie wieder zurücknahm.

Als sie sich dem Fuß des Baums näherte, kniete sie nieder, streckte den Hasen vor sich und richtete die Augen zu Boden.

»Nimm mein Opfer, und lass mich frei«, flüsterte sie. Dann legte sie den Hasen ab, erhob sich und trat einige Schritte zurück. Der Baum war still, der Wald war still. Doch plötzlich kam ein Wind auf, die Blätter auf dem Waldboden begannen zu rascheln, sie erhoben sich und fegten über die Lichtung auf sie zu, der Baum schüttelte seine Äste. Kirstine bemerkte eine Bewegung nahe dem Baumstamm. Eine Wurzel bewegte sich. Erst nur langsam, suchend. Im Gegensatz zum silberglänzenden Baum war sie schwarz, sie schlängelte sich über den Boden, mit wütenden, ruckartigen Bewegungen, näher und näher an den Hasen heran. Kirstine hielt die Luft an, während die Wurzel sich an das tote Tier herantastete.

»Nimm mein Opfer, und lass mich frei«, bat sie noch einmal. Die Wurzel umklammerte den Hasen, warf das Tier dann aber mit einem sirrenden Zischen von sich, bewegte sich weiter, sehr viel schneller nun. Weitere Wurzeln brachen aus dem Morast, sie peitschten und zuckten, blind, aber dennoch auf dem Weg zu ihr. Der Baum hatte ihr Opfer abgewiesen. Er wollte sie haben. Trotzdem waren ihre Füße wie festgefroren, sie konnte nicht fliehen.

Als sich die ersten pechschwarzen Wurzeln um ihre Knöchel legten, öffnete Kirstine den Mund zu einem stummen Schrei. Die Wurzeln krochen ihre Beine hinauf, zerrten so sehr an ihr, dass sie hinfiel.

»Kirstine!« Jakob war an ihrer Seite, doch die Wurzeln hatten sich nun auch um ihre Arme gelegt. Als sie sich in ihr Fleisch bohrten, gelang es ihr endlich, zu schreien. Jakob griff nach ihrem Arm und zerrte an ihr, um sie zu befreien, und sie erhaschte einen Blick auf Thorbjørn, der die Wurzeln attackierte, Beschwörungsformeln brüllte, während sie immer weiter schrie. Dann, endlich, ließ der Baum mit einem seltsam schrillen Geräusch von ihr ab. Jakob hob sie vom Waldboden auf, drückte sie an sich und rannte los. Kirstine schloss die Augen und merkte, wie ihr Körper in seinen Armen erschlaffte.

7. JANUAR
10 UHR 20

Malou

»Sie sagen, sie liegt auf der Krankenstation. Das ist das zweite Mal in diesem Schuljahr.«

»Was ist passiert?«

»Ich weiß es nicht. Aber ich hab gehört, dass Jakob und Thorbjørn ebenfalls verletzt wurden.«

»Es ist an Silvester passiert. Amalie aus dem Abschlussjahrgang hat eine Party gegeben, aber niemand hat Kirstine oder die Lehrer dort gesehen.«

»Vielleicht haben sie ihre eigene Party gefeiert?«

»Wie meinst du das?«

»Vielleicht irgendein so'n Ritual? Ein Dreier oder so?«

»Oah, ich glaub, ich muss gleich kotzen. Du bist so eklig.«

»Irgendwas müssen sie doch am Start gehabt haben. Wenn ich es mir genau überlege, kam sie mir schon immer ein bisschen seltsam vor.«

»Vielleicht war sie einfach nur geil?«

»Boah, um was mit Thorbjørn anzufangen, muss man aber echt verzweifelt sein.«

»Haltet endlich eure Fresse, ihr seid ja total irre!« Malou riss die Tür der Toilettenkabine mit solchem Schwung auf, dass die vier Mädchen, die sich vor dem Spiegel versammelt hatten, zusammenzuckten. »So viel Blödheit an einem Ort gehört echt verboten!«

Die Mädchen starrten sie aus weit aufgerissenen Augen an, doch das war Malou egal. Sie hoffte beinahe darauf, dass eine von ihnen dumm genug sein würde, auf sie zu reagieren. Die vier warfen sich verstohlene Blicke zu. Malou kannte sie gut, sie waren alle in ihrem Jahrgang. Asta, die damals die Aufnahmeprüfung zum Club der Krähen nicht bestanden hatte, schien ihre Anführerin zu sein.

»Wenn du so verdammt klug bist, dann erzähl uns doch, was mit ihr passiert ist«, sagte sie.

Malou trat ganz nah an sie heran. »Das geht euch überhaupt nichts an. Besser, ihr nutzt eure begrenzte Hirnkapazität, um dem Unterricht zu folgen – sonst riskiert ihr noch, dass eure Schädel vor lauter Anstrengung implodieren.«

»Wusste ich's doch, dass du einen Scheiß weißt«, sagte Asta tapfer, doch ihre großen, verschreckten Augen verrieten, wie eingeschüchtert sie war.

»Was ist dein Problem? Was von dem, was ich gerade gesagt hab, hast du nicht verstanden?« Malou kam ihr noch einen Schritt näher, sodass Asta jetzt ans Waschbecken gedrängt wurde. Malou spürte die Angst des Mädchens, ihren Puls. *Ihr Blut.*

»Malou! Was machst du da?« Kamille stand plötzlich in der Tür zu den Toiletten. »Hör sofort auf, du erschreckst sie ja zu Tode.«

»Wir unterhalten uns doch nur, oder?«, sagte Malou, ohne den Blick von Asta zu lösen.

»Malou!« Kamille zerrte an ihrem Arm, um sie wegzuziehen. »Was soll denn das?«

»Ich habe bloß zufällig mitbekommen, wie diese süßen kleinen Mädchen darüber gesprochen haben, dass Kirstine selbst daran schuld ist, dass sie auf der Krankenstation liegt, denn sie ist so geil, dass sie alle Lehrer bespringt.«

»Whaaat?!«

»Das stimmt nicht, so haben wir das gar nicht gesagt!«, rief eins der anderen Mädchen.

»Wir haben nur ein bisschen Quatsch geredet, und dann kommt sie und flippt komplett aus!«, stimmte eine der anderen zu.

Kamille stemmte die Hände in die Seiten, schüttelte den Kopf und durchbohrte die Mädchen mit dem überzeugendsten Mutter-ist-von-euch-enttäuscht-Blick, den sie drauf hatte. Dieser Blick, den Malou nur allzu gut kannte.

»Es macht mich traurig, wenn ich so was höre«, sagte sie. »Warum sind Mädchen bloß so zueinander? Was habt ihr davon, wenn ihr so über eure Mitschülerin lästert?«

Astas Wangen färbten sich rosa. Malou war immer noch stinkwütend, amüsierte sich aber dennoch ein bisschen, dass diesmal jemand anderes Kamilles Standpauke abbekam.

»Es war doch nur Spaß«, sagte Asta.

»Haut endlich ab!«, zischte Malou.

Asta verließ den Raum als letzte und knallte die Tür hinter sich zu. Malou duckte sich unter Kamilles Blick weg und ging zum Waschbecken, um sich kaltes Wasser ins Gesicht zu schaufeln.

»Also echt, Malou.«

»Hätte ich mir diese Scheiße einfach anhören sollen, ohne was zu tun?«

»Nein, aber du hast völlig durchgeknallt ausgesehen. Das kannst du doch gerade wirklich nicht brauchen …«

»Was willst du damit sagen?«

»Alle wissen, dass du zu Zlavkos merkwürdigem Club gehörst, du musst den anderen nicht beweisen, dass er diejenigen ausgewählt hat, die … du weißt schon.«

»Nein, weiß ich nicht. Was sagen die anderen denn?«

»Schwarze Magier …«

»Mir ist scheißegal, was diese Idioten über mich denken. Ich weiß schließlich, dass es eine Lüge ist. Du weißt es. Kirstine und Victoria wissen es. Die anderen können mich am Arsch lecken. Jedenfalls verteidige ich meine Freundinnen.«

»Komm her«, sagte Kamille, »du aufbrausende kleine Idiotin.« Sie streckte einen Arm aus, um Malou zu sich heranzuziehen. Malou spürte, wie sich ihr Körper sperrte, doch Kamille legte die Arme um sie und hielt sie fest, bis sie Wärme durch ihren Körper strömen fühlte, ihre Muskeln sich entspannten und ihr Atem ruhiger wurde.

»Aber jetzt zisch ab, sonst kommst du zu spät zu Blutmagie«, sagte sie schließlich und löste sich von Kamille.

»Kommst du nicht mit?«

»Ich kann Zlavko gerade nicht ertragen, das wird bloß schiefgehen.«

»Dann gehe ich auch nicht. Wir machen irgendwas anderes.«

»Bist du dir sicher?«

»Ganz sicher.«

Sie gingen nebeneinander die leere Treppe hinunter. Es war still in Rosenholm, denn überall fand hinter den verschlossenen Türen der Unterricht statt.

»Im Grunde hatten sie recht, diese Schnepfen«, sagte Malou.

»Was?«

Malou machte eine Handbewegung. »Nicht *damit*. Aber damit, dass wir keine Ahnung haben, was passiert ist. Kirstine hat uns nicht erzählt, was sie vorhatte. Wir durften sie bisher nicht besuchen, oder vielleicht will sie uns auch nicht sehen. Wir wissen nicht mal, wie stark sie verletzt ist! So sollte es nicht sein …« Malou war egal, wie verletzlich ihre Stimme plötzlich klang.

»Was meinst du damit?«

»Wenn man befreundet ist, sollte man keine Geheimnisse voreinander haben.« Malou hielt inne. »Sollen wir versuchen, Victoria zu erreichen, und dann Kirstine besuchen? Mir ist total egal, was Ingrid dazu sagt. Wir sind sozusagen ihr Familienersatz, wir haben ein Recht, sie zu sehen.«

Als Kirstine zu Ende erzählt hatte, wurde es still in dem dunklen Krankenzimmer. Malou ließ ihren Blick von dem blassen Mädchen mit den dicken Verbänden zu ihren eigenen abgeknabberten Nägeln wandern. *Oh Fuck. Das ist echt nichts für kleine Kinder.*

»Ich glaube, ich versteh's immer noch nicht.« Kamille flüsterte, während sie Kirstine beinahe flehend ansah. Als hoffte sie, dass Kirstine ihr erklären würde, das sei alles nur Spaß gewesen.

»So hat Thorbjørn es mir erklärt«, wisperte Kirstine. »Der Baum hat ihn … Vitus … als Opfer entgegengenommen und mir dafür Kräfte verliehen, mit denen ich womöglich andere verletzen kann … oder mich selbst.«

»Aber … was hat der Baum mit Vitus gemacht?«, flüsterte Kamille.

Kirstine sackte in sich zusammen. »Er hat ihn unter die Erde gezogen …«

»Pfui Teufel«, sagte Kamille und drehte den Kopf weg.

»Wenigstens sind wir ihn losgeworden«, versuchte Malou leise einen Witz, um die bedrückende Stimmung aufzulockern. »Aber eines ergibt doch keinen Sinn. Warum wart ihr überhaupt draußen im Wald und beim Baum, wenn es für dich so megagefährlich ist?«

»Wir haben versucht, ein Ritual durchzuführen, das die Verbindung zwischen mir und dem Baum kappen sollte. Thorbjørn hatte eine Beschreibung in einer der alten Schriften gefunden. Aber es ist schiefgegangen.«

»So ein Mist«, sagte Malou und starrte auf die vielen Verbände an Kirstines Armen und Beinen. Lisa hatte getan, was sie konnte, dennoch würde Kirstine Narben von den ernsthaften Verbrennungen zurückbehalten, die die Baumwurzeln ihr zugefügt hatten.

»Was machen wir denn jetzt?«, fragte Victoria.

»Thorbjørn sagt, es ist zu riskant, es noch einmal zu versuchen.« Kirstines Stimme klang heiser. »Aber er sagt auch, dass er fürchtet, es könne schlimm enden. Und die Weissagung …«

Malou rief sich in Erinnerung, was Kirstines verkrampfte Gestalt in jener Nacht auf der Schiffssetzung gesagt hatte. *Erfüllt euer Versprechen …* Noch hatten sie Zeit. Sie schüttelte den Kopf, wie um die düsteren Gedanken zu vertreiben. »Wir werden herausfinden, ob Zlavko und Trine zusammen waren, worauf die Kette hindeutet. Ich hab das Gefühl, dass Leah mir nicht die Wahrheit über ihn erzählt hat.«

»Aber wie sollen wir das herausfinden?«, flüsterte Kamille.

»Die Briefe«, antwortete Malou. »Trine muss ihren Freund in den Briefen, die sie Leah geschrieben hat, erwähnt haben. Wenn wir die in die Hände bekommen, haben wir einen entscheidenden Hinweis, der den Mörder entlarven könnte.«

10. JANUAR
14 UHR 14

Victoria

Es war nebelig, nasskalt und so schummrig, als würde es bereits zu dämmern beginnen – vielleicht war es auch gar nicht richtig hell geworden. Victoria brach geistesabwesend einen Zweig von der hohen Hecke ab, hinter der das Haus versteckt lag. Beim Besuch letzten Sommer war die Hecke grün gewesen, nun stand sie dunkel und nackt da. Malou schob das Tor auf.

»Ah, da kommen ja die tapferen Musketiere.« Leah kicherte, als sie den dunklen Flur betraten. Es war so kalt hier drinnen, dass sie ihren eigenen Atem sehen konnten.

»Fehlt da nicht eine?«

»Sie ist krank«, murmelte Malou.

»Ich dachte mir schon, dass es nicht lange dauern würde, bis ihr wiederkommt. Ihr wollt ja so gern mehr über Trine erfahren, nicht wahr?«, höhnte Leah und dirigierte sie ins Wohnzimmer.

»Wo sind die Briefe?«, fragte Malou, nachdem sie sich gegenüber von Leah an den Esstisch gesetzt hatte.

»Ich habe keine Ahnung, wovon du sprichst«, sagte Leah und grinste Malou an.

»Schluss damit!«, sagte Malou. »Sie haben mir die Briefe versprochen.«

»Ich dachte, du hättest verstanden, dass nichts im Leben umsonst ist.«

Malou holte tief Luft. Ihre unterdrückte Wut gab Victoria das Gefühl, als säße ihr ein menschlicher Dampfkochtopf gegenüber, der jederzeit in die Luft gehen konnte.

»Aber ...«, versuchte Malou es.

»Oh, du bist so langweilig!«, unterbrach Leah sie. Ihr Grinsen war verschwunden. »Ich habe es satt, dir zuzuhören! Setz dich zu der da!« Sie zeigte auf Kamille, die in einer Zimmerecke geblieben war.

»Leah ...«

»Geh, hab ich gesagt! Weg mit dir. Ich will mit ihr sprechen. Mit der Hübschen.« Sie zeigte auf Victoria. »Trines kleine Freundin. Setz dich zu mir.«

Malou stand zornig auf und überließ Victoria ihren Stuhl. Victoria setzte sich langsam und versuchte zu verbergen, wie wenig Lust sie verspürte, näher an die dürre, eingesunkene Frau heranzurücken, die sie mit brennendem Blick anschaute. Sie gab sich Mühe, sich abzuschirmen, es war wichtig, dass sie Leah nicht die kleinste Lücke erkennen ließ.

»Verrat mir ein Geheimnis.«

»Was?«

»Verrat mir ein Geheimnis, dann gebe ich dir Trines Briefe.«

»Aber ... ich weiß nicht ...«

Leahs Energie war überwältigend, sie verlangte etwas von ihr. *Ein Opfer.* Leah würde sie nicht in Ruhe lassen, bis sie ihr Ziel erreicht und etwas Wertvolles von ihr erfahren hatte. Doch Victoria wollte selbst bestimmen, was Leah bekam. *Manche Dinge waren wertvoller als andere.*

»Wir sind nicht hier, um Geheimnisse auszuplaudern«, sagte

Malou von ihrem Eckplatz aus. »Wir sind hier, weil Sie mir Trines Briefe versprochen haben.«

»Ihr müsst mir erst ein wenig Gesellschaft leisten. Komm schon, ist das nicht genau das, was dumme Teenager-Mädchen machen? Sich gegenseitig Geheimnisse verraten und über Jungs reden? Was?«

Leah legte den Kopf schief und schaute Victoria abwartend an.

»Du sagst, du kannst mit Trine sprechen, aber Trine spricht nicht mit dir. Ist es nicht so?«

»Doch, sie spricht mit mir, bloß nicht mehr so oft.«

»Nicht mehr so oft. Vielleicht hat sie herausgefunden, dass du kleine, gut geschützte Geheimnisse hast? Die hast du doch, oder?«

»Ich verstehe nicht, was Sie meinen.«

»Erzähl mir von deinem ersten Mal!«, befahl Leah.

»Von meinem … was?«

»Vom ersten Mal, als du mit einem Kerl im Bett warst.«

»Hey«, unterbrach Malou sie. »Was zum Teufel hat das eine mit dem anderen zu tun? Und im Übrigen ist Sex in Rosenholm sozusagen verboten.«

»Eine Sache gegen die andere«, sagte Leah. »Oder keine Briefe.«

»Ist schon okay.« Victoria zwang sich, Leahs bohrendem Blick standzuhalten. Eine fröhliche Neugier leuchtete ihr entgegen. Das hier war ein passendes Opfer. »Ich habe noch nicht … mein Freund … wir wollen noch warten.«

»Wie heißt dein Freund?«, fragte Leah und kniff die Augen zusammen.

»Benjamin.«

»Und Benjamin und du, ihr wollt noch warten. Und ihr liebt euch, und du willst dein erstes Mal mit ihm erleben, in einem Bett voller roter Rosen … Wie niedlich.« Leah klimperte mit den Augen und grinste verschlagen. »Abgesehen davon, dass du lügst.«

Victoria schüttelte den Kopf. »Wie kommen Sie darauf?«

»Es wird nicht dein erstes Mal sein, hab ich recht?« Plötzlich lachte Leah auf. »Ihr spürt es nicht, aber ich tue es. Blut, das rascher strömt – nur ein kleines bisschen, aber der Puls steigt doch, das Herz schlägt. Du lügst!«

»Nein …«, flüsterte Victoria.

»Haha, es wird also doch noch lustig!«, jubelte Leah und klatschte in die Hände. Doch mit einem Mal veränderte sich ihr Gesichtsausdruck, sie lehnte sich über den Tisch und wisperte eindringlich: »Erzähl mir von deinem ersten Mal, oder ihr werdet die Briefe niemals zu Gesicht bekommen.«

»Victoria, du musst nicht antworten. Das geht sie nichts an!«, sagte Kamille.

Victoria atmete tief ein, die Luft fühlte sich dick an, als wollte sie nicht in ihre Lungen eindringen. Die Erinnerung, die sich in ihr ausbreitete, bekam ein kaltes, gelbes Licht. Irgendetwas mussten sie Leah geben, und das hier war besser als vieles andere. Was allerdings nicht bedeutete, dass es nicht wehtat. Sie schloss die Augen. Dennoch liefen ihr Tränen über die Wangen.

»Es war kurz, bevor ich nach Rosenholm kam. Mit einem, den ich schon viele Jahre kenne – er ist der Sohn von Freunden meiner Eltern. Er ist ein Jahr älter als ich, und ich fand ihn immer schon irgendwie süß. Kurz vor Beginn des Schuljahres waren wir auf einer Party bei seinen Eltern. Es gab Cocktails mit Erdbeeren und Champagner – die schmeckten wie Smoothies. Auf einmal war er richtig nett zu mir, sonst hatte er mich meistens einfach ignoriert. Wir sind in sein Zimmer gegangen, und dann … haben wir es getan. Ich hatte es nicht geplant, es ist einfach passiert.

Hinterher wollte er nicht mit mir reden. Er hat nicht mal Tschüss gesagt. Ich hab mich so schlecht gefühlt, ich dachte …«

»Was hast du gedacht?«, zischte Leah und neigte den Kopf zu Victoria.

»Ich dachte, es würde etwas bedeuten. Dass wir danach zusammen wären oder so. Aber er mochte mich überhaupt nicht. Ich hab niemandem davon erzählt, ich wollte es einfach nur vergessen. Kurz darauf bekam ich den Brief aus Rosenholm, also dachte ich, dass ich ihn erst mal nicht mehr sehen muss. Bis ich ihn bei der Aufnahmezeremonie entdeckt hab.«

»Er geht in Rosenholm zur Schule?«, unterbrach Malou sie.

»Wie heißt er?«, fragte Leah. »Sag seinen Namen!«

»Louis. Es ist Louis. Der, der auch in Zlavkos Club ist.«

»Louis?«, fragte Malou. Sie hob die Augenbrauen und betrachtete Victoria mit plötzlicher Neugier.

»Oh, wie dumm«, gackerte Leah. »Ihr seid alle so dumm, so jung und so dumm – ihr habt keine Ahnung, wie die Welt funktioniert.«

»Aber Sie natürlich, was?«, fauchte Malou. »Was, verdammt noch mal, weiß denn so eine Einsiedlerin überhaupt? Und wen kümmert es schon, dass Victoria mit einem Jungen geschlafen hat? Was, wenn sie mit hundert geschlafen hat? Es ist uns jedenfalls scheißegal. Geben Sie uns endlich die Briefe!«

Victoria spürte, wie die Aufmerksamkeit, mit der Leah sie regelrecht belagert hatte, auf Malou überging. Es fühlte sich an, als verschwände ein schweres Gewicht von ihrer Brust, und sie bekäme endlich wieder Luft.

Malou war aufgestanden, sie stand mitten in dem kalten, muffigen Wohnzimmer, und einen Moment lang glaubte Victoria, sie würde Leah angreifen.

»Malou …« In Kamilles Stimme lag eine Zärtlichkeit, und Malou ließ sich zurück auf ihren Stuhl fallen und atmete tief ein.

»Echt jetzt, Leah. Wir haben genug gespielt«, sagte sie schließlich. »Geben Sie sie uns jetzt.«

Leah zuckte mit den Schultern, als könnte es ihr nicht gleichgültiger sein. Sie stand vom Tisch auf und verließ das Wohnzimmer. Sie hörten ihre schweren, schleppenden Schritte auf der Treppe. Victoria überlegte schon, ob sie womöglich nicht zurückkommen würde, aber nach einer Weile hörten sie erneut Schritte. Als Leah im dunklen Wohnzimmer erschien, hielt sie einen zerknitterten Stapel vergilbter Papiere in den Händen. Sie warf die Briefe auf den Tisch zwischen sie, das Geräusch ließ sie alle zusammenfahren.

»Bitte schön! Jetzt könnt ihr versuchen herauszubekommen, wer ihr Mörder ist«, sagte sie müde und wandte sich um, das Zimmer zu verlassen.

»Wollen Sie es denn selbst gar nicht wissen?«, fragte Kamille. »Wer Ihre Schwester getötet hat?«

»Ha!«, murmelte Leah. Sie blieb im Türrahmen stehen und drehte sich zu ihnen um. »Das weiß ich längst.«

10. Januar 88

An meine TP

Mama und Papa haben heute angerufen und erzählt, dass du schon wieder abgehauen bist. Und dass du versucht hast, nach Rosenholm zu kommen. Meine kleine Trollprinzessin - es macht doch alles nur viel schlimmer, wenn du so was tust. Hast du stille Zeit bekommen? Ich hoffe, es ist überstanden, wenn dieser Brief ankommt.
TP, es dauert nicht mehr lange, bis du alt genug bist, um in Rosenholm zur Schule zu gehen. Bis dahin musst du tapfer sein! Und tun, was Mama und Papa sagen, damit sie nicht so wütend auf dich werden!
Manchmal fühlt es sich so an, als hätte mein Leben erst richtig begonnen, seit ich auf dem Internat bin. Und seit ich ihn getroffen habe. Ja, wir sind wieder zusammen - er hat es auch nicht ohne mich ausgehalten. Habe ich dir schon erzählt, dass er Augen hat wie Severine in Blixens Erzählung? Erinnerst du dich noch daran, wie ich sie dir vorgelesen habe? Aber vielleicht erinnerst du dich auch besser an die über die Katze, die du mir durch die Tür vorgelesen hast? Damals hattest du gerade erst Lesen gelernt, deshalb hast du alle langen Wörter übersprungen, aber das machte gar nichts.
Verlier nicht den Mut, TP! Als ich dir das letzte Mal geschrieben habe, ging es mir richtig dreckig, und jetzt fühle ich mich wie ein umherschwirrender Schmetterling - selbst mitten im eiskalten Winter! Das Leben kann sich ändern, bevor man es auch nur begreift. Und irgendwann kommt deine Zeit zu fliegen.

Frohes neues Jahr xxx
Trine

11. JANUAR
16 UHR 44

Kirstine

Kirstine richtete sich im Bett auf und stöhnte leise. Bei der Bewegung schmerzten die tiefen Verbrennungen an ihren Armen und Beinen.

»Alles okay?«, fragte Kamille. »Oder sollen wir gehen?«

»Nein, nein. Lies weiter, Victoria.«

Trines alte Briefe lagen verstreut über der Bettdecke. Victoria las einen nach dem anderen vor. Sie waren an Trines kleine Schwester gerichtet und alle in ihrem letzten Jahr in Rosenholm geschrieben, das letzte Jahr ihres Lebens.

»Leah hat uns reingelegt«, stellte Malou fest, als Victoria fertig vorgelesen hatte. »Nirgends steht, wer Trines Mörder war.«

»Trine wird ja auch nicht gewusst haben, dass jemand sie umbringen will«, argumentierte Kamille. »Aber du hast recht, hier steht nirgendwo etwas davon, dass sie mit Zlavko zusammen war. Sie hielt ihre Beziehung geheim, aber irgendwann fing Leah an zu plaudern.«

»Alle Beziehungen auf Rosenholm sind geheim«, sagte Malou. »Daran ist nichts Ungewöhnliches. Trines Geist kann ihren Mörder nicht selbst verraten, denn er hat ihr die Zunge gebunden, im Leben und im Tod. Aber Leah kann es. *Sie* kann ihn entlarven. Und sie behauptet, dass sie weiß, wer es war. Warum erzählt sie es uns also nicht einfach? Warum müssen wir dafür alte Briefe durchforsten?« Genervt stand Malou auf und ging zum Fenster.

»Vielleicht will sie, dass wir es selbst rausfinden?«, sagte Kamille. »Oder vielleicht will sie verhindern, dass wir den Mörder finden. Vielleicht sind die Briefe eine falsche Fährte.«

»Die Eltern klingen nicht gerade nett«, sagte Kirstine. Ihre Stimme war heiser, und als sie versuchte, sich zu räuspern, musste sie stattdessen husten. »Was bedeutet ›stille Zeit‹?«

»Vielleicht Hausarrest? Ihre Eltern sind einige Jahre nach Trines Verschwinden gestorben«, sagte Kamille. »Malous Bib-Bekanntschaft hat einen Zeitungsartikel darüber gefunden. Selbstmord – vermutlich aus Kummer.«

Kamille wurde von einer blonden Frau unterbrochen, die den Kopf zur Tür hereinsteckte. »Die Besuchszeit ist vorbei!«, sagte Ingrid. »Die Patientin braucht Ruhe.«

»Wir gehen gleich«, sagte Victoria und packte die Briefe ein. »Kann ich die mitnehmen? Ich möchte sie noch mal lesen. Vielleicht finde ich doch etwas, das uns weiterhilft.«

»Ja, nimm sie einfach«, sagte Malou niedergeschlagen.

»Weißt du schon, wann du entlassen wirst?«, fragte Kamille.

»Erst in ein paar Wochen, haben sie gesagt.«

»Wir besuchen dich so oft wir können«, sagte Victoria und umarmte sie vorsichtig, ehe sie sich auf den Weg machten.

Kirstine war eingenickt, als es erneut klopfte. Etwas mühsam setzte sie sich auf.

»Darf ich reinkommen?«, fragte Jakob zögerlich. »Ich bleibe auch nicht lange.«

Er setzte sich auf einen Stuhl neben ihrem Bett. Sie spürte seinen Blick auf den dicken Bandagen, die ihre Hände und Arme bedeckten. Auch seine Handflächen waren verbunden, und sie wusste, dass seine Haut ebenfalls verbrannt war, wo er sie berührt hatte – so wie damals bei Thorbjørn.

»Wie geht es dir?«, fragte er.

»Ein bisschen besser«, log sie.

»Das freut mich. Ich hatte echt Schiss.« Er zwang sich zu einem Lächeln, das schnell wieder verschwand, aber Kirstine konnte erkennen, dass er es ehrlich meinte.

»Ich auch«, sagte sie.

»Es sah … es sah echt brutal aus. Einen Moment lang dachte ich …« Er unterbrach sich und saß einfach nur da und starrte zu Boden. Ihr wurde klar, dass er weinte.

»Tut mir leid«, sagte er und trocknete sich schnell mit dem Ärmel die Augen ab. »Ich weiß nicht, was mit mir los ist. Ich hatte einfach keine Ahnung, wie ernst es war.«

»Ist«, korrigierte ihn Kirstine. »Wie ernst es ist. Das Ritual hat nichts gebracht.«

»Nein, hat es nicht«, sagte er. »Warum hast du mir nicht gesagt, wie schlimm es war? Wie gefährlich?«

Kirstine zuckte mit den Schultern. Es gab keinen wirklichen Grund.

Er seufzte. »Ich weiß, dass ich den Vorschlag gemacht habe, dass wir nur noch Freunde sein sollten. Aber du hast sicher bemerkt, dass es nicht das ist, was ich mir tief im Herzen wünsche. Und nach dem, was passiert ist«, er nickte in Richtung ihrer Verbände, »glaube ich nicht, dass es eine gute Idee ist, dass wir uns weiterhin sehen. Thorbjørn hat mir gesagt, wie wichtig es ist, dass du dich nicht … verliebst.«

Kirstine sah weg. Und was, wenn es dafür längst zu spät war? Was, wenn sie es nie geschafft hatte, ihre Gefühle für ihn zu unterdrücken?

»Weiß Thorbjørn etwas?«, fragte sie, ohne Jakob anzusehen.

»Über … über uns? Nein, davon weiß er nichts. Dann würde er mich dich niemals besuchen lassen. Und das werde ich auch nicht mehr, Kirstine. Ich traue mich nicht. Ich hoffe, du verstehst das … Ich würde es nicht ertragen, wenn es meine Schuld wäre, dass dir etwas zustößt.«

Sie nickte. »Ich möchte allein sein. Ich bin sehr müde.«

»Okay.« Er stand auf und ging zur Tür. Dort wandte er sich noch einmal zu ihr um. »Mach's gut, Kirstine«, flüsterte er. Dann ging er und ließ sie in dem großen Krankenhausbett zurück.

22. JANUAR
18 UHR 30

Malou

»Komm rein!«

Malou drückte die Tür auf, sie war nicht abgeschlossen. Niemand zu sehen, weder Zlavko noch irgendwer von den anderen. Sie achtete sonst sehr darauf, pünktlich zu sein. Er duldete kein Zuspätkommen, allerdings wollte sie auch keine Minute zu früh sein, wenn das hieße, mit ihm hier allein sitzen zu müssen.

»Setz dich.« Zlavko betrat das kleine Wohnzimmer. Er trug ein schwarzes T-Shirt, die langen schwarzen Haare waren nass und ein Duft von Deodorant breitete sich im Zimmer aus. Er hatte gerade geduscht.

»Wo sind die anderen?«, fragte Malou.

»Wahrscheinlich auf dem Weg hierher. Du bist zu früh.«

»Nein, ich bin pünktlich.«

»Wir fangen erst um sieben Uhr an.«

»Auf dem Zettel stand halb sieben.«

»Na, da hast du's«, sagte Zlavko und klappte ein paar Bücher zu, die auf dem Wohnzimmertisch lagen. »Dann habe ich mich auf deinem Zettel wohl verschrieben. Ich bin mir sicher, dass ich bei den anderen sieben Uhr geschrieben habe. Möchtest du etwas zu trinken, während wir warten?«

»Nein, danke, da passe ich lieber«, sagte Malou angefressen. »Ich muss eine Hausarbeit in Naturmagie schreiben, also will ich mich wirklich heute Abend nicht vergiften lassen.«

»Ich dachte eher an eine Tasse Kaffee?«

»Nein, danke.«

»Na, womit vertreiben wir uns dann die Wartezeit? Ich habe vielleicht etwas in meinem Schlafzimmer, das dich interessieren könnte.«

»Äh, nein danke.«

Hatte er sie deshalb vor allen anderen eingeladen? Was zum Teufel glaubte er, würde in seinem Schlafzimmer abgehen?

Zlavko zog die Augenbrauen hoch und sah sie gelangweilt an. »So selbstbezogen …«, zischte er.

»Was?!«

»Wie alle jungen Menschen denkst du, dass sich alles nur um dich dreht. Ich kann dir versichern, ich habe kein Interesse.«

»Vielleicht stehen Sie mehr auf Rothaarige?« Malou hielt den Atem an und wartete. Ihr Blick klebte an seinem Gesicht. Würde er einknicken, wenn er begriff, worauf sie hinauswollte? Oder vielleicht explodieren?

»Wovon sprichst du?« Auf seinem Gesicht war nichts weiter zu erkennen als Verachtung und Verwirrung. »Willst du jetzt sehen, wo ich meine *Banisteriopsis caapi* anbaue, oder nicht?«

»Was … was ist das?«

»Der bedeutende Zusatz in meinem Pflaumenwein, den ihr freundlicherweise probieren durftet, als ihr das letzte Mal hier wart.« Er schob die Schlafzimmertür weit auf. Der Raum war dunkel bis auf ein blassblaues Licht, das an die Beleuchtung eines Solariums erinnerte.

Sie seufzte und ging hinein. Hier herrschte peinliche Ordnung. Obwohl es sich seltsam intim anfühlte, sich im Schlafzimmer eines Lehrers aufzuhalten, war der Raum so spärlich eingerichtet, dass es genauso gut irgendein Hotelzimmer hätte sein können – abgesehen von dem niedrigen Futonbett vielleicht. Die Bettdecke war so strammgezogen, dass es unmöglich erschien, überhaupt darunter zu schlüpfen. An der Wand stand eine große Kommode aus schwarzem Holz, deren viele kleine Schubladen mit bildhübschen Schnitzereien verziert waren. Auf der Kommode befand sich eine Art Mini-Gewächshaus, in dem einige niedrige, üppig grüne Pflanzen wuchsen. Von dort kam also das bläuliche Licht.

»Es ist ein großartiges kleines Kraut, wie du mit Sicherheit auch schon entdeckt hast. Aber natürlich muss man wissen, worauf man sich einlässt. Damit man nicht süchtig wird.«

»Ein weiterer Grund zu passen«, murmelte sie.

»Es schien, als hättest du dich auf dem Julfest bestens amüsiert. Willst du das abstreiten?«

»Und ob ich das leugne. Sie haben mich vergiftet!«

»Welch Undankbarkeit«, sagte Zlavko kopfschüttelnd. »Ich habe dir die Chance gegeben, nach einer größeren Wahrheit zu greifen, als wir Menschen zu begreifen fähig sind, solange unser Geist verschlossen ist. Ich weiß, dass du etwas gesehen hast. Doch du scheust dich, hast Angst dich darauf einzulassen. Sag mir, was du gesehen hast.«

»Einen Scheiß hab ich gesehen. Und ich habe keine Angst!«, rief Malou. Aber das stimmte nicht, und Zlavko konnte Angst schon von Weitem riechen. Die Wahrheit war, dass sein Gefasel davon, süchtig zu werden, ihr eine Heidenangst einjagte. Sie bemerkte, dass sie sich den linken Arm rieb, in der Armbeuge, wo die Haut so dünn war und direkt darunter das Blut floss.

»Es gibt keinen Grund, die Dinge zu fürchten, mit deren Hilfe wir Kraft und Einsicht gewinnen. Weder meine Pflänzchen hier noch andere Dinge, die man sich zunutze machen kann«, fuhr er fort, und Malou hasste, dass es sich anfühlte, als könne er ihre Gedanken lesen. Er durchbohrte sie mit seinem Blick, die Augen waren wie zwei schwarze Löcher in seinem Gesicht.

»Im Übrigen gebe ich nächstes Wochenende eine kleine Party. Vielleicht willst du kommen? Alle Krähen sind eingeladen.«

»Ich glaube nicht, dass ich kann«, sagte sie und sah zur Tür hinüber, aber Zlavko hatte sie in eine Ecke gedrängt. »Leider.«

»Ja, schade«, sagte er, und seine Stimme war so leise, dass sie mehr einem Flüstern glich, »sonst bist du am Wochenende immer in der Schule, das ist mir aufgefallen.«

»Hallo?«, rief jemand aus dem Wohnzimmer. Amalie.

Zlavko lächelte Malou einvernehmlich an, als hätten sie soeben ein Geheimnis miteinander geteilt, ehe er sich umdrehte und ins Wohnzimmer ging. »Herzlich willkommen. Kaffee?«

»Ich habe eine große Schlange gesehen, die sich am Zelt entlang schlängelte. Zuerst dachte ich, sie wäre gekommen, um uns alle zu verschlingen, aber dann habe ich erkannt, dass wir die Schlange waren. Wir alle gemeinsam. Ich verstehe nicht, was ich mit einer solchen Vision anfangen soll.« Amalie stellte die Kaffeetasse ab und sah Zlavko herausfordernd an.

»Das kannst nur du selbst herausfinden. Aber vielleicht war die Vision ein Hinweis darauf, dass der Feind, den du fürchtest, unter uns ist? Oder dass in jedem von uns etwas Böses ist? Wenn es hart auf hart kommt, steckt in jedem einzelnen von uns eine Schlange«, sagte Zlavko.

Amalie zuckte zögerlich mit den Schultern. »Vielleicht.«

»Was ist mit dir, Malou, willst du uns nicht erzählen, was du auf dem Julfest erlebt hast?«, fragte Zlavko.

»Ich habe meiner Freundin in die Haare gekotzt«, sagte Malou.

»Und davor? Was hast du erlebt? Welche Visionen hattest du?« Er sah sie herausfordernd an.

»Keine«, beharrte Malou.

»Wie schade«, sagte Zlavko, »aber natürlich ist nicht jeder in der Lage, seinen Geist zu öffnen. Louis? Verrätst du uns, wie es dir ergangen ist?«

»Ja.« Louis drehte seine Tasse langsam in den Händen hin und her. Er hatte sich die Haare geschnitten, sie reichten ihm bis zur Schulter, es stand ihm. »Erst ist nichts passiert, aber als die Musik anfing zu spielen, hatte ich das Gefühl, als ob Vögel in meiner Brust flatterten. Es war sehr … unangenehm.« Seine Stimme kippte, und er trank einen Schluck, ehe er fortfuhr. Das schelmische Grinsen war verschwunden, und sein Gesichtsausdruck war ernst und konzentriert. Neugierig studierte Malou diese neue Version von Louis.

»Ich wollte sie weghaben«, fuhr er fort, »und plötzlich sah ich an mir herab, und mein Brustkorb platzte auf und Hunderte von Vögeln flogen heraus. All die schwarzen Federn verdunkelten meine Sicht. Einen Moment lang wäre ich fast in Panik geraten, doch dann verschwanden die Vögel plötzlich, und wo sie gewesen waren, stand jemand. Ich hatte das Gefühl, dass diese Person besonders war. Und wichtig … Jedenfalls fühlte es sich so an …«

Er hob den Blick und sah sie geradewegs an. Malou bemerkte zu ihrer eigenen Überraschung, dass sie rot wurde.

»Spannend«, knurrte Zlavko. »Toll, dass du den Mut hattest, der Vision zu folgen und nicht in Versuchung warst zu ignorieren, was sie dir mitteilen wollte. Ich denke, deine Vision verbirgt wichtige Erkenntnisse, wenn du dich traust ihr zu folgen. Albert, willst du jetzt von deinem Erlebnis berichten?«

»Warte einen Moment!« Louis kam hinter ihr hergelaufen. »Malou! Bleib stehen …«

Sie hielt an und schloss für einen Moment die Augen. Es würde nicht funktionieren, es wäre viel zu kompliziert und ginge viel zu schnell.

»Ich möchte dich etwas fragen.« Er hatte sie an der Treppe eingeholt.

»Was denn?«, fragte sie.

»Ich habe das ernst gemeint. Meine Vision. Du warst es, die ich hinter all den Vögeln gesehen habe …«

»Ich hab keine Vögel gesehen. Vielleicht solltest du nicht so viel in diese Vision, oder was auch immer es war, hineininterpretieren. Das klingt nach ziemlichem Bullshit.« In dem leeren Flur klang ihre Stimme seltsam dünn.

»So hat es sich aber nicht angefühlt. Hast du nichts gespürt?« Seine Pupillen waren im Halbdunkel geweitet.

»Tut mir leid, ich kann mich kaum daran erinnern, was passiert ist. Es ging mir, wie gesagt, ziemlich schlecht. Sonst noch was?«

»Ja. Zlavko gibt doch diese Party. Ich wollte nur wissen, ob du Lust hast zu kommen? Wir könnten vielleicht zusammen hin?«

»Victoria ist meine Freundin. Du kannst dich doch gut an Victoria erinnern, oder?«

»Äh, ja? Na klar. Unsere Eltern sind befreundet. Wieso? Kommt sie auch zur Party?«

»Nein. Und ich auch nicht.«

»Bist du sicher?«

Malou nickte, drehte sich um und ging. Er blieb zurück und sah ihr nach.

»Überleg es dir noch mal!«, rief er, als sie oben am Treppenabsatz um die Ecke bog.

Imbolc-Fest

Im Glauben an die Tradition wird am 1. Februar der herannahende Frühling mit einer feierlichen Imbolc-Zeremonie für alle jungen Frauen des 2. Jahrgangs begangen.

Die Zeremonie findet im Freien statt.
Wir brechen um 10 Uhr an der Schule auf.

Mitzubringen sind:
Schlafsack
Isomatte
Warme Kleidung

Mit freundlichen Grüßen
Lisa und Jens

1. FEBRUAR
22 UHR 25

Victoria

Victoria spähte zwischen den kahlen Stämmen und knorrigen Zweigen hindurch. Bis auf das Knistern des Feuers und das gedämpfte Gemurmel der Schülerinnen herrschte Stille, die nur gelegentlich durchbrochen wurde vom Geräusch der Wassertropfen, die sich von den Ästen lösten und auf die welken Blätter am Waldboden fielen.

»Ernsthaft, was ist das?!«, fragte Malou und hielt ein schleimiges, schwarzes Etwas in die Höhe, das sie in ihrer Schüssel gefunden hatte.

»Judasohr«, murmelte Victoria, während sie selbst auf einem Stück des zähen Pilzes herumkaute. Es hatte ein bisschen was davon, gekochten Knorpel zu essen.

»Uh, ist da nichts anderes drin?«, fragte Malou, während sie in ihrer Suppe herumrührte.

Es war dunkel geworden, und sie hatten keine andere Lichtquelle als das Feuer. Dass man unmöglich erkennen konnte, woraus sie bestand, machte die Suppe nicht gerade ansprechender, stellte Victoria fest.

»Kein Wort zu Kamille«, sagte sie mit leiser Stimme. »Sie hat wirklich ihr Bestes gegeben.«

»Endlich Essenszeit!«, rief Kamille, die eine Schüssel Suppe balancierend kam und zwischen ihnen am Lagerfeuer Platz nahm. »Es hat tausend Jahre gedauert, das Feuer zu entfachen. Kirstine fehlt wirklich, keine von uns hatte Glück mit der Feuerrune, also mussten wir am Ende ein Feuerzeug nehmen, und außerdem war das Holz feucht.«

Kirstine hatte sich noch nicht ausreichend erholt, um mitzukommen. Sie lag weiterhin in Ingrids Krankenzimmer und glich immer mehr einem Schatten ihrer selbst.

»Na, wie schmeckt's?«, fragte Kamille.

»Ausgezeichnet«, murmelte Victoria und verzog das Gesicht, als sich der bittere Geschmack in ihrem Mund ausbreitete, nachdem sie auf ein Stück Wurzel gebissen hatte.

»Immerhin ist sie warm«, fügte Malou hinzu.

»›Alles schmeckt gut, solange man hungrig genug ist‹, sagt meine Mutter immer«, verkündete Kamille und tauchte den Löffel in die Suppe.

»Habe ich nicht gesagt, dass der Wald uns geben würde, was wir brauchen?«, fragte Lisa und lächelte zufrieden, während sie die Suppe in sich hineinschlürfte. »Der Wald von Suserup ist einer der wenigen erhaltenen Urwälder Dänemarks. An diesem Ort hier ist der Wald sechstausend Jahre alt. Aber lasst mal sehen, was die Kochgruppe alles gefunden hat.« Lisa hielt ein labberiges Blatt hoch, das sie aus der Suppe gefischt hatte. »Wer kann mir sagen, wogegen Spitzwegerich hilft?«

»Oh, ich weiß … war das nicht Asthma?«, schlug Sara vor.

»Das stimmt. Spitzwegerich ist schleimlösend und gut bei Atemwegserkrankungen. Man kann die Blätter auch kauen und auf Wunden und Risse legen, das fördert die Wundheilung. Und was ist mit Löwenzahn?«, fragte Lisa und zeigte auf die bitteren und holzigen Wurzeln, die sich ebenfalls in der Suppe befanden.

»Löwenzahn ist gut bei Hauterkrankungen«, sagte Kamille.

»Richtig. Und die Wurzel wurde früher auch gegen Depressionen verwendet«, fügte Lisa hinzu.

»Dann hätte etwas mehr drin sein sollen«, kommentierte Malou, »weil diese Suppe verdammt deprimierend ist.«

Einige lachten und selbst Victoria musste ihren Kopf über die Schüssel beugen, um ihr Grinsen zu verbergen.

»Wenn wir das nächste Mal im Februar auf 'nen Survival-Trip gehen, kannst du gern die Nahrungssuche übernehmen«, entgegnete Kamille und schob sich demonstrativ einen weiteren Löffel Suppe in den Mund.

»Warum feiert man den Frühlingsanfang eigentlich im Februar?«, fragte Asta und rückte ein Stück näher ans Feuer heran. »Ist das nicht ein bisschen früh?«

Lisa stand auf, um einen weiteren Ast ins Feuer zu werfen. Es knisterte und zischte, als das feuchte Stück Holz in den Flammen landete, und Funken stoben in den schwarzen Himmel. Die Temperaturen waren mittlerweile gesunken, und Victoria war dankbar, dass sie es trotz der Beschwerlichkeiten geschafft hatten, Feuer zu machen.

»Lasst mich euch von Imbolc erzählen, während ihr zu Ende esst«, sagte Lisa. Die schlanke, dunkelhaarige Frau sprang elegant auf einen umgestürzten Baumstamm, sodass sie für alle als schwarze Silhouette gegen die hellen Flammen sichtbar war. Ihre Füße waren trotz der Kälte nackt. »Der moderne Mensch sieht die Geschichte als ein Band, das geradlinig verläuft. Wir sind besessen von der Idee des Fortschritts, vom Wachstum, dass alles immer besser oder zumindest anders wird. Aus größerer Perspektive betrachtet ist das eine relativ neue Idee. Die Menschen früher lebten im Einklang mit der Natur, wie wir es auf diesem Ausflug auch versuchen. Sie sahen, wie sich alles wiederholte. Für sie war das Leben keine Linie – sondern ein Kreis. Frühling, Sommer, Herbst, Winter und wieder von vorn. Sonnenaufgang, Tag, Sonnenuntergang, Nacht und wieder von vorn. Geburt und Tod. In der Steinzeit lebten hier Menschen auf Lichtungen im Wald. Sie lebten zu den Bedingungen der Natur, sie waren Teil des Kreislaufs des Lebens.«

Lisa balancierte mühelos auf dem glatten Baumstamm, als wäre sie eine Art Elfe, die hier draußen hingehörte. Sie blickte sie mit funkelnden Augen der Reihe nach an, ehe sie fortfuhr: »Imbolc wird in der Mitte zwischen Wintersonnenwende und Frühlings-Tagundnachtgleiche gefeiert und markiert seit der Jungsteinzeit das langsame Erwachen des Frühlings, wenn die Schafe Lämmer bekommen und das Licht zurückkehrt. Deshalb gibt es die Tradition, nachts Feuer zu machen, so wie wir es heute tun. Imbolc ist Gälisch, aber man weiß nicht genau, was das Wort bedeutet. Einige meinen, dass es vom irischen *i mbolc* abstamme, was ›im Bauch‹ bedeutet und auf die Trächtigkeit der Schafe hinweist. Andere sagen, es sei ein uraltes Wort für Reinigung. Imbolc ist nämlich auch ein Festtag, an dem man sich reinigt, einen neuen Zyklus einläutet und neue Mitglieder in seinem Kreis willkommen heißt. Es ist eine Zeit der Fruchtbarkeit und Huldigung an die Frau und das Weibliche.« Lisa ließ ihre schwarzen Augen über sie wandern und hielt einen Moment lang inne, den Blick auf eine Gestalt gerichtet, die ein wenig hinter ihnen auf der Lichtung saß. In der Dunkelheit war Jens beinahe unsichtbar, er saß ruhig auf einem Baumstumpf, offenbar ohne zu frieren, obwohl er ein Stück vom Feuer entfernt war.

»In vorchristlicher Zeit betete man am Ende des Winters die Göttin Brig an«, fuhr Lisa fort. »Sie war die Göttin des Frühlings, der Fruchtbarkeit und Heilung und wird oft als dreiteilige Gottheit dargestellt – wie die Schicksalsgöttinnen der Wikinger, die Nornen, oder ihre Schwestern in anderen Kulturen, die griechischen Moiren und die römischen Parzen.«

Lisa bückte sich und nahm einen brennenden Ast aus dem Feuer. Rauch stieg davon auf, als die Flammen daran erloschen. Mit dem versengten Ende des Astes malte sie etwas auf einen flachen Stein neben dem Feuer und reichte ihn dann im Kreis herum, damit jede sehen konnte, was sie gezeichnet hatte.

»Das Zeichen wird *Die dreiteilige Göttin* oder einfach *Die Göttin* genannt. Wie ihr sehen könnt, ähnelt es den drei Mondphasen, der zunehmende Mond, der Vollmond und der abnehmende Mond. Die drei Phasen der Göttin werden *Die Jungfrau*, *Die Mutter* und *Die alte Frau* genannt. Bei Imbolc huldigen wir dem Frühling, dem Neubeginn und der Jugend. Wir heißen die Jungfrauen in unserem Kreis willkommen, allerdings erst, nachdem sie sich einer rituellen Reinigung unterzogen haben. Wir feiern Imbolc mit den Schülerinnen von Rosenholm, um zu symbolisieren, dass ihr jetzt bereit seid, dem Kreis der Magierinnen anzugehören. Ihr habt die Hälfte eurer Ausbildung abgeschlossen, und von nun an stehen euch höhere Anforderungen bevor, ihr werdet mehr Freiheiten haben, aber auch mehr Verantwortung.«

»Und wenn man keine Jungfrau ist?«, fragte Malou.

Einige Mädchen kicherten. Natürlich dachten sie, Malou spreche von sich selbst. Victoria aber war sich nicht so sicher, und sie fühlte sich plötzlich ein wenig unwohl, wie sie mit dem Rücken zum großen, dunklen Wald saß. Lisa betrachtete Malou und zögerte. »*Jungfrau* bedeutet eigentlich nur junge Frau, und das ist auch die Bedeutung, die wir in Rosenholm gebrauchen. Es geht nicht darum, ob man sein erstes Mal bereits hinter sich hat. Ihr seid alle junge Frauen, also seid ihr alle Jungfrauen.«

»Ich habe gehört, dass man bei manchen Zeremonien Sex hat und so?«, fragte Sofie und errötete im Schein des Feuers, während sie zu Jens herüberschielte, der jedoch keine Notiz von ihr nahm.

»Ähm, kann es sein, dass du ein bisschen zu viele Filme gesehen hast?«, fragte Malou.

»Es ist vollkommen okay, dass du fragst«, sagte Lisa mit ihrer warmen, ruhigen Stimme. »Und es stimmt tatsächlich, auch wenn es sicher nicht so abläuft, wie ihr es vielleicht aus Filmen kennt«, fügte sie hinzu. »Der rituelle Beischlaf ist eine Zeremonie, bei der sich die Göttin und der Gott vereinen, um die Energien zu wecken. Das Ritual kann sehr mächtig und mitunter sehr emotional sein. Heute wird es jedoch meist so praktiziert, dass man ein geweihtes Messer, das Athame, als Symbol des Männlichen in einen Kelch, der das Weibliche symbolisiert, eintaucht.«

»Aber … ist das nicht schwarze Magie?«, fragte Sofie.

Lisa lachte leise auf. »Die Magie *ist*. Sie ist nicht gut oder böse. Sie ist einfach. Es kommt darauf an, wofür man sie einsetzt.« Eine Weile stand sie still da, ehe sie vom Baumstamm heruntersteig. Sie griff nach einem kleinen Topf mit Wasser darin und stellte ihn über das Lagerfeuer. Aus der Ledertasche, die sie immer dabeihatte, nahm sie getrocknete Kräuter und streute sie ins Wasser, dann wartete sie darauf, dass es anfing zu kochen. Sie streute außerdem einige übers Feuer und murmelte dabei vor sich hin.

»Wie ich bereits sagte, werdet ihr euch heute Abend einer rituellen Reinigung unterziehen«, sagte Lisa, als der Tee fertig war. »Wir beginnen mit diesem Tee aus Mariendistel, rotem Sonnenhut, Riesen-Goldrute und Rotklee. Gebt mir eure Tassen.«

Lisa goss ihnen allen ein. Victoria probierte vorsichtig. Der Tee war leicht bitter und würzig im Geschmack, aber nicht unangenehm.

»Da ist doch nichts Euphorisierendes drin, oder?«, fragte Malou und sah skeptisch in ihre Tasse.

»Nein, keine Sorge, der Tee bringt dich nur ein wenig zum Schwitzen«, sagte Lisa. »Das ist alles. Er hilft Leber, Niere und Gallenblase, deinen Körper zu reinigen, und stärkt das Immunsystem. Während ihr den Tee trinkt, könnt ihr euch Gedanken über den nächsten Teil des Rituals machen. Am Ende des Winters machen wir einen Frühjahrsputz, fegen Altes raus und machen Platz für Neues. Bevor euer Leben als Magierin richtig beginnt und ihr in den neuen Lebensabschnitt eintretet, habt ihr die Möglichkeit, etwas aus eurem alten Leben hinter euch zu lassen, indem ihr die neue Zeit empfangt. Überlegt euch, welches Ereignis, welches Trauma, welchen Kummer, welches Verhaltensmuster, welche Schande oder welche Sorgen ihr loslassen und hierlassen möchtet. Sobald ihr es wisst, dürft ihr aufstehen, euch ein Stück Kohle aus dem Feuer nehmen und einen Stein suchen. Auf die eine Seite zeichnet ihr das Zeichen der Göttin, auf die andere schreibt ihr etwas, das symbolisch für das steht, was ihr loslassen wollt.«

Sara hob überrascht die Augenbrauen, ihre Schwester hingegen runzelte die Stirn und starrte konzentriert vor sich hin.

Malou war die Erste, die aufstand. Sie nahm ein Stück angekokeltes Holz vom Rand des Lagerfeuers und einen Stein vom Rand der Feuerstelle und kritzelte hastig etwas darauf, bevor sie mit dem Stein in der Faust zurück an ihren Platz ging.

Die anderen Mädchen saßen lange da und dachten nach. Es war vollkommen still im Wald. Über ihnen klarte der Himmel auf und gab den Blick auf die Sterne frei. Ein Mädchen nach dem anderen ging zum Feuer und nahm einen Stein. Victoria wusste die ganze Zeit über, was sie schreiben würde. Dennoch wartete sie, bis alle anderen fertig waren, ehe auch sie einen Stein auswählte und mit zitternden Händen darauf schrieb.

»Gut«, nickte Lisa ihr zu. »Ihr dürft aufstehen, aber zuerst zieht ihr Schuhe und Socken aus.«

Kamille warf ihr einen fragenden Blick zu, bevor sie sich vorbeugte, um die Schnürsenkel zu lösen. Lisa nahm den Topf von der Feuerstelle und stellte ihn zur Seite. Dann hob sie einen langen Stock vom Waldboden auf. »Hinfort mit euch!«

Mit einer großen, schwungvollen Bewegung fegte sie über die Holzscheite des Lagerfeuers hinweg, sodass die Glut wie ein glimmender, orangefarbener Teppich auf dem Waldboden ausgebreitet lag.

»Bitte sagt, dass es nicht das ist, was ich glaube!«, flüsterte Malou. Kamille war blass geworden und Victoria sah, wie sie nach Malous Hand griff und diese drückte. Für einen flüchtigen Moment überkam Victoria ein Gefühl der Einsamkeit, das sich anfühlte wie ein eisblauer Zapfen in ihrer Brust.

»Übergangsriten kennt man in vielen verschiedenen Kulturen«, erklärte Lisa. »Dieses hier ist ein einfaches, aber mächtiges Ritual. Es symbolisiert den Weg des Lebens, und es erinnert uns daran, dass wir die Kraft haben, ihn zu gehen. Es markiert den

Übergang vom Kind zur Erwachsenen.« Lisa schloss die Augen und nahm einen tiefen Atemzug. Als sie die Augen wieder öffnete, ging sie los.

»Oh, Shit …«, flüsterte Kamille.

Lisa lief langsam und entschlossen, setzte selbstsicher die nackten Füße in die glimmende Glut, ohne dass sie offenbar verbrannt wurden. Die dunklen Augen sahen kein einziges Mal nach unten. Victoria hielt die Luft an und atmete erst aus, als Lisa die andere Seite erreicht hatte.

»So«, sagte Lisa und lächelte die Mädchen katzengleich an, mit einem neckischen Funkeln in den Augen. »Jetzt seid ihr dran.«

»Mir ist wirklich nicht danach«, jammerte Sofie. »Es ist schlimmer als alles, was Zlavko bisher mit uns gemacht hat. Ist das überhaupt erlaubt?« Sie reckte sich und lugte in der Dunkelheit zu der Stelle hinüber, wo Jens sitzen musste, und Victoria rechnete schon fast damit, dass er eingriff. Aber er schwieg.

»Das Ritual ist Teil eurer Ausbildung«, sagte Lisa. »Wenn ihr euch konzentriert, verbrennt ihr euch nicht. Stattdessen werdet ihr ein Gefühl dafür bekommen, was ihr alles überwinden könnt. Ihr könnt zigmal so viel wie ihr denkt. Wer will anfangen?«

Victoria sah die anderen Mädchen der Reihe nach an. Malou starrte verkrampft in die Flammen, Kamille stand mit geschlossenen Augen da, den Kopf zu Boden gebeugt. All die ängstlichen Gefühle der Mädchen stiegen ihr mitten in dem stillen Wald wie ein Schrillen in die Ohren.

»Ich mach's«, sagte sie.

»Klasse, Victoria«, lächelte Lisa. »Es ist eigentlich ganz einfach. Nimm deinen Stein und geh los. Und zwar so, als würdest du über einen Sandstrand spazieren. Nicht schnell, sondern ruhig und langsam. Denk dabei an das, wovon du deinen Geist befreien möchtest. Und was du hier im Wald überwinden willst. Wenn du die Mitte der Glut erreicht hast, lass deinen Stein fallen. Morgen, wenn das Feuer kalt ist, werden wir die Asche und die verkohlten Steine am Fuß eines Baumes vergraben und alles für immer hier im Wald zurücklassen. Bist du bereit?«

Victoria nickte. Sie schloss die Augen. Lisas tiefe Stimme erklang im Dunkeln. Sie sang in einer fremden Sprache, die Victoria nicht kannte, vielleicht war es Gälisch. Die Töne des Liedes stiegen und fielen, und Lisas Stimme klang stark und verletzlich zugleich. Victoria holte tief Luft, öffnete die Augen und tat den ersten Schritt. Die Dunkelheit umschloss sie. Da waren nur noch das schwelende Licht auf dem Waldboden, der Klang von Lisas Gesang, ihre schwarzen Augen auf der anderen Seite der Glut und der weiße Stein in ihrer Hand.

Lass los …

Victoria ließ den Stein fallen.

2. FEBRUAR
01 UHR 32

Malou

Malou starrte in die Dunkelheit. Bis auf den Wind und die schwer atmende Kamille war nichts zu hören. Na ja, und noch das Klappern ihrer eigenen Zähne. Wahrscheinlich war sie davon auch geweckt worden. Sie rutschte tiefer in ihren Schlafsack. Es fror inzwischen, und ihre Füße waren von der Kälte ganz taub. Sie wackelte mit den Zehen, um ein wenig Wärme in sie zu bekommen. Dieser verdammte Waldausflug wechselte von einem Extrem ins andere. Erst liefen sie über heiße Kohlen, jetzt lagen sie hier und bekamen Frostbeulen an den Füßen. Ihre erste Reaktion war gewesen, sich zu weigern, aber als Victoria sich freiwillig gemeldet hatte und, ohne zu zögern, über die heißen Kohlen geschritten war, konnte Malou nicht hinter ihr zurückstehen. Es hatte natürlich geholfen, dass Victoria nicht zu Schaden gekommen war. Sie war danach in Tränen ausgebrochen, aber nicht vor Schmerzen. Vielleicht war sie wirklich erleichtert, das fortzuwerfen, was ihr Stein symbolisiert hatte. Aber was konnte es nur sein, was Victoria so belastete? Abgesehen von dieser kleinen unglücklichen Verliebtheit in Louis war ihr Leben doch ziemlich perfekt, oder?

Malou schmiegte sich so nah wie möglich an Kamille heran, um sich zu wärmen. Sie konnte ihr Lavendel-Shampoo riechen und spürte ihren warmen Atem auf dem Gesicht. Ihr rotes Haar war nach einem ganzen Tag im Wald zerzaust, und um den Hals hing der klobige Lederbeutel, den sie jetzt immer bei sich trug. Langsam nahm sie wirklich Züge einer richtigen Kräuterhexe an. Malou rieb sich ihre Hände. *Scheiße, ist das kalt!* Sie würde den Rest der Nacht garantiert kein Auge zutun, wenn sie hier liegen und frieren würde. *Blutmagier frieren nicht.* Das hatte Leah gesagt. Und wenn dieser Entdecker, den Zlavko in Blutmagie erwähnt hatte, am Nordpol überleben konnte, dann würde sie es verdammt noch mal schaffen, Wärme in einen Schlafsack in einem Wald in Dänemark zu bekommen. Sollte sie es probieren? Sie schloss die Augen und versuchte, den Blick nach innen zu richten. Blutmagie war ein Instinkt, hatte Zlavko gesagt, und obwohl sie es hasste, diesem Mann in irgendetwas zuzustimmen, verstand sie, was er meinte. In Blutmagie gab es keine Rezepte, keine Kräuter, die man mischen, keine Runen oder Zaubersprüche, die man auswendig lernen und aufsagen konnte. Man hatte nur sich selbst. Und das Blut. Malou versuchte, tiefer einzutauchen, ihr schlagendes Herz zu spüren, diesen riesigen Muskel, der sich zusammenzog, um Blut in die Aorta, die Arterien und in die unendlich vielen Verzweigungen im Lungengewebe zu pumpen, wo es mit Sauerstoff angereichert und weiter im Körper herumgeschickt wurde. Es kribbelte leicht in ihren Fingern, und Malou konzentrierte sich noch stärker. Jetzt tat es das auch in den Füßen, es pikste und tat weh, als die Wärme langsam zurückkehrte, und ihr kam mit einem Mal jener Winter in den Sinn, als die großen Jungs ihr auf dem Heimweg von der Schule eine Abreibung verpasst hatten. Malou trug zwar keine Handschuhe, aber sie war zum Gegenangriff übergegangen, hatte mit bloßen Händen einen Schneeball nach dem anderen geformt und auf die lachenden

Jungs gefeuert, auch dann noch, als sie längst außer Reichweite waren. Zu Hause hatte sie die roten und tauben Finger direkt unter warmes Wasser gehalten. Zuerst hatte sie nichts gespürt. Dann waren die Schmerzen gekommen.

Malou holte tief Luft und öffnete die Augen. Sie hatte es geschafft! Sie lag still und spürte, wie der Schmerz langsam nachließ und sich die Wärme im Körper ausbreitete, sich die Muskeln entspannten, das Herz schlug. Und schlug. Und schlug. Es schlug schnell, viel schneller als nötig, so, als wäre sie gerade hundert Meter in vollem Tempo gerannt. Warum beruhigte sich ihr Herzschlag nicht, warum hämmerte der Puls weiter, obwohl sie sich jetzt entspannte? Irgendwas stimmte nicht.

Malou zog den Reißverschluss am Schlafsack auf. Der Wind war aufgefrischt, aber ansonsten war es still in dem kleinen Lager, alle schliefen nahe der schiefen kleinen Unterstände, die sie um das Feuer herum errichtet hatten. Sie konnte die Glut sehen, die noch schwach schimmerte, und das Mondlicht, welches die schwarzen Bäume hinter den Wolken ab und zu erhellte. Sie hatte eine unerklärliche Unruhe in sich. Es brauste regelrecht in ihr. *Was zur Hölle ist hier los?* Da war etwas, sie konnte unmöglich liegen bleiben, es zog förmlich an ihr.

Malou schlüpfte aus dem Schlafsack und zog die Stiefel an. Alle anderen Kleider hatte sie anbehalten, als sie sich schlafen gelegt hatten, einschließlich der Jacke. Bevor sie sich davonschlich, legte sie ihren Schlafsack über Kamille.

Sie trat zwischen die schwarzen Stämme und achtete darauf, nicht zu stolpern auf der dicken Schicht aus Moos, welken Blättern und tückischen Ästen, die ständig im Weg waren. Als sie ein Stück vom Lager entfernt war, zog sie die Hose herunter, hockte sich hin und pinkelte. Der Wind riss an den Baumwipfeln über ihr, und ihr wurde sofort wieder kalt. Die dunklen Wolken zogen über den Himmel hinweg und schoben sich ab und zu vor den Mond und sein silbernes Licht. Sie zog ihre Hose wieder hoch und wollte zurückgehen, aber da bemerkte sie noch etwas. Ein Lichtblitz zwischen den Bäumen. Waren es nur der Mond und die Wolken, die ihr einen Streich spielten? Nein, es war künstliches Licht wie von einer Taschenlampe. Sollte sie Lisa wecken? Aber vermutlich war es gar nichts. Malou zögerte einen Moment. Dann verließ sie die Lichtung und ging in die Richtung, in der sie meinte, den Lichtblitz gesehen zu haben. Sie würde ohnehin nicht schlafen können, bis sie nachgesehen hätte, ob da draußen jemand war.

Malou lief zwischen den Baumstämmen hindurch, der Wind frischte auf und heulte in ihren Ohren. Sie versuchte zu lauschen, ob sie brechende Äste oder irgendetwas anderes hörte, das verriet, dass sich hier noch jemand aufhielt. Aber es war nichts als der Wind. Im Dunkeln konnte sie den schmalen Pfad, auf dem sie hergekommen waren, nicht finden, und stattdessen stolperte sie zwischen verrottenden Baumstämmen und heruntergefallenen Ästen umher. Wie weit war sie inzwischen weg vom Lager? Sie sollte besser umkehren, hier war niemand. Sie wandte sich um, und dann sah sie sie. Malou sog die kalte Luft ein in einem langen, geräuschlosen Zug und riss die Augen ganz auf. Die Frau kam hinkend hinter ihr her, sie trug einen langen, unförmigen Mantel mit viel zu breiten Schultern für ihre zierliche Gestalt, was ihr ein unmenschliches Aussehen gab. Wie lange folgte sie Malou schon?

»Leah!«

Das weiße Haar der alten Frau wehte im Wind. In der Hand hielt sie eine Taschenlampe, die ausgeschaltet war.

»Was machen Sie hier?«, entfuhr es Malou. Sie versuchte, ruhig zu klingen, während sie mit ihrem Blick abwechselnd Leah beobachtete und die Umgebung abscannte.

»Ich habe euch gesucht«, sagte Leah mit einem trockenen Krächzen. »Es ist schwierig, in die Schule zu gelangen, aber ich dachte mir schon, dass ihr herkommen würdet. Zu Imbolc. Ich war kurz davor aufzugeben, aber dann habe ich dich gespürt. Hast du mich vielleicht auch gespürt? Ich habe dich zu mir gerufen. Und jetzt zeig mir, wo euer Lager ist.«

»Was meinen Sie? Warum sind Sie hier?«

»Mir ist endlich klar geworden, was ich tun muss. Damit ich frei sein kann.«

»Frei wovon?«

»Von Trine natürlich!«, schnarrte sie. »Selbst nach all den Jahren quält sie mich.«

Sie hob den Arm, in dem sie keine Taschenlampe hielt, in die Dunkelheit. Der Ärmel des Mantels war viel zu lang, er verdeckte ihre Hand, doch dann schüttelte sie den Arm, sodass der Ärmel hinaufrutschte und enthüllte, was sie zwischen den knochigen Fingern hielt. Ein langes, glänzendes Messer mit schwarzem Griff. Ein Athame.

Malou wollte sich umdrehen, sie wollte weg, stattdessen stand sie steif wie eine Statue und konnte sich nicht rühren. Ihr Herz raste, aber ihre Beine weigerten sich zu gehorchen. *Was passiert hier?*

»Ihr werdet mir das nicht kaputt machen«, sagte Leah ruhig.

Malous Augen flackerten, und obwohl alles in ihr danach schrie wegzulaufen, blieb sie reglos stehen.

Leah bleckte lächelnd ihre Zähne und nickte Malou dann vielsagend zu.

»Was ist los? Fühlst du dich etwa … wie festgewachsen?« Sie lachte.

Alles in Malou wurde zu Eis. Es fühlte sich an, als ob Leahs kalte, knochige Finger durch ihre Venen und Arterien glitten und sich eng um ihre Muskeln legten, sodass sie sich nicht mehr bewegen konnte. Leah hatte die Macht über das Blut ergriffen, das durch ihre Adern floss, und Malou war wehrlos.

»Zeig mir das Lager«, flüsterte Leah.

»Lass mich los«, zischte Malou, wobei ihr auffiel, dass sie immerhin noch die Gewalt über ihre Stimme besaß.

Leah schüttelte langsam den Kopf. Sie richtete das Messer auf Malou, die zu ihrem Entsetzen bemerkte, wie ihr Körper einen Schritt machte. Nach vorn. *Auf das Messer zu.*

»Nein …«, flüsterte sie.

»Bring mich zum Lager.«

»Vergessen Sie's.«

Malou machte einen weiteren, wankenden Schritt nach vorn, obwohl sie mit aller Kraft versuchte, ihre Beine daran zu hindern. Mondlicht fiel auf die Klinge, als der Himmel für einen kurzen Moment aufklarte, ehe eine neue Wolke heranzog. Noch ein Schritt und sie würde direkt ins Messer laufen. Sie schloss die Augen.

»Malou!« Die Stimme verschwand fast im Wind, aber sie war dort.

Kamille. Kamille suchte sie. Malou wollte schreien, aber ihr Hals war wie verschlossen, und es kam nur ein ersticktes Japsen hinaus.

»Malou!« Kamille rief noch einmal, diesmal näher. Malou sah Leahs Augen flackern und spürte, wie deren Konzentration gestört wurde. Jetzt hatte sie eine Chance. Malou wehrte sich mit allem, was ihr zur Verfügung stand. Das Blut in ihrem Körper kochte, und es fühlte sich an, als würde sie entzweigerissen. Schweiß strömte an ihr hinab, obwohl sie stocksteif dastand.

Leah knurrte. Auch sie spürte es. Das Aufbegehren. Malou schrie erneut und hoffte, dass Kamille das seltsame Geräusch, das aus ihrer Kehle drang, hören würde. Doch Leah war zu stark. Malou schaffte es, ein Bein zu heben, aber es baumelte nur unbeholfen in der Luft. Sie blieb, wo sie war.

»Sie kommen«, zischte Malou. »Sie kommen. Sie können es nicht mit ihnen allen aufnehmen. Lisa, Jens …«

»Malou!«, rief Kamille erneut.

Leah lächelte nicht mehr. Jetzt war sie diejenige, die einen Schritt machte. Rückwärts. Und dann noch einen.

»Ihr werdet mir das nicht kaputt machen«, wiederholte sie. Dann drehte sie sich um und verschwand in der Dunkelheit.

4. FEBRUAR
19 UHR 30

Kirstine

Behutsam zog Kirstine den Pulli über den Kopf und achtete penibel darauf, nicht auf die langen, roten Striemen zu sehen, die sich um ihre Arme und Handgelenke wanden. Endlich heilten die Wunden einigermaßen gut, Lisa bestand nicht mehr darauf, sie zu verbinden, und Kirstine hatte soeben die Erlaubnis erhalten, die Krankenstation endlich wieder zu verlassen.

Sie strich die Bettdecke glatt und packte ihre letzten Dinge in einen Stoffbeutel, den sie aufs Bett legte. Über einen Monat war sie hier gewesen. Sie hatte Imbolc verpasst – die Zeremonie, die den Übergang vom Kind zum Erwachsenendasein markierte. Ihr Übergang war also gerade um ein ganzes Jahr verschoben worden. Lisa hatte mit ihr darüber gesprochen, dass sie vielleicht nächstes Jahr dabei sein könnte – wenn sie dann noch lebte. Bis auf Weiteres hatte sie von Lisa nur etwas über Imbolc zum Lesen bekommen.

»Klopf, klopf.« Victoria stand in der Tür. »Darf ich reinkommen?«

»Na klar.«

Victoria umarmte sie sehr behutsam, aber Kirstine zuckte dennoch zusammen.

»Entschuldige. Tut es noch weh?«

»Ein bisschen«, sagte sie. »Ich wollte gerade los.«

»Ja, deshalb hole ich dich auch ab. Ich kann dir tragen helfen.«

»Ich habe nur das hier«, sagte Kirstine und zeigte auf den Beutel.

»Wir haben dich so vermisst, Kamille schmückt oben alles, und Malou hat ein Blech Muffins geklaut – das wird ein Fest.«

Kirstine zögerte. Einen Moment lang wollte sie sich am liebsten wieder unter der Bettdecke verkriechen, obwohl sie es gerade noch absolut leid gewesen war, nur noch einen Tag länger in diesem Bett zu liegen.

»Oder ist dir gerade nicht nach feiern?« Victoria legte ihr die Hand auf die Schulter.

Kirstine schüttelte den Kopf. »Ihr habt mir auch gefehlt, das ist es nicht, aber ich möchte nicht so gern im Mittelpunkt stehen.«

»Es sind ja nur wir vier. Und du brauchst uns nicht zu unterhalten oder so. Muffins essen und Tee trinken, mehr nicht. Es gibt da etwas Wichtiges, das ich euch erzählen möchte.«

Kirstine legte ihre Hand auf Victorias und drückte sie. »Vielen Dank. Und danke fürs Abholen.«

»Ich dachte, wenn ich nicht persönlich komme, wäre es nicht sicher, dass du kommst.«

Touché. Kirstine sah Victoria an, doch ihr Lächeln strahlte Wärme aus, es deutete nichts darauf hin, dass sie beleidigt war, obwohl sie sie eindeutig durchschaut hatte.

»Es ist nur ein bisschen viel«, murmelte sie. »Oder … es ist schwer zu erklären …«

»Du musst nichts erklären«, sagte Victoria. »Ich weiß schon.«

Victoria öffnete ihr die Tür, und sie verließen das Zimmer.

»Manchmal ist es praktisch, eine Gedankenleserin als Freundin zu haben«, sagte Kirstine, als sie die Treppe zur WG hinaufgingen, wo die anderen Mädchen warteten.

»Ich kann deine Gedanken nicht lesen, keine Sorge«, lachte Victoria.

»Aber du kannst fühlen, wie ich mich fühle …«

»Manchmal. Das liegt aber vor allem daran, dass ich dich kenne.«

Vor einem kleinen Fenster im Treppenhaus blieb Kirstine stehen, doch es war bereits dunkel geworden, und sie konnte nur die schwarze Silhouette der Bäume vor dem dunklen Himmel sehen.

»Sie sagen, dass ich nicht rausgehen darf«, flüsterte sie.

Victoria sagte nichts, und Kirstine war ihr dankbar dafür, dass sie keine aufmunternde Bemerkung machte oder versuchte, die Sache herunterzuspielen.

»So eine Scheiße«, sagte Kirstine.

»Ja«, sagte Victoria. »Megascheiße.«

Sie standen eine Weile da und sahen in die Dunkelheit hinaus. Dann wandte sich Kirstine vom Fenster ab und ging die letzten Stufen der Treppe hinauf.

»Da kommen sie! Malou, hoch mit dem Fähnchen!« Kamille hatte überall in ihrer kleinen Küchenzeile Wimpel aufgehängt und Malou und sich selbst mit Papierfähnchen ausgestattet. »Willkommen zurück, Kirstine!«

»Danke«, flüsterte sie und zuckte zusammen, als Kamille sie an sich ziehen wollte.

»Das war nicht meine Idee«, sagte Malou, aber auch sie lächelte und tippte leicht gegen das Fähnchen, während sie immer noch versuchte so auszusehen, als wäre sie zu all dem gezwungen worden.

»Wie schön, dass du entlassen wurdest«, sagte Kamille, goss Tee ein und reichte einen Teller mit Schokomuffins herum. »Jetzt sind wir alle endlich wieder zusammen, was? Alles ist wie früher.«

Kirstine nickte, sagte aber nichts. Stattdessen nahm sie einen Bissen von dem Muffin, der ihr jedoch fast im Hals stecken blieb.

»Wir haben etwas Wichtiges zu besprechen«, sagte Malou und blickte vielsagend zu Kamille, als gäbe es etwas, in das sie bereits eingeweiht waren.

»Kannst du Kirstine nicht erst mal fünf Minuten in Ruhe lassen?«, fragte Kamille. »Wenigstens so lange, dass sie ihren Muffin aufessen kann?«

»Kirstine hat sicherlich auch Interesse daran, Trines Mörder zu finden, ehe es zu spät ist, oder?«

»Ihr braucht nicht über mich zu reden, als wäre ich nicht hier!«, sagte Kirstine und legte den Muffin beiseite.

»Tut mir leid«, sagte Kamille und warf Malou einen Blick zu, der hätte töten können. »Tut mir leid, Kirstine. Du hast recht.«

Malou sah Kirstine fragend an und die nickte. »Ich würde es gerne hören.«

»Leah war bei der Imbolc-Zeremonie draußen im Wald«, sagte Malou. »Sie hat uns aufgespürt und mich mit einem Messer bedroht und wollte, dass ich sie zu unserem Lager führe.«

»Weshalb?«

»Sie hat etwas davon gefaselt, dass wir es ihr nicht kaputt machen sollen. Ich weiß nicht, was es genau bedeutet, aber es wirkte fast so, als hätte sie eine Entscheidung getroffen. Sie sagte, sie wolle frei sein. Frei von Trine. Aber das Schlimmste war ...« Malou knibbelte an ihren abgekauten Nägeln herum, das Einzige an ihr, das nicht perfekt gepflegt war. »Leah hat die Kontrolle über meinen Körper übernommen und versucht, mir ihren Willen aufzuzwingen. Ich konnte mich befreien, aber ...«

Kirstine dämmerte, dass Malou Angst hatte. Sie war nicht wütend, nicht sauer, sondern verängstigt. Und das beunruhigte sie noch mehr als die ohnehin schon bekümmernden Neuigkeiten.

»Und du meinst nicht, es könnte daran gelegen haben, dass du dich erschrocken hast, sie dort zu sehen?«, fragte Kamille behutsam. »Vielleicht warst du nur ein wenig unter Schock?«

»Nein«, meinte Malou. »Hab ich doch gesagt.«

»Aber woher kannst du das wissen?«

»Ich hab's schon einmal erlebt. Mit Zlavko, er hatte das Gleiche getan. Nur nicht ganz so eindeutig. Aber es fühlte sich genauso an. Sie konnte mich regelrecht steuern.«

»Glaubst du, sie wäre in der Lage zu töten?«, fragte Kirstine. Der Gedanke erfüllte sie mit einer seltsamen Mischung aus Entsetzen und Erleichterung. *Sonst wird sie töten …* Vielleicht ging es in der Weissagung gar nicht um sie selbst. Vielleicht ging es um Leah.

»Ich glaube, sie ist zu allem fähig«, sagte Malou. »Sogar zu Mord. Nachdem, was im Wald geschehen ist, muss ich immer wieder daran denken, wie ihre Eltern gestorben sind. Was, wenn es gar kein Selbstmord war? Was, wenn Leah sie dazu gezwungen hat, genau wie sie mich zwingen wollte, sie zum Lager zu führen?«

»Wissen wir, *wie* sie gestorben sind?«, fragte Victoria. »In der Zeitung stand nur, dass es Selbstmord war«, sagte Kamille. »Aber nicht, was genau passiert ist.«

»Vielleicht gibt es ja einen Polizeibericht«, sagte Victoria.

»Kann man die einsehen?«, fragte Malou.

»Nein, es sei denn, man ist mit dem Verstorbenen verwandt. Aber vielleicht kann ich meinen Vater fragen«, sagte Victoria. »Er arbeitet ja im Justizministerium.«

»Egal was passiert, wir werden sie nicht mehr besuchen«, sagte Kamille. »Auch nicht, wenn sie uns anruft. Sie hat Malou erzählt, dass sie die Schule nicht betreten könne. Solange wir hier sind, sind wir also in Sicherheit. Wir müssen ohne sie einen Weg finden zu beweisen, dass Trine mit Zlavko zusammen war.«

»Ja, was das betrifft …«, sagte Victoria und zog den Stapel mit Trines Briefen hervor, »… muss ich euch etwas zeigen. Ich hab mich noch mal hingesetzt und sie durchgelesen. Ich dachte, dass irgendetwas Nützliches darin zu finden sein muss. Und ich habe was gefunden. In einem Brief aus dem Januar.« Sie faltete das linierte Papier auf und las laut vor. *»Habe ich dir schon erzählt, dass er Augen hat wie Severine in Blixens Erzählung? Erinnerst du dich noch daran, wie ich sie dir vorgelesen habe? Aber vielleicht erinnerst du dich auch besser an die über die Katze, die du mir durch die Tür vorgelesen hast?«* Sie sah von dem Brief auf. »Als ich das noch mal las, klingelte was bei mir, und ich hab die Erzählung rausgesucht.«

Victoria zog ein Buch hervor. Es hatte einen abgegriffenen, dunkelbraunen Einband und auf der Vorderseite stand in dünnen, goldenen Lettern: *Blixeniana 1980.*

»Das ist ein Band aus einer Zeitschriftenreihe mit Texten von Tania Blixen«, sagte sie. »Ich glaube sogar, dass wir die Geschichte über Severine in der Schule gelesen haben.«

»Ja und?«, sagte Kamille. »Warum ist das wichtig, Victoria?«

»Die Erzählung handelt von Severine, die mit einem Seemann verheiratet ist. Er lässt eine Gallionsfigur anfertigen, die ihr ähnelt. Die Figur hat Augen aus Saphiren. Und jetzt hört zu: *Und als er nach Helsingør heimkehrte, zeigte er seiner Frau jene klaren, blauen Augen und wiederholte ihr gegenüber: ›Jetzt ist sie absolut vollkommen. Jetzt hat sie deine Augen und du hast ihre. Auf der Rückreise von Indien hat sie fliegende Fische nur wenige Fuß vor sich in die Lüfte springen sehen, sie hat mit diesen klaren, blauen*

Augen den Mond sowohl am Himmel, als auch im Meer stehen sehen.‹«

»Severine hatte blaue Augen?«, fragte Kamille.

»Ja, so lautet sogar der Titel der Kurzgeschichte. Sie heißt *Die blauen Augen*.«

»Die über die Katze …«, sagte Kamille und zeigte auf den Brief von Trine. »Das muss *Mies mit den blauen Augen* sein. Ein Kinderbuch, das Leah Trine vorgelesen hat.«

»Das kann nicht richtig sein«, sagte Malou und nahm das Buch. »Zlavko hat braune Augen.«

»Genau«, sagte Victoria. »Trines Freund hatte blaue Augen, es war also nicht Zlavko.«

»Aber die Halskette. Wir haben es alle gespürt. Sie hat eine Verbindung zu ihm. Und er ist dir in den Wald gefolgt, Victoria«, wandte Malou ein.

»Vielleicht haben wir uns geirrt?«, sagte Kamille zögernd. »Kurz bevor das mit der Kette passierte, hatten wir über ihn gesprochen. Ich war so angepisst, dass er dir dieses Zeug zu trinken gegeben hatte …«

»Und was heißt das jetzt?«, fragte Malou schnippisch. »Dass wir einfach einen Mann mit blauen Augen finden müssen, oder was? Na, wenn's sonst nichts ist, von denen gibt's ja nicht so viele!«

»Malou …«, sagte Kamille. »Wir müssen es versuchen, wir können doch jetzt nicht aufgeben.«

»Wenn das stimmt, sind wir echt am Arsch«, stellte Malou fest. »Leah ist die einzige Spur, die wir haben …«

»He, das geht gar nicht. Ich weiß, was du denkst«, sagte Kamille scharf. »Und es ist viel zu gefährlich. Wir dürfen sie nicht mehr besuchen.«

»Vielleicht kann *ich* ja herausfinden, ob sie etwas verheimlicht«, sagte Kirstine und war von ihren Worten selbst überrascht.

»Du?«, rief Malou aus. »Du darfst doch nicht einmal die Schule verlassen?!«

»Stimmt, aber das muss ich auch nicht. Ich kann mittels Seiðr versuchen zu erspüren, ob sie etwas irgendwo versteckt hält. Ob sie etwas verbirgt.«

»Das kannst du? Einfach so?«, fragte Malou und klang beeindruckt. Das sah ihr gar nicht ähnlich.

»Ja, ich glaub schon. Seit … der Sache mit dem Baum … habe ich oft Visionen. Vieles davon ist bereits vor langer Zeit passiert. Anderes passiert jetzt gerade erst. Ich hab dich im Wald liegen sehen, Malou. Am Abend des Julfests.«

»Echt jetzt?«, sagte Kamille. »Das ist ja krass, Kirstine.«

»Soll ich's versuchen?« Kirstine war selbst über ihren Mut erstaunt. Oder war es Leichtsinn? Andererseits war sie hier in der WG mit ihren Freundinnen in Sicherheit, und der Gedanke war verlockend. Seit über einem Monat hatte sie nirgendwohin gehen können, und etwas zu tun gab ihr das Gefühl, trotz allem nicht vollkommen eingesperrt zu sein.

»Ja los, probier's!«, sagte Malou.

Kirstine schloss die Augen. Die Visionen, die sie zuvor erlebt hatte, waren einfach so über sie hereingebrochen, davon wollte sie sich möglichst befreien. Aber jetzt, wo sie selbst aktiv wurde und nach etwas Bestimmtem suchte, wusste sie nicht recht, wie sie es anstellen sollte. Die Völvur der Wikingerzeit verbanden Seiðr oft mit einem Ritual, sie nahmen Drogen oder versetzten sich durch Singen und Trommelmusik in Trance. Und sie verwendeten einen speziellen Stab. Letztes Jahr hatten sie in Thorbjørns Unterricht einen solchen Stab einmal halten dürfen, aber einen solchen hatte sie jetzt nicht. Sie wusste aber, dass sie die Kraft dazu in sich trug. Kirstine konnte sie in sich spüren. Sie war mit der Erde verbunden, der Kraft von tausend Jahren nordischer Geschichte, und sie wusste, dass der Baum ihr große Fähigkeiten verliehen hatte.

Normalerweise bemühte sich Kirstine, nicht an die alte Eiche zu denken, an ihre zischenden Wurzeln, die klickenden Laute unter der Erde, die raschelnden Äste. Jetzt aber ließ sie die Gedanken dorthin zurückkehren, und kurz darauf spürte sie ein Kribbeln im Körper, ein Zeichen, dass sie auf dem Weg an einen anderen Ort war, und sie ließ sich davontragen. Es fühlte sich an wie fliegen, sie sah Landschaften unter sich, Felder, Straßen, ein Wäldchen, einen weißen Turm am Meer. Hier und da erregte etwas ihre Aufmerksamkeit, aber sie wusste, wohin sie wollte, und darauf konzentrierte sie sich. Und da war es. Das Haus. Sie war dort. Sie stand im Wohnzimmer. Es war still hier, sie war allein und hatte keine Angst. *Was versteckst du? Was ist es, das wir nicht sehen dürfen?* Kirstine wiederholte die Fragen in Gedanken immer und immer wieder. Das Licht ging aus, es wurde dunkel im Wohnzimmer. Sie hatte das Gefühl, dass sie vor Einbruch der Dunkelheit fort von hier sein musste, doch sie blieb stehen. Noch gab es hier nichts, was ihr Angst bereitete. *Wo hältst du es versteckt?*

Es war jetzt fast vollständig dunkel um sie herum, lediglich durch die Küchentür fiel Licht ins Wohnzimmer. Kirstine ging hinein. Auch hier war es leer, und sie schritt durch die Küche auf eine weitere Tür zu. Dahinter führte eine steile Treppe nach oben. Lautlos glitt sie die Stufen hinauf, in diesem Zustand war sie schwere- und gestaltlos, aber sie sah alles so deutlich vor sich, als würde sie auf der Treppe sein. An deren Ende befand sich ein Treppenabsatz und eine einzige Tür. Sie griff nach der Klinke, doch die Tür ließ sich nicht öffnen. Sie versuchte es erneut. Sie spürte deutlich, dass auf der anderen Seite etwas war, das sie sehen sollte. Etwas Wichtiges. Ein Schrei zerriss plötzlich die Stille. Man hatte sie entdeckt!

Der Schrei hielt an, er stach und bohrte sich ihr ins Trommelfell, er schmerzte in ihrem Kopf. Kirstine ballte die Hände zu Fäusten und presste sie auf die Ohren, bis es wehtat, aber der wütende Schrei brach nicht ab. Leah wusste, dass jemand ins Haus eingedrungen war, aber Kirstine konnte sie nicht sehen, und Leah tat nichts. Außer zu schreien, sodass Kirstine beinahe ohnmächtig wurde. Vielleicht *konnte* sie ihr nichts tun. Schließlich war Kirstine nicht wirklich da, dort auf dem Treppenabsatz. Sie war hier, in der Küche, in ihrer WG, in Rosenholm. *Kehre zurück. Finde zurück zu dir selbst.*

Urplötzlich war der Schrei vorbei, sie war wieder in ihrem eigenen Körper. Verschwitzt und außer Atem, aber unversehrt.

»Sie hat's herausgefunden«, stöhnte Kirstine, als sie die Augen öffnete und die erschrockenen Gesichter der anderen sah. »Ich weiß nicht wie, aber sie hat gemerkt, dass jemand im Haus war.«

»Hast du etwas gesehen?«, fragte Malou.

»Es gibt ein Zimmer. Oben im 1. Stock. Ich bin sicher, dass etwas Wichtiges darin ist. Aber ich konnte die Tür nicht öffnen.«

»Vielleicht ist es Trines Zimmer?«, fragte Victoria.

»Vielleicht«, sagte Kirstine.

»Wir müssen in das Zimmer rein«, sagte Malou. »Und ich werde herausfinden, wie.«

Glückwunsch, meine Süße!

Ich hoffe, du lässt dich ordentlich feiern.
Hast du was Schönes bekommen?

Ja! Danke!

Cool. Ich komme heute Abend mit
meinem Geschenk vorbei;)

Heute Abend?! Die anderen
haben eine Party geplant.

Dann warte ich halt, bis du
dich rausschleichen kannst.

Nicht, dass es schiefgeht –
und man dich erwischt.

Wird es schon nicht. Bis später.
Love you!

Love you. Und pass gut auf!

23. FEBRUAR
20 UHR 13

Victoria

Aus der Küche drang laute Musik. Victoria sah in den Spiegel. Siebzehn Jahre. Sie lächelte sich selbst zu. Zaghaft, als wolle sie sich nicht zu früh freuen. Sie hatte in den letzten Jahren nicht sonderlich viel Glück mit ihren Geburtstagen gehabt. Vergangenes Jahr war sie draußen im Schnee zusammengebrochen und wäre vielleicht erfroren, hätten die anderen sie nicht gefunden. Und das Jahr davor war der Tag noch schlimmer gewesen, wenn das überhaupt ging.

»Komm schon, Victoria. Die Pyjama-Party geht jetzt los – mit oder ohne dich!«, rief Kamille aus der Küche.

»Komme!«, antwortete sie und verließ das Turmzimmer im Schlafanzug, was laut Kamille obligatorisch war, wenn man bei der heutigen Party dabei sein wollte.

In der Küche baumelten Fähnchen von der Decke – die waren dort, seit Kirstine von der Krankenstation zurückgekehrt war – und daneben hing nun auch eine Lichterkette in fröhlichen Farben. An der Wand klebte die Zahl 17, gebastelt aus silbernen Luftballons.

»Woah, oh, oh …«, sang Kamille, während sie in Pantoffeln herumtanzte und Konfetti auf dem Tisch verteilte. Sie hatte ihr großes Sonnenblumen-T-Shirt und eine verwaschene Baumwollhose an, und die roten Haare waren oben auf dem Kopf zu einem widerspenstigen Dutt zusammengerafft.

»Wie schön!«, sagte Victoria.

»Findest du?«, fragte Kamille und steckte sich ein gelbes Getränkeschirmchen in den Haarknoten.

Victoria schüttelte den Kopf, als sie ihr eines in türkis anbot.

»Soll ich jetzt die Nachos aufmachen?« fragte Kirstine in einer alten, weiten Jogginghose und einem langärmligen Oberteil.

»Ja, ich hab auch Guacamole dazu gemacht«, sagte Kamille. »Ihr mögt sie doch stark, oder?« Sie stellte die Schüssel auf den Tisch und wandte sich der verschlossenen Tür zu ihrem Zimmer zu. »Malou, es geht los! Und bring das Bier mit!«

»Chill mal, ich komm ja!«, rief Malou und tauchte kurz darauf in einem rosafarbenen Morgenmantel auf. In der Hand hielt sie eine Plastiktüte. »Clever, die Tüte aus dem Fenster zu hängen, es ist eiskalt«, sagte sie und stellte das Bier auf den Tisch.

»Du trägst Make-up«, sagte Kamille vorwurfsvoll und stemmte eine Hand in die Hüfte, während sie Malou betrachtete.

»Hab ich immer«, sagte Malou, ohne sie anzusehen.

»Und das sind nicht deine Schlafsachen. Ich hab dich noch nie darin gesehen.«

»Das ist ein Morgenmantel«, sagte Malou. »Der fällt unter Schlafsachen.«

»Was hast du drunter?«

»Nichts. Willst du's checken? Ganz ehrlich, das ist ja, als ob man mit einem Gefängniswärter zusammenwohnt.«

»Wir haben abgemacht, dass es eine Pyjama-Party sein soll. Schlafsachen an, Make-up runter.«

»*Wir* haben gar nichts abgemacht. *Du* hast das beschlossen.

Und außerdem war das, bevor ich wusste, dass ich noch zu einer anderen Party gehe. Wenn ich mich erst im Anschluss schminke, schaff ich's nicht rechtzeitig. Kannst du nicht aufhören mit deinem Terrorregime?«

»Ich versteh echt nicht, dass du da hingehst. Mit Louis. Und dann auch noch an Victorias Geburtstag. Ernsthaft, Malou. Als ob wir gerade nicht Wichtigeres zu tun hätten. Wollten wir nicht überlegen und herausfinden, wie wir in Trines Zimmer gelangen?«

»Was meinst du?«, knurrte Malou. »Hast du etwa einen Weg gefunden, wie wir uns Leah vom Hals halten können? Falls ja, dann lasst uns das hier sofort abblasen und hingehen. Es war deine Idee, überhaupt zu feiern! Dass wir uns ein wenig amüsieren müssten!«

Es wurde still, während Kamille und Malou dastanden und einander anstarrten. Es schien, als wolle keine von ihnen als Erste wegschauen.

»Hier sind die Nachos …«, sagte Kirstine vorsichtig und stellte eine große Schüssel zwischen ihnen auf den Tisch.

»Na gut«, sagte Kamille angesäuert, ohne dass ganz klar war, ob sie Malous Partypläne oder die Nachos meinte. »Hauptsache, wir verderben Victoria nicht den Geburtstag. Jetzt setzt euch, nehmt ein Bier, es ist genug da. Und Victoria, ich habe noch ein besonderes Geschenk für dich.«

Kamille stellte etwas, das in leuchtend-buntem Papier verpackt und eindeutig eine Flasche war, mit einem Knall vor ihr auf den Tisch. Victoria beeilte sich, es auszupacken.

»Das ist der selbstgemachte Heidelbeerschnaps meiner Mutter. Der ist richtig gut, wirst du gleich sehen!«

»Wie wär's mit noch einem Ständchen?«, fragte Kirstine leicht lallend.

»Och nö, wir haben doch schon vier gesungen«, stöhnte Malou, die immer noch an ihrem ersten Bier nippte.

»Ja, jetzt noch mal mit Begleitung!«, sagte Kamille und ignorierte Malous Jammern. »Diesmal suchst du aus, Kirstine.«

»Dann nehm ich die Ukulele!«

Victoria begnügte sich diesmal damit, im Takt zu klatschen, während Kirstine und Kamille aus vollem Hals sangen.

Trotz der angespannten Stimmung zwischen Malou und Kamille genoss Victoria zu ihrer eigenen Überraschung die Party, und ein breites Lächeln lag mittlerweile auf ihrem Gesicht.

Nach der fünften Runde Geburtstagslieder und noch einer weiteren Runde Schnaps stand Kamille auf. »Los, wir singen ein Schnapslied!« Sie räusperte sich, ehe sie so inbrünstig zu singen begann, als stimmte sie die Nationalhymne an. *»Haps, haps, haps, jetzt trinken wir 'nen Schnaps! Einen, der den Appetit anregt, einen, dass der Bandit sich regt … Haps, haps, haaaaaps, jetzt trinken wir 'nen Schnaps – Prost!«*

Victoria spürte, wie sich sprudelndes Lachen vom Bauch aus in ihrem ganzen Körper ausbreitete, bis sie es nicht länger zurückhalten konnte. »Hahaha!« Sie lachte laut, stieß mit Kamille an und leerte ihr Glas.

»Echt jetzt, das kennst du nicht?«, fragte Kamille.

Victoria schüttelte den Kopf. »Nein, das habe ich noch nie gehört.«

»Kirstine?«

»Na ja, in meiner Familie trinkt man keinen Alkohol«, sagte die, trank und knallte das Glas mit voller Wucht auf den Tisch, dass es ordentlich krachte. Victoria brach erneut in Gelächter aus.

»Malou, komm schon, du kennst es aber!«, sagte Kamille.

»Ja, danke, allzu gut«, antwortete die und beäugte skeptisch die Guacamole-Schüssel. »Ist da viel Knoblauch drin?«

»Japp! Deshalb müssen wir auch *alle* davon essen«, verkündete Kamille.

»Nein, danke«, sagte Malou und ließ die Schüssel stehen.

»Oh, nein, natürlich kannst du nicht nach Knoblauch stinken, wenn du bei jemandem landen willst.«

»Ach, es kommen auch Jungs zur Party?«, fragte Kirstine, die sich darauf konzentrierte, einen beachtlichen Berg Guacamole auf einen Nacho zu schaufeln und ihn sich in den Mund zu schieben. »Das ist verboten!«

»Ja, das ist Sünde!«, kicherte Victoria, die immer noch jenes Kribbeln in sich spürte, das alles so witzig erscheinen ließ.

»Louis sagt, es ist Zlavkos Party. Also entscheidet er, wer kommt. Sie findet halt zufälligerweise in der Schule statt, aber die Schulordnung gilt nicht.«

»Wow, dann müssen wir wohl auch unseren eigenen Club gründen«, sagte Kamille.

»Ja, bei dem wir die Regeln festlegen!«, sagte Kirstine und warf das Bier um, das sie gerade von Kamille bekommen hatte. »Bier mag ich sowieso nicht«, lallte sie, während sie betrachtete, wie die Flüssigkeit über die Tischplatte rann und auf den Boden tropfte.

»Na, dann«, sagte Kamille und warf Victoria einen Blick zu, während sie Kirstines Malheur wegwischte. »Lass es doch einfach.«

»Aber Schnaps mag ich!«, erklärte Kirstine und kniff bei dem Versuch, ihr Glas zu finden, die Augen leicht zusammen, was Victoria abermals zum Lachen brachte.

»Ein Schnapsclub!«, rief sie. »Wir gründen einen Schnapsclub!«

»Oh yeah, Baby!«, sagte Kamille und schenkte allen dreien nach. »Dann brauchen wir auch ein Motto – genau wie Malous Club. Was war eures jetzt noch mal? Bis zur Unendlichkeit und noch viel weiter.«

»Du bist so bescheuert«, sagte Malou.

»Sag doch noch mal!«

»Kein Bock.«

»*Corvus oculum corvi non eruit*«, sagte Victoria. »Was so viel bedeutet wie: Eine Krähe fällt einer anderen nie in den Rücken.«

»Aha, klingt nach dem perfekten Motto für einen Haufen Krimineller«, sagte Kamille.

Malou schnitt ihr eine Grimasse.

»*Muss* es auf Latein sein?«, fragte Kirstine und setzte ihren Ellbogen in die Guacamole. »Ich kann kein Latein … ah, warte! Ist Lego nicht Latein? Und Volvo. Und Jojo …«

»Ich hab's!«, sagte Victoria. »*In vino veritas*. Im Wein liegt die Wahrheit. Mit anderen Worten, Kinder und Betrunkene sagen die Wahrheit.«

»Wein mag ich auch nicht«, sagte Kirstine und griff nach der Schnapsflasche, die schon fast leer war.

»Wir trinken ja auch keinen Wein«, sagte Kamille. »Was ist mit *In snapsis veritas*? Im Schnaps liegt die Wahrheit!«

»Snapsis!«, lachte Victoria. »Der war gut!«

»Und wir werden uns immer an den Tag erinnern können, an dem wir den Club gegründet haben. An Victorias Geburtstag!«, sagte Kirstine feierlich und erhob das Glas. »Herzlichen Glückwunsch!«

»Diese Party ist ganz schön schnell eskaliert …«, sagte Malou, die nur dasaß und am Etikett ihrer Bierflasche herumpulte.

»Wo werdet ihr feiern?«, fragte Victoria.

»Keine Ahnung«, sagte Malou. »Louis holt mich ab. Er wartet extra, bis ich hier fertig bin.« Sie warf einen Blick aufs Handy. »Eigentlich sollte ich langsam mal meinen Kram zusammensuchen, damit wir nicht viel zu spät kommen.«

»Ja, dann mach es doch endlich«, sagte Kamille und stand auf. »Ich glaube, wir brauchen andere Musik. Wackel-mit-dem-Arsch-Musik! Los, Kirstine, mach mit!«

Victoria musste beim Anblick der beiden, wie sie zu den schweren Reggae-Rhythmen tanzten, so sehr lachen, dass ihr der Bauch wehtat. Dabei bewegte sich Kamille perfekt im Takt der Musik und sah aus, als wäre sie in einer jamaikanischen Disco zur Welt gekommen (abgesehen von den roten Haaren vielleicht); Kirstine für ihren Teil schwankte durch den Raum und schwang die Arme langsam auf und ab wie ein riesiger Vogel.

Einen Augenblick lang saß Victoria nur da und war glücklich, ehe sie aufstand und ins Zimmer von Kamille und Malou ging. Malou stand über ihr Schminktäschchen gebeugt und wählte verschiedene Utensilien aus, die sie in die Handtasche steckte. Sie hatte den Morgenmantel abgelegt, und darunter trug sie ein schwarzes Partykleid.

»Klingt, als würde es nebenan voll abgehen«, sagte sie, als sie Victoria bemerkte.

Victoria setzte sich auf Malous Bett, das wie immer gemacht war. Die Tagesdecke lag perfekt gefaltet auf der Bettdecke, im Gegensatz zu Kamilles Bett, das ein einziges Durcheinander aus Klamotten, Decken und Kissen war.

»Es tut mir leid, dass ich so früh von deiner Geburtstagsparty gehen muss«, sagte Malou, während sie in der Tasche wühlte. »Obwohl ich bezweifle, dass die beiden da draußen sehr lange durchhalten werden, solange sie Schnaps wie Saft hinunterkippen.«

»Malou …«

»Wo steckt denn nur der Lippenstift, den ich brauche …«

»Du hattest recht damit, was du gesagt hast. Dass es mir viel leichter fällt, zu Zlavkos Club Nein zu sagen. Weil ich vieles von dem, was da geboten wird, eh schon habe …«

Malou sah sie überrascht an. Dann wurde ihr Gesichtsausdruck hart.

»Du hast *alles*.«

»Ha, nein, nicht alles …« Victoria schüttelte den Kopf. »Ich hab Nein gesagt, weil ich sie kenne. Diese Leute. Ihre Logen und Clubs und besonderen Gemeinschaften. Und ich kenne Louis. Er ist es nicht wert, dass du deine Zeit mit ihm verschwendest, Malou. Ernsthaft, halt dich von ihm fern …«

Malou klappte die Handtasche zu und hängte sie sich über die Schulter.

»Warst du nicht in ihn verknallt?«

»Doch«, gab Victoria zu, »war ich.«

»Vielleicht bist du's immer noch ein bisschen?«, fragte Malou. »Oder vielleicht willst du nicht, dass er mit deiner Freundin zusammenkommt? Das wäre beinahe so, als wäre meine Freundin vor meinen Augen mit Benjamin zusammengekommen. Das fühlt sich nämlich nicht so toll an, das kann ich dir verraten.«

»Malou, das ist nicht der Grund. Ich versuche dich zu warnen, aber ich kann gut verstehen, dass du mir nach der Sache mit Benjamin kaum vertrauen kannst …« Victoria schaute auf ihre Hände, die sie in den Schoß gelegt hatte. Sie holte tief Luft. »Ich möchte dich nur darum bitten, gut auf dich aufzupassen, Malou. Das ist alles.«

Malou öffnete die Tür zur Küche. »Ich bin richtig gut darin, auf mich aufzupassen«, sagte sie, »du musst dir um mich keine Sorgen machen.«

Sie machte auf dem Absatz kehrt und ließ Victoria sitzen.

»Uh, da kommt die schwarze Krähe!«, krächzte Kamille in der Küche.

Victoria konnte nicht hören, was Malou antwortete, aber sie hörte, wie die Tür zum Flur zugeknallt wurde. Sie seufzte und stand auf.

Kamille und Kirstine tanzten immer noch durch die Küche.

»Puh, jetzt brauche ich ein Bier. Kirstine, willst du nicht auch etwas trinken? Etwas Wasser vielleicht?«, fragte Kamille und setzte sich an den Tisch. Kirstine reagierte aber nicht. Sie drehte sich unbeholfen im Kreis, schneller und schneller, während sie den Kopf gegen den Takt hin- und herschwang.

»Meinst du, sie ist okay?«, fragte Kamille.

»Vielleicht muss sie sich nur mal ein bisschen gehen lassen«, sagte Victoria, während sie Kirstine beobachtete. »Sie ist so lange eingesperrt gewesen. Es tut ihr bestimmt gut, alles mal für einen Moment zu vergessen.«

»Klingt logisch«, nickte Kamille. »Ich fürchte nur, dass wir dein Geschenk bereits vernichtet haben«, sagte sie und nickte in Richtung der vollkommen leeren Schnapsflasche. »Ich muss noch eine stibitzen, wenn ich das nächste Mal zu Hause bin. Wir können keinen Schnapsclub ohne Schnaps aufziehen. Was hat Benjamin dir eigentlich geschenkt?«

»Ähm … ich …«

»Huch!«

Victoria wurde von Kirstine unterbrochen, die vom Tanzen offenbar die Nase voll hatte, sich auf einem Stuhl niederließ und in sich zusammensank. Dabei murmelte sie unverständlich vor sich hin.

»Was?« Kamille beugte sich über sie. »Willst du ein Glas Wasser, Kirstine?«

»HAPS, HAPS, HAPS!«, rief Kirstine, sodass sich Kamille ein paar Tropfen Spucke aus ihrem Gesicht wischen musste und Victoria sich vor Lachen kaum halten konnte.

»Schnaps ist alle«, sagte Kamille. »Nimm 'nen Schluck Wasser.«

»Ich bin müde«, murmelte Kirstine.

»Willst du ins Bett? Komm, Victoria, wir bringen sie rüber.«

Sie schafften es, Kirstine aufzurichten und sie ins Bett zu bugsieren. Das war gar nicht so einfach, denn sie war schwer, und Victoria war eigentlich selbst ein wenig schwindelig. Außerdem konnte sie nicht aufhören zu lachen, während sie an den Küchenstühlen vorbeistolperten und gegen den Türrahmen stießen.

»So, jetzt musst du nur noch schlafen«, sagte Kamille und legte die Bettdecke über Kirstine, als die endlich im Bett lag. »Das ist das Praktische an einer Pyjamaparty – man hat die Schlafsachen schon an.«

»Malou nicht. Das war gegen die Regeln«, murmelte Kirstine. Ihre Augen waren bereits geschlossen.

»Scheiß drauf«, sagte Kamille. »Malou wollte bloß gut aussehen, weil sie auf eine Party mit Jungs gehen musste.«

»Malou ist traurig, dass sie nicht so hübsch ist wie Victoria«, murmelte Kirstine.

Victoria spürte, wie ihre Wangen plötzlich leuchtend rot wurden, und sie vermied geschickt den Blickkontakt mit Kamille.

»Tja, so ist das Leben«, sagte Kamille und tätschelte Kirstine die Wange. »Und jetzt wird geschlafen.«

»Du bist auch nicht so hübsch wie Victoria, Kamille … Aber du bist süß«, nuschelte Kirstine.

Victoria sah erschrocken zu Kamille, die aber lächelte und strich Kirstine über die Haare.

»Das ist wohl wahr«, sagte sie. »In snapsis veritas.« Sie zwinkerte Victoria zu.

»Ich bin auch nicht so hübsch, aber ich habe schöne Brüste. Und Jakob war in mich verliebt, obwohl ich viel zu groß bin«, fuhr Kirstine fort. Sie sprach jetzt sehr leise und langsam. »Aber ich hab Schluss gemacht, bevor wir Sex haben konnten …«

Victoria musste sich die Hand vor den Mund halten, um nicht drauflos zu kichern, und Kamille folgte mit entgeistertem Gesichtsausdruck ihren Worten.

»Manchmal denke ich, das war echt schade«, nuschelte Kirstine. »Ich glaube, er ist gut im Bett …«

»Ernsthaft, es ist unser Lehrer, von dem du da sprichst«, flüsterte Kamille und tat so, als würde sie sich die Ohren zuhalten, und Victoria stiegen Tränen in die Augen, während sie das Lachen zu unterdrücken versuchte. Aber Kirstine merkte nichts davon. Sie war eingeschlafen.

23. FEBRUAR
22 UHR 30

Malou

Vergiss sie. Vergiss sie einfach.

Malou frischte den nude-farbenen Lippenstift auf und trug einen dezenten Hauch von Gold auf die Wangenknochen auf. Dann warf sie einen letzten Blick in den Spiegel.

Eigentlich hatte sie ein bodenlanges Blumenkleid aus einem leichten, wallenden Stoff herausgesucht, das sie erst vor Kurzem gekauft hatte. Beim Anprobieren im Zimmer hatte sie den Kauf jedoch sofort bereut. *Nein, das war einfach nicht sie.* Stattdessen trug sie jetzt ein kurzes, enges Kleid. Es war schwarz – und in Kombination mit den hohen Absätzen der Stiefel betonte es ihre langen Beine. Die Haare hatte sie sich aus dem Gesicht gekämmt, sie aber offen gelassen. Sie packte die Schminke ein und nickte sich im Spiegel zu. *Vergiss die anderen.*

Sie entriegelte die Toilettentür, die sich in der Nähe des Speisesaals der Mädchen befand, und steuerte auf die Treppe nach oben zu. Auf dem Weg traf sie Anne und ein paar Mädchen aus dem neuen Jahrgang, aber Malou hielt nicht an, um zu plaudern. Stattdessen ging sie weiter hinauf – aber nicht die Treppe, die sie normalerweise benutzte, sondern die zu den Etagen der Jungen gegenüber dem Mädchenflügel. Als sie den zweiten Stock erreichte, stand dort Louis auf dem schmalen Treppenabsatz und erwartete sie. Er stieß einen leisen Pfiff aus.

»Guten Abend, die Dame«, flüsterte er und sie spürte, wie sich ihr rechter Mundwinkel zu einem Lächeln verzog. Eine Weile sahen sie einander an. Malou befürchtete schon, er wolle sie umarmen, doch er stand nur da. Und sah sie an. Dann lächelte er.

»Hier entlang«, sagte er und deutete die Treppe hinauf, damit sie vorausgehen konnte.

»Ich glaube nicht, dass ich jemals zuvor so weit oben gewesen bin«, stellte sie fest. »Gehen wir auf den Dachboden?«

»Das wirst du gleich sehen«, sagte Louis und klang, als hätte er Spaß daran, mehr zu wissen als Malou.

»Warum konntest du mir nicht einfach sagen, wo die Party stattfindet?«, fragte sie.

»Nur eine Krähe darf den Ort kennen. Also ein vollwertiges Mitglied des Krähenclubs.«

»Moment mal«, sagte Malou, blieb auf der schmalen Treppe stehen und drehte sich zu ihm um. »Du bist inzwischen Mitglied? So richtig?«

»Richtig richtig«, sagte er. »Kein Anwärter mehr, Zlavko hat mich vor fast zwei Monaten zum Mitglied ernannt. Nach dem Julfest.«

Malou runzelte die Stirn. »Weshalb?«

Er lächelte wieder. »Ich glaube er fand, ich sei dazu bereit. Zlavko behält die Anwärter permanent im Auge und wählt aus, wem er die Mitgliedschaft anbietet.«

»Wer ist noch Mitglied?«

»Noch nicht sonderlich viele. Amalie, Albert und Vibe. Aber keine Sorge, er wird dich bestimmt bald fragen. Er hätte dich nicht zur Party eingeladen, wenn er dich nicht für würdig hielte.«

»Würdig …«, schnaubte Malou, drehte sich um und setzte ihren Weg die Treppe hinauf fort. »Ich weiß gar nicht, ob ich überhaupt Lust dazu habe.«

»Im Ernst …?« Er quetschte sich neben sie. »Warum?«

»Ich hab meine Gründe.«

»Und die wären?«

»Erstens reden die Leute. Sie glauben, dass der Club nur für Schwarzmagier ist – und wir die Treffen nutzen, um düstere Rituale abzuhalten.« Sie stoppte und drehte sich zu ihm um. Sie standen ganz nah beieinander.

»Ach, komm. Wer sagt das? Waren sie schon mal dabei? Wissen sie, was wir machen? Nein, oder?«

»Warum werden nur Leute eingeladen, die Blut und Tod angehören?«

»Weil wir die Besten sind. Zlavko will nur die Talentiertesten dabeihaben. Meinst du nicht, dass die anderen nur neidisch sind, weil sie nicht mitmachen dürfen?«

»Victoria ist nicht neidisch. Sie hat sich geweigert mitzumachen und mich davor gewarnt, beizutreten. Sie hat mich vor alledem gewarnt. Auch vor dir.«

»Hat Victoria das? Ernsthaft?« Zum ersten Mal konnte sie Wut vernehmen in Louis Stimme, die im leeren Treppenhaus widerhallte, wo sie so nah beisammenstanden, dass sie sich fast berührten. »Warum?«

»Vielleicht, weil du sie benutzt hast. Sie war verknallt in dich, und du hast es nur ausgenutzt, und danach hast du kein Wort mehr mit ihr geredet. Sie hat es mir erzählt.«

»Was? Das ist totaler Bullshit. Das hat Victoria gesagt?«

Sie nickte.

»Und dich vor uns gewarnt, weil wir schwarze Magie praktizieren?«

»Ja, so in etwa.«

Er lachte kalt. »Das hat was von Ironie. Du weißt, dass Victorias Familie für ihre zweifelhafte Geschichte bekannt ist, oder?«

»Wie meinst du das?«

»Eine lange Reihe dubioser Magier mit Vorliebe für schwarze Magie – ein absolut gruseliger Stammbaum, kann ich dir sagen. Mittlerweile haben sie sich natürlich neu erfunden und sehen nett und anständig aus – jedenfalls nach außen.«

»Victorias Familie? Aber die sind doch überhaupt keine Magier. Das hatte sie gleich am ersten Tag selbst erzählt, als wir hier einzogen. Sie ist die einzige Magierin in ihrer Familie.«

Er schnaubte. »Wow! Das hat sie wirklich gesagt? Fantasie hat sie, das muss man ihr lassen. Ich glaube nicht, dass ich kreativ genug wäre, um mir solch eine Lüge auszudenken. Unsere Eltern sind befreundet, wenn man es so nennen will. Jedenfalls hängen meine Mutter und mein Vater ständig bei Victorias Eltern rum. Ich glaube, sie waren total geschmeichelt, als ihre Eltern anfingen, sie zu ihren schicken Partys einzuladen. Ich war selbst zigmal bei ihnen zu Hause. Glaub mir. Das sind eindeutig Magier.«

»Aber warum sollte sie lügen?«

»Weiß ich nicht. Vielleicht ist sie eine chronische Lügnerin? Es stimmt im Übrigen auch nicht, dass ich sie ausgenutzt habe. Eher hat sie *mich* ausgenutzt.«

»Victoria hat *dich* ausgenutzt?«

»Ja. Sie hat mich überredet, sie zu entjungfern.«

»Überredet?«, sagte Malou und sie verschränkte die Arme. »Du hättest ja wohl auch ›Nein‹ sagen können?!«

»Ja, das hätte ich tun sollen, aber sie war sehr hartnäckig. Sie wollte, dass ich es mache, aber wenn ich nicht wollte, würde sie sich jemand anderen suchen. Das hat sie gesagt.«

»Louis, das ergibt keinen Sinn …«

»Kapierst du's nicht? Ich war lediglich das Werkzeug in einem Plan, den sie ausgeheckt hatte. Sie wollte ihr erstes Mal vor Rosenholm haben. Um ihre Kräfte zu stärken. Damit sie einen Vorsprung hätte, von dem sie profitieren könnte.«

»Aber …« Malou hielt inne. Gedanken rasten ihr durch den Kopf. Victoria stammte aus einer Magier-Familie, eine mit einer kaputten Geschichte. *Sie* hatte *Louis* zum Sex überredet. Um mehr Macht zu erlangen? War das der Grund, weshalb Victoria schon damals, als sie gerade an der Schule angefangen hatte, so leicht Kontakt zu Geistern hatte aufnehmen können? War das der Grund, weshalb sie Malou in allem voraus war? Und das hatte sie von vornherein geplant?

»Ich raff das alles nicht …«, sagte sie.

»Victoria ist nicht diejenige, für die sie sich ausgibt, Malou. Sie hat euch angelogen. Tut mir leid, wenn du dachtest, ihr wärt befreundet …« Er nahm ihre Hand, aber sie zog sie weg.

»Wir *sind* befreundet.« Aus irgendeinem Grund klang es mehr wie eine Frage, als wie eine Aussage. Malou sah hinter sich die Treppe hinunter. »Weißt du was, ich glaube nicht, dass ich mit auf die Party komme …«

»Oah, wie dämlich!«, rief er laut, und sie zuckte zusammen.

»Was?«

»Ja, wir stehen hier auf der Treppe und reden über Victoria, anstatt auf der Party zu sein und zu tanzen und uns zu betrinken und Spaß zu haben. Victoria interessiert mich überhaupt nicht.

So hatte ich mir das nicht vorgestellt …« Sie standen eine Weile da, ohne irgendetwas zu sagen. Er holte tief Luft.

»Malou. Schöne, faszinierende Malou. Können wir das nicht einfach vergessen? Können wir Victoria nicht ein wenig vergessen? Wollen wir uns von ihr den Abend verderben lassen? Komm schon, lass uns nicht weiter darüber nachdenken. Lass uns hochgehen, ein bisschen was trinken – ich mache echt gute Drinks. Wenn du nach Hause willst, nachdem du meinen Espresso-Martini probiert hast, dann bringe ich dich sogar bis zu deiner Tür.«

Sie zögerte.

»Okay?«, fragte er leise.

»Okay.«

Er lächelte erleichtert. »Dann los.«

Sie folgten der Treppe weiter hinauf und hörten bald schon den dumpfen Klang der Musik, der lauter und lauter wurde. Am Ende der alten Steintreppe stiegen sie noch ein paar steile Holzstufen empor. Dann standen sie vor einer alten Tür, und die tiefen, elektronischen Beats auf der anderen Seite deuteten darauf hin, dass sie richtig waren.

»Nach dir«, sagte Louis und öffnete die Tür.

Der Raum war groß und dunkel mit Schrägen bis zum Boden. Es gab keine Lampen, dafür waren überall Teelichter verteilt, lange dünne Kerzen in leeren Flaschen oder große dicke nebeneinander auf Tellern aufgestellt. In einer Ecke stand irgendein Typ, den Malou nicht kannte, über ein DJ-Pult gebeugt und richtete all seine Konzentration darauf, den Übergang des aktuellen Musikstücks zum nächsten hinzubekommen, damit die wenigen Schülerinnen und Schüler auf der Tanzfläche nicht auf die Idee kamen, sie zu verlassen. Malou erblickte Amalie und Albert, die herumwirbelten, aber Zlavko konnte sie nirgendwo entdecken.

»Das ist der alte Trockenboden, cool, oder?«, sagte Louis laut, um die Musik zu übertönen.

Malou sah sich um. Sie befanden sich direkt unterm Dach, sie konnte die Sparren und die Unterseite der alten Dachziegel erkennen.

»Hier haben die Dienstmädchen früher die Wäsche aufgehängt«, fuhr Louis fort. »Und sie haben auch hier oben gewohnt. Ihre alten Zimmer gibt es noch, aber das kannst du dir später ansehen. Zuerst musst du die Bar inspizieren – ich habe geholfen, sie zu bauen.«

Er nahm sie bei der Hand und führte sie in die hinterste Ecke des Raums wo tatsächlich eine Bar aus alten Brettern und Paletten errichtet worden war. Drumherum waren Sitzsäcke verteilt, auf denen mehrere Leute saßen und sich unterhielten, soweit die Musik das zuließ.

»Wer sind die?«, fragte sie Louis.

»Zlavko hat sie eingeladen«, sagte er achselzuckend, »Ehemalige vielleicht. Aber guck mal, ist das nicht mega?«

Malou nickte. Sowohl auf der Theke der provisorischen Bar, als auch in einem selbstgebauten Regal dahinter, standen Flaschen in allen Farben und Größen. Alle möglichen Sorten Schnaps, Likör und anderes Zeug, das sie noch nie zuvor gesehen hatte. Es stand da auch eine riesige Schale mit Zitrusfrüchten, ein großer Eimer mit Eiswürfeln, in dem einige Flaschen steckten, mehrere Reihen unterschiedlicher Gläser und ein großer, silberner Cocktailshaker. Das musste ein Vermögen gekostet haben – und alles nur für heute Abend?

»Was soll ich sagen, Zlavko weiß, wie man feiert!« Louis ging hinter die Bar. »Also, worauf hast du Lust? Freie Wahl aus allen Regalen. Möchtest du meinen Espresso-Martini probieren?«

Malou nickte dankbar, so musste sie nicht verraten, dass der einzige Cocktail, den sie kannte, Cola mit Rum war. Sie sah zu, wie Louis verschiedene Dinge abmaß und in den Shaker kippte, das Ganze zusammen mit Eis schüttelte und den Drink in zwei fancy Cocktailgläser mit hohem Stiel goss.

»Warte!«, sagte Louis und suchte nach etwas. »Ich weiß, dass ich sie mitgenommen habe. Es muss alles seine Richtigkeit haben … Da sind sie!« Aus einem Marmeladenglas fischte er ein paar Kaffeebohnen, die er als Deko in das Getränk tat. »Hier, bitte!«

Malou nahm das Glas vorsichtig entgegen und probierte. »Mhm!«, machte sie und nickte zustimmend. Louis strahlte über das ganze Gesicht, was ihm stand, und sie hatte eine leise Ahnung, dass sie zu diesem Strahlen beigetragen hatte. Das war ein gutes Gefühl.

»Hallo, ihr beiden, gefällt es euch hier?«

Malou drehte sich um und spürte, wie ihre Stimmung auf den Gefrierpunkt sank. Niemand vermochte es wie Zlavko, einem die Stimmung zu verderben. Er war wie immer tadellos gekleidet – heute Abend trug er ein mitternachtsblaues Hemd, eine enge Hose und die glänzenden Haare zu einem Knoten gebunden. Am Gürtel hing das Messer, ohne das er keinen Schritt mehr tat, und in seiner Hand hielt er ein hohes, schlankes Weinglas mit einer klaren, sprudelnden Flüssigkeit darin. »Champagner?«, fragte er.

Malou hob ihr Glas, um zu zeigen, dass sie bereits versorgt war.

»Cool hier«, sagte Louis, der hinter der Bar hervorkam und einen Arm um Malou legte. Normalerweise hätte sie ihn abblitzen lassen, aber gerade fühlte es sich richtig gut an, nicht allein unter Zlavkos prüfendem Blick zu stehen. Er nickte, ohne den Blick von ihr abzuwenden, doch zum Glück wurde er von einem jungen Mann abgelenkt, der ihn etwas fragen wollte, und Malou sah ihre Chance zu entkommen.

»Willst du mir die Dienstmädchenzimmer zeigen?«, fragte sie Louis leise ins Ohr. Für einen Moment hob der überrascht die Augenbrauen, nickte dann aber. »Aber klar doch, hier entlang.«

Als sie sich fortschlichen, beobachtete sie, wie der junge Mann, der mit Zlavko sprach, Louis einen ausgestreckten Daumen zeigte und mit den Augenbrauen ein paar Mal sichtbar wippte. Malou nahm an, dass es das international anerkannte Zeichen war für: ›Gut gemacht, Kumpel, hast sie rumgekriegt!‹, und sie schüttelte genervt Louis' Hand, die immer noch auf ihrer Schulter lag, ab.

Die Dienstmädchenzimmer lagen am Ende des Dachbodens im Giebel und waren mit einfachen Bretterwänden vom großen Trockenboden abgeschirmt.

»Wir haben ein paar der Zimmer miteinander verbunden und eine Art Lounge daraus gemacht, aber dieses haben wir gelassen, wie es war«, sagte Louis und öffnete die Tür zu einer kleinen Kammer. Er hatte sich eine leere Flasche mit Kerze drin geschnappt, damit sie in dem dunklen Raum etwas sehen konnten. Abgesehen von einem alten Waschtisch war das Zimmer leer, aber die dünnen Wände waren von einer mottenzerfressenen, dunkelroten Tapete mit kleinen, gelben und weißen Blumen bedeckt. Malou stellte sich vor, dass die Blümchentapete vielleicht das Einzige gewesen war, woran sich die jungen Mädchen erfreuen konnten, die einst hier gewohnt hatten. Im Dach gab es ein kleines Fenster, das verriet, dass es draußen sternenklar war. Die Sterne zu genießen war natürlich auch kostenlos – selbst für arme Dienstmädchen.

»Hier oben muss es im Winter kalt gewesen sein«, sagte Louis und stellte die Kerze auf den Waschtisch. »Die Küchenmädchen hatten mehr Glück, die durften am Kamin schlafen, wo es schön warm war.«

Malou machte ein paar Schritte auf dem alten Boden, der mit Sicherheit quietschte, aber das konnte man wegen der Musik nicht hören.

»Wusstest du, dass es in Rosenholm früher nur männliche Schüler gab?«, fragte Louis. »Die einzigen Mädchen und Frauen waren die Dienstmädchen.«

Malou riss die Augen auf. Das hatte sie nicht gewusst. Hätte sie es wissen sollen? Louis schien von vielen Dingen Kenntnis zu haben, über die sie noch gar nicht nachgedacht hatte.

»Erst irgendwann im 19. Jahrhundert durften auch Mädchen hier zur Schule gehen«, fuhr er fort.

»Die Welt ist scheiß-ungerecht«, sagte Malou.

»Ja«, sagte er und trat auf sie zu. »Da hast du recht. Aber wir können das ändern. Wir können sie besser machen.« Dann beugte er sich herunter und küsste sie auf die Stirn. Ein leichter Kuss, wie wenn man ein Kind küsst. Fürsorglich. Es fühlte sich gut an.

23. FEBRUAR
23 UHR 51

Victoria

»Hab ich es ja doch geschafft.«

Sie zuckte zusammen. Victoria hasste es, wenn er sich so an sie heranschlich. Hasste und liebte es. Sie drehte sich langsam um.

»Was geschafft?«

»Dir an deinem Geburtstag einen Kuss zu geben.« Sanft schob Benjamin die Kapuze ihrer Winterjacke zurück. »Herzlichen Glückwunsch.«

Der Kuss war zärtlich, aber intensiv und ließ sie sich noch schwindliger fühlen, als der Schnaps es getan hatte.

»Komm«, flüsterte er.

Sie entfernten sich von Rosenholm, damit sie niemand von den Fenstern aus entdecken konnte, die Nacht war kalt und still. Es war Neumond, aber die Sterne der Milchstraße zeichneten am Himmel ein leuchtendes Band. Eine dünne Schneeschicht bedeckte den Boden und enthüllte den Weg, den Benjamin gekommen war. Ihre Augen folgten seinen Fußspuren, von denen sie wusste, dass sie sich zu Pfotenabdrücken verwandeln würden, sobald sie zwischen den Bäumen verschwanden. Doch statt in Richtung Wald zu gehen, hielten sie auf den Schlossgarten zu, wo Lisa ihre vielen Kräuter und Pflanzen anbaute. Sie gingen schweigend die schmalen Kieswege entlang und blickten auf die von niedrigen Buchsbaumhecken gesäumten Beete. Schildchen markierten, was dort wachsen würde, wenn der Frühling kam.

»Man sollte echt nicht meinen, dass Lisa so ordentlich ist«, sagte Benjamin. »Sieh nur, wie penibel sie alles pflegt.«

Aber Victoria interessierte sich gerade nicht für Gartenarbeit. »Du hast mir ein Geschenk versprochen«, sagte sie, lehnte sich an ihn und schnappte nach seinem Ohrläppchen.

»Au!«, entfuhr es ihm. »Du wirst es schon noch bekommen, keine Sorge. Sag mal, bist du betrunken?«

»Wie kommst du denn darauf?«, fragte sie beleidigt, während ihr das Lachen immer noch im Hals steckte. »Ich bin nie betrunken.«

»Was ist mit deiner Party, ist sie vorbei?«

»Der Höhepunkt war früh erreicht. Halt still.«

»Weshalb?«

»Ich will etwas sehen. Komm hierher ins Licht.« Sie zog ihn näher zu den Gewächshäusern. Eines wurde von einem schwachen, orangefarbenen Licht erhellt, das den Schnee färbte und Benjamins dunkles Haar vollkommen schwarz aussehen ließ. Sie legte ihm die Hand auf die Wange und drehte sanft sein Gesicht, damit sie sein Kinn inspizieren konnte. Genau dort, wo der Kiefermuskel sich anspannte, wenn er konzentriert oder wütend war oder wenn er sie aus großen, schwarzen Pupillen ansah … Sie hatte schon oft darüber nachgedacht, wie es wäre, ihre Zunge über diese Stelle gleiten zu lassen. Sie stellte sich auf die Zehenspitzen, seine Haut war warm und ein klein wenig salzig auf der Zunge.

»Victoria … was machst du da?« Er sah sie überrascht an. »Das kitzelt.«

Sie konnte fühlen, wie sich ein breites Grinsen über ihr Gesicht legte. »Und wo ist mein Geschenk?«

»Okay. Hier ist es.« Er kramte in seiner Jackentasche und zog eine kleine Schachtel hervor. »Warte!«, sagte er und hielt es mit der Hand umschlossen. »Hör zu, ich war wirklich unsicher, ob das eine gute Idee ist. Sei nicht enttäuscht, wenn ich komplett daneben liege, aber es ist nicht gerade leicht, ein passendes Geschenk für dich zu finden …«

»Das liegt daran, dass ich so reich bin«, sagte Victoria und musste lachen, als sie seinen entgeisterten Gesichtsausdruck sah. »Aber es stimmt doch! Wie solltest du auch etwas finden, was ich nicht bereits besitze?«

Er seufzte. »Ja, du sagst es ja selbst. Vielleicht sollten wir das Ganze einfach abblasen …«

»Auf gar keinen Fall!«, sagte Victoria und schnappte ihm das Geschenk aus den Händen. Sie riss das Papier herunter. Es war eine kleine Holzfigur. Ein Wolf. »Hast du die selbst …?«

»Ja, die hab ich selbst gemacht. Als eine Art Amulett. Es soll auf dich aufpassen, wenn ich nicht hier bin. Ich weiß nicht, vielleicht war es dumm …« Er musterte besorgt ihr Gesicht, und in dem Augenblick erinnerte er sie mehr an einen Hund, der mit großen Augen nach der Bestätigung seines Herrchens suchte, als an den wilden und freien Wolf, in den er sich verwandeln konnte.

»Es ist perfekt«, sagte sie, legte ihm die Hand in den Nacken und zog seinen Mund an ihren heran. Ihre Zunge brannte, sie fühlte sich leicht und schwer zugleich, und das Blut rauschte in ihren Ohren, und sie drückte sich so eng an ihn, als dürfe nichts in der Welt auch nur zwischen ihren Körpern stehen. Victoria schob die Hände unter seine Jacke, und er verkrampfte einen Moment.

»Du hast kalte Finger«, flüsterte er.

»Frierst du?«, fragte sie. »Du hast auch nur so eine dünne Sommerjacke an. Zieh sie aus.«

»Aus?!«

»Ja, ich fürchte, du musst das tun. Sonst wirst du nur hier rumstehen und darin frieren«, sagte sie und versuchte, nicht zu lachen, selbst wenn Benjamins verwirrter Gesichtsausdruck das Lustigste war, das sie seit Langem gesehen hatte. »Ich fürchte sogar, dass du eine ganze Menge Klamotten ausziehen musst.«

Er starrte sie an. »Aber … Hier …?«

Victoria nickte ernst. »Wir haben keine andere Wahl.«

»Es liegt Schnee!«

»Komm, lass uns hier reingehen.« Sie zog ihn zur Tür des beleuchteten Gewächshauses und öffnete sie. Es war so etwas wie eine Orangerie, ein großes Gewächshaus mit hohen Decken, in dem Lisa all die Pflanzen anbaute, die den dänischen Winter nicht überstehen würden, und deshalb war es beheizt. Zitrusbäume, exotische Sträucher, Maracuja, Kiwi, Pfirsich, Feigen- und Olivenbäume wuchsen Seite an Seite mit kleinen unscheinbaren Pflanzen, die Victoria nicht kannte.

»Willkommen im Dschungel«, lachte sie und fing an, Benjamins Jacke aufzuknöpfen. »Ist es nicht schön warm hier?«

»Ja, mindestens zehn Grad.«

»Ich werde dafür sorgen, dass du nicht frierst.« Sie öffnete ihre Jacke und breitete sie auf dem Boden aus. »Zieh dich aus.«

Er lachte leise und schälte sich aus seiner Jacke. Dann zog er sein Hemd über den Kopf, sodass er mit nacktem Oberkörper dastand. »Wolltest du es so haben?«

»Ja«, flüsterte sie.

Zuerst musterte sie ihn nur mit den Augen, dann ließ sie ihre

Hände über seinen Körper gleiten. Über die Schultern, die Schulterblätter, den Rücken hinab und nach vorne über die Bauchmuskeln. Sie spürte seine warme Haut an ihrem Mund, ließ ihre Zunge an Schlüsselbein, Brustmuskulatur und Hals entlanggleiten. Er stand mit geschlossenen Augen da, ein tiefes Knurren drang aus seiner Kehle. Als sie seine Hose öffnete, packte er mit beiden Händen ihr Gesicht und küsste sie so heftig, dass alles wegschmolz und zusammenfloss.

24. FEBRUAR
01 UHR 30

Malou

»Hups!« Malou stöckelte auf den hohen Stiefeln umher und ließ sich in einen der Sitzsäcke plumpsen, wodurch sich der Großteil ihres Drinks über ihre Hand ergoss. Sie kicherte über sich selbst und kostete von dem, was sich noch im Glas befand. Wie hatte der geheißen? Tom Collins? Das klang wie der Name eines Musikers aus den Achtzigern, den ihre Mutter bei Partys auflegen würde, aber der Drink schmeckte sehr gut, sowohl sauer als auch süß. Malou leerte das Glas und ließ es auf den Boden gleiten. *Oh, shit!* Wie sollte sie aus diesem Sitzsack wieder hochkommen? Sie sah sich kurz um, ob jemand ihr helfen konnte, gab dann jedoch auf und legte den Kopf stattdessen zurück. Sie schloss die Augen, aber der Raum drehte sich dennoch um sie. Vielleicht hatte sie ein paar zu viele dieser ausgefallenen Drinks probiert. Aber sie hatten Spaß gehabt. Richtig viel Spaß. Sie hatten getanzt. Und geknutscht. Doch wo war Louis jetzt? War er einfach abgehauen? Sie musste ihn finden und sich verabschieden, bevor sie ging, und er hatte eigentlich auch versprochen, sie zur WG zu bringen.

Als sie die Augen wieder aufschlug, war sie sich nicht sicher, ob sie geschlafen hatte. Die Musik spielte noch, aber leise, ein langsamer, schwerer Rhythmus, und es war niemand zu sehen. Viele Kerzen waren abgebrannt, und es war dunkel um sie herum. Und die Party offenbar zu Ende.

War Louis einfach gegangen, ohne sich zu verabschieden? Hatte er sie hier zurückgelassen? Sie musste zurück in ihre WG. Malou rollte sich vom Sitzsack herunter und auf alle viere und kam mühsam auf die Beine. In diesem Augenblick war sie eigentlich ganz froh, dass sonst niemand da war und sie so sah. Für einen kurzen Moment stand sie wankend auf den hohen Absätzen und überlegte, die Stiefel auszuziehen, dann aber fand sie ihr Gleichgewicht wieder. Wo war ihre Tasche? Malou sah sich um, von der Bewegung wurde ihr schwindelig. Hatte sie sie im Dienstmädchenzimmer gelassen? Sie schwankte hinüber zum Giebel und wollte gerade die Tür zur Kammer öffnen, in der sie mit Louis gewesen war, als ihr Blick auf etwas anderes fiel. Ein paar Zimmer weiter war eine Tür nur angelehnt und Licht strömte heraus. Malou ging hinüber und stieß die Tür auf. Sie wünschte, sie hätte es nicht getan.

Hunderte Kerzen brannten in hohen Leuchtern. In der Mitte des Raums war aus Holzpaletten und Matratzen irgendetwas zwischen Sofa und Bett aufgebaut. Dort lag Louis, der Oberkörper war nackt, und die beinahe weißen Haare leuchteten auf der schwarzen Decke, die über der Matratze ausgebreitet war. Seine Augen waren geschlossen, aber er schlief nicht, ein sanftes Lächeln umspielte seine Mundwinkel.

Hinter ihm war halb liegend, halb sitzend Zlavko, die langen, schwarzen Haare offen, sie bedeckten sein Gesicht, sodass Malou zuerst nicht sehen konnte, was er machte. Doch dann strich

Zlavko die Haare mit einer achtlosen Bewegung beiseite und beugte sich über Louis. Malou beobachtete, wie er langsam einen Blutstropfen aufleckte, der einen dünnen roten Streifen von Louis' Hals bis zu seinem Schlüsselbein hinunter zeichnete.

Malou drehte sich um und übergab sich.

4. TEIL

FRÜHLING

Gedenkemein
»Bewahre mein Bild für ewig
in deinem Herzen.«

Antworte mir doch wenigstens!

Gib mir wenigstens die Chance,
es zu erklären!

Du kannst mich doch nicht einfach
so ignorieren!

BITTE! Darf ich dir nicht wenigstens
erzählen, was da wirklich passiert ist?

Nein. Aber du darfst sehr gerne
zur Hölle fahren. Lass mich in Ruhe.

Die Beratung für Schülerinnen und Schüler des 2. Jahrgangs findet am 6. März statt.

Im Mittelpunkt stehen Berufswahl, Ausbildungsmöglichkeiten sowie die bevorstehende Facharbeit.

Eine Übersicht mit den Einzelterminen der Schülerinnen und Schüler wird im Speisesaal ausgehängt.

Mit freundlichen Grüßen
Jens

6. MÄRZ
09 UHR 05

Malou

Bitte lass das hier so schnell wie möglich überstanden sein.

Malou setzte sich auf den Stuhl gegenüber von Zlavko. Er nickte ihr zu.

»Eine halbe Stunde Beratung«, sagte er. »Aber lass dir ruhig Zeit. Nicht allzu viele Schülerinnen und Schüler schreiben ihre Facharbeit bei mir.«

Blutmagier gab es wenige. Auch wenn alle eine Einführung in diesen Zweig der Magie erhielten, hatten nur wenige darin ihren Schwerpunkt. Was zu Malous Leidwesen offensichtlich bedeutete, dass Zlavko es nicht eilig hatte.

»Was will Malou denn werden, wenn sie groß ist?« Er stützte die Ellbogen auf den Tisch und legte sein Kinn auf den gefalteten Händen ab.

Malou wich seinem Blick aus. Jedes Mal, wenn sie ihn anschaute, sah sie die Szene auf der Party vor sich: Wie er das Blut von Louis' Hals leckt. Sie war so schnell sie nur konnte vom Trockenboden abgehauen. Louis hatte sie entdeckt, aber was war mit Zlavko? Oder war er zu beschäftigt damit gewesen, Louis' Blut zu kosten? Wusste er, was sie gesehen hatte? Malou blickte auf ihre Hände. Sie hatte die Nägel schon wieder vollkommen abgeknabbert. Was wollte sie? Jetzt gerade wollte sie es am liebsten vermeiden, Zlavko in irgendetwas einzubeziehen, aber leider blieb ihr nichts anderes übrig. Sie mussten einen Weg finden, um in das Zimmer zu gelangen, das vielleicht Trines gewesen war. Malou hatte sich durch haufenweise Bücher und zwielichtige Websites geackert, ohne auf irgendwelche brauchbaren Infos zu stoßen. Nichts half ihr dabei, genauer zu verstehen, welche Kräfte Leah besaß und wie man sie überwinden konnte.

»Was soll man dazu sagen, eine schweigsame Malou. Das ist sicherlich das erste Mal«, merkte Zlavko an.

Sie holte tief Luft. Okay, was wollte sie machen, wenn sie mit der Schule fertig war? Sie wollte es zu etwas bringen, Karriere machen und Geld verdienen. Einen Job, bei dem man schicke Kleidung trug und der einen unabhängig machte. Einen Job, bei dem sie ihre besonderen Fähigkeiten zum eigenen Vorteil nutzen konnte. Sie wusste, dass Zlavko ihr dabei helfen konnte. Es mochte sein, dass er unerträglich fies war, aber da er offenbar immerhin kein Mörder war, wollte sie sich das zunutze machen. Sie stammte aus einer Familie von Losern, sie hatte keine Kontakte, kannte niemanden mit Macht. Er dagegen schon.

»Ich will reich werden.«

Zlavko lachte leise. »Immerhin bist du ehrlich. Und wie willst du das anstellen?«

»Das müssen Sie mir sagen.«

»Aha, das hängt ja unter anderem davon ab, ob es dir egal ist, womit du dein Geld verdienst?«

Malou dachte nach. »Ich möchte nicht, dass jemand anderes über mich bestimmt«, sagte sie.

»Du willst deine eigene Chefin sein?«

Sie nickte.

»Dann solltest du dich vielleicht selbstständig machen. Dein eigenes Unternehmen gründen. Wie wäre es mit Anwältin? Dann könntest du deine eigene Kanzlei eröffnen.«

»Und kleine Betrüger und Vergewaltiger verteidigen? Nein, danke.«

»Du entscheidest selbst, welche Fälle du übernehmen willst. Und eine mächtige Blutmagierin hätte gewisse Vorteile im Gerichtssaal – plus du kennst dich mit unserer Welt aus. Manchmal landen wir Magier auch vor Gericht. Es wäre schön, eine Verteidigerin zu haben, die die Herausforderungen kennt, denen wir möglicherweise gegenüberstehen. Ich könnte mir gut vorstellen, dass eine solche Anwältin in Magierkreisen schnell sehr gefragt sein würde. Das setzt natürlich voraus, dass man kompetent ist und gewillt, den nötigen Einsatz zu erbringen.«

»Und wie wird man Anwältin?«

»Ich suche dir ein paar Infos übers Jurastudium heraus, aber lass uns jetzt über deine Facharbeit sprechen. An was hattest du gedacht?«

Malou räusperte sich. »Ich würde gerne untersuchen, ob man zu einer anderen Person eine besondere Verbindung herstellen und dadurch ihre Handlungen beeinflussen kann …«

»Telepathie?«, fragte Zlavko.

»Nein, nicht ganz, eher so, dass man jemanden dazu bringt Dinge zu tun, die man dem- oder derjenigen vorgibt.«

»Du willst lernen, wie man einen anderen Menschen kontrolliert?«

»Ich möchte das Phänomen *untersuchen.*«

Zlavko lächelte, sodass sie die ganze Reihe scharfer weißer Zähne erkennen konnte.

»*Bewusstseinskontrolle.* Auch *Impero Spiritus* genannt. Ein nicht mehr angesehener Teilbereich der Magie, der in vielen Ländern sogar verboten und schon gar nichts ist, was zum Lehrplan hier in Rosenholm gehört. Sogenannte schwarze Magie.«

»Aber was, wenn man es untersuchen will, um Wege zu finden, sie zu bekämpfen?«, fragte Malou. »Um sich davor zu schützen?«

»Ich glaube nicht, dass das in den Augen der anderen Lehrer einen großen Unterschied machen würde. Ich bin allerdings der Meinung, dass wir euch die dunklen Seiten der Magie nicht vorenthalten sollten. Ihr solltet die Welt studieren dürfen – und zwar die ganze und nicht nur jenen Teil, den wir Erwachsene als schön, poliert und ausreichend zensiert empfinden, damit unsere kleinen Pflänzchen sich nicht die Finger schmutzig machen. Und zum Glück ist unser neuer Schulleiter da nicht so kontrollierend und ängstlich wie seine Vorgängerin. Aber du musst wissen, dass du zu diesem Thema hier an der Schule kein Material finden wirst. Alle Bücher über solche Dinge sind längst aus der Bibliothek aussortiert worden.«

»Was mache ich dann? Findet man etwas dazu im Internet?«

»Nein, oder vielleicht schon, aber das sind dann größtenteils elende Quacksalber, die den Leuten das Geld aus der Tasche ziehen wollen. Aber es gibt noch eine Bibliothek. Einen Ort, an dem sie die gesamte Literatur zu solchen speziellen Gebieten der Magie sammeln. Leider wurde der Großteil der Bücher nach der großen Reformation zerstört, aber einige konnten gerettet werden. Die Bibliothek verfügt außerdem über ein großes Archiv mit Forschungsergebnissen und Aufzeichnungen über verschiedene Experimente, die im Laufe der Zeit durchgeführt wurden, die jedoch nicht mehr als *gesittet* gelten. Hast du schon einmal von der *Gesellschaft für Psychische Forschung* gehört?«

Malou schüttelte den Kopf.

»Es ist eine Vereinigung, die sich mit allen Aspekten des Übernatürlichen befasst. Sie besitzt eine große Bibliothek mitten in Kopenhagen.«

»Der schwarze Diamant?«, fragte sie.

Zlavko lächelte. »Nein, sie liegt etwas versteckter. In einem Keller unter der Vester Voldgade. In der Nähe vom Rathausplatz«, fügte er hinzu. »Ich kann dir die Kontaktdaten und eine Nachricht für den Vorsitzenden geben, den ich ganz gut kenne, dann kannst du selbst einen Besuchstermin absprechen. Mit ein bisschen Glück wirst du dort fündig.«

Sie nickte. »In Ordnung.«

»Und Malou? Es wird vermutlich am besten sein, deine Facharbeit mit Diskretion zu behandeln. Es ist nicht nötig, mit irgendwem darüber zu sprechen. Haben wir uns verstanden?«

Sie nickte erneut. Zlavko riss ein Stück Papier von seinem Block ab und notierte eine Adresse, eine Telefonnummer und eine kurze Nachricht darauf, ehe er ihr den Zettel reichte.

»Denk daran, von mir zu grüßen.«

Als Malou nach dem Zettel griff, zog er ihn zurück, nur ein paar Zentimeter, aber es reichte, damit ihre Finger ins Leere fassten.

»Was sagt man?«, fragte er und zog eine Augenbraue nach oben.

»Danke«, murmelte sie, und Zlavko reichte ihr die Notiz.

»Gern geschehen.«

Du verdammter Idiot. Malou schloss die Tür hinter sich und zerknüllte den Zettel in ihrer Faust. Immerhin war er nicht über sie hergefallen oder hatte ihr Blut getrunken, das war doch schon mal etwas.

»Malou?«

Louis stand an der Wand gegenüber.

»Hau ab.«

»Lass uns miteinander reden!«, sagte er, aber es klang eher wie ein Flehen als ein Befehl.

»Hast du vor der Tür gestanden und gelauert, bis ich rauskomme, wie so ein widerlicher Stalker?«

»Was hätte ich sonst tun sollen? Du weigerst dich ja, mich zu treffen. Du reagierst nicht auf meine Nachrichten. Ich habe Zlavko gefragt, und er hat mir gesagt, wann du deinen Beratungstermin hast.«

»Ja, ich nehme an, er war dir einen Gefallen schuldig.«

»Ich will dir bloß erklären, was vorgefallen ist.«

»Im Ernst, ich habe null, *wirklich* null Interesse zu hören, was bei euch abgeht. Ich habe genug gesehen – ich brauche echt nicht noch mehr Bilder, die sich auf meine Netzhaut brennen!«

»Hast du irgendwem davon erzählt?« Seine Stimme zitterte, als ob es ihn Kraft kostete, so leise zu reden. Er fasste sie am Arm, sie wollte sich losreißen, aber erstarrte, als sie seinen Blick sah. Darin lag keine Wut, sondern Angst.

Sie seufzte und schloss einen Moment lang die Augen. Dann schüttelte sie den Kopf.

»Gut«, atmete er erleichtert auf. »Gut.«

»Mit Sicherheit nicht deinetwegen«, sagte sie. »Ich hab es einfach nicht über mich gebracht, den anderen in die Augen zu schauen und zuzugeben, dass sie die ganze Zeit über recht hatten. Ich hätte mich von der Party fernhalten sollen. Warum hast du ihn das machen lassen?«

»Zlavko ist krank, Malou. Ich kenne seine Geschichte nicht, aber viele Blutmagier experimentieren in ihrer Jugend damit herum.«

»Das Blut anderer zu trinken?!«

»Einen winzig kleinen Teil eines anderen Menschen aufzunehmen, so viel, wie es der andere zulässt, ja. Es ist ein starkes Werkzeug, das es einem ermöglicht, seine Fähigkeiten zu nutzen und sie in den Griff zu bekommen. Ich habe gehört, dass viele mächtige Blutmagier es in der Vergangenheit aus diesem Grund praktiziert haben. Es hilft ihnen dabei, ihre Fähigkeiten zu kanalisieren. Leider besteht ein großes Risiko, abhängig zu werden.«

»Abhängig?!«

»Nicht so laut«, zischte er, während er sich absicherte, dass sie auf dem verlassenen Korridor immer noch allein waren. »Ja. Es gibt Wege und Möglichkeiten, die Sucht zu zügeln, aber ganz tief drin bleibt immer derselbe Drang.«

»Du hast das alles gewusst und dich trotzdem freiwillig darauf eingelassen? Ich hab dich gesehen, du wurdest nicht gezwungen.«

»Das stimmt. Ich habe Zlavko einige Male ein klein wenig von meinem Blut trinken lassen, aber ich trinke seines nicht und auch nicht das von irgendjemand anderem. Ich bin nicht süchtig, ich hab's nur gemacht, um ihm zu helfen.«

»Tut er dir wirklich leid?«

Er nickte.

»Das ist doch krank, ihr seid alle krank«, sagte Malou. »Ich will nichts mehr mit euch zu tun haben.«

»Zlavko *ist* krank, aber nicht im Kopf«, sagte Louis. »Das Ganze quält ihn wirklich, und ich habe ihm geholfen. Er tut so viel für uns, und er wird noch so viel mehr tun. Was sind da ein paar Tropfen Blut? Mir bedeutet es nichts, ihm dafür alles. Ich wünschte, du hättest es nicht herausgefunden, aber ich schäme mich nicht dafür.«

»Warum willst du dann nicht, dass ich es jemandem erzähle?«

»Weil nicht jeder damit umgehen kann. Daher muss es ein Geheimnis bleiben …«

Er verzog das Gesicht, als verursachte ihm der Gedanke, der ihm gerade durch den Kopf ging, Schmerzen, und Malou erwartete, dass er sie anbrüllen würde. Stattdessen holte er tief Luft und sah sie an.

»Hör zu … ich möchte wirklich, dass du dies verstehst. Du weißt doch, dass man sagt, alle Menschen seien gleich?«

Malou zuckte mit den Schultern. »Ja?«

»Das ist gelogen. Manche Menschen sind für etwas Besonderes bestimmt. *Du* bist für etwas Besonderes bestimmt. Und das weißt du sehr gut selbst. Du wusstest schon immer, dass du etwas Besonderes bist. Ich habe recht, oder?«

Er wartete nicht auf ihre Antwort, ehe er fortfuhr. »Und weißt du, woher ich das weiß? Ich fühle mich auch so. Ich habe es immer gewusst. Und ich habe es in dir erkannt, in meiner Vision gesehen. Wir sind auserwählt. Andere Menschen werden es nicht verstehen. Deine Freundinnen verstehen dich nicht so wie ich es tue, also erzähl ihnen nichts davon. Das führt nur zu Gerede und Irritation. Aus diesem Grund brauchen wir die Krähen. Wir verstehen einander. Hier existiert weder Verurteilung, noch Tratsch oder Scham. Nur Loyalität. Und die Freiheit zu sein, wer du bist.«

Sanft berührte er ihre Wange und zwang sie, ihm in die hellen, graublauen Augen zu sehen.

»Stell es dir vor, Malou. Einen Ort, wo du wirklich du selbst sein, dich entfalten und dein volles Potenzial ausschöpfen kannst. Nichts von dem üblichen Gefasel, mit den Beinen auf dem Boden zu bleiben. Dass man ja nicht glauben soll, man sei etwas Besonderes. Nein, hier kannst du die sein, die du wirklich bist. Die Malou, die ich in dir sehe: schön und stark. Mächtig und ehrgeizig.

Du hast den Willen, alles im Leben zu erreichen. Wenn du zu mir hältst, wenn du dich den Krähen anschließt und sie unterstützt, wird dich nichts aufhalten können. Das verspreche ich dir.«

Sie schüttelte den Kopf. Dann drehte sie sich um und ging, Zlavkos Zettel noch immer fest in ihrer Faust.

6. MÄRZ
11 UHR 25

Victoria

»So, Victoria, nun bin ich wirklich gespannt, welche Gedanken du dir gemacht hast.« Jens sah sie eingehend mit seinem aufmerksamen Blick an, und wie immer spürte sie, dass seine intensive und charismatische Energie jedweden Raum erfüllte, in dem er sich befand.

»Ich weiß noch nicht, worüber ich meine Facharbeit schreiben möchte, aber ich weiß, was ich vielleicht machen möchte, wenn ich mit der Schule fertig bin.«

»Ja, erzähl's mir.«

»Therapeutin.«

»Therapeutin?« Jens' Augenbrauen schossen in die Höhe. »Weshalb Therapeutin?«

»Ich möchte Menschen helfen«, sagte Victoria, die den Sog der Enttäuschung bemerkte, den ihre Worte ausgelöst hatten.

»Jaja, da gibt es reichlich Möglichkeiten. Du hast großes Talent, Victoria.«

»Hab ich?« Sie war auf diese Reaktion vorbereitet gewesen, dennoch irritierte sie sie. »Ich kann spüren, wie es den Leuten geht, aber es gelingt mir so gut wie nie, dass sie sich besser fühlen. Entweder fällt mir gar nicht erst etwas ein, das ich zu ihnen sagen könnte, oder ich sage das komplett Verkehrte. Mein Talent, wie Sie es nennen … Ich glaube nicht, dass ich es verwenden kann, wenn ich nicht lerne, Menschen damit zu helfen.«

»Ja, das klingt sehr sympathisch, Victoria, aber vielleicht auch ein bisschen …«

»Naiv?«

»Ja, naiv«, sagte Jens und schaffte es nicht ganz, seine Verärgerung zu verbergen, die Victoria dennoch als ein Prickeln auf der Haut vernahm.

»Was sagen deine Eltern dazu?«

»Ich habe es ihnen noch nicht erzählt.«

»Victoria, du hast grenzenlose Möglichkeiten. Du hast eine ungewöhnlich starke Verbindung zur anderen Seite, du bist intelligent und fleißig, du stammst aus einer Familie, die dich dabei unterstützt, Großes im Leben zu erreichen. Warum das alles wegwerfen? Zlavko hat mir gesagt, dass du es abgelehnt hast, Mitglied im Club der Krähen zu werden?«

»Das stimmt.«

»Ich finde, du solltest das noch einmal überdenken. Die Mitglieder von Zlavkos Club sind heute vielleicht nur Schülerinnen und Schüler von Rosenholm, aber sie sind auch die Elite von morgen. Ich bin sicher, dass wir in zehn, fünfzehn Jahren viele von ihnen in wichtigen Positionen erleben werden. Victoria, du bist eine der talentiertesten Schülerinnen hier.«

»Nein, Sie irren sich«, sagte sie. »Ich gehöre da nicht hin. Ich will nicht zur Elite gehören. Ich möchte Therapeutin werden und Menschen helfen. Es tut mir leid, wenn ich Sie enttäusche, aber so ist es.«

»Es sollte dir nicht um meinetwillen leidtun, sondern um deinetwillen. Du verkennst dein Potenzial«, sagte Jens. »Ja, du kannst den Gemütszustand anderer spüren, aber dein Talent besteht nicht nur daraus. Du hast eine phänomenale Verbindung zur Geisterwelt. Du musst nur lernen, sie in den Griff zu bekommen, dann kannst du deine hellseherischen Fähigkeiten entwickeln – ich glaube, du hast keine Ahnung, wie gut du werden kannst. Wenn du gewillt wärst, die Extra-Stunden mit mir wieder aufzunehmen, dann bekämst du ein besseres Gefühl für dein tatsächliches Potenzial, da bin ich sicher. Es wäre eine Schande, ein solches Talent zu vergeuden. Du kannst etwas bewirken, Victoria. Etwas Großes.«

»Ich möchte gerne etwas für die einfachen Menschen bewirken.«

Jens lehnte sich im Stuhl zurück und seufzte. »Nun, denn.« Er trommelte kurz mit den Fingern auf die Tischkante. »Aber dann solltest du zumindest an die Uni und Psychologie studieren?«

»Ja, das habe ich auch zuerst gedacht, aber das wäre zu einfach.«

»Zu einfach?« Seine Überraschung war offensichtlich.

»Ja. Das Studium würde ich ohne Weiteres abschließen. Bücher lesen, Hausarbeiten schreiben, Prüfungen ablegen, gute Noten bekommen. Aber was dann? Nach fünf, sechs Jahren hätte ich meinen Abschluss und wäre wieder in derselben Situation, ohne jegliche Erfahrung, wie ich mit Menschen sprechen und ihnen in der Praxis helfen kann. Nein, ich möchte keine lange, theoretische Ausbildung, sondern eine, bei der ich viel Erfahrung sammle. *Das* wäre eine Herausforderung für mich.«

»Das klingt, als hättest du deine Entscheidung getroffen«, sagte Jens, und sein Gesicht wurde zu all jenen Gesichtern, die sie auf die ähnliche Weise angesehen hatten, ihr Vater, ihre Mutter.

Victoria holte tief Luft. Sie hielt den Atem an, und als sie die Luft schließlich langsam zwischen den Lippen entweichen ließ, stellte sie sich vor, wie sie ein großes Tor in der Mauer öffnete, die sie um sich herum zu bauen gelernt hatte. Sie war wütend. Wütend auf Jens und wütend auf ihre Eltern und deren kritische Blicke, die sie trafen, wenn sie ihre Erwartungen nicht erfüllte. Und sie wusste, dass Jens diese Wut gerade auch spüren konnte. Aber sie konnte ihn genauso fühlen. Noch viel deutlicher jetzt, da sie die Schleusen geöffnet hatte.

»Enttäuschung, Verärgerung, Verachtung«, sagte sie und blickte ihm in die Augen.

Einen Moment lang saß er still da, doch als er erkannte, was sie tat, weiteten sich seine Augen. Sie las ihn.

»Überraschung, Neugierde, Nervosität.«

»Lass das, Victoria«, zischte er.

»Wut, Angst, Kontrolle.« Als sie diese Worte aussprach, wurde ihr bewusst, dass sie sich weit tiefer bewegte als gewöhnlich. »Kontrolle« war kein Gefühl. Es war ein Gedanke. Jens' Gedanke. Mit einem Mal verschwanden die Sinneseindrücke, zwischen ihnen lag plötzlich eine Wand aus Energie, er hatte sie von sich gestoßen, die Kontrolle wiedererlangt. Sie saßen sich eine Weile still gegenüber.

»Danke, Victoria, ich glaube, wir sind für heute fertig.« Seine Stimme war nicht mehr wütend, sie verriet nichts über seinen Gemütszustand. Sie stand auf und ging, ohne ein weiteres Wort. Erst als sie aus der Tür war, fiel ihr auf, dass sie überhaupt nicht besprochen hatten, worüber sie ihre Facharbeit schreiben sollte.

Auf dem Weg die Treppe hinauf holte Victoria ihr Handy heraus, um zu sehen, ob Benjamin ihr geschrieben hatte. Nichts, aber sie hatte eine E-Mail bekommen. Ihr Herz fing an zu rasen, und sie rannte den Rest der Treppe, zwei Stufen auf einmal nehmend, hinauf. Zum Glück hatten auch die anderen Mädchen ihre Beratungsstunden hinter sich und saßen in der kleinen WG-Küche um eine Vase mit Krokussen herum, die Kamille im Park gepflückt hatte.

»Ist es gut gelaufen?«, fragte Kamille, als Victoria sich setzte.

»Nein«, sagte die, »aber scheiß drauf. Seht mal, ich hab den Polizeibericht bekommen.« Sie legte das Handy auf den Tisch, damit alle mitlesen konnten.

Polizei Kalundborg
16. November 1995, 17 Uhr 15

Zwei Todesfälle in Solvangen 11, Kalundborg. Nachbarn alarmierten die Polizei, nachdem sie die Hausbewohner seit Längerem nicht erreicht hatten. Ein Streifenwagen fuhr zu der Adresse, aber auch nach mehrmaligem Klopfen öffnete niemand. Die Beamten beschlossen, sich Zugang zum Haus zu verschaffen und fanden dort zwei Personen tot auf – einen Mann und eine Frau, beide um die fünfzig Jahre alt. Als Todesursache wurde zunächst Strangulation angenommen, und beide Leichen hingen noch im Wohnzimmer. Auch die erwachsene Tochter des Paares wurde an der Adresse angetroffen. Sie schien allerdings nicht registriert zu haben, dass die Eltern tot waren. Die Beamten nahmen sie mit und übergaben sie einer psychiatrischen Anstalt. Die Polizei vermutet Suizid, und vor Ort wurde ein Abschiedsbrief gefunden.

Ergänzung vom 20. November 1995: Der Kreisarzt kommt zu dem Schluss, dass das Ehepaar Selbstmord begangen hat, und die Polizei betrachtet den Fall hiermit als abgeschlossen.

»Sie haben sich im Wohnzimmer erhängt«, sagte Kamille geschockt. »Genau da, wo wir gesessen haben.«

»Und Leah war völlig untätig«, flüsterte Kirstine. »Sie hat sie da einfach hängen lassen.«

»Ich glaube, sie wusste ganz genau, was sie tat«, sagte Malou.

»Meinst du, sie steckt dahinter?«, fragte Victoria. »Stell dir nur vor, die eigenen Eltern zu töten …«

»Jedenfalls wäre es das perfekte Verbrechen«, schlussfolgerte Malou. »Unmöglich zu beweisen.«

»Leah steckt so voller Hass«, sagte Kirstine zweifelnd. »Sie hat ihre Eltern gehasst, sie hat ihre Schwester gehasst. Und jetzt ist sie die Einzige, die noch am Leben ist.«

»Aber bedeutet das etwa …« Kamille runzelte die Stirn »Könnte Leah hinter dem Mord an Trine stecken? Wollte Trine deshalb, dass Leah sich entschuldigt?«

»Trine wurde von einem Mann getötet. Das habe ich in meiner Vision gesehen«, sagte Victoria.

»Und was ist dann mit ihrem Freund? Dem mit den blauen Augen?«, fragte Kirstine.

»Stimmt ja«, sagte Kamille. »Okay, vergiss es.«

»Leah weiß, wer er ist«, sagte Malou. »Irgendwann werden wir dieses Geheimnis schon aus ihr herausbekommen.«

Victoria hatte das starke Gefühl, dass sie alle dasselbe dachten, obwohl es keine von ihnen laut aussprach. *Irgendwann reicht nicht.* Sie mussten sich beeilen, wenn sie das Versprechen, das sie Trine gegeben hatten, halten wollten, ehe es zu spät war. *Vor der Nacht, in der es Sommer wird.*

Können wir uns nicht treffen
und darüber reden?

Ich weiß nicht …

Ich habe diese Welt hinter mir gelassen.
Ich kann nicht zurück.

Du machst also einfach so Schluss?

Wir müssen doch wenigstens
miteinander reden.

Okay. Im Gewächshaus.
Ich kann um ca. halb vier da sein.

10. MÄRZ
15 UHR 47

Kamille

»Kommst du, Malou?«, fragte Kamille vorsichtig. »Der Tanzunterricht beginnt in zehn Minuten.«

Malou lag auf dem Bett und sah auf ihr Handy. Kamille hatte halb erwartet, dass Malou sie ignorieren würde, aber die ließ das Handy einen Moment lang sinken und sah ihre Freundin an.

»Ich will nicht.«

»Es werden auch Jungs da sein«, versuchte Kamille es erneut. Wie üblich sollten alle Schülerinnen und Schüler im Sommerhalbjahr den Les Lanciers üben. Der Frühlingsball selbst war allerdings leider nur dem Abschlussjahrgang vorbehalten. Das Tanzen war jedoch eine willkommene Gelegenheit, dem anderen Geschlecht ein wenig näher zu kommen, selbst wenn der Unterricht von den Lehrkräften beaufsichtigt wurde.

»Ich hab keine Lust, mit Jungs zu tanzen. Können nicht einfach wir beide üben?«, murmelte Malou.

Kamille lächelte und verkniff sich die Bemerkung, dass Malou vergangenes Jahr, als sie mit Benjamin getanzt hatte, ganz wild auf den Unterricht gewesen war. Die Lust am diesjährigen Training hatte sie erst verloren, nachdem sie erfahren hatte, dass ihr Tanzpartner ein sehr schlacksiger und schüchterner Kerl mit

Brille sein würde, der knallrot anlief und schwitzte wie ein Affe, sobald er Malou sah. Dennoch freute sich Kamille über den Vorschlag. Die Stimmung zwischen Malou und ihr war seit Victorias Geburtstag und der Party im Club der Krähen, gelinde gesagt, angespannt, und Malou hatte beinahe aufgehört, mit ihr zu sprechen. Es trug auch nicht zur Besserung bei, dass Malou noch nicht in Kontakt stand mit der geheimen Bibliothek, an die Zlavko sie verwiesen hatte und von der sie hoffte, dass sie dort erfahren würde, wie man Leah aufhalten konnte.

»Hey, sollen wir schwänzen?«, fragte Kamille. »Wir könnten runtergehen und nachsehen, wie es meinen Johanniskraut-Pflänzchen geht. Ich habe ein paar Reihen ausgesät und hoffe wirklich, dass sie groß genug werden, damit ich sie für meine Facharbeit benutzen kann.«

Kamille hatte Lisa erzählt, dass sie vielleicht Medizin studieren und daher für ihre Facharbeit etwas über heilkräftige Pflanzen schreiben wolle, aber Lisa hatte ihr geraten, das Feld einzugrenzen und sich nur auf eine Pflanze zu konzentrieren. Kamille hatte daraufhin beschlossen, eine Arbeit über die wohltuende Wirkung von Johanniskraut zu schreiben, das seit Jahrhunderten gegen Depressionen und Schwermut eingesetzt wurde. Sie überlegte, die Tinktur an sich selbst zu testen, sobald sie fertig war, denn sie konnte eine Portion guter Laune definitiv gebrauchen.

Malou legte das Handy beiseite. »Hmm … okay. Alles klingt besser als sich von Mr. Ich-pieks-dir-deine-Augen-mit-meinem-Adamsapfel-aus eine Stunde lang auf die Zehen trampeln zu lassen.«

»Malou!«, sagte Kamille empört, aber ihre Stimmung hatte sich bereits um einige Grad gebessert.

Sie zogen sich Jacken und Schals an und gingen hinunter zu den Gewächshäusern. Da es im März noch kalt und matschig war, hatte Kamille ihre Kräuter in dem beheizten Gewächshaus eingesät, wo Lisa ihr in der hintersten Ecke freundlicherweise einen Pflanzkasten zur Verfügung gestellt hatte.

Als sie in die warme und feuchte Luft des Gewächshauses traten, vernahmen sie eine aufgeregte Männerstimme. Kamille sah Malou an, die verdutzt die Augenbrauen hob und mit den Schultern zuckte. Sie machte eine Kopfbewegung und ging näher heran. Hinter dem großen, üppigen Feigenbaum standen Benjamin und Victoria. Sie hatten sie nicht bemerkt.

»Aber was stellst du dir denn vor?«, fragte Benjamin verärgert. »Du hast es mir erzählt, und jetzt erwartest du, dass ich so tue, als wäre nichts gewesen, oder was?«

»Nein, das erwarte ich nicht, aber kannst du nicht versuchen, es zu verstehen …?«

»Nein, kann ich nicht!«, rief er und breitete die Arme aus. »Ich verstehe es überhaupt nicht.«

»Kannst du mir denn verzeihen? Selbst wenn du es nicht verstehst?« Victorias Stimme klang so zerbrechlich und verletzlich, dass es Kamille ins Herz stach.

»Das weiß ich nicht … Ich weiß es wirklich nicht, ich …« Benjamin drehte sich um und entdeckte sie.

»Tut uns leid!«, rief Kamille. »Wir wollten nicht lauschen. Wir wollten nur nach ein paar Pflanzen schauen, die ich eingesät habe … Johanniskraut …«

»Kann man nicht mal einen Augenblick allein sein, verdammt noch mal!«, rief er, machte auf dem Absatz kehrt und knallte die Tür des Gewächshauses hinter sich zu, sodass die alten Glasscheiben beunruhigend klirrten.

»Tut uns leid, Victoria«, sagte Kamille. »Wir wussten nicht, dass ihr hier seid.«

Victoria schüttelte den Kopf, um ihr zu verstehen zu geben, dass es egal war, doch ihre großen, dunklen Augen füllten sich mit Tränen. Kamille legte einen Arm um sie.

»Worüber habt ihr euch gestritten?«, fragte Malou.

Victoria schüttelte erneut den Kopf und vergrub das Gesicht in ihren Händen, während sie weinte. »Ich glaube, es ist aus.«

»Aber wieso denn?«, fragte Kamille. »Kannst du's uns nicht sagen?«

Victoria schüttelte abermals den Kopf. »Ich würde gerne ein bisschen allein sein.« Sie wischte sich die Tränen aus den Augen und löste sich aus Kamilles Umarmung. Dann zog sie den pelzbesetzten Kragen ihres eleganten Wollmantels hoch und verließ ohne ein weiteres Wort das Gewächshaus.

Kamille sah ihr nach. Sie musste daran denken, was Jens gesagt hatte. Dass er befürchtete, Victoria würde in Schwierigkeiten geraten. Das nächste Mal, wenn sie allein waren, würde sie versuchen aus ihm herauszubekommen, was er damit gemeint hatte.

16. MÄRZ
16 UHR 15

Malou

Malou lief zügig. Ein eisiger Frühlingswind wehte durch die Straßen, und sie wollte vermeiden, dass ihr Haar vollkommen zerzaust war, ehe sie ankam. Sie hatte den Zug zum Kopenhagener Hauptbahnhof genommen und von dort aus die Vester Voldgade, die in der Tat ganz in der Nähe des Rathauses und des Tivoli-Freizeitparks lag, in kürzester Zeit erreicht. Eine Adresse in einer teuren Gegend, allerdings wirkte das Haus, vor dem sie jetzt stand, sehr gewöhnlich, fast anonym, zumindest im Vergleich zu den schönen Gebäuden, die ringsherum standen. Wäre das hier nicht ihr Ziel gewesen, wäre sie wohl einfach daran vorbeigegangen, ohne auch nur einen Augenblick darüber nachzudenken, was sich hinter den verschlossenen Türen verbergen mochte. Ein kleines Schild neben der Gegensprechanlage zeigte ihr, dass sie richtig war: *Gesellschaft für Psychische Forschung*. Malou drückte auf den Klingelknopf und wartete. Nichts tat sich. Sie klingelte erneut, diesmal hielt sie den Knopf einige Sekunden länger gedrückt. Die Gegensprechanlage blieb stumm. Sie probierte die Klinke, aber die Tür war verschlossen. *Verdammt* … Es hatte lange gedauert, einen Termin zu vereinbaren. Viel zu lange. Jetzt war es bereits Mitte März, ihnen lief die Zeit davon, und wenn sich das hier als Sackgasse entpuppen sollte, bliebe ihr nur eine Möglichkeit. Zlavko würde wissen, wie man sich vor Leah schützen konnte. Er war Blutmagier, er besaß dieselben Fähigkeiten. Aber konnten sie ihm vertrauen? Da war sich Malou alles andere als sicher.

Sie drückte noch einmal auf den Knopf, dieses Mal hielt sie ihn gedrückt, doch es passierte nichts. Sie wollte sich gerade umdrehen und gehen, als es in der Gegensprechanlage rauschte.

»Ja?«, ertönte eine verzerrte Stimme.

»Mein Name ist Malou Nielsen …«, begann sie, aber das Summen aus Richtung Tür sagte ihr, dass wer auch immer am anderen Ende war, bereits aufgemacht hatte. Sie drückte die Klinke nach unten und schob die große, schwere Tür auf. Als sie hinter ihr ins Schloss fiel, verschwand der Lärm von Verkehr und Stadt, und es wurde still. Auch das Treppenhaus machte einen recht gewöhnlichen Eindruck, schön und gepflegt, aber nichts Besonderes. Treppen führten nach oben und nach unten. Zlavko hatte gesagt, dass die Bibliothek sich im Keller befand, also ging sie runter. *Bingo*. An der nächsten Tür war ein kleines Schild angebracht mit der Aufschrift: *Bibliothek der Gesellschaft für Psychische Forschung. Zugang zur Bibliothek nach telefonischer Vereinbarung mit dem Vorsitzenden.*

Malou strich sich die Haare mit der Hand glatt und öffnete die Tür. Sie war nicht abgesperrt. Dahinter stand ein Mann, von dem sie schätzte, dass er in etwa ähnlich alt wie der Ötzi sein musste. Er hielt noch den Hörer der Türsprechanlage in der Hand und war gerade dabei, langsam und schwerfällig erneut auf einen Knopf zu drücken.

»Bist du es?«, rief er, wandte sich um und blinzelte in ihre Richtung. Seine Augen waren wässrig und grauweiß.

»Mein Name ist Malou Nielsen«, sagte sie laut und streckte die Hand aus.

»Ich komme mit dem verflixten Ding einfach nicht zurecht«, sagte er und machte eine leichte Kopfbewegung in Richtung der Türsprechanlage. »Helmuth Winther.«

»Ich hab einen Termin. Ich bin eine Schülerin von Zlavko. Aus Rosenholm. Ich soll viele Grüße bestellen.«

»Was?«

»Ich soll Grüße von Zlavko ausrichten«, rief Malou. Der alte Mann nickte, aber sie war sich nicht sicher, ob er sie verstanden hatte. »Er hat mir diese Nachricht für Sie mitgegeben.« Sie machte den Reißverschluss ihrer Gürteltasche auf, aber Helmuth Winther schüttelte den Kopf und zeigte auf seine auffälligen Augen.

»Ich sehe von Tag zu Tag schlechter. Das ist das Schlimmste am Altwerden. Nicht mehr lesen zu können. Freu dich, dass du noch gute Augen hast«, sagte er und deutete ihr mit einem Winken an, ihm zu folgen. Es war dunkel in dem Keller mit seiner niedrigen Decke. Ein abgenutzter, dunkelgrüner Teppich bedeckte den Fußboden, und überall standen Metallregale voller Bücher. An den Wänden befanden sich mehrere Aktenschränke und hier und da kleine Schreibtische mit zerkratzten Architektenlampen. Vielerorts lagen Bücherstapel herum, die lange schon niemand mehr angesehen zu haben schien, und insgesamt wirkte es hier unten ziemlich staubig und durcheinander. Helmuth Winther ging langsam und beschwerlich weiter hinein in die Bibliothek, tastete sich dabei die ganze Zeit über vorwärts und stützte sich an Regalen und Schränken ab, damit er nicht das Gleichgewicht verlor. Mit Sicherheit brauchte er es auch, um sich zu orientieren. Malou stellte sich vor, dass er wahrscheinlich so viele Jahre in der Bibliothek verbracht hatte, dass er seine Augen eigentlich nicht mehr brauchte, um sich hier unten im Labyrinth aus Bücherregalen zurechtzufinden.

»Kennst du die *Gesellschaft für Psychische Forschung*?«, fragte er, wartete jedoch nicht auf eine Antwort. »Der Verein wurde 1905 gegründet. Jetzt denkst du wahrscheinlich, dass ich es war, der ihn gegründet hat, aber so alt bin ich nun auch wieder nicht! Ich bin keinen Tag älter als sechsundneunzig.«

Malou lachte aus Höflichkeit. Sie hatte das Gefühl, dass Helmuth Winther diesen Scherz jedem erzählte, der seiner Bibliothek einen Besuch abstattete.

»Der Verein wurde mit dem Ziel gegründet, zu untersuchen und zu dokumentieren, was die etablierte Wissenschaft als unerklärlich ablehnt. Das, was wir Eingeweihten Magie nennen. Sei es Geisterbeschwörung, Telepathie, Hellseherei, Heilung …« Er blieb stehen und drehte sich zu ihr um. Sie war ein ganzes Stück größer als er, sein krummer Rücken hatte wohl bis zu zwanzig Zentimeter seiner ursprünglichen Größe genommen. Sein Schädel war kahl, während einige strubbelige, weiße Büschel stellenweise noch ein Paar sehr großer Ohren bedeckten. Stimmte es, dass Ohren das ganze Leben hindurch weiter wuchsen?

»Ist das für einen Aufsatz?«

»Ja, ich bin Schülerin am Internat Rosenholm«, sagte Malou und gab sich alle Mühe, laut und deutlich zu sprechen.

»Oh ja, meine alte Alma Mater. Aber das ist so lange her. Ich habe unter Schulleiter Svensson studiert, aber er ist natürlich schon lange tot. Sie sind jetzt alle fort.« Er stand eine Weile still da und starrte mit seinen blinden Augen vor sich hin, die Unterlippe hing herab wie bei einem kleinen Kind. Malou überlegte, ob sie etwas entgegnen sollte, aber zum Glück kam er wieder zu sich. »Außerdem höre ich sehr schlecht. Irgendwann werde ich nur noch die Geister hören können«, sagte er, als hätte er vergessen, wer sie war und weshalb sie gekommen war.

»Ich suche Bücher für eine Facharbeit«, versuchte es Malou.

»Ja, ja«, nickte er. »Die Bibliothek steht allen zur Verfügung, die Wissen und Erkenntnis suchen. Du kannst die Bücher nicht mitnehmen, aber so lange in ihnen lesen, wie du möchtest. Ich habe sowieso nichts vor. Wenn du mir verrätst, welches Thema dich interessiert, dann kann ich dich zum richtigen Regal führen. Auch, wenn ich selbst nicht mehr lesen kann, weiß ich noch, wo die meisten Bücher stehen.«

Malou zögerte. Zlavko hatte ihr geraten, das Thema diskret zu behandeln. »Ich suche Informationen über Magie, die nicht länger praktiziert wird …«, begann sie.

»Aha, schreibst du vielleicht über die große Reformation? Dann versuch es mit dem Bücherregal im zweiten Gang auf der linken Seite.«

»Vielen Dank!«, sagte sie, aber der alte Mann hatte sich schon umgedreht und schlurfte auf einen in die Jahre gekommenen Eichenstuhl mit breiten Armlehnen zu. Malou fand das Regal und betrachtete die Buchrücken. Die sagten ihr nichts. Wonach suchte sie genau? Entschlossen nahm sie einen riesigen Stapel heraus und knallte ihn auf den nächstgelegenen Schreibtisch.

Zwei Stunden später war Malou noch nicht wirklich weitergekommen. Die Bücher handelten von der großen Reformation im Jahr 1810, als vieles von der Magie, die man heute als schwarz bezeichnete, verboten worden war, aber keines der Werke ging intensiver auf die verbotenen Praktiken selbst ein.

Malou klappte das Buch, vor dem sie saß, zu und griff nach einem anderen. Im Hintergrund hörte sie Helmuth Winther unverständlich murmeln, aber in der Zeit hier unten im Keller hatte sie sich daran gewöhnt, dass er ab und zu mit sich selbst sprach. Malou seufzte und schlug eine zufällig gewählte Stelle auf, aber ihr Blick blieb an etwas anderem hängen. Als sie das Buch vom Stapel genommen hatte, war etwas herausgefallen. Sie bückte sich und hob es auf. Es war ein dünnes Heftchen mit nur wenigen Seiten, am Rücken zusammengebunden und mit einem grauen Umschlag ohne Aufschrift. Sie blätterte es durch. Es schien mit Schreibmaschine geschrieben worden zu sein, vielleicht existierte nur dieses eine Exemplar. Ihr Blick fiel auf eine Formulierung.

»Nein, Alfred, jetzt warte doch. Sie wird bald gehen.«

Malou fuhr zusammen und warf einen Blick über die Schulter. Am anderen Ende des Ganges konnte sie immer noch den Alten erkennen, der zusammengesunken auf seinem Stuhl saß und Selbstgespräche führte. Er murmelte noch etwas, das sie nicht hören konnte, und so beugte sie sich stattdessen wieder über das Heft. Es schien eine Beschreibung der Magieformen zu enthalten, die um 1810 verboten worden waren.

»Nun ja, heutzutage kommen alle möglichen Leute her. Sogar Frauenzimmer und Gesinde, ja. So ist es nun mal. Das hat der Vorstand beschlossen.«

Helmuth Winther saß offenbar da und diskutierte mit jemandem, der unsichtbar war, über sie, was sich wirklich unangenehm anfühlte. Sie musste zusehen, dass sie hier rauskam. Malou klappte die Broschüre zu. Dann öffnete sie ihre Gürteltasche und ließ sie darin verschwinden, ehe sie die restlichen Bücher wieder an ihren Platz stellte. Der alte Mann schwieg. Vielleicht war er eingeschlafen. Sie überlegte, sich bei ihm zu verabschieden, aber wenn er wirklich eingeschlafen war … Stattdessen ging sie zur Tür. Als sie die Klinke berührte, hörte sie wieder die Stimme des alten Mannes.

»Stehlen? Warum sollte sie denn etwas stehlen, mein lieber Alfred. Jetzt hör aber auf mit diesem Unfug. Ich bin sicher, sie ist eine anständige junge Dame … Nein, aber was meinst du denn damit, mein lieber Alfred?«

Malou schloss die Tür hinter sich und beeilte sich, hinaus auf die Straße zu kommen.

Impero Spiritus

(Anmerkung: fällt unter schwarze Magie. Mit äußerster Vorsicht zu behandeln!)

Impero Spiritus bezeichnet die Fähigkeit, die Kontrolle über Verstand oder Körper einer anderen Person zu übernehmen, mit dem Ziel, die Handlungen jener Person zu steuern. Hierzu gehören die Fähigkeit, die Bewegungen eines anderen Menschen zu kontrollieren, zu hemmen oder einzufrieren, die Fähigkeit, Träume zu übernehmen, die Fähigkeit, emotionale Eindrücke wie Schmerz, Angst, Freude und Anziehung zu manipulieren oder zu erwecken, die Fähigkeit, Gedanken zu lesen sowie die Fähigkeit, Erinnerungen zu manipulieren.

Der Weg zur Beherrschung von *Impero Spiritus* ist äußerst kompliziert, und nur geübte Magier vermögen es, diese Form der Magie zu beherrschen. Zudem sind zahlreiche Handbücher über die alten Methoden nach der großen Reformation im Jahr 1810 verloren gegangen. Es heißt jedoch, dass der Erfinder Nikola Tesla *Impero Spiritus* im Rahmen einer privaten Veranstaltung in New York City 1936 zum ersten Mal praktiziert haben soll.[1] Wie viele andere Magier, die diese Form der Magie erfolgreich angewendet haben, war Tesla Blutmagier. Denn Blut stellt bei

---

1 Vgl. Svenningsen und Rosenblom: »Nikola Tesla - Die späten Jahre«, 1982

Impero Spiritus die einfachste Verbindung zwischen dem ausführenden Magier und seinem Opfer dar und erlaubt es ihm, die Kontrolle über den Körper des Opfers zu erlangen. Die Wirkung verstärkt sich, wenn der Magier das Blut des Opfers zu sich nimmt. Dies muss jedoch in regelmäßigen Abständen wiederholt werden, ansonsten klingt die Wirkung schnell wieder ab, doch davon wird vor dem Hintergrund des Risikos, dass sich der ausführende Magier mit *Sangius Servus* infizieren kann, abgeraten.
Besonders fortgeschrittene Magier, die *Impero Spiritus* ausführen, können nicht nur vollständig die Kontrolle über Körper und Bewegungen ihres Opfers erlangen, sondern auch über dessen Geist.

Schutz gegen *Impero Spiritus*:
Speziell angefertigte Amulette haben sich als wirksam erwiesen, wenn sie von einem mächtigen Magier hergestellt wurden, jedoch verlieren sie mit der Zeit ihre Wirkung. Der beste Schutz gegen *Impero Spiritus* ist ein Siegesstein, den man nahe am Herzen tragen sollte, denn dieser verliert niemals seine Kraft.

16. MÄRZ
21 UHR 36

Kamille

»Lies das hier!«

Kamille blätterte in dem Heftchen, das Malou zwischen ihnen auf den Tisch gelegt hatte. »Impero Spiritus … Bist du sicher, dass noch mehr Spirituosen eine gute Idee sind?«

»Spiritus bedeutet Geist«, sagte Victoria und nahm das Heft.

»Warum kennst du so viele lateinische Wörter, Victoria?«, fragte Kirstine.

»Privatschule«, erwiderte die nur, während ihr Blick immer noch auf das Heftchen gerichtet war. »Ich bin ziemlich sicher, dass du es gefunden hast, Malou. *Impero* bedeutet so viel wie *beherrschen* oder *befehlen*, und *spiritus* bedeutet *Geist* oder genau genommen *Verstand*. Also dass man den Verstand eines anderen Menschen kontrollieren kann.«

»Gedankenkontrolle«, sagte Malou. »Exakt. Das beherrscht Leah.«

»Habt ihr gesehen, was hier steht?«, fragte Malou und zeigte auf eine Seite.

Kamille nahm das Heft und las laut vor: »*Die Wirkung verstärkt sich, wenn der Magier das Blut des Opfers zu sich nimmt …* Igitt, ist das eklig!«

»Steht das echt da?«, fragte Kirstine, die bei dem Gedanken ganz bleich geworden war.

»Ja, aber zum Glück hat Leah dein Blut ja nicht getrunken, oder Malou?«, warf Kamille ein.

Malou schüttelte den Kopf. »Nein, getrunken nicht, aber sie … sie hatte mich an der Hand gekratzt, sodass ich blutete, und danach … danach leckte sie sich den Finger ab. Als ich Weihnachten bei ihr zu Besuch war …«

Kamille schlug die Hände vor dem Mund zusammen und unterdrückte ein Keuchen. »Oh, nein!«

»Du hast nicht alles vorgelesen, Kamille«, sagte Victoria und nahm das Heft.

»Hier: *Dies muss jedoch in regelmäßigen Abständen wiederholt werden, ansonsten klingt die Wirkung schnell wieder ab, doch davon wird vor dem Hintergrund des Risikos, dass sich der ausführende Magier mit Sangius Servus infizieren kann, abgeraten.*«

»Was bedeutet das letzte, Sangus … was?«, fragte Kirstine.

»Sangius Servus«, sagte Victoria. »*Sangius* bedeutet *Blut* und *servus Sklave* oder *Diener*. Ich nehme an, es soll eine Warnung davor sein, abhängig zu werden …«

»Oah, das Buch ist echt ekelhaft!«, stöhnte Kamille.

»Ja, aber das ist nicht das Wichtigste«, sagte Malou und schnappte sich das Heft aus Victorias Hand. »Hört doch mal, am Ende steht etwas darüber, wie man sich davor schützen kann: *Speziell angefertigte Amulette haben sich als wirksam erwiesen, wenn sie von einem mächtigen Magier hergestellt wurden, jedoch verlieren sie mit der Zeit ihre Wirkung. Der beste Schutz gegen Impero Spiritus ist ein Siegesstein, den man nahe am Herzen tragen sollte, denn dieser verliert niemals seine Kraft.*«

»Was ist ein Siegesstein?«, fragte Kirstine.

»Keine Ahnung«, sagte Malou. »Und was noch schlimmer ist: Ich habe auch nicht die leiseste Idee, wie man an einen rankommt.«

Kamille hatte das Gefühl, als stünde die Zeit für einen Augenblick still, während das, was Malou vorgelesen hatte, auf sie einwirkte. Konnte das sein? Hatten sie die ganze Zeit über die Lösung gehabt? Ihr fiel auf, dass sie den kleinen Lederbeutel, den ihre Mutter ihr genäht hatte, umklammert hielt. Bisher befand sich darin nur ein einziger Gegenstand.

»Ich weiß es«, sagte sie leise. »Ich weiß, was ein Siegesstein ist.«

»Oh mein Gott, dann raus damit!«, stieß Malou aus.

»Es ist dieser hier.« Kamille löste die Schnürung, öffnete den Beutel und legte den ovalen, mattschwarzen Stein zwischen ihnen auf den Tisch.

»Das ist ein Siegesstein? Bist du dir sicher?«, fragte Malou.

Kamille nickte.

»Wo hast du den her?«, fragte Victoria.

»Von meiner Mutter. Er wurde von den Frauen in meiner Familie weitervererbt. Er hilft bei schwierigen Geburten.« Aus irgendeinem Grund wollte sie nicht verraten, warum ihr wirklich so viel daran gelegen hatte, den Stein zu bekommen. Jens hatte ihr erzählt, dass er diejenigen beschützen könne, die einem Geist ein Versprechen gegeben hatten. Aber wenn sie Trines Mörder vor der Walpurgisnacht entlarvten, wäre das ohnehin nicht notwendig.

»Der ist wunderschön«, sagte Kirstine.

»Und was wollen wir machen?«, fragte Victoria. »Jetzt, wo wir den Stein haben?«

»Jetzt«, sagte Malou und lehnte sich über den Tisch, während sie den schwarzen Stein betrachtete, »jetzt überlegen wir uns, wie wir in Leahs Haus einsteigen und herausfinden, was sie oben in dem Zimmer versteckt hält, das vielleicht Trines war. Wenn wir das schaffen, ist es bis zur Walpurgisnacht noch über einen Monat. Massig Zeit also, um Trines Mörder zu finden.«

21. MÄRZ
10 UHR 45

Kamille

»Bist du es?« Kamille konnte Leahs heisere Stimme deutlich hören, obwohl sie auf der anderen Seite des hohen Zauns standen, der Leahs Haus vor neugierigen Blicken abschirmte. Jetzt gerade sorgte der Zaun vor allem dafür, dass Leah nicht sah, wie Kamille und Victoria sich dahinter versteckten und den Atem anhielten.

»Ja, darf ich reinkommen?«, erklang Malous Stimme, ein wenig freundlicher als sonst, und Kamille befürchtete einen Augenblick lang, dass allein das ihr Vorhaben entlarven würde.

»Andauernd kommt ihr hierher«, sagte Leah.

»Es ist schon eine ganze Weile her, dass ich da war«, sagte Malou. »Das letzte Mal, als wir uns gesehen haben, haben Sie mich mit einem Messer durch den Wald gejagt …«

»Ich war nicht hinter dir her.«

»Hinter wem dann?«, fragte Malou.

»Ich werde nicht kampflos aufgeben. Sie war hier, weißt du das?«

»Wer?«

»Trine …«, knurrte Leah. »Ich konnte sie nicht sehen, aber eindeutig spüren. Sie war hier und kramte in meinen Sachen herum, wie sie es früher schon immer machte. Nie hatte man seine Ruhe vor ihr …«

»Haben Sie Hunger? Ich habe mehr als genug zu essen dabei«, sagte Malou.

Für einen kurzen Augenblick war es still. Kamille sah Victoria fragend an.

»Dann komm rein«, sagte Leah, und sie hörten, wie die Tür hinter Malou ins Schloss fiel.

Kamille schloss die Augen und zählte. Bei sechzig schlug sie sie wieder auf und nickte Victoria zu. Dann drückte sie die Klinke der Gartentür herunter.

21. MÄRZ
10 UHR 52

Malou

Malou sah zu, während sich Leah wie üblich auf das mitgebrachte Essen stürzte. Sie fraß wie ein Tier. Malou entschuldigte sich damit, ein Glas Wasser holen zu wollen, und ging hinüber in die Küche. Sie traute sich kaum zu atmen, während sie blitzschnell die Fensterriegel umlegte.

Als sie ins Wohnzimmer zurückkehrte, machte sie die Küchentür hinter sich zu. Leah war gerade dabei, das letzte Brötchen zu futtern. Malou hatte gehofft, dass es eine Weile dauern würde, ehe sie sich alles einverleibt hatte, aber noch nie hatte sie jemanden so schlingen sehen wie Leah. Malou fiel die Erzählung von Loki ein, als er bei einem Wettessen kläglich versagte, während sein Gegner neben allen Speisen auch noch sämtliche Knochen und den Futtertrog vertilgte. Erst im Nachhinein stellte sich der Gegner als das Feuer heraus. Leah war wie das Feuer. Es schien unmöglich, ihren Hunger zu stillen.

»Wovon ernähren Sie sich eigentlich, wenn wir Ihnen kein Essen vorbeibringen?«, fragte Malou. Leah wirkte nicht gerade so, als ginge sie ganz normal zum Einkaufen in den Supermarkt. Doch Malou bereute ihre Neugier sofort. Sie war unsicher, ob sie die Antwort wirklich hören wollte.

»Ich brauche nicht viel, ich komme mit wenig aus«, schmatzte Leah, während sie den letzten Bissen Brot hinunterschluckte. Dann zögerte sie einen Augenblick. »Willst du sehen, was ich ansonsten esse?« In ihren Augen blitzte es.

Malou ihrerseits spürte, wie ihr Blick flackerte. Warum hatte sie ausgerechnet eine Frage übers Essen stellen müssen? Von der Küche und dem offenen Fenster wollte sie Leah doch unbedingt fernhalten.

»Nein, schon gut. Hier, nehmen Sie noch einen Schluck Milch. Die ist bio!« Sie goss Leah ein, aber verschüttete ein wenig. *Fuck*. Hoffentlich fiel Leah nicht auf, dass ihre Hände zitterten.

»Erst fragst du naseweis, und dann willst du die Antwort nicht hören. Was ist das denn für eine Art! Nein, jetzt wirst du schon sehen.« Leah stand auf. Etwas an dem Befehlston in ihrer Stimme weckte in Malou das Bedürfnis, ihre Hand um den Siegesstein zu legen, den sie in dem kleinen Beutel unter ihrer Bluse um den Hals trug. »Komm mit, dazu müssen wir raus in den Garten.« Zu ihrer Erleichterung steuerte Leah auf den Flur zu. Malou folgte ihr.

21. MÄRZ
11 UHR 03

Victoria

»Hörst du was?«, flüsterte Victoria.

Kamille schüttelte den Kopf. Sie stand weiter unten auf der Treppe, um Leah im Auge zu behalten. »Aber beeil dich!«

Victoria wurde flau im Magen. Sie mussten zur Tür gelangen, die in das Zimmer führte. Das Problem war nur, dass es keine Tür gab. Beziehungsweise es war schon eine da, nur war sie fast vollständig mit Bergen von Pappkartons und haufenweise Plastiktüten verbarrikadiert, die mit vergilbten Zeitungen, alter Kleidung und jeder Menge Papierkram vollgestopft waren. Es war unmöglich, an die Tür zu gelangen, ohne den ganzen Kram vorher zur Seite zu räumen.

»Du musst mir helfen«, flüsterte Victoria Kamille zu.

»Ansonsten dauert es viel zu lange.«

Kamille warf einen besorgten Blick die Treppe hinunter, ehe sie nickte und sich Victoria anschloss. Es war nervenaufreibend. Jede einzelne Plastiktüte raschelte so laut, dass man es unten hören musste, da war sich Victoria sicher, und die Kartons waren so alt und zerschlissen, dass man befürchten musste, sie würden beim Anheben auseinanderfallen, und der Inhalt würde zu Boden rumpeln und der Krach sie verraten. Dass sie hier standen und nach und nach Gerümpel zur Seite räumten, ließ die Ausrede gegenüber Leah nur noch weiter an Glaubwürdigkeit verlieren. *Wir sind zufällig hier vorbeigekommen und waren neugierig, wie es im Rest des Hauses wohl aussieht …* Nicht sehr überzeugend, und schon gar nicht jetzt, da sie dabei waren, eine Wagenladung alten Zeugs zu verrücken.

Victoria fuhr zusammen, als eine Plastiktüte riss und deren Inhalt, bestehend aus alten Papieren, herausfiel. Die Handschrift darauf kannte sie von den Briefen, die Leah ihnen überlassen hatte. Es war Trines – all diese Dinge mussten ihr gehört haben. Leah hatte sich nie von ihnen getrennt.

»Hier, nimm das mal!« Victoria wollte Kamille einen Karton reichen, unterschätzte jedoch das Gewicht, sodass er zur Seite kippte und ein Buch herausfiel, das mit einem Knall auf dem Boden landete. Waren sie jetzt geliefert?

21. MÄRZ
11 UHR 05

Malou

Der Garten glich einer Wildnis aus alten Büschen und Bäumen, aber Leah schritt zwischen Unkraut und verwelkten Pflanzen hindurch über Trampelpfade, die sie selbst angelegt hatte. Hohe Laubbäume standen hier und da, von einem Ast baumelte an einem Seil noch eine alte Schaukel. Am Fuße der Bäume sprossen die ersten gelben Osterglocken in dem hohen und halb verwelkten Gras. Ein Stück Glas zersplitterte unter Malous Schuhen, und als sie hinuntersah, erblickte sie etwas, das wie die Überreste eines alten Gewächshauses aussah, das einmal im Garten gestanden haben musste. Ob Leahs und Trines Eltern es gebaut hatten?

Die Sonne schien richtig warm, und ein Schwarm kleiner Vögel, denen es vollkommen egal war, dass sie auf dem Grundstück einer Verrückten lebten, zwitscherte fröhlich. Bei einem überwucherten Gebüsch in der hintersten Ecke des Gartens hielt Leah an. Sie lächelte. Nicht spöttisch oder sarkastisch, sondern mit einer kindlichen Begeisterung, die Malou ihr gar nicht zugetraut hätte.

»Schau!«, sagte Leah und zeigte neben das Gebüsch.

Dort entdeckte Malou eine ganze Reihe notdürftig zusammengeflickter Käfige – Ausläufe träfe es wohl besser –, die voller

Kaninchen waren. Nicht die kleinen, niedlichen, die man sich als Haustier hielt, sondern große, dicke.

»Die essen Sie?«, fragte Malou, doch Leah schien sie nicht gehört zu haben. Sie war gerade dabei, ein Stück Maschendraht beiseitezuschieben, damit sie den Arm in einen Käfig stecken konnte, in dem nur ein einziges Kaninchen hockte. Das war allerdings riesig.

»Das ist Samson«, sagte Leah und hob das Tier heraus. Es leistete keinen Widerstand, sondern wirkte ganz im Gegenteil sogar äußerst zahm. »Er ist mein Zuchtbulle!«, kicherte sie.

Malou streckte die Hand aus und streichelte das Kaninchen zögerlich. Es reagierte nicht und machte sich kaum die Mühe, ihr seine dümmlichen, halb geschlossenen Augen zuzuwenden.

»Er ist der einzige mit richtigem Namen. Die anderen nenne ich Fleisch und Blut«, knurrte Leah. »Sie sind nichts als Fleisch und Blut wie alle anderen in dieser stinkenden Welt. Außer Samson, der ist etwas Besonderes.«

21. MÄRZ
11 UHR 05

Kirstine

Kirstine ging. Das tat sie, wenn sie nichts weiter tun konnte. »Warum marschierst du immerzu hin und her?«, hatte ihre Mutter oft gefragt, wenn Kirstine keine Ruhe fand, weil sie sich vor einer bevorstehenden Prüfung fürchtete oder vor einem Diktat oder auch einfach nur vor einem neuen, grauenhaften Schultag. Aber hier war niemand, der sich an ihrem ruhelosen Auf und Ab stören konnte. Sie war allein.

Sie sah auf die Uhr. Wo steckten die anderen jetzt gerade? Waren sie schon bei Leah im Haus? Sie blieb stehen und ließ den Blick über den alten Holzboden in ihrem Zimmer schweifen, auf dem sie seit dem Aufbruch der anderen hin und her getigert war. Es hätte sie nicht gewundert, wenn sich dort eine Spur abgezeichnet hätte. Dann seufzte sie, warf sich aufs Bett und griff nach dem erstbesten zu lesen. Sie hätte genauso gut etwas Nützliches tun können.

Man hätte meinen können, dass Kirstine mit all der Zeit, die sie jetzt hatte, seit sie hier in der Schule praktisch eingesperrt war, tonnenweise Hausaufgaben erledigt bekäme, doch in Wahrheit hing sie weiter hinterher als je zuvor. Sie kämpfte sich langsam durch die ersten Zeilen. Es war der Text, den Lisa ihr über Imbolc gegeben hatte, damit sie ein bisschen mehr über all das erfuhr, was sie verpasst hatte.

Imbolc wird auf halbem Weg zwischen der Wintersonnenwende und der Frühlings-Tagundnachtgleiche gefeiert und markiert seit der Jungsteinzeit das langsame Erwachen des Frühlings, wenn die Schafe Lämmer bekommen und das Licht zurückkehrt.

Sie las die Worte erneut. Etwas daran störte sie. Imbolc markierte das Herannahen des Frühlings. Es wurde genau zwischen der Wintersonnenwende und der Frühlings-Tagundnachtgleiche gefeiert … aber was war dann die Frühlings-Tagundnachtgleiche? Sie griff zum Handy und tippte das Wort vorsichtig ein.

Die Frühlings-Tagundnachtgleiche fällt auf den 20. März, wenn die Sonne genau über dem Äquator steht. Im Allgemeinen sagt man, dass das Sommerhalbjahr mit der Frühlings-Tagundnachtgleiche beginnt.

Kirstine fuhr hoch, es rauschte in ihren Ohren. Nein, das konnte nicht sein, sie hatten noch massig Zeit, es war noch nicht …

Verkrampft hielt sie das Handy fest, wagte jedoch nicht anzurufen, aus Angst davor, dass die anderen nicht stummgeschaltet hatten und sie der Anruf verraten würde. Stattdessen schickte sie Victoria eine Nachricht, aber die würde sie jetzt nicht sehen. Kirstine saß wie gelähmt auf der Bettkante. Dann fasste sie eine Entscheidung. Sie musste verhindern, dass es passieren würde.

IHR MÜSST SOFORT RAUS DA!
GESTERN WAR TAGUNDNACHTGLEICHE –
DER SOMMER HAT BEGONNEN!
HABEN UNS IM DATUM GEIRRT!
DIE WEISSAGUNG!!!!

21. MÄRZ
11 UHR 12

Kamille

»Wenn wir den hier zur Seite räumen, haben wir es geschafft, glaube ich.« Kamille zeigte auf eine große Kiste und wischte sich mit dem Handrücken den Schweiß von der Stirn. Ihre Bluse klebte am Rücken. Die Luft stand, und die Sonne schien durch ein Fenster im Giebel herein. Es war stickig und heiß hier oben, und es vereinfachte die Sache nicht, dass sie gefühlt tausend Kilo alten Krempel von A nach B schieben mussten, ohne das leiseste Geräusch zu erzeugen, weil ansonsten die Gefahr bestand, dass sich eine verrückte, alte Hexe auf sie stürzen würde. Kamille nickte Victoria zu, und sie hoben die Kiste an. Sie war schwer, und Kamille stöhnte vor Anstrengung, aber letztendlich bugsierten sie sie aus dem Weg.

Victoria stieg über einen Haufen alter Kleider und drückte vorsichtig die Klinke herunter. Die Tür sprang problemlos auf, und ein übler Gestank wie der nach Katzenpisse schlug ihr entgegen. Kamille verzog das Gesicht und betrat hinter Victoria das Zimmer. Es war leer und trostlos. Das Fenster ging zur ruhigen Wohnstraße hinaus und war mit Spanplatten verrammelt, die Wände waren nackt, und es gab keine Möbel. Ein abgeranzter Teppich bedeckte den gesamten Boden. Hinten vorm Fenster befand sich ein großer, dunkler Fleck, den sie lieber nicht näher untersuchen wollte. Es war nicht Trines Zimmer.

»Ich glaube, ich weiß jetzt, was ›stille Zeit‹ bedeutet«, flüsterte Victoria. Sie schloss die Tür hinter sich, und es wurde sofort stockfinster. Die muffige Luft war abartig, und ein Gefühl von Klaustrophobie überfiel Kamille so unmittelbar und heftig, dass sie am liebsten die Tür aufgerissen hätte und rausgerannt wäre. Victoria aktivierte die Taschenlampenfunktion am Handy, damit sie etwas sehen konnten, und Kamille drehte sich der Magen um, als sie erkannte, worauf sie blickte. An der Innenseite der Tür, um den Türgriff und am Rahmen, befanden sich deutliche Kratzspuren. Als ob jemand verzweifelt versucht hatte, herauszukommen.

»Willst du sie nicht wieder aufmachen?«, flüsterte Kamille und schluckte schwer.

Victoria nickte und öffnete die Tür. Dann sah sie noch einmal ins Zimmer. Kamille tat es ihr gleich, während ihr ein Gedanke durch den Kopf ging. Es war leer. Hier war nichts. Kein Geheimnis. Es war vollkommen umsonst gewesen. Sie drehte sich zu Victoria um in der Gewissheit, dass die dasselbe dachte, aber das dunkelhaarige Mädchen stand mit geschlossenen Augen und konzentriertem Gesichtsausdruck da, als würde sie zuhören.

»Kannst du Trine spüren?«, fragte Kamille.

»Nein, Trine nicht, aber …« Victoria hielt inne, stand aber weiterhin mit geschlossenen Augen da.

»Victoria, wir müssen uns beeilen …«, drängte Kamille. Wer wusste schon, wie lange Malou Leah noch ablenken konnte.

Victoria nickte, doch das galt nicht Kamille. Sie schritt aufspürend das Zimmer ab. Kreuz und quer. Die Wände entlang. In der Ecke unter der Dachschräge ging sie in die Hocke und tastete vor sich. Sie zog leicht am Teppich. Tatsächlich, er ließ sich bewegen, und als sie ihn anhob, kamen darunter alte, braune Holzdielen zum Vorschein. Die Gummiunterseite des Teppichs hatte gelbe Streifen auf ihnen hinterlassen. Vorsichtig drückte Victoria gegen die Dielen, sie knarrten ganz leise.

»Hier, hilf mir mal.«

Sie zeigte Kamille, dass sie ihre Finger genau zwischen zwei Dielen stecken konnten. Eine war lose. Zusammen hoben sie sie hoch, und Kamille unterdrückte ein Keuchen. In einem kleinen Hohlraum lag ein gelbes Schmuckkästchen mit kleinen rosafarbenen Blumen darauf.

»Nimm es!«, flüsterte Kamille.

Entschlossen griff Victoria nach dem Kästchen und schob es unter den Pullover. Kamille hielt für einen Moment den Atem an, als ob sie befürchtete, dass der Diebstahl eine Art Alarm auslösen würde. Doch es blieb still.

»Los!«, flüsterte Victoria, ihr Pony war schweißnass, und die großen, dunklen Augen waren weit geöffnet. »Lass uns abhauen.«

Kamille verließ das Zimmer und stieg im Flur über die Kartons und Tüten hinweg, während sie innerlich ihre kurzen Beine verfluchte. Am Giebel drehte sie sich zum Fenster und sah hinunter in den Garten.

21. MÄRZ
11 UHR 13

Malou

Leah unterbrach ihr schier endloses Geschwafel über die Kaninchenzucht. Trotz des langweiligen Themas war Malou erleichtert, endlich ein Thema gefunden zu haben, das Leah ausgiebig beschäftigte. Doch plötzlich schwieg sie, kniff stattdessen die Augen zusammen und sah zum Haus. Malou folgte ihrem Blick. In der ersten Etage bewegte sich etwas hinter dem Fenster.

»Trine …«, flüsterte Leah. Dann krümmte sie sich und schrie.

21. MÄRZ
11 UHR 13

Kamille

»Sie hat mich gesehen!« Kamille schnappte nach Luft. »Leah hat mich im Fenster gesehen! Sie ist draußen im Garten. Wir müssen hier raus!«

Sie rannte die steile Treppe hinab, doch in diesem Augenblick schlug die Tür unten in der Küche mit einem großen Knall zu. Kamille warf sich dagegen, hämmerte darauf ein und rüttelte am Griff, aber sie ließ sich nicht öffnen. Die Stufen und die alten Dielen unter ihnen begannen unheilvoll zu knarren.

»Victoria! Los, hilf mir, ich krieg die Tür nicht auf!«

Dann hörte sie ein fürchterliches Knirschen und Knarzen, gefolgt von einem schrillen Aufschrei.

»Victoria!«

Kamille rannte die Treppenstufen wieder hinauf, sie knarrten und vibrierten unter ihren Füßen wie bei einem Erdbeben. Mitten im Flur saß Victoria in einer seltsamen, unnatürlichen Haltung. Da erkannte Kamille, dass eines ihrer Beine in einem Loch im Boden steckte und sie sich die Hose an den alten, zersplitterten Dielen zerrissen hatte; sie war von Blut rot verfärbt.

»Ich komm nicht hoch«, jammerte Victoria. »Hilf mir! Aber pass auf!«

Kamille näherte sich vorsichtig, der Boden schwankte und bebte unter ihr, mit einem *Ratsch* begann sich die Tapete zu lösen und fiel in langen Streifen von der Wand, die Kisten voller Bücher und Papiere zitterten.

»Was ist hier los?«, schrie sie.

»Das Haus, es greift uns an. Zieh mich hoch!«

Kamille griff nach Victorias Hand und zog daran, aber die Holzsplitter bohrten sich nur weiter in Victorias Schenkel, und sie stöhnte vor Schmerz auf. Eine der Kisten in der Ecke kippte zur Seite. Langsam drehte Kamille den Kopf und beobachtete, was hier geschah. Mit einem Mal sprang die Kiste auf, und im nächsten Augenblick wurde ihnen der Inhalt entgegengeschleudert. Kamille warf sich über Victoria, während Bücher, irgendwelcher Kram und alte Münzen aus einem Sparschwein auf sie niederregneten.

21. MÄRZ
11 UHR 15

Malou

Der Schrei zerriss ihr beinahe das Trommelfell, er hielt ewig an, und Malou befürchtete schon, er würde niemals enden. Der Laut, der aus der vornübergebeugten Frau kam, war angsteinflößend und voller Schmerz und Zorn. Endlich hörte sie auf. Malou fühlte ihr Blut im Körper rauschen.

»Leah …«, versuchte sie es vorsichtig. »Da ist niemand. Trine ist nicht mehr hier.«

»Ich hab sie gesehen«, fauchte Leah, immer noch vornübergebeugt, die langen, grauweißen Haare im Gesicht hängend. »Sie ist gekommen, um sich zu rächen. Und es ist eure Schuld! Ihr habt sie von den Toten erweckt!« Langsam richtete sie sich auf. Die gekrümmten Finger waren immer noch in das große Kaninchen gekrallt, doch jetzt hing es leblos auf ihrem Arm. Leah blickte auf das tote Tier und dann zu Malou. Ihre Augen waren schwarz, als wären sie mit altem, geronnenem Blut gefüllt.

»Dafür wirst du bezahlen«, zischte sie.

Malou machte einen Schritt zurück, fast wäre sie in das hohe, welke Gras gestürzt. »Nein, Leah … nein …«

»Halt!«, befahl diese, und Malou spürte, wie Leah versuchte, die Kontrolle über sie zu übernehmen. Es fühlte sich an, als wäre ihr gesamter Körper im unerbittlichen Griff eines Riesen. Malou befürchtete, dass sie abermals wie gefangen wäre, dass Leahs rachsüchtiger Zorn durch ihre Adern strömen und ihren Körper blockieren würde, aber es geschah nicht. Der Griff um sie lockerte sich. Leah gelang es nicht. *Der Siegesstein.*

Leah riss überrascht die schwarzen Augen auf. Dann drehte Malou sich um und rannte los. Mit einem Schrei warf Leah das tote Tier von sich und stürzte hinterher. Ihre Bewegungen waren unnatürlich schnell, wie die einer Katze, die einen Vogel aus dem Hinterhalt angreift. Malou sprintete davon, das Blut in ihr kochte, und sie konnte nicht sagen, ob es vor Wut oder aus Angst war.

»Halt!«, schrie Leah erneut, aber Malou rannte weiter.

Sie stürzte sich durch ein Dickicht, das tiefe Kratzer in ihre Arme und Beine riss. Sie war nicht mehr allzu weit von der kleinen Einfahrt und dem Tor zur Straße entfernt, aber Leah war direkt hinter ihr. Malou sprang über einen Laubhaufen und hastete weiter, doch plötzlich blieb sie mit dem Fuß in einem Loch hängen, fiel der Länge nach hin und schlug mit der Stirn ungebremst im Gras auf. Ein Kaninchenloch. Malou drehte sich um und versuchte sich aufzurappeln, aber es war zu spät. Leah stand über ihr.

»Wieso tut ihr mir das an?«, fauchte sie.

»Wir wollen doch nur herausfinden, wer Trine getötet hat …«, flüsterte Malou, während sie den Siegesstein umklammert hielt und betete, dass er sie beschützen würde.

»Weshalb? Es spielt keine Rolle mehr. Trine ist tot. Auch Mutter und Vater sind tot, so wie wir alle sterben werden. So wie auch *du* sterben wirst!«

Leah schrie erneut. Diesmal triumphierend, als ob sie wüsste, dass Malou nichts gegen ihren Zorn ausrichten könne. Doch bevor sie sich auf Malou stürzen konnte, brach plötzlich unter ihren

Füßen Feuer aus. Leah schrie vor Schreck und Schmerz, als die Flammen das trockene Gras erfassten und ihre Waden emporkrochen, sodass sie zurückweichen musste. Malou robbte vom Feuer weg und kam auf die Beine. Leah knurrte wie ein wildes Tier, aber zwischen ihnen erhob sich eine Feuerwand, die das tote Geäst und die welken Blätter blitzschnell erfasste. Malou drehte sich um und rannte zum Haus, ohne darauf zu achten, ob Leah ihr folgte. Sie musste die anderen da rausholen.

Malou zerrte an der Haustür, aber die war verschlossen, und als sie zum Küchenfenster eilte, ließ es sich ebenfalls nicht öffnen. *Fuck, fuck, fuck!* Als sie damals im Keller unter der Schule eingesperrt gewesen waren, hatte Kirstine die Tür mit Runenmagie aufgesprengt, aber Malou war keine Runenmagierin. Sie warf einen Blick zurück in den Garten, wo das Feuer einen alten, verdorrten Baum erfasst hatte, der auf der Giebelseite des Hauses stand. Der Baum war längst tot, und die Flammen knisterten mit unersättlichem Appetit. Malou konnte Leah nirgendwo entdecken. Also ging sie auf die Knie, krallte sich eine der Gehwegplatten vor dem Haus und rüttelte daran. Sie rührte sich jedoch kein bisschen. Aber sie machte weiter, bis die Finger bluteten. Das machte nichts, denn in Wahrheit verlieh ihr gerade das Blut die Kraft, die sie benötigte. Dann endlich löste sich die Platte. Sie hob sie an und schleuderte sie mit aller Kraft gegen das Küchenfenster, und das Glas zerbarst mit einem Geräusch, das eher wie ein Schrei als ein Splittern klang.

21. MÄRZ
11 UHR 18

Kirstine

Kirstine spürte, wie sich das Feuer rasend schnell ausbreitete. Es knisterte und grollte in ihr, und ihr wurde bewusst, dass es ihrer Kontrolle entglitt. So war das nicht geplant, sie musste es aufhalten. Sie hielt die Arme ausgestreckt vor sich, doch es war viel zu spät, um die Flammen aufzuhalten. Das Schwindelgefühl wurde stärker und stärker. Es fühlte sich an, als würde sie im Feuer ertrinken.

Sie stieß einen langen, klagenden Schrei aus und brach auf dem Bett zusammen.

21. MÄRZ
11 UHR 19

Victoria

»Wir müssen hier raus!« Victoria drückte Kamilles Hand, während sie zusammengekauert auf dem Boden hockten und sich vor einem weiteren Karton in Deckung brachten, der seinen Inhalt über ihnen ausspuckte. »Ich zähle bis drei, und wenn ich *jetzt* sage, ziehst du, so fest du kannst.«

»Aber dein Bein …«, rief Kamille. »Ich kann Hilfe holen.«

»Wir haben keine Zeit. Sieh doch!« Victoria zeigte auf das Fenster im Giebel. Draußen stand ein Baum in grellen Flammen, seine alten, krummen Äste glichen Fackeln, und die reichten bis über das Dach.

»Es brennt!«, schrie Kamille.

»Auf drei!«, rief Victoria. »Eins, zwei, drei. JETZT!«

Sie zogen und zerrten, aber es war, als ob die Dielen Victorias Bein nur noch fester umklammerten. Die scharfen Splitter bohrten sich wie Messer in ihre Muskeln, und Victoria weinte vor Schmerz und Verzweiflung. Das Knistern des Feuers hatte sich in ein Grollen verwandelt, es hatte inzwischen auf das Dach übergegriffen.

»Kamille, du musst hier raus!«

»Nein! Wir gehen zusammen. Na los, versuch's noch mal!«

»Es hat keinen Zweck. Wir kriegen das Bein nicht raus. Wenn du jetzt nicht gehst, sterben wir beide. Du musst versuchen, die Tür aufzukriegen, dann kannst du Hilfe holen.«

»Victoria …«

Das Grollen des Feuers vermischte sich mit einem heftigen Hämmern und dem Splittern von Holz. Dann hörten sie auf der Treppe ein wütendes Knurren und eilige Schritte. Victoria wartete darauf, in Leahs irres Gesicht zu blicken, doch stattdessen erschien Malou an der Treppe. Sie hastete auf sie zu, die Augen weit aufgerissen, die Finger blutverschmiert.

»Victoria steckt fest!«, schrie Kamille. »Wir bekommen ihr Bein nicht los.«

Malou kniete sich auf den Holzboden, der unter ihnen klagte wie ein verwundetes Tier. Sie bohrte die Finger zwischen Victorias Schenkel und die gesplitterten Dielen. Victoria schrie vor Schmerz, als Malous Hände an den Brettern rissen. Malous Finger bluteten noch stärker, aber sie ließ nicht ab, und mit einem lauten Krachen gab das Holz nach, zersplitterte in große Stücke, und das Loch wurde so groß, dass Victoria ihr Bein herausziehen konnte.

»Los!«, schrie Malou. »Haltet euch dicht am Boden.«

Sie krochen voran, überall um sie herum war Rauch, der im Hals brannte, und als Victoria aufsah, bemerkte sie über ihnen die orangefarbenen Flammen, die dabei waren, die alten Dachsparren aufzufressen. Sie erreichten die Treppe, aber die Stufen brachen ihnen weg, als sie darauf traten, und teils rutschten sie, teils fielen sie auf die zerstörte Tür zu, die zerborsten in ihren Angeln hing. Sie stürzten auf den Küchenboden, Victorias Beine knickten unter ihr weg, und Malou zerrte sie hoch.

Am Spülbecken stand Leah. Ihre Kleidung stand in Flammen,

die nach ihrem mageren Körper griffen, aber es schien ihr nichts auszumachen.

»Ihr kommt hier niemals raus«, sagte sie mit ruhiger Stimme.

21. MÄRZ
11 UHR 23

Kamille

Victoria brach erneut zusammen, und Malou gab den Versuch auf, sie hochzuziehen.

»Leah, wir müssen raus! Los, kommen Sie mit uns!«, rief Kamille, aber die Frau stand stocksteif da, während das Feuer nach ihren Haaren griff. Urplötzlich sprangen die Küchenschränke hinter ihr auf, und Teller und Gläser schnellten durch die Luft, zersplitterten und füllten den Raum mit messerscharfen Projektilen.

Kamille duckte sich und sah sich verzweifelt um. Leah versperrte den Weg ins Wohnzimmer und zum eingeschlagenen Küchenfenster. Sie waren gefangen.

»Kommen Sie schon!«, schrie sie und versuchte zugleich Victoria aufzurichten, aber die klappte abermals auf dem Küchenboden zusammen. Die Küchenschubladen flogen auf, und Besteck sauste durch die Luft. Malou schrie vor Schmerz, als sie getroffen wurde.

»Kommt.«

Kamille fuhr zusammen. Sie drehte sich um in die Richtung, aus der die Stimme gekommen war.

»Kommt.«

»Trine?«

Auch Malou und Victoria wandten sich der Gestalt zu, die plötzlich neben ihnen aufgetaucht war, unbeeindruckt von dem Chaos um sie herum. Die weiße Silhouette eines jungen Mädchens, das sie freundlich anlächelte.

»*Kommt*«, wiederholte sie und forderte sie mit einer Handbewegung auf, ihr zu folgen. Sie blieb in einer der Ecken stehen und deutete nach unten. Zuerst begriff Kamille nicht, aber dann sah sie es. Ein Ring auf dem Boden, eine Klappe. Sie hob sie an, und zum Vorschein kam eine alte, verwitterte Treppe, die in einen Keller mit niedriger Decke führte. Hastig stolperten sie, Victoria zwischen sich, die Stufen hinunter. Kamille zuckte zusammen, als sie plötzlich bis zu den Waden in eiskaltem Wasser stand. Das dunkle Wasser war moderig und stank, aber in einer Ecke des Raums fiel ein wenig Licht darauf. Dort war ein kleines Fenster ohne Scheibe. Kamille und Malou stützten Victoria, und gemeinsam wateten sie durch das faulig riechende Wasser zum Fenster hinüber. Malou sprang hoch und krallte sich am Rahmen fest, und mit einem Schrei der Anstrengung gelang es ihr, sich hinauszuhieven. Anschließend zog sie Victoria heraus und dann Kamille.

Als sie davonliefen, hörten sie Leahs Schreie, die sich mit Sirenen der Feuerwehrwagen und dem Prasseln des Feuers vermischten.

21. MÄRZ
19 UHR 47

Victoria

»Kirstine?« Victoria steckte vorsichtig ihren Kopf ins Zimmer. In einem Krankenhausbett lag eine bleiche Gestalt, die in der Dunkelheit nur zu erahnen war. Das Fenster stand offen, und draußen trillerte eine Amsel, ihr Gesang erfüllte den ansonsten stillen Raum.

»Komm ruhig rein.« Neben dem Bett saß Thorbjørn in einer seltsam zusammengesunkenen Haltung, als hätte er es aufgegeben, seinen gewaltigen Körper irgendwie aufrecht halten zu wollen. Er hatte kein Licht angemacht und hockte in der Dunkelheit. »Sie schläft jetzt.«

Victoria humpelte in den Raum. Das Bein schmerzte unter dem Verband, den Ingrid ihr angelegt hatte.

»Was ist mit dir passiert?«, fragte er.

»Wir sind zu zweit auf einem Fahrrad gefahren«, sagte Malou, die Victoria ins Zimmer gefolgt war. Sie hatte Verbände um beide Hände und ein großes Pflaster auf der Wange, wo das fliegende Messer sie getroffen hatte. Sie nickte in Kirstines Richtung. »Was ist mit ihr passiert?«

Thorbjørn seufzte resigniert. »Ich hatte gehofft, ihr könnt mir das sagen. Als keine von euch zum Unterricht gekommen ist, bin ich hoch, um nach euch zu sehen. Kirstine lag bewusstlos auf dem Bett. Was ist bloß passiert?« Er drehte sich zu ihnen um, seine blauen Augen lagen im Dunkeln, und die Sorgen hatten tiefe Furchen in sein Gesicht eingegraben. »Und wo seid ihr gewesen?«

Sie standen da, ohne etwas zu sagen. Schließlich wandte Thorbjørn den Blick ab. »Wie soll ich ihr helfen, wenn ihr mir nichts erzählt?«

Victoria verspürte plötzlich den Drang, sich ihm zu offenbaren, aber ein Blick von Malou ließ sie die Worte hinunterschlucken.

»Es ist meine Schuld«, fuhr Thorbjørn fort, als würde er mit sich selbst reden. »Ich kann ihr nicht helfen.«

»Ich bin sicher, es wird schon glücken …« Kamille legte Thorbjørn eine Hand auf die Schulter. Er fuhr bei der Berührung zusammen und richtete sich auf. Eine Träne schimmerte in seinem Augenwinkel.

»Ihr geht besser in eure WG«, sagte er. »Ingrid sagt, dass Kirstine zwar schwach, aber stabil ist. Ihr könnt morgen wiederkommen und sie besuchen.«

»Es *muss* Kirstine gewesen sein, die das Feuer entfacht hat«, sagte Malou, als sie oben ankamen. »Deshalb hat es sich auch so schnell ausgebreitet. Es war kein natürliches Feuer. Sie muss durch Sejðr gesehen haben, dass ich in Gefahr war und daraufhin eine Feuerwand zwischen Leah und mir errichtet haben …«

»Sie hat versucht zu verhindern, dass sich die Prophezeiung erfüllt«, sagte Victoria. Sie spürte die Blicke der anderen auf ihrem Gesicht, spürte ihre Angst und Verwirrung. Sie musste es ihnen erzählen. Sie zog ihr Handy hervor und zeigte ihnen Kirstines Nachricht.

»Was hat das zu bedeuten?«, flüsterte Kamille.

»Dass wir uns geirrt haben«, sagte Victoria. »Vergangene Nacht hat der Sommer begonnen. Die Prophezeiung handelt nicht von der Walpurgisnacht, sondern von der Frühlings-Tagundnachtgleiche. Trine wollte, dass wir ihren Mörder finden und ihre Schwester retten, ehe es zu spät ist. Aber wir haben sie enttäuscht. *Erfüllt euer Versprechen vor der Nacht, in der es Sommer wird. Sonst muss sie töten oder sterben.*«

»Kirstine hatte versucht, es zu verhindern …«, flüsterte Kamille. »Und genau deshalb passiert es. Kirstine ist für Leahs Tod verantwortlich.«

»Verdammt«, fluchte Malou und vergrub das Gesicht in den Händen. »Aber es war nicht ihre Schuld. Leah hat sich selbst entschieden. Und sie hätte uns mitgenommen, wenn Trine nicht gewesen wäre.«

»Ich weiß nicht, ob das für Kirstine einen großen Unterschied machen wird«, sagte Victoria. »Sie hat schon wieder jemanden umgebracht. Und genau davor hatte sie Angst.«

»Und Leah hat ihre Geheimnisse mit ins Grab genommen«, sagte Malou. »Alles ist verbrannt. Es ist alles weg.«

»Ich habe immer noch das Schmuckkästchen«, sagte Victoria leise. Sie hatte es unter den Pulli geschoben, ehe sie mit dem Bein durch den Boden gebrochen war, und bewahrte es seitdem in ihrer Tasche auf. Jetzt holte sie es heraus, legte es vor sich auf den Tisch und klappte einen einzelnen Öffnungsmechanismus zur Seite. Sie zuckten alle zusammen, als eine einfache Melodie ertönte. Die zarten Töne klangen verletzlich, doch gleichzeitig seltsam vertraut. Victoria sah in das Kästchen. Es war ein Schatz – der Schatz eines Kindes. Kleine Gegenstände, die für ein kleines Mädchen einmal großen Wert gehabt hatten.

Dinge, die man vielleicht herausnehmen und sich daran erfreuen könnte, während man in einem nackten Raum eingesperrt war. Victoria nahm eins nach dem anderen heraus und legte sie auf den Tisch. Eine Reihe hübscher Federn, ein paar glatte Steine vom Strand, ein Stück Bernstein, bunte Glanzbilder, Murmeln und ein kleiner Ring mit einem rosafarbenen Schmetterling.

»Ist das alles? Dafür haben wir unser Leben riskiert?« Malou lehnte sich schwungvoll zurück und fuhr sich mit den Händen durch die Haare.

»Schau mal, da ist noch was!« Kamille fuhr mit einem Fingernagel an der Seite des Kästchens entlang. Was Victoria für den Boden des Schmuckkästchens gehalten hatte, war in Wirklichkeit ein Foto, das mit der Bildseite nach unten lag. Kamille legte es zwischen ihnen auf den Tisch. Eine junge Frau und ein junger Mann, die beide lächelten. Aber die junge Frau war nicht Trine, das war eindeutig. Sie hatte dunkle Augenbrauen und lange, dunkle Haare, die ihr schmales und kantiges Gesicht einrahmten. Sie war hübsch. Neben ihr saß ein junger Mann, auch er hatte schwarze Haare. Er hatte den Arm um sie gelegt und sie saßen dicht beieinander. Das Bild war bei einer Feier aufgenommen worden, es standen Flaschen auf den Tischen, und der Blitz hatte die Augen des Mannes rot verfärbt. Rechts unten stand in orangefarbenen digitalen Ziffern ein Datum: *12. 11. 92.*

Vielleicht lag es am Lächeln des jungen Mannes, dass Victoria ihn zuerst nicht erkannte. Es war kein sarkastisches oder gehässiges Lächeln, sondern eines voller Freude und Optimismus. Sie hatte ihn nie zuvor so lächeln sehen.

»Zlavko …!«, flüsterte Malou. »Ohne Scheiß, das ist Zlavko!« Ein Missverständnis war ausgeschlossen. Auf dem Bild hielt der junge Zlavko eine hübsche, junge Frau mit ernster Miene und einem sanften, unergründlichen Lächeln im Arm.

»Aber wenn es Zlavko ist … dann kann das doch nicht …«

»Es *ist* Leah«, sagte Victoria.

»Aber sie war viel zu alt«, wandte Kamille ein.

»Nein …«, sagte Malou. »Nein, sie war gar nicht so alt, wie sie ausgesehen hat. Hätten wir mal darüber nachgedacht, hätten wir es uns auch selbst ausrechnen können. Leah war jünger als Trine. Sie war vielleicht nur fünfundvierzig …«

»Nicht viel älter als meine Mutter«, sagte Victoria. »War sie wirklich in Zlavkos Alter? Wie konnte sie dann so aussehen?«

»Wenn sie eine Beziehung mit Zlavko hatte, erklärt es sich von selbst. Das würde jedem die Lebenskraft aussaugen«, sagte Malou und erhob sich mit einem Ruck. »Die Kette! Na klar. Die *hatte* was mit Zlavko zu tun. Aber es war nicht Trines, sondern Leahs. Sie musste sie an dem Abend verloren haben. Sie war dort. Beim Julfest, als ich sie gesehen habe.«

»Die Kette«, sagte Kamille. »Sie gehörte Leah. Das hätte ich mir denken können. Sie war ja ganz glänzend.«

»Was meinst du damit?«, fragte Malou.

»Silber oxidiert«, sagte Kamille. »Gold ist unveränderlich, aber Silber wird schwarz, wenn es längere Zeit mit Sauerstoff in Berührung kommt. Wenn die Halskette all die Jahre im Wald gelegen hätte, wäre sie schwarz angelaufen gewesen. Aber das war sie nicht. Weil Leah gut darauf aufgepasst hatte. Lasst sie uns noch einmal anschauen.« Sie stand auf und holte die Kette, die in einer Schublade in dem großen Schrank ihres Zimmers lag.

Victoria hielt sie gegen das Licht. Mehrere feine Glieder aus Silber waren miteinander zu einer Kette verflochten, die recht dick und dennoch sehr elegant und dekorativ war. Der Anhänger hingegen war glatt und ohne jegliche Ornamente. Das war seltsam, denn normalerweise war der Anhänger das Schönste an einer Kette – es sei denn natürlich, er erfüllte eine andere Funktion als einfach nur Schmuck. Victoria dachte an jene altmodischen Medaillons, die oft ein kleines Miniaturporträt enthielten. Sie griff nach dem Anhänger und drehte ihn vorsichtig um. Das Schmuckstück machte leise *klick* und sprang auf. Darin befand sich ein kleiner Zylinder aus Glas.

»Wow«, flüsterte Kamille.

»Darf ich sehen?«, fragte Malou und griff nach dem Zylinder. Sie untersuchte ihn sorgfältig. »Ich glaube, ich weiß jetzt, warum Leah aus Rosenholm rausgeschmissen wurde«, sagte sie. »Erinnert ihr euch daran, was in dem kleinen Buch stand? Über Sklave und Blut und so? Dass man abhängig vom Blut anderer werden kann? Ich glaube, Leah war abhängig. Es kam raus, und sie wurde von der Schule verwiesen. Aber derjenige, der sie süchtig gemacht hatte, ist immer noch hier.«

»Ist es das, was ich denke?«, fragte Kamille und nahm Malou den Anhänger ab, um das dunkle Innere des Zylinders zu untersuchen.

»Blut«, Malou nickte. »Zlavkos Blut.«

»Aber warum hätte Zlavko Leah abhängig davon machen sollen, das … das Blut anderer Menschen zu trinken?«, fragte Kamille.

»Weil er es selbst ist. Zlavko ist Sangius Servus. Sklave des Blutes«, sagte Malou.

»Woher weißt du das?«

»Ich habe es gesehen. Ich habe ihn dabei gesehen.«

»Du hast ihn … wobei gesehen?!«

»Wie er jemandes Blut getrunken hat.«

»What?! Aber, warum hast du uns das nicht früher gesagt?«, entfuhr es Kamille schockiert.

»Tu ich doch gerade, oder?«

»Und wie lange weißt du das schon?«

»Ist doch egal.«

»Das ist überhaupt nicht egal. Was zum Teufel ist los mit dir, Malou? Warum deckst du ihn? Wenn er Blut getrunken hat?«

»Ist doch egal.«

»War es deins?«

»Was?! Nein, was für einen Scheiß denkst du von mir?«

»Was soll ich denn denken? Du trittst seinem widerlichen Club bei, und jetzt hältst du Dinge vor uns zurück. Dinge, die wichtig sein könnten, um herauszufinden, was zur Hölle damals geschehen ist.«

»Konnte ich wissen, dass Zlavko und Leah sich kannten? Außerdem bin ich noch kein Mitglied, nur Anwärterin.«

»Was macht das für einen Unterschied, wenn du bereits Dinge vor deinen besten Freundinnen verheimlichst?«

»Ich erzähl's doch jetzt, verdammt noch mal!« Malou stand auf und knallte beide Hände auf die Tischplatte. Sie atmete schwer. Dann setzte sie sich wieder. »Es hätte keinen Unterschied gemacht, wenn ihr es gewusst hättet. Es hat nichts mit Trine zu tun.«

»Es hat etwas mit dir zu tun, Malou. Mit uns …« Kamilles Stimme versagte.

»Und vielleicht hat es auch etwas mit Trine zu tun«, flüsterte Victoria, als sie das Bild zwischen den Fingern wendete. »Schaut mal, da steht etwas auf der Rückseite. Ist das nicht Zlavkos Handschrift?«

Malou nahm das Bild und betrachtete die Worte. *Alles für dich. Nur nicht das.*

»Zlavko hat es selbst an sie geschrieben. Er würde alles für sie tun«, sagte Victoria und spürte eine unbehagliche Kälte wie eine Schlange über ihre Haut kriechen. »Alles außer …«

»… einen Mord zu begehen«, sagte Malou. »Die ganze Zeit haben wir Trines Freund gesucht. Aber es war nicht ihr Freund, der es getan hat. Es war nicht der mit den blauen Augen. Es war *Leahs* Freund.«

»Wie meinst du das?«, fragte Kamille.

»Es war Zlavko!«, sagte Malou. »Leah muss ihn schließlich dazu überredet haben, oder sie hat ihn dazu gezwungen. Deshalb hat sie ihn gedeckt, und die Briefe waren eine falsche Fährte. Leah wusste, dass da nichts drinsteht, was uns zu Zlavko führen würde.«

»Aber jetzt ist Leah tot«, sagte Kamille. »Wie sollen wir jetzt beweisen, dass es sich so zugetragen hat?«

»Ich frag ihn«, sagte Malou.

»Zlavko?«

»Ja, ich geh sofort zu ihm.« Sie stand auf.

»Nein, Malou, bist du wahnsinnig?« Kamille sah sie fassungslos an. »Entweder lügt er, oder er ist gefährlich. Denk doch daran, was das letzte Mal passiert ist, als du ihn eines Verbrechens beschuldigt hast.«

»Ich beschuldige ihn nicht, ich will ihn nur nach Leah fragen. Ob es stimmt, dass sie sich kannten.«

»Aber wieso? Es sei denn …« Kamille runzelte die Stirn und starrte Malou an, und Victoria fühlte sich, als käme in ihrem Inneren ein Erdrutsch ins Rollen, aber dann war es auch schon zu spät, und Kamille hatte die Worte, die ihr auf der Zunge lagen, bereits ausgesprochen. »… du willst ihn warnen!«

Malous Gesicht war vor Wut verzerrt, und darunter bahnte sich eine regelrechte Lawine aus Schmerz ihren Weg, aber Victoria war nicht sicher, ob Kamille das bemerkte, als Malou sie jetzt wütend ankeifte.

»Was für einen Mist laberst du? Du weißt ja wohl am besten, wie sehr ich Zlavko hasse und welchen Scheiß ich jeden Tag von ihm ertragen muss. Nichts würde mich glücklicher machen, als ihn als Trines Mörder zu entlarven. Und dann beschuldigst du mich, ihn zu … decken?! Was zur Hölle ist mit dir los?«

»Okay, dann hasst du Zlavko. Aber ich verstehe einfach nicht, warum du dich lieber in seinem lächerlichen Club rumtreibst als mit uns – deinen Freundinnen.«

»Ich brauche seinen Club wegen der Kontakte, die er mir bietet. Der Club ist meine Chance. Warum kapierst du das nicht?«

»Weil du Zlavko und all die Bonzen-Kinder nicht brauchst. Du hast uns.«

»Euch? Den Schnapsclub? Sorry, aber verschafft ihr mir eine Ausbildung, wenn ich mit der Schule fertig bin? Oder einen Studienplatz? Besorgt ihr mir eine Wohnung in Kopenhagen und einen gut bezahlten Studentenjob? Ich will etwas erreichen, Kamille, und ich bin bereit, dafür zu kämpfen. Glaub mir, ich weiß, wie ein beschissenes Leben aussieht. So will *ich* nicht enden – lieber würde ich sterben.«

Beide standen sie auf, den Tisch zwischen sich, und die Luft war so mit Wut und Schmerz erfüllt, dass Victoria schwindelig wurde. Kamille seufzte tief und sank auf ihren Stuhl zurück.

»Du willst wirklich eine von ihnen werden, oder?«, fragte sie resigniert und fuhr sich durchs Gesicht.

»Und was ist so schlimm daran?«, schnappte Malou. »Ja, Zlavko ist krank im Kopf, aber es spricht nichts dagegen, Erfolg im Leben zu haben. Und den hat man, wenn man sich den Arsch aufreißt – ist man deshalb ein schlechter Mensch? Lieber in einem riesigen Luxusbunker sitzen wie Victorias Mutter, als wie ein Verlierer in einer gammeligen Baracke mitten auf einem Acker zu hocken wie deine Mutter, die gezwungen ist, Hinterwäldler mit Impotenz und Hämorrhoiden zu behandeln!«

»Lass meine Mutter da raus!« Kamille schrie so laut, dass Victoria zusammenzuckte. Dann herrschte Totenstille. Als Kamille wieder sprach, war ihre Stimme ruhig und kalt wie Eis. »Es mag sein, dass du meine Mutter für einen Niemand hältst, Malou, aber sie ist ein guter Mensch. Und ich dachte, du wärst es auch, obwohl es manchmal schwer ist, das zu erkennen. Aber vielleicht habe ich dich auch falsch eingeschätzt. Vielleicht ist es wirklich das Beste, wenn du zu deinen Krähen gehst und uns das hier überlässt.«

»Das findet ihr also?«, fragte Malou und funkelte Kamille und Victoria wütend an.

»Malou …«, begann Victoria.

»Ja«, sagte Kamille schroff. »Das finden wir.«

»Gut«, sagte Malou und drehte sich um. Die Tür schlug mit einem Knall hinter ihr zu. Erst da begann Kamille zu weinen.

21. MÄRZ
21 UHR 20

Malou

Wie konnte Kamille so etwas sagen? Sie zu beschuldigen, eine … eine verfluchte Verräterin zu sein? Wütend wischte Malou sich die Tränen weg. Warum vertraute Kamille ihr nicht? Wie konnte sie so etwas glauben, nach allem, was Malou für sie getan hatte? Für Kamille?

Sie konnte hören, wie eine Gruppe Schülerinnen und Schüler die große Treppe herunterkam, und sie bog in einen der langen Korridore ab, die jetzt, da der Unterricht des Tages vorbei war, leer waren. Sie schloss die Augen und atmete durch, aber die Tränen flossen weiter. Ihre Hände, die mit Mullbinden umwickelt waren wie in einem schlechten Mumienfilm, fingen an zu zittern, und sie konnte nichts dagegen tun. Der Klang von Leahs Schreien, als sie aus dem Haus geflohen waren, vermischte sich mit dem Anblick der leblosen Kirstine im Krankenhausbett und Kamilles ungeheuerlichen Vorwürfen. Malou verbarg das Gesicht in den Händen und sank zu Boden.

Alles war umsonst gewesen, sie würden es niemals mit Sicherheit wissen, niemals irgendetwas beweisen können, und ihr Versprechen gegenüber Trine würde sie am Ende auffressen. Leah war tot, das Haus niedergebrannt, und wenn Zlavko in den Mord verwickelt war, würde er das niemals zugeben. Kamille hatte recht, es hatte keinen Zweck, ihn damit zu konfrontieren, schon gar nicht jetzt, wo sie so fertig war. Er würde sie mir nichts, dir nichts in Stücke reißen. Wohin sollte sie? Malou war an das Alleinsein gewöhnt, aber nicht daran, sich so zu fühlen. *Einsam.* Sie stand auf, trocknete die Tränen und ging los. Anstatt auf die Treppe zuzuhalten, folgte sie dem langen Korridor bis zum Ende und stieg zögernd eine schmale Treppe hinauf.

Nachdem sie etwa zwanzig Minuten vor der Tür gestanden und Mut gesammelt hatte, klopfte sie endlich an. Ein verwirrter junger Mann mit zerzausten Haaren sah sie an. Er ging in ihren Jahrgang, aber sie wusste nicht, wie er hieß.

»Äh …«

»Louis«, sagte sie und hoffte, dass man nicht bemerken würde, dass sie geweint hatte. »Er wohnt doch hier, oder?«

»Äh …« Der Junge sah sie fragend an. Dann drehte er sich um und rief. Nichts tat sich. »Ich geh ihn holen«, sagte er. »Willst du reinkommen?«

Malou schüttelte den Kopf. Sie bereute es beinahe und wollte schon umkehren, als sie Schritte hörte. Louis öffnete die Tür.

»Malou? Alles in Ordnung?« Er sah sie besorgt an.

»Was ist passiert? Du bist ja verletzt …«

»Nein, nein, alles okay«, sagte sie, aber augenblicklich liefen erneut die Tränen. Sie schloss die Augen. *Fuck.*

»Komm, gehen wir in mein Zimmer«, sagte er. »Da sind wir ungestört.«

Malou folgte ihm durch eine kleine Küche, die der in ihrer WG zum Verwechseln glich, auch wenn diese mit Postern von Spiderman und Hulk dekoriert war.

»Magnus steht total auf Comics«, murmelte Louis, führte sie

einen kleinen Flur entlang hinein in ein Zimmer und schloss hinter ihnen die Tür. »Möchtest du was trinken? Wasser vielleicht?«

Sie nickte. Es war nett hier. Louis war offensichtlich sehr ordentlich, über dem Bett lag eine dicke, graue Tagesdecke, seine Bücher standen fein säuberlich im Regal. An einem Schreibtisch stand ein großer Holzstuhl. Er war mit Leder gepolstert und hatte einen geschwungenen Umriss und gehörte eindeutig nicht zum Inventar von Rosenholm. Das galt auch für die Designerlampe auf dem Tisch. Louis musste die Möbel von zu Hause mitgebracht haben. Über dem Bett hing ein Gemälde, das eine schimmernde Allee mit hohen Bäumen zeigte, die zu einem riesigen, weißen Gebäude führte. Es war ein altes Bild von Rosenholm.

Louis trug kurz darauf ein Tablett mit zwei Gläsern und einer Schüssel Chips zur Tür herein. »Ich wusste nicht, ob du auch Hunger hast.«

»Haben alle Jungs Einzelzimmer?« Malou biss sich auf die Lippe. Sie hätte so vieles sagen können. Dass ihr sein Zimmer gefiel, dass es schön war, hier zu sein, dass es nett von ihm war, Chips zu holen. Warum begann sie mit einem Angriff?

Aber Louis lächelte nur. »Nein, davon gibt es nur wenige. Vergangenes Jahr habe ich mir auch ein Zimmer geteilt, aber für dieses Schuljahr hatte mein Vater Jens geschrieben und gefragt, ob ich nicht ein Einzelzimmer bekommen könnte.«

Er prahlte nicht damit, er sagte es eher, als wäre es etwas ganz Normales. Dass sein Vater ihm ein Einzelzimmer besorgen konnte, indem er an die Schule schrieb.

»Hier.«

Malou trank einen Schluck. Es war Sprudelwasser, und es war kalt. Sie setzten sich aufs Bett.

»Willst du mir sagen, weshalb du so aussiehst?« Er nickte in Richtung ihrer Hände.

Sie schüttelte den Kopf. »Spielt keine Rolle. Es ist nur … Ich hab mich total mit meiner WG gezofft. Sie …« Sie fühlte, wie ihre Stimme zitterte.

»Sie verstehen dich nicht …«, beendete er den Satz.

Sie nickte und versuchte vergebens, das Weinen zu unterdrücken. Was war mit ihr los, verdammte Scheiße?

»Na, los – sag es ruhig«, sagte sie.

»Was?«

»*Was habe ich gesagt.* Sag es einfach.«

»Hey, nein. Das würde ich niemals tun«, sagte er und legte einen Arm um sie. »Hör zu, ich wünschte, ich hätte unrecht und du hättest recht. Dass deine Freundinnen Verständnis haben und sich für dich freuen würden, anstatt neidisch zu sein und dich zu verurteilen. Aber ich habe genau das schon unzählige Male miterlebt …«

Malou wischte sich die Tränen ab. Sie musste furchtbar aussehen.

»Hier.« Louis reichte ihr eine Packung Taschentücher. Zuerst versuchte sie, nur ihre Nase abzutupfen, denn sie wollte sich nicht vor Louis die Nase putzen, aber es war nichts zu machen.

»Nun mach schon, das ist voll okay!«, sagte er, als hätte er ihre Gedanken gelesen.

»Normalerweise bin ich keine Heulsuse«, sagte sie zu ihrer Verteidigung.

»Also, ich hatte schon das Gefühl, dass du so eine Zuckersüße bist«, sagte er mit verschmitztem Lächeln.

Sie stieß ihn mit der Schulter an.

»Ich bin froh, dass du zu mir gekommen bist, weil es dir leidtut,

Malou«, sagte er leise, streckte die Hand aus und legte sanft ihre verbundene Hand in seine.

»Ich auch.«

Sie sah ihm in die Augen, die waren so hell, aber die Pupillen waren groß und schwarz und hielten ihrem Blick stand. Malou wartete, aber es geschah nichts weiter. Dann lehnte sie sich zu ihm und küsste ihn.

Brand in Einfamilienhaus

AM 21. MÄRZ ist im Solvangen in Kalundborg ein altes Einfamilienhaus niedergebrannt. Die Nachbarn alarmierten die Feuerwehr, aber das Haus war nicht mehr zu retten. Techniker untersuchen derzeit die Brandursache. Menschen sind in dem starken Feuer offensichtlich nicht zu Schaden gekommen.

14. April 89

An Leah

wie konntest du das tun? wie kannst du überhaupt noch in den Spiegel schauen? Ich hoffe, du bist stolz auf dich - du hast alles ruiniert!
wie kann man nur so gemein sein? Ich habe immer gewusst, dass du eifersüchtig auf mich bist, aber dass du so tief sinken würdest, hätte ich wirklich nicht gedacht. Sie sind zur Schulleitung gegangen, weißt du das? Ich bin nur froh, dass ich dir seinen Namen nie verraten habe! Den konntest du wenigstens nicht weitertratschen.
Er sagt, dass er mich verlassen will. Und das ist DEINE Schuld! Aber das darf er nicht, ich werde es schon zu verhindern wissen. vielleicht hauen wir zusammen ab? Ich ertrage es nicht, wenn er mich verlässt - hörst du?
Das überlebe ich nicht.
Ich fühle, dass du nicht mehr meine Schwester bist.
Jetzt hast du niemanden mehr!

Trine

**Verteidigung der Facharbeit
im 2. Jahrgang:**

*Alexandra David-Néel und Nikola Tesla –
Eine Studie über die Sicht der Nachwelt
auf führende Blutmagier vor dem Hintergrund
der großen Reformation von 1810*
von Malou Nielsen

Am 30. April um 10 Uhr 30 in Raum 209

Lehrer: Zlavko Kovacevic
Zweitprüfer: Jens Andersen

30. APRIL
08 UHR 15

Kirstine

Kirstine legte die Brötchen auf den Tisch.

»Oh, du hast Frühstück gemacht?« Zögernd nahm sich Kamille ein Brötchen und schmierte Butter darauf.

»Ja, ihr müsst euch doch heute stärken«, sagte sie.

»Ich hasse Prüfungen«, sagte Kamille und legte das Brötchen beiseite. »Ich bin gar nicht sicher, ob ich überhaupt etwas essen kann.« Sie fummelte unter dem Tisch an etwas herum, das Kirstine nicht sehen konnte.

»Zum Glück ist es nur eine Zwischenprüfung …«, versuchte Kirstine sie aufzumuntern.

»Ja, aber alle nehmen sie mega ernst, als wäre es schon die richtige Abschlussprüfung. Ich hab nur Schiss, dass Lisa denkt, ich hätte in meiner Arbeit totalen Quatsch geschrieben. Ich habe die ganze Nacht davon geträumt, dass ich mich nicht einmal an den Namen von Johanniskraut erinnern konnte und sie mich wieder rausgeschickt haben, weil ich nur Unsinn gestammelt habe.« Kamille ließ den Kopf auf die Arme sinken und jammerte lauthals. »Ich bin beinahe neidisch auf dich, Kirstine.«

»Ja, immerhin bleibt mir das erspart«, sagte sie und stellte ein paar Teetassen auf den Tisch.

»Ach, das war wirklich unpassend von mir«, sagte Kamille. »Tut mir leid!«

Kirstine machte eine abwehrende Handbewegung, um zu zeigen, dass es nichts bedeutete. Thorbjørn hatte die holperige Arbeit gelesen, die sie über die Tätigkeit der Völva verfasst hatte, aber er war der Meinung, dass eine mündliche Verteidigung, so wie es gerade um Kirstine stand, keine gute Idee wäre. Und sie hatte nicht gerade protestiert. Genau wie Kamille hasste sie Prüfungen.

»Guten Morgen«, sagte Victoria und setzte sich an den Tisch.

»Wie kannst du so ruhig sein?«, fragte Kamille. »Bist du denn gar nicht nervös?«

»Nicht wirklich«, sagte Victoria. »Jens ist eh schon von mir enttäuscht, also habe ich akzeptiert, dass er meine Facharbeit hassen wird. Ich kann nicht wirklich etwas dagegen tun.«

»Oje«, jammerte Kamille erneut. »Ich hoffe ehrlich, dass Lisa nicht von mir enttäuscht sein wird.«

»Pass bloß auf, dass du den nicht verlierst«, sagte Victoria und machte eine Kopfbewegung in Richtung Kamille.

»Was? Den hier?« Sie hielt die Hände über die Tischplatte und öffnete sie. In der rechten lag der Siegesstein.

»Der soll doch nicht wegkommen, oder?«, lächelte Victoria.

»Nein, natürlich nicht. Ich glaube nur, dass er mich beruhigt.« Kamille öffnete den Lederbeutel, den sie um den Hals trug, und ließ den Stein wieder hineinfallen. »So«, sagte sie und schenkte Victoria ein Lächeln.

Kamille war offensichtlich davon überzeugt, dass ihnen ihr Versprechen gegenüber Trine nichts anhaben konnte, solange sie nur den Stein hatten. Sie hatte ihnen ein Buch gezeigt, in dem der Stein beschrieben wurde, und als Victoria darauf hinwies, dass darin von Versprechen an Geister keine Rede war, hatte Kamille nur abgewunken. Sie war sich ihrer Sache sicher, der Stein würde sie schützen, aber woher sie diese Informationen hatte, damit wollte sie nicht rausrücken.

»Sollen wir Malou fragen, ob sie etwas möchte?«, fragte Kirstine und nickte in Richtung der geschlossenen Tür. Malou ließ sich so gut wie gar nicht mehr in der WG blicken, und wenn sie es tat, zog sie sofort die Tür hinter sich zu.

»Das lohnt sich nicht. Sie wird sowieso nichts essen«, sagte Kamille. »Ich glaube, ich geh noch mal rein und seh mir meine Notizen an. Vielen Dank fürs Frühstück, Kirstine.« Sie stand auf und ging ins Turmzimmer.

Als alle drei gegangen waren – Malou, ohne mit einer von ihnen ein Wort zu wechseln –, räumte Kirstine die kleine Küche auf. Das würde sie eine halbe Stunde lang beschäftigen. Es war beängstigend, wie gut sie darin geworden war, die Tage einfach so vorbeiziehen zu lassen. Es war eigentlich das Schlimmste von allem. Dass sie sich allmählich daran gewöhnt hatte, wie ein Tier in einem Käfig zu leben. Im Anschluss ging sie in ihr Zimmer und stellte Kamilles Matratze beiseite. Seit vor einem Monat ihre Freundschaft mit Malou in die Brüche gegangen war, hatte sie bei ihnen übernachtet.

Kirstine beschloss, ein Bad zu nehmen. Als sie aus der Dusche kam, betrachtete sie in Ruhe ihr Spiegelbild. Sie hatte während all der Krankenhausaufenthalte abgenommen, die Hüften waren jedoch immer noch breit, ebenso die Schultern. Sie richtete sich zu ihrer vollen Größe auf. Die Haare waren länger geworden, sie reichten ihr bis zur Hälfte des Rückens und hatten die Farbe von nassem Sand. Ab den Hand- und Fußgelenken schlängelten sich

Narben die Arme und Waden entlang. Die Wunden waren zwar verheilt, die Narben aber immer noch lila. Sie würden mit der Zeit weiß werden. Kirstine mochte sie irgendwie und hatte aufgehört, sie mit langärmligen Blusen und langbeinigen Hosen zu bedecken. Man konnte sowieso nichts machen – sie waren nun ein Teil von ihr – und es war auch an der Zeit, der Realität ins Auge zu blicken. *Der harten Realität.* Kirstine hatte die Kontrolle über das Feuer verloren, das sie entfacht hatte, Leahs Haus war abgebrannt und Leah selbst in den Flammen umgekommen. Es war ihnen nicht gelungen, Trines Schwester zu retten, und sie hatten keinerlei Beweis dafür, dass Leah Zlavko entweder überredet oder gezwungen hatte, Trine zu töten. Ihre einzige Chance war, ihn selbst zu einem Geständnis zu bekommen, allerdings hielt keine von ihnen das für realistisch. Kirstine hoffte insgeheim, dass wenigstens Kamille recht hatte und der Stein sie alle beschützen würde.

Sie bürstete ihr Haar in langen, ruhigen Zügen, aber plötzlich wurde ihr schwindelig, das taumelige Gefühl überwältigte sie, und sie ließ die Bürste los, die auf die Badezimmerfliesen fiel. Eine Sekunde später sank sie selbst zu Boden und schlug hart auf. Kirstine kämpfte dagegen an, das Bewusstsein zu verlieren. So lag sie auf dem Boden, die kleinen, weißen Fliesen waren klamm vom Wasser, sie konnte sie an ihrem nackten Körper spüren. Und jetzt überwältigten sie die Bilder, sie war jedoch bei vollem Bewusstsein, sie konnte gleichzeitig hier und dort sein. *Leah, sie ist hier. Sie ist jetzt in Rosenholm. Sie hat ein Messer bei sich, und sie ist gekommen, um zu töten.*

Kirstine schüttelte den Kopf und versuchte, auf alle viere zu gelangen. Leah war nicht tot. Die Weissagung hatte sich noch nicht erfüllt … Sie musste die anderen finden. Sie musste sie warnen.

30. APRIL
11 UHR 00

Kamille

»Vielen Dank«, stammelte Kamille noch einmal, während sie verwirrt all ihre Sachen in ihrem Kessel zusammensammelte.

»Wir haben zu danken«, lächelte Lisa und hielt ihr die Tür auf. »Kannst du das alles tragen?«

»Ja, es geht.«

Draußen vor der Tür verabschiedete sich Kamille von Lisa und der Zweitprüferin, einer großen, älteren Dame, der sie noch nie zuvor begegnet war. Vor der nächsten Prüfung hatten sie eine Pause, in der Lisa ihr den Kräutergarten zeigen wollte, so lautete der Plan.

Kamille blieb in dem leeren Korridor zurück. Sie spürte, wie ihre Atemzüge langsam tiefer wurden und sich ein geschmeidiges Lächeln über ihr Gesicht legte. Ihr Gesicht war glühend heiß, und ihre Haare kräuselten sich nach der halben Stunde über dem kochenden Kessel vermutlich wie verrückt, aber im Moment war sie einfach nur glücklich. Sie hatte sich für die Aufgabe entschieden, in Lisas Anwesenheit ein Heilmittel gegen Stress zu brauen. Und es war super gelaufen. Einen kurzen Moment verspürte sie einen Stich im Herz, als sie ihren ersten Impuls, Malou eine Nachricht zu schicken, unterdrücken musste. Sollte sie Jens schreiben? Sie hatte in letzter Zeit nicht viel von ihm gehört, aber Kamille war sich ziemlich sicher, dass er stolz wäre und sich freuen würde, wenn er hörte, wie gut es gelaufen war.

»Kamille!«, Kirstine kam ihr entgegengeeilt.

»Hey!«, rief Kamille. »Stell dir vor, Kirstine, ich habe zehn Punkte bekommen. Volle Punktzahl! Kannst du das glauben? Am Anfang war es etwas holperig, aber dann …« Sie hielt inne, als sie Kirstines Gesichtsausdruck bemerkte. »Was ist los?«

»Leah«, stöhnte Kirstine atemlos. »Ich hab sie gesehen – in einer Vision. Sie ist nicht tot, sie ist hier in der Schule. Ich glaube, sie will jemandem etwas antun!«

»Was?!« Kamille hatte mit einem Mal ein Klingeln auf den Ohren und spürte, wie sämtliches Blut aus ihrem Gesicht wich und sich stattdessen eine eisige Kälte in ihr ausbreitete. *Sonst muss sie töten oder sterben …*

»Aber die Weissagung!«

»Ich weiß!«, sagte Kirstine. »Sie hat sich noch nicht erfüllt. Wir müssen die anderen finden!«

»Und die Lehrer alarmieren«, sagte Kamille.

»Lisa?«

»Sie sind schon weg, wir müssen zu Jens.«

»Aber Victoria und Malou …«

»Die sind noch in ihren Prüfungen. Wenn du versuchst, sie zu finden, renn ich hoch zu Jens' Büro.«

»Kamille …« Kirstine ergriff ihre Hand. »Pass auf dich auf. Wenn du Leah siehst, komm ihr nicht zu nah.«

»Okay«, sagte Kamille und nickte. »Ich passe schon auf.« Dann drehte sie sich um und eilte zu der großen Treppe.

Einige Minuten später riss sie keuchend die Tür zu dem großen Büro auf.

»Jens?«, rief sie, obwohl es offensichtlich war, dass das Zimmer leer war. Sie lief zu seinem Schreibtisch. Vielleicht lag dort ein Hinweis darauf, wo er gerade war, ein Stundenplan oder eine Prüfungsübersicht. Der Schreibtisch war voll mit kleinen, handschriftlichen Notizen und Zetteln, aber sie konnte nichts finden, das ihr weiterhalf. Kamille blätterte hektisch die herumliegenden Papiere durch. Das brachte nichts. Sie sollte besser Kirstine dabei helfen, Malou und Victoria zu finden, anstatt nach Jens zu suchen. Dann hörte sie etwas an der Tür. Dort war jemand. Langsam ging die Türklinke nach unten.

»Papa?«, flüsterte Kamille.

Aber es war nicht Jens. Es war Leah. Sie trug ein langes, schwarzes Kleid mit zierlichen Knöpfen, die von der Taille bis hoch zum Hals verliefen. Das Kleid lag eng an ihrer dünnen Gestalt. Am Hals und auf einer Wange hatte sie entsetzliche Verbrennungen, die sich entzündet hatten, nässten und so unglaublich schmerzhaft aussahen, sodass Kamille zunächst eher Mitleid als Angst verspürte. Das Feuer hatte auf der einen Seite auch Leahs Haare verbrannt, und sie sah noch grotesker aus als zuvor – sie glich einem halben Menschen.

»Trine«, zischte Leah. »Warum bist du hier?« Sie ging langsam auf Kamille zu. Erst da entdeckte Kamille das zeremonielle Messer in ihrer Hand.

Kamille schüttelte langsam den Kopf. »Ich bin nicht …«

»Ich weiß, warum du hier bist«, unterbrach Leah. »Du willst mich im Auge behalten. Du willst sichergehen, dass ich tue, was du verlangst. Du wolltest immer schon alles kontrollieren, was ich mache.«

»Leah …«

»Aber keine Sorge. Ich bin gekommen, um dem ein Ende zu

bereiten. Endlich.« Sie wandte sich den großen Fenstern zu, die eine Aussicht über den Schulpark boten. »Du weißt, dass sie ihn zum Schulleiter ernannt haben?«

»Was meinen Sie?«, flüsterte Kamille, obwohl sie sich nicht sicher war, ob sie die Antwort hören wollte.

»Jens«, sagte Leah. »Sie haben Jens zum Schulleiter von Rosenholm gemacht.«

30. APRIL
11 UHR 10

Malou

»Das war wirklich gut«, sagte Jens und schüttelte ihr die Hand. »Ich weiß ja, dass Zlavkos Schüler tüchtig sind, aber elf Punkte sieht man nicht alle Tage. Die werden nur in absoluten Ausnahmefällen vergeben.«

»Danke«, sagte Malou und lächelte.

»Es tut mir leid, aber ich muss los. Ich habe eine Schülerin, die jetzt gleich ihre Facharbeit in Geisterkunde verteidigen soll. Aber Zlavko wollte sowieso noch einige Dinge deiner Arbeit mit dir durchgehen, wenn ich es richtig verstanden habe?«

Zlavko nickte. »Danke für die Hilfe, Jens«, sagte er, und der Schulleiter eilte aus der Tür und ließ sie allein zurück.

Es war gut gelaufen, wirklich gut. Mit der Facharbeit war Malou nicht ganz zufrieden gewesen, die war sicherlich nicht das Beste, was sie jemals abgeliefert hatte, aber die Verteidigung hatte alle Erwartungen übertroffen. Zlavko hatte es nicht kommentiert, dass sie über ein anderes Thema geschrieben hatte als jenes, das sie ursprünglich abgesprochen hatten. Stattdessen hatte er interessiert zahlreiche Fragen zu ihrer Arbeit über die zwei großen Magier gestellt, die in Verruf geraten waren, nachdem Teile ihres magischen Wirkens untersagt worden waren. Er schien sogar mit ihren Antworten zufrieden, und Malou war sich ziemlich sicher, dass er sie absichtlich nach Dingen gefragt hatte, von denen er wusste, dass sie sie gut beantworten konnte. Malou hatte ihre Argumente ohne zu zögern vorgetragen, und als sie doch aufs Glatteis geriet, hatte sie perfekt geblufft und schnell zu einem Thema übergeleitet, bei dem sie glänzen konnte. Manche sagten, dass mündliche Prüfungen ungerecht seien, und da konnte etwas dran sein. Aber dieses eine Mal war die Ungerechtigkeit zu ihren Gunsten ausgefallen.

»Eine interessante Arbeit«, sagte Zlavko, als sie allein waren. »Und eine mutige Themenwahl. Viele würden es wohl als kontrovers betrachten, zwei Magier auszuwählen, die diese Art von Magie ausgeübt haben. Die Wahl deines Themas zeugt von einer gewissen Reife, einer Fähigkeit, feinere Nuancen zu erkennen. Und spätestens das macht dich zu einer fähigen und talentierten Magierin.«

Malou sah ihn aus großen Augen an.

»Überrascht?« Ein Lächeln umspielte seine Lippen.

»Sie halten mich für eine talentierte Magierin?«

»Natürlich. Ich befasse mich nur mit den Talentierten. Die Übrigen sind mir egal. Du glaubst vielleicht, dass ich zu streng mit dir bin?«

»Ja!«, entfuhr es ihr.

»Es geht darum, dich besser zu machen. Das Leben ist hart, Malou. Ich dachte, du weißt das.«

Sie nickte. »Haben ... haben Sie mit Louis gesprochen?«

»Ich spreche mit all meinen Krähen«, sagte Zlavko und legte die Fingerspitzen aneinander, während er sie betrachtete. »Auch mit Louis. Ich bin bereit, dich als vollwertiges Mitglied in den Club der Krähen aufzunehmen, Malou. Aber die Frage ist, bist du es auch?«

Sie blickte auf den Tisch vor sich hin. Es überraschte sie, dass er das Thema ausgerechnet hier und jetzt ansprach.

»Du vertraust mir immer noch nicht. Das möchte ich gerne ändern. Gibt es etwas, das du mich fragen möchtest?«

Zlavko vertrauen … Die zwei Wörter passten nicht zusammen, es sei denn, man fügte ein großes, fettes NICHT ein. Gab es etwas, das sie ihn fragen wollte? Konnte sie ihm etwas entlocken, wenn sie es richtig anstellte? Unzählige Bilder rauschten durch ihren Kopf. Zlavko, der einen Blutstropfen von Louis' Hals leckt, Zlavko, der ihr Nasenbluten verursacht und sie zwingt, dic Hand in eiskaltes Wasser zu tauchen, Zlavko, der mit ihnen anstößt, Zlavko mit Leah im Arm … Hatte er Trine getötet? Und wenn ja, war er dann selbst das Opfer von Leahs Kräften? Oder ein kaltblütiger Mörder?

»Warum waren Sie am Abend des Julfestes im Wald?« Sie sah ihm in die Augen.

Er antwortete, ohne zu überlegen. »Um nach ihr zu suchen.«

»Nach wem?«

»Du weißt, wen ich meine.«

»Dann haben Sie sie also auch gesehen?«

»Ja, das habe ich.«

»Sie haben mich angelogen!«

»Ja. Um dich zu schützen. Es ist besser, dass du so wenig wie möglich weißt. Aber ich habe so eine Ahnung, dass du trotzdem etwas herausgefunden hast.«

»Sie waren ein Paar«, sagte Malou, halb ängstlich vor seiner Reaktion, halb stolz zu eröffnen, was sie wusste, als wäre es ein weiterer Teil der Prüfung.

»Korrekt.«

»Sie wurde von der Schule geschmissen, weil sie Sangius Servus, eine Sklavin des Blutes, war.«

»Korrekt.« Nur eine minimale Bewegung der Augenbrauen offenbarte, dass Zlavko überrascht war.

»Genau wie Sie.«

»Korrekt«, sagte er abermals, ohne das Gesicht zu verziehen.

»Warum sind Sie ihr nachgelaufen?«

»Ich hatte Angst davor, was sie anstellen würde. Leah ist nicht gesund … sie ist es bereits seit vielen Jahren nicht. Nicht erst, seit sie der Schule verwiesen wurde.«

»Dass sie rausgeflogen ist, hat es vielleicht noch schlimmer gemacht, aber angefangen hat es schon vorher«, fügte Malou hinzu.

»Korrekt«, antwortete Zlavko noch einmal, als wäre das alles ein absurdes Quiz.

»Mit dem Mord an ihrer Schwester«, sagte sie.

Zlavko zögerte, er öffnete den Mund, um zu antworten, aber da flog auf einmal die Tür auf.

»Kirstine?!«

»Malou, komm! Los, du musst mitkommen!«

»Was ist passiert?«

Kirstines Blick flackerte. »Sie ist hier«, sagte sie. »Sie hat das Feuer überlebt. Sie ist hier!«

»Leah? Leah ist hier? In der Schule?« Zlavko erhob sich.

Kirstine wirkte völlig schockiert.

»Er weiß Bescheid«, sagte Malou schnell. »Und sie ist jetzt gerade hier, Kirstine?«

Sie nickte. »Ich hatte eine Vision. Sie hat sich Zugang zur Schule verschafft, aber ich weiß nicht, wo sie ist. Sie hat ein Messer … die Weissagung!«

»Die Walpurgisnacht … sie ist heute Abend«, hauchte Malou. Sie wandte sich an Zlavko, der vollkommen bleich war. »Wir müssen sie finden. Und die Lehrer warnen!«

»Kamille ist schon zu Jens' Büro gerannt, um ihm Bescheid zu geben«, sagte Kirstine.

»Dort ist er nicht. Er hat gerade Prüfung«, sagte Zlavko. »Ihr kommt besser mit mir. Wir müssen uns beeilen!«

»Aber Victoria …«, sagte Kirstine.

»Sie ist bei Jens, es ist ihre Prüfung. Los jetzt!«, rief er ihnen zu, während er die Tür aufriss und auf den Flur hinausrannte.

30. APRIL
11 UHR 12

Kirstine

Sie rannten, allerdings nicht in Richtung der Klassenräume. Zlavko führte sie eine schmale Treppe hinunter.

»Wohin wollen wir?«, rief Malou.

»Nach draußen«, rief Zlavko. »Jens prüft immer draußen. Im Steinkreis.«

Zuerst ergab das für Kirstine keinen Sinn, aber dann fiel ihr ein, wie sie Jens das allererste Mal gesehen hatte. Am Tag der Aufnahmeprüfung hatte er die neuen Schülerinnen gebeten, in eine Art Felsbrocken zu blicken, der in der Mitte eines Steinkreises lag und mit Wasser gefüllt war.

»Halt!«

Kirstine drehte sich um. Vom anderen Ende des Flurs, durch den sie soeben gelaufen waren, kam Kamille angestürzt. Sie war so außer Atem, dass sie kaum ein Wort herausbrachte. »Sie war da. Sie war da!«

»Wo? Wo war sie?«, fragte Malou.

»In Jens' Büro. Sie sucht ihn.«

»Bist du okay?«

»Ja, sie glaubt immer noch, dass ich Trine bin. Und sie ist hinter Jens her. Deshalb muss sie uns an Imbolc gefolgt sein. Und deshalb ist sie auch jetzt hier!«, japste Kamille, ohne Rücksicht darauf zu nehmen, dass Zlavko sie ungläubig ansah.

»Warum Jens?«, keuchte Malou.

»Sie muss ihn ins Visier genommen haben, weil er der Schulleiter ist«, sagte Zlavko. »Leah hat nie verwunden, dass sie von der Schule verwiesen wurde. Wir müssen beide finden, ehe sie es tut. Victoria und Jens. Kommt!«

Sie verließen das Schloss und liefen in den anliegenden Park. Ein kalter Frühlingsregen prasselte auf sie herab, durchtränkte rasch ihre Kleidung, erfüllte ihre Ohren mit einem trommelnden Geräusch und machte es schwierig, zwischen den zugewucherten Bäumen hindurchzusehen. Kirstine spürte, wie es im Dickicht zuckte und knackte, aber noch ließen die Bäume sie in Ruhe. Vielleicht weil sie noch zu nah am Schloss waren. Sie war seit dem Tag der Aufnahmeprüfung nicht mehr hier gewesen, aber sie erkannte alles wieder. Den kleinen Pfad, die Bäume, und kurz darauf erreichten sie auch schon den Steinkreis. Jens und Victoria standen beide dort, allein.

»Jens!«, rief Zlavko. Im selben Moment bemerkte Kirstine aus dem Augenwinkel eine Bewegung.

Das Messer zischte links an ihnen vorbei und auf die Mitte des Steinkreises zu.

Kamille schrie auf.

30. APRIL
11 UHR 15

Kamille

»Nein!«

Alles erschien ihr plötzlich glasklar. Kamille vernahm alles deutlich bis ins kleinste Detail. Sie spürte die Regentropfen auf ihrem Gesicht, sah die gezackten Ränder der hellgrünen Blätter an den Birken, hörte das Zischen des Messers, als es durch die Luft schnellte und sie traf, das drückende Gefühl in der Brust, die unebenen Pflastersteine. Das Regenwasser hatte sich in einer kleinen Vertiefung gesammelt. Wie ein Miniatursee, der sich vor ihr ausbreitete.

»Kamille?«, rief Jens verwundert.

30. APRIL
11 UHR 16

Malou

»Kamille!«, schrie Malou. »Nein, nein, nein!« Sie ließ sich neben sie fallen. Kamille lag auf der Seite, das Messer neben ihr auf dem Boden. Leahs Messer. Aber warum hatte sie sich vor sie geworfen? Was hatte sie sich dabei nur gedacht! Malou drehte sie auf den Rücken. Kamille starrte zu ihr hoch.

»Ganz ruhig, alles wird gut, alles wird gut«, sagte Malou.

»Macht, dass ihr wegkommt!« Eine schrille Frauenstimme zerschnitt die Luft, aber Malou schaute nicht auf.

»Mir geht es gut«, flüsterte Kamille.

»Halt still, gleich kommt Hilfe.« Malou konnte selbst die Panik in ihrer Stimme hören. Sie berührte Kamilles Bluse, um zu sehen, wo das Messer eingedrungen war. Es hatte sie mitten in die Brust getroffen. Aber … wo war die Wunde?

»Malou, ich bin okay.« Ein sanftes Lächeln umspielte Kamilles Lippen, sie griff nach Malous Hand.

»Aber das Messer. Ich hab es gesehen …«

»Es muss den Stein getroffen haben«, sagte Kamille und nahm den Lederbeutel ab, den sie um den Hals trug. Malou besah ihn, er wies tatsächlich einen Schnitt auf. Wie von einem Messer, das mit voller Kraft geworfen worden war.

»Der Siegesstein …«, flüsterte Malou.

»Komm!« Jens hielt Kamille eine Hand hin und zog sie hoch.

Malou stand auf und sah sich um. Leah fing wieder an zu schreien. Zeterte, dass sie alle verschwinden sollten, aber niemand rührte sich vom Fleck. Zlavko stand vor ihnen und schirmte Jens, Kamille und Malou ab, während Kirstine und Victoria am äußeren Rand des Steinkreises in Deckung gegangen waren.

Leah stand ihnen gegenüber. Ihr langes, weißes Haar war im Regen stahlgrau geworden, Wasser rann über ihr entstelltes Gesicht, die Augen waren pechschwarz. »Gebt ihn mir. Lasst es mich beenden. Es muss ein Ende haben.«

»Nein, Leah«, sagte Zlavko leise, seine Stimme klang im prasselnden Regen beinahe sanft. »Es ist noch nicht zu spät. Komm, lass uns irgendwohin gehen und darüber reden. Nur wir beide.«

»Alles ist zu spät«, zischte sie. »Besonders für Verräter wie dich, Zlavko. Du hast mir versprochen, du würdest immer für mich da sein. Aber du hast gelogen.«

»Es tut mir leid, Leah …«

Malou wusste nicht, was gruseliger war. Diese Worte überhaupt von ihm zu hören, oder dass er sie offenbar wirklich ehrlich meinte. In dem Moment sprang Leah. Unfassbar beweglich und mit einer Geschwindigkeit, die Malou an einen Film denken ließ, der zu schnell abgespielt wurde. Sie traf Zlavko an der Brust, stieß ihn um und schlug ihm ins Gesicht, dass die spitzen Nägel lange, blutige Kratzer auf seinen Wangen hinterließen. Er schlug nach ihr, aber der Hieb war seltsam halbherzig, sodass Leah seine Hand zu fassen bekam. Es machte ein furchtbar knirschendes und schmatzendes Geräusch, als sie ihre Zähne in seinen Handrücken stieß und eine Wunde riss. Er schrie vor Schmerz, und Leah nutzte seine Verwirrung, um sich auf ihn zu stürzen und ihre Zähne in seinen Hals zu schlagen. Mit einem Schrei schüttelte Zlavko sie ab, und Leah fiel auf die regennassen Steine und blieb reglos liegen.

Blut rann aus einer großen Wunde an Zlavkos Hals. Auch Leah blutete aus einem Riss über einer der Augenbrauen, und rote Rinnsale liefen über die schrecklichen Verbrennungen in ihrem Gesicht und am Hals hinunter. Sie lächelte höhnisch und zeigte die langen Zähne, die vom Blut rot schimmerten.

»Es gab mal eine Zeit, da wärst du lieber gestorben als mich zu verletzen, Zlavko Kovacevic«, zischte sie.

Es wirkte, als schmerzten ihn die Worte weitaus mehr als die blutenden Wunden, die sie ihm zugefügt hatte.

»Ich werde dich den Behörden übergeben müssen«, sagte Zlavko, als er sich aufrappelte. »Du bist eine Gefahr für dich selbst und für andere.« Er machte einen Schritt auf sie zu. »Es tut mir leid ...«

Leah lachte und kauerte sich hin wie eine Katze vor dem Sprung, und Malou erkannte die Stärke, die sie in sich barg. Sie war keine alte Frau, sie war eine Naturgewalt auf der Jagd nach Rache, und das Blut, das aus Zlavkos Wunde floss und im Regen kleine Bäche bildete, machte sie nur stärker. Das Blut eines Feindes, geopfert an einem heiligen Ort, ist eine gewaltige Quelle für diejenigen, die keine Angst vor dem Gebrauch schwarzer Magie haben.

»Leah ...«, versuchte es Zlavko noch einmal, aber es half nichts. Im nächsten Augenblick sprang sie. Aber diesmal war nicht Zlavko ihr Ziel. Es ging so schnell, dass niemand von ihnen reagieren konnte.

»Was ...?« Jens sank auf die Knie. Er griff sich an den Rücken. Als er vornüber auf die schwarzen Steine kippte, konnte Malou es sehen. Das Messer, das in seinem Rücken steckte. Und die rote Rose, die sich mit furchteinflößender Geschwindigkeit auf seinem weißen Hemd entfaltete.

»Mein Messer«, hauchte Zlavko und fasste an die leere Scheide, die an seiner Seite hing. »Sie hat mein Messer genommen.«

Kamilles Schreie vermischten sich mit Leahs triumphierendem Geheul.

30. APRIL
11 UHR 19

Kamille

Kamille legte beide Hände um das Messer. Sie wagte nicht, es herauszuziehen, aus Angst, die Wunde würde noch stärker bluten. Dann begann sie, Schutz- und Heilformeln aufzusagen. Die Rufe und Schreie um sich herum nahm sie nur am Rande wahr, sie entfernten sich immer weiter, bis einzig und allein das Prasseln des Regens zurückblieb. Um sie herum entstand eine milchig-weiße Wand, und sie wusste, dass sie nun von Geistern beschützt wurden. Denn neben ihnen stand Victoria, die Handflächen geöffnet und zum Himmel gerichtet, die Augen weiß und leer. Victoria sah etwas, was Kamille selbst nicht sehen konnte.

Die richtete den Blick auf ihre Hände, die rot von Jens' Blut waren. Sie konzentrierte sich, wie sie sich noch nie im Leben auf etwas konzentriert hatte. Die Lebenskraft war überall. In den Bäumen und Pflanzen. In den Tieren, die um sie herum huschten, unter ihr, über ihr. Ringsherum war so viel Leben. Kamille schloss die Augen und sammelte so viel Energie, wie sie finden konnte, und leitete sie in ihren Vater, damit er nicht sterben würde.

30. APRIL
11 UHR 21

Malou

Sie kämpften wie wilde Tiere. Es ging so schnell, dass Malou die beiden schwarz gekleideten Gestalten kaum voneinander unterscheiden konnte. Plötzlich hielten beide einen Moment lang inne. Leah lag mit dem Gesicht auf dem Boden, Zlavko drehte ihr mit beiden Händen einen Arm auf den Rücken und presste sein Knie gegen ihren Rumpf.

»Gib auf!«, keuchte er und festigte seinen Griff. Leah wand sich unter ihm, rasend vor Wut. »Gib auf!«, schrie er erneut und bohrte sein Knie tiefer in ihren Rücken.

Leah heulte vor Schmerz und Wut, und Malou sah es kommen, Sekunden bevor es passierte. Zlavko lockerte seinen Griff – nur ein klein wenig – und Leah nutzte die Gelegenheit sofort. Sie riss sich los, und mit einem Mal war sie es, die rittlings auf Zlavko saß. Sofort stürzte Malou sich auf sie. Leah schrie wutentbrannt, als sie Zlavko loslassen musste, um es mit Malou aufzunehmen. Sie rollten über den Boden, Leah schüttelte sie ab, Malou landete hart auf dem Rücken und riss die Augen auf, als alle Luft aus ihrer Lunge gepresst wurde. In der nächsten Sekunde war Leah über ihr, aber Malou war vorbereitet, sie ließ die Kraft des vergossenen Blutes wie einen Fluss durch ihren Körper strömen und trat nach

Leah. Die ging zu Boden, doch schon Sekunden später war sie wieder auf den Beinen. Sie kauerte sich hin, bereit zum nächsten Angriff, aber da boxte Zlavko ihr mit der Faust gegen die Schläfe, und sie sackte vor ihnen zusammen.

»*Naudhiz!*«, rief Kirstine, und die Luft erzitterte, als der mächtige Runenzauber Leah am Boden festnagelte.

Benommen stand Malou auf. Sie schnappte nach Luft. Leah lag reglos da. Ihre Augen waren geschlossen, und die langen Haare bedeckten die regennassen, schwarzen Steine. Sie standen da und beobachteten sie eine Weile, aber sie rührte sich nicht. Zlavko hatte sie bewusstlos geschlagen.

»Ich kümmere mich um sie«, sagte er. »Helft ihr Jens.«

Malou drehte sich um. Die weißliche Wand um das Zentrum des Steinkreises war verschwunden. Victoria war erschöpft neben Jens' leblosem Körper zusammengesunken, und Kamille hielt noch immer die Hände um das Messer in seinem Rücken geklammert. Plötzlich spürte Malou, wie sich spitze Krallen um ihren Hals legten.

»Wenn ihr auch nur einen Schritt näherkommt, schlitze ich ihr die Kehle auf!«, knurrte Leahs Stimme so nah an Malous Ohr, dass sie ihren Atem an der Wange spüren konnte. Warmes Blut trat aus der Stelle an ihrem Hals, wo die Nägel die dünne Haut durchbohrt hatten. Mit einem Schaudern spürte sie, wie sich Leah an ihrem Blut stärkte, während Malou selbst nur schwächer wurde. Sie versuchte sich zu wehren, aber es war zwecklos, Leah war viel zu stark, und schwarze Flecken begannen vor Malous Augen zu tanzen.

»Lass sie los, Leah!«, befahl Zlavko, und Malou konnte die Angst in seiner Stimme hören.

»Ich will ihn!«, sagte Leah und deutete mit dem Kopf zur Mitte des Steinkreises. Kamille sah entsetzt auf, sie blickte Malou in die Augen, die sich mit Tränen füllten. »Nein«, flüsterte sie. »Nein …«

»Gebt ihn mir, und ich lasse sie gehen«, sagte Leah mit ruhiger Stimme.

»Du weißt genau, dass wir das nicht können«, sagte Zlavko.

»Wieder einmal lässt du mich im Stich, Zlavko. Aber glaub mir, dieses Mal wirst du es bereuen, wie du nie zuvor etwas bereut hast«, sagte Leah.

»Lassen Sie mich los!« Malou rang nach Atem, während Leah langsam einige Schritte rückwärtsging, während sie Malou mit sich zog.

»Nein!«, schrie Kamille. Sie sah zwischen dem Messer, das sie immer noch in ihren Händen hielt, und Malou hin und her. »Stopp, Leah! Haltet sie doch auf!«, schrie sie schluchzend.

»Wenn mir irgendjemand folgt, ist das Mädchen tot!«, knurrte Leah sie an.

Malou spürte, wie der Boden unter ihren Füßen von Stein zu Gras wurde. Kamille schrie ihren Namen, der Schrei gellte in ihren Ohren, während es um sie herum langsam dunkel wurde. »Lassen Sie mich los …«, bat sie flüsternd, als sie den Waldrand erreicht hatten. Leah jedoch beugte sich nur vor und leckte ein wenig Blut von ihrem Hals, während sie hauchte: »Psst, schlaf jetzt, meine Kleine.«

30. APRIL
11 UHR 30

Kamille

»Er muss sofort zu Ingrid!«

Kamille nickte. Zlavko packte Jens unter einer Achsel und zog ihn hoch. Halb trugen sie ihn, halb zerrten sie ihn mit vereinten Kräften hinüber zur Schule, während Kamille weiter Heilformeln aufsagte, um die Blutung aufzuhalten.

»Aus dem Weg!«, schrie Zlavko einer Schülergruppe zu, die schockiert mitansahen, wie ihr verwundeter Schulleiter ins Krankenzimmer gebracht wurde.

Ingrid saß an ihrem Tisch, als sie hereinplatzten. »Was ist passiert?«

»Er ist schwer verwundet«, stöhnte Zlavko.

»Legt ihn auf den Behandlungstisch.« Ingrid begann auf der Stelle, ihn zu untersuchen. »Sucht Lisa und sagt ihr, sie soll sofort herkommen!«, befahl sie, ohne aufzusehen.

Zlavko nickte und rannte zur Tür hinaus.

»Sie können ihn doch retten, ja?«, sagte Kamille. »Er wird nicht sterben, oder?«

»Psst, ich brauche Ruhe, um zu arbeiten. Raus mit euch.«

»Aber …«

»Raus!«

»Na, komm«, Victoria legte den Arm um Kamille und führte sie aus dem Zimmer. Im gleichen Augenblick kam Zlavko mit Lisa herbeigeeilt. Als sie die Tür zum Behandlungszimmer hinter sich zuzogen, wurde es still.

Kamille spürte, wie ihre Augen heiß vor Tränen wurden. Sie sah die anderen beiden an.

»Los, wir müssen Malou finden.«

»Aber wo? Wir wissen doch gar nicht …«, begann Victoria.

Kamille sah Kirstine an. »Du kannst es doch sehen, oder?«

Kirstine zögerte. »Vielleicht … aber …«

»Du kannst es, Kirstine. Ich weiß, dass du es kannst.« Kamille fasste Kirstine am Oberarm. »Wo ist sie? Wo ist Malou?!«

»Kamille, beruhige dich, bitte!«, knurrte Zlavko, der in diesem Augenblick aus dem Behandlungszimmer kam und behutsam die Tür hinter sich schloss.

»Ingrid und Lisa müssen jetzt in Ruhe arbeiten.«

Kamille ließ ab von Kirstine. Ihre verschmierten Hände hatten zwei blutige Handabdrücke auf deren zerrissenem Pulli hinterlassen.

»*Sonst wird sie töten oder sterben*«, sagte Kamille, während ihr Tränen über das Gesicht liefen. »Leah will Malou umbringen!«

»Wir müssen sie finden, bevor es passiert«, sagte Zlavko. »Wo könnte Leah sie hingebracht haben?«

»Ich kann nach ihr suchen«, sagte Kirstine.

»Ja, aber wo?«, fragte Zlavko erbost. »Das ist es ja gerade!«

»Nein, Kirstine meint mit Seiðr«, erklärte Victoria. »Vielleicht kann sie herausfinden, wohin Leah will. Sie hat es schon mal gemacht.«

Zlavko sah Kirstine an, als sähe er sie zum ersten Mal. »Okay«, sagte er. »Gehen wir hier rein, da sind wir ungestört.«

Das große Mädchen mit dem ernsten Gesicht schloss die Augen. Einen kurzen Moment lang saß sie still da, aber dann fingen ihre Augenlider an zu flattern.

»Ich erkenne etwas, das wie Felsen aussieht. Grüne und sandfarbene Felsen«, sagte Kirstine. »Und das Meer, unterhalb der Felsen. Bis zum Strand ist es ziemlich weit. Und einen weißen Turm! Den habe ich schon mal gesehen. Vielleicht ein Leuchtturm?«

»Ich weiß, wo das ist«, sagte Zlavko. »Das sind nicht einfach nur Felsen, sondern Hänge und Klippen. Røsnæs. Es liegt etwas nördlich von Kalundborg. Leah hat dort draußen mit ihrer Schwester gespielt, als sie Kinder waren. Das hätte ich mir eigentlich denken können.«

»Wir müssen sofort hin. Haben Sie ein Auto?«, fragte Kamille und spürte, wie tief im Herzen ein Hoffnungsschimmer in ihr Wurzeln schlug. Vielleicht würden sie es schaffen, Malou zu finden, ehe es zu spät war.

»Wir können Lisas nehmen. Aber ich weiß nicht, ob ich mit der Hand hier fahren kann.«

Bei dem Anblick drehte sich Kamille der Magen um. Dort, wo Zlavkos rechte Hand gewesen war, befand sich ein blutiges Etwas aus gerissenen Sehnen und gebrochenen Knochen.

»Ich kann fahren«, sagte Kirstine.

»Du hast einen Führerschein?«, fragte Victoria überrascht.

»Nein, ich habe die Theorieprüfung nie bestanden …«, fing Kirstine an, aber hielt mitten im Satz inne. »Hört mal, spielt das eine Rolle? Ich kann fahren, wenn ich's doch sage!«

Sie traten alle instinktiv einen Schritt zurück. Die Luft um Kirstine begann gefährlich zu knistern.

»Ich hole Lisas Schlüssel, wir treffen uns vor der Schule«, sagte Zlavko und verschwand.

»Kirstine …«, sagte Victoria zögerlich, als sie die breite Treppe hinunterliefen, der großen Doppeltür entgegen, die zum Innenhof hinausführte. »Kannst du das Schloss gefahrlos verlassen? Ich meine, schaffst du das?«

Kirstine legte ihre Hand auf den schweren Griff.

»Ich muss, und ich kann.«

Dann öffnete sie die Tür, und sie rannten nach draußen.

30. APRIL
11 UHR 46

Kirstine

Kirstine spurtete durch den Regen. Das Auto war hinten an der Landstraße geparkt, sie mussten den Park durchqueren, um dorthin zu gelangen. Ihre Schritte knirschten auf dem Kiesweg, sie waren ein gutes Stück vom Wald entfernt, und dennoch war etwas um sie herum erwacht. Der Wald war ein Organismus, alle Bäume waren unter der Erde über ihr Wurzelwerk miteinander verbunden, und sie kommunizierten miteinander. Kirstine konnte das Knacken der Wurzeln unter ihnen hören. Sie wusste nicht, was es bedeutete, aber sie wusste, dass sie über sie sprachen.

»Schneller!«, rief sie den anderen zu. »Beeilt euch!«

Sie hastete vom Weg hinunter und lief querfeldein über den Rasen und zwischen den vielen Rhododendronbüschen hindurch, die den Schlosspark später im Frühling in ein Farbenmeer aus Lila und Rosa verwandeln würden. Eine sehr alte und schiefe Magnolie gab ein merkwürdiges Knarzen von sich, als Kirstine sich von einem Ast, in dem sich ihre Haare verfangen hatten, losriss. Große, weiße Blütenblätter rieselten auf das Gras nieder. Der Regen wurde stärker, und die Erde unter ihren Füßen brodelte, als würde sie kochen. Als sie die große Blutbuche passierte, stießen die ersten Wurzeln durch die Erdoberfläche. Kamille hinter ihr schrie, als die Baumwurzeln die Erde zum Leben erweckten. Einige sahen aus wie kleine, schwarze Würmer, die sich blindlings vortasteten, andere waren so groß wie Schlangen, und sie zuckten hektisch hin und her, auf der Suche nach einem Knöchel, um den sie sich winden konnten.

»Was zur Hölle!?«, fluchte Zlavko hinter ihnen.

»Lauft weiter!«, schrie Kirstine panisch. »Runter zur Straße! Bleibt weg von den Bäumen!«

»Victoria!«

Kirstine drehte sich um. Ihre Freundin war gestürzt, eine Wurzel hatte sich um ihr Bein geschlungen, sie schrie, aber die Wurzeln ließen schnell wieder von ihr ab. Sie waren nicht hinter Victoria her, sondern hinter ihr. Aber wieso? Was wollten sie von ihr?

Sie stürzten die Allee hinunter, die Kieselsteine flogen umher, und die alten Kastanien knarrten unheilvoll. Gleich waren sie an der Straße. *Schneller jetzt!*

Ein Grollen ließ Kirstine einen Blick über die Schulter werfen. *Nein!* Der Weg hinter ihnen löste sich auf, er zerbarst wie ein splitternder Spiegel, und die Splitter wurden lebendig, sie türmten sich auf wie eine Welle, die sie einzuholen drohte. Eine alte Kastanie, an der sie gerade vorbeirannten, stieß einen Seufzer aus und stürzte in ohrenbetäubendem Krachen auf den Weg.

»Runter vom Weg!«, schrie Zlavko.

Aber es war zu spät. Die Welle holte sie ein, und der Grund verschwand unter ihren Füßen. Kirstine schrie, als sie fielen. Es war dunkel um sie herum, der Boden war schwarz und nass und roch gleichzeitig nach Leben und Tod, nach Verwesung und sprießenden Gewächsen.

»Kirstine!«, schrie Victoria.

Kirstine konnte nichts sehen, sie hatte Dreck in den Augen, Dreck im Mund, sie konnte sich nicht bewegen, konnte nicht aufstehen. Etwas zog sie weiter und weiter nach unten.

»Kirstine, ruf sie zur Ordnung!« Kamilles Schrei klang gedämpft, als wäre sie schon weit weg. Kirstine spürte den Druck auf ihrer Brust, als die Erde sie umschloss.

Ruf sie zur Ordnung. Was meinte Kamille damit? Als hätten sie es mit ungezogenen Kindern zu tun. Kirstine schnappte nach Luft und versuchte, klar zu denken. Sie war diejenige, hinter der sie her waren. Sie war diejenige, die der Baum auserwählt und der er all diese Kräfte verliehen hatte, von denen sie nicht wusste, wofür sie zunutze sein sollten. Der Baum hatte sie stark gemacht. Mächtig. Warum steckte sie hier in einem dunklen Loch und war kurz davor zu ersticken? *Auf gar keinen Fall!* Kirstine fühlte, wie elektrische Energie sie durchströmte, es knisterte in ihr. Die Erde gab ihr magische Kräfte, und die magischen Kräfte gaben ihr Macht über die Erde. Die Rune nahm vor ihrem inneren Auge Gestalt an, noch ehe sie deren Name aussprach. Jene seltsam zackige Klammer, die die Erde symbolisierte, Gestein, das Beständige und Unerschütterliche. Das, was sich nicht durchdringen oder untergraben lässt. *Perthro.*

30. APRIL
11 UHR 52

Victoria

»Victoria! Hier!« Kamille hielt ihr einen Arm entgegen und zog sie hoch. Es war still geworden, der Regen fiel immer noch, er rann über Kamilles Gesicht und die verfilzten Haare, die schwarz von Erde und Schlamm waren.

»Kirstine?«, flüsterte Victoria. Sie sah sich um. Zlavko war am Rande des großen Lochs, wo der Weg unter ihnen verschwunden war, zusammengesackt und japste nach Luft. Kirstine war nicht zu sehen.

»Grabt«, flüsterte er. »Grabt!«

Sie fielen auf die Knie und wühlten mit den Händen im schlammigen Boden. Die Wurzeln ließen sie gewähren, von den großen Kastanien kam kein Zischen und Knarren mehr. Sie schaufelten eine Handvoll Erde nach der anderen beiseite, aber in dem Regen fiel an den Rändern des Lochs immer wieder Erde nach, und sie schienen kein bisschen voranzukommen. Victoria suchte fieberhaft nach etwas, einer Hand, einem Haarbüschel, aber dort war nichts als Erde und verrottende Blätter. Ein tiefes Grollen irgendwo weit unter ihnen ließ sie innehalten. Der Boden bebte.

»Weg hier!«, schrie Zlavko.

Plötzlich tat sich der Boden vor ihnen auf, und eine schwarze Gestalt wurde neben sie auf den Weg geworfen, als wäre sie ein unwürdiges Opfer, das von einem prähistorischen Ungeheuer wieder hochgewürgt worden war.

»Kirstine!«

Sie schnappte nach Luft, hustete und schluchzte. Die Tränen und der Regen wuschen ihr die Erde vom Gesicht und hinterließen blasse Streifen.

»Bist du okay?«

Sie nickte und hustete einen blutigen Schleimklumpen aus. Dann sah sie Victoria an. »Malou«, flüsterte sie heiser. »Wir müssen zum Auto.«

Sie rappelten sich auf und taumelten das letzte Stück zur Straße. Kirstine setzte sich auf den Fahrersitz von Lisas kleinem Citroën, Victoria nahm auf dem Beifahrersitz Platz, und Zlavko und Kamille ließen sich auf die Rückbank fallen. Sie schafften es gerade so, die Türen zuzuschlagen, ehe Kirstine den Schlüssel umdrehte. Die Räder drehten durch, als sie das Gaspedal vollständig durchtrat, und Victoria wurde in den Sitz zurückgeworfen. Innerhalb kurzer Zeit waren sie auf der Landstraße. Victoria war froh, dass sie den Tacho vom Beifahrersitz aus nicht sehen konnte, als Kirstine vom dritten direkt in den fünften Gang schaltete. Der Motor heulte auf, und die Scheibenwischer peitschten von einer Seite zur anderen, um den strömenden Regen von der Windschutzscheibe fernzuhalten. Das gefiederte Amulett, das am Rückspiegel befestigt war, baumelte unheilvoll hin und her.

»Wohin jetzt?«, schrie Kirstine über die Schulter, als sie in einen Kreisverkehr hineinflogen. Sie hatte einen wilden Ausdruck in den Augen, und Victoria meinte, ein Knistern zu vernehmen, das von ihr ausging.

»Geradeaus!«, rief Zlavko vom Rücksitz, während er vergeblich versuchte etwas zu finden, woran er sich mit der unverletzten Hand festhalten konnte.

Der letzte Teil der Strecke verlief über kleine, mit Schlaglöchern übersäte Schotterwege, und Victorias Beine waren wie Wackelpudding, als Kirstine endlich mit quietschenden Reifen bremste und sie, noch immer von Kopf bis Fuß mit Dreck bedeckt, ausstiegen.

»Ich kann kein anderes Auto sehen«, sagte Kamille. »Aber Leah muss doch hier rausgefahren sein …«

Sie sahen sich um, doch sie waren weit und breit die einzigen. Leah konnte keinen großen Vorsprung gehabt haben, so wie sie hergerast waren. Sie musste hier irgendwo sein, vielleicht gab es mehrere Parkplätze? Oder war sie vielleicht doch nicht hier … Victoria beschlich ein mulmiges Gefühl. Könnte Kirstine sich geirrt haben? Vielleicht hatte sie die Zukunft gesehen? Oder die Vergangenheit?

»Seht mal, hier!« Kamille untersuchte das hohe Gras, das den kleinen Parkplatz einrahmte. »Reifenspuren. Von einem Auto. Los!«

Sie folgten den Spuren, die niemand außer Kamille so richtig erkannte. Sie führten sie direkt zu einem dichten Gestrüpp aus verwachsenem Sanddorn und Holunder.

»Hier enden die Spuren«, sagte Kamille.

»Sie hat das Auto versteckt«, sagte Zlavko und griff nach einem Ast mit langen Dornen, der wirkte, als wäre er Teil des Gestrüpps. Aber als Zlavko daran zog, ließ er sich einfach entfernen. Dann kam ein Rücklicht zum Vorschein. »Helft mir!«

Blitzschnell legten sie es frei, es war ein kleines, schwarzes Auto, das vollkommen zerkratzt war, nachdem jemand es frontal ins

Gestrüpp gefahren hatte. Auf dem Rücksitz lag Malou. Die langen Beine in der eng anliegenden Hose waren seltsam verrenkt, und ihr Gesicht war von den blonden Haaren bedeckt. Sie sah aus wie eine Puppe, die achtlos in die Ecke geworfen worden war. Leblos. Kamen sie zu spät?

»Malou!«, schrie Kamille. »Malou, wir sind da!« Sie zog an der Autotür, aber die war verschlossen.

»Geh zur Seite!«, sagte Kirstine und rammte den Ellbogen durch das Fenster, damit sie ihren Arm hineinstecken und die Tür entriegeln konnte. Dann zog sie Malou aus dem Auto und legte sie ins Gras. Sie war so blass, als würde sie sich bereits in einen weißen Schatten verwandeln.

»Malou, wach schon auf!«, weinte Kamille, während Zlavko sich über Malou beugte und ihr zwei Finger an den Hals legte, direkt über den blutigen Riss, den Leah ihr verpasst hatte.

»Still!«, fuhr er Kamille an. »Sie ist nicht tot, aber ihr Puls ist sehr schwach.« Dann legte er den Finger an seinen Hals. Für einen Moment kam Victoria der absurde Gedanke, dass Zlavko seinen eigenen Puls fühlte und überprüfte, ob er selbst noch am Leben war. Aber als er die Wunde an seinem Hals sachte berührte und seine blutigen Fingerspitzen an Malous Lippen führte, begriff sie, was er tat. Das Gleiche hatte Malou letztes Jahr an Halloween für sie getan, als eine Séance um ein Haar schrecklich schief gegangen wäre. Malou hatte ihr Blut geopfert, um sie zu retten, eine einfache, aber effektive Form der Blutmagie. Und genau das tat Zlavko jetzt für Malou. Sie stieß einen lauten Seufzer aus, als Malou die Augen aufschlug.

»Wo ist sie?«, fragte sie und schnappte nach Luft.

»Beruhig dich, du bist in Sicherheit.« Kamille kniete neben ihr und wollte ihr die Hände auflegen, aber Malou wehrte sie ab.

»Leah! Wir müssen sie finden!«

»Kannst du laufen?«, fragte Zlavko und streckte Malou seine gesunde Hand entgegen, um sie hochzuziehen. Malou nickte. Sie schwankte und fiel ein paar Mal beinahe hin, aber Kamille stützte sie, und langsam begaben sie sich auf den Weg in Richtung des Leuchtturms, den Kirstine in ihrer Vision gesehen hatte.

Die Landschaft war wunderschön. Kleine Pfade führten zwischen grünen Hügeln hindurch und brachten sie einige Male direkt an den Rand der Klippen, wo sie weit unter sich das Meer sehen konnten. Es hatte aufgehört zu regnen, aber je weiter sie auf die Landzunge vordrangen, desto stärker blies der Wind und ließ das Meer am Ufer weiß schäumen.

»Der Leuchtturm«, sagte Kirstine und zeigte darauf. Der Wind strich ihr die Haare aus dem Gesicht, und Victoria beobachtete die Geste. Am Ende der seltsam hügeligen Landzunge, auf der sie sich befanden, stand der weiße Leuchtturm.

»Aber warum ist sie hierhergekommen?«, fragte Kamille wie zu sich selbst, und im selben Augenblick kannte Victoria die Antwort.

»Weil Trine hier ist.« Sie wusste nicht, was zuerst dagewesen war, die Erkenntnis oder das Gefühl von Trines Anwesenheit, aber plötzlich spürte sie deutlich, dass sie da war. Trine war bei ihnen, während sie gingen, obwohl Victoria sie nicht sehen konnte.

»Wenn wir Leah finden, lasst mich sprechen«, sagte Zlavko. »Ihr haltet euch im Hintergrund. Kommt ihr nicht zu nahe, ganz egal, was auch passiert. Selbst, wenn mir etwas zustößt. Ist das klar?«

»Einen Moment noch«, sagte Victoria. »Ich möchte hören, was Trine sagt. Sie ist jetzt hier.«

Zlavko zögerte kurz, nickte dann aber. Victoria wandte das Gesicht zum Himmel und öffnete die Handflächen. Sie wusste, dass ihre Augen jetzt weiß wurden und die Pupillen verschwanden, aber für sie war es, als könnte sie erst jetzt wirklich sehen.

»Trine, wir bitten dich um deine Hilfe.«

Victoria lächelte, als sich langsam eine weiße Gestalt materialisierte. Eine junge Frau stand vor ihr, unberührt vom tobenden Wind, der Victoria ihre schmutzigen Haare ums Gesicht peitschen ließ.

»Danke«, flüsterte sie erfreut. »Danke, dass du da bist.«

Die junge Frau nickte ihr zu, als wollte sie sie ermutigen, weiterzusprechen. Victoria zögerte. Trine schien weder wütend noch verängstigt zu sein. Sie war gern hier. Es war ein guter Ort.

»Leah hatte nichts mit deinem Tod zu tun, oder?«, sagte Victoria, aber sie kannte die Antwort bereits, konnte sie fühlen. Trine lächelte und schüttelte den Kopf.

»Was sollen wir aus deiner Sicht tun?«, fragte Victoria. Sie schloss die Augen und lauschte der Stimme, die die anderen nicht hören konnten. Als sie die Augen wieder öffnete, wusste sie, dass sie dieselbe braune Farbe wie sonst hatten, aber sie war froh, Trines weiße Gestalt immer noch bei den anderen stehen zu sehen.

»Trine würde gerne mit Leah sprechen.«

»Und wie?«, fragte Kamille und strich sich eine Haarsträhne aus dem Gesicht.

»Durch dich«, sagte Victoria.

»Mich?«

»Leah hält dich für Trines Geist. Alles, was du tun musst, ist zu wiederholen, was ich dir sage. Und ich wiederhole, was Trine mir sagt.«

»Und was ist mit der Weissagung?«, flüsterte Kirstine.

»Ich vertraue Trine«, sagte Victoria. »Sie weiß, was wir tun müssen.«

»Wenn das böse endet …«, murmelte Zlavko zwischen zusammengebissenen Zähnen, machte eine Handbewegung und deutete an, dass sie weitergehen sollten.

Sie drangen bis unmittelbar zum Leuchtturm vor, bevor sie Leah entdeckten. Sie stand auf der anderen Seite, direkt am Rand der Klippe. Der Wind hatte ihr halbnasses Kleid erfasst, und die langen Haare wehten ihr ums Gesicht. Plötzlich konnte Victoria erkennen, wie schön sie gewesen sein musste, bevor ihre Seele krank geworden war. Sie konnte all die Frauen sehen, die sie gewesen war, und all die Frauen, die sie hätte sein können. Die junge, schöne Frau, voller Lebenslust und Lebenshunger und stürmischer Gefühle, die erwachsene Frau mit sanften Händen, die ein kleines, dunkelhaariges Kind hätte halten können, und die reife Frau, verbittert darüber, was aus ihrem Leben geworden war. Victoria verspürte plötzlich eine Zärtlichkeit, die nicht aus ihr selbst kam. Sie wandte sich zu Trine um. Große, weiße Tränen kullerten über deren Gesicht. Es war schmerzhaft, einen Geist weinen zu sehen. Vielleicht, weil es den Gedanken in ihr aufkeimen ließ, dass man auch im Tod nicht frei von Schmerz war. Victoria nickte Trine zu, wandte ihr Gesicht zur anderen Seite und gab Kamille ein Zeichen. Dann nahm sie ihre Hand. Langsam durchquerten sie den Strandroggen, der an der äußersten Spitze der Klippe wuchs.

»Ich wusste, dass du kommen würdest, Trine«, sagte Leah, und ihre Stimme klang weder wütend noch spöttisch, sondern sanft und leicht heiser, wie das Rauschen des Windes.

Victoria drückte Kamilles Hand und flüsterte die Worte, die Trine zu ihr sagte.

»Natürlich bin ich gekommen, meine liebste Schwester.«

Victoria schloss die Augen, um sich besser konzentrieren zu können.

»Ich möchte mich gern entschuldigen«, flüsterte sie Kamille zu, die die Worte wiederholte. »Es tut mir leid, Leah. Es tut mir leid, dass ich dich nie gesehen habe. Es tut mir leid, dass ich immer nur an mich dachte, es tut mir leid, dass ich nicht erkannte, wie schlecht es dir ging. Es tut mir leid, dass ich dich enttäuscht und dich allein bei Mutter und Vater zurückgelassen habe.«

Erst als sie die Worte ausgesprochen hatte, wurde Victoria klar, dass sie die Worte *Entschuldige dich* auf dem beschlagenen Spiegel missverstanden hatten. Es bedeutete nicht: *Mach, dass Leah sich entschuldigt,* sondern *Entschuldige dich an meiner Stelle bei Leah.*

»Irgendwann habe ich dich einfach nur noch gehasst«, antwortete Leah.

»Ich weiß«, gab Kamille weiter.

»Ich habe dich so sehr gehasst, dass ich froh war, als du verschwandest. Aber alle haben weiterhin von dir gesprochen. Selbst als du tot warst, warst du unmöglich totzuschweigen. Trotzdem habe ich es versucht. Ich wusste sofort, dass du tot warst, ich habe es gespürt. Aber ich habe geschwiegen. Es war meine Schuld, dass die Wahrheit nie ans Licht kam. Weißt du das?«

Das weiß ich, sagte Trine in Victorias Ohr.

»Das weiß ich«, flüsterte Victoria.

»Das weiß ich«, wiederholte Kamille.

»Ich war diejenige, die dein Geheimnis verraten hat. Es war meine Schuld, dass sie es herausgefunden haben. Und seitdem quält es mich jeden Tag. Irgendwann habe ich begriffen, dass ich dich rächen muss, um Frieden zu finden. Aber es ist mir nicht gelungen. Ich war nicht stark genug. Kannst du mir verzeihen?«

Ich verzeihe dir, sagte Trine.

»Ich verzeihe dir«, flüsterte Victoria.

»Ich verzeihe dir«, sagte Kamille.

Victoria öffnete die Augen. Leah stand kerzengerade im Wind, ihnen zugewandt. Dann neigte sie den Kopf zu Boden und weinte. Trine nickte Victoria dankbar zu und wich von ihrer Seite. Mit nackten Füßen schritt sie langsam durch den Strandroggen, der ihr nicht mehr in die Füße schneiden konnte, auf ihre kleine Schwester zu, die eine reife Frau geworden war, während sie selbst immer noch in ihrem neunzehnjährigen Ich eingefroren war. Sie legte die Arme um Leah, und es war beinahe, als ob die ältere Frau ihren Kopf gegen die Schulter der jungen Frau lehnte. Der Anblick war wunderschön, und Victoria wünschte sich, dass die anderen es sehen könnten, sie wünschte sich, Leah selbst könnte es sehen. Die zwei Schwestern, vereint am Ende der Welt, über das Leben und den Tod hinaus. Der Wind ergriff den Rock von Leahs Kleid. Sie hatte sich schick gemacht. Eine furchtbare Gewissheit keimte plötzlich in Victoria auf, als ihr klar wurde, dass Leah sich vorbereitet hatte. Sie hatte die ganze Zeit gewusst, dass dies das Ende wäre. *Sonst muss sie sterben.*

»Leah, nicht …«, flüsterte sie, doch es war zu spät. Die Gestalt der alten Frau glitt aus Trines weißen Geisterarmen. Einen Moment lang breitete sie die Arme aus und sah aus wie ein Vogel, der gleich losfliegen wollte, aber dann stürzte sie über den Rand der Klippe und verschwand.

»Leah!!«, schrie Zlavko hinter ihr her.

30. APRIL
15 UHR 53

Malou

Malou fuhr zusammen, als sich die Tür zum Behandlungszimmer öffnete und Lisa herauskam. Kamille, die schweigend mit dem Kopf an Victorias Schulter gelehnt saß und weinte, schaute sofort auf.

»Wie sieht es aus?«, fragte sie.

»Vorerst nichts Neues«, sagte Lisa, und ihre Stimme war tief und beruhigend. »Jens ist weiterhin stabil, er schläft noch. Es gibt keinen Grund für euch, hierzubleiben. Ihr habt mehr als genug getan. Jens kann euch dankbar sein, dass er so schnell behandelt werden konnte. Es hat dazu beigetragen, sein Leben zu retten.«

»Komm«, sagte Kirstine und legte vorsichtig den Arm um Kamille. »Wir gehen nach oben.«

»Malou?«, sagte Lisa und hielt sie zurück. »Ich möchte mir gerne deine Wunde ansehen.«

»Es ist nur ein Kratzer, es sieht schlimmer aus, als es ist«, sagte Malou, ohne dass sie eigentlich wusste, wie die Wunde aussah.

»Ich würde sie mir trotzdem gerne ansehen und reinigen, damit sie sich nicht entzündet. Komm mit.« Lisa öffnete die Tür und forderte Malou auf, sich auf einen Stuhl zu setzen. Auf dem Behandlungstisch ganz hinten im Raum saß Zlavko und starrte ins Leere, er sah nicht einmal auf, als Malou eintrat. Die Haare klebten ihm in seinem schmutzigen Gesicht, die dunklen Augen lagen im Schatten, und sein sonst so makelloses Hemd war zerrissen und steif vor getrocknetem Schlamm und Blut. Seine verletzte Hand lag auf einer weißen Unterlage, und darüber gebeugt saß Ingrid. Die Falte zwischen ihren Augenbrauen war tiefer als jemals zuvor.

»Das wird schmerzhaft sein, Zlavko. Einige Knochen sind gebrochen und ganz verschoben. Ich muss sie richten, wenn es einigermaßen gut zusammenwachsen soll.«

Zlavko reagierte nicht, auch nicht, als sie fluchend die gebrochenen Fingerknochen richtete.

Sein Gesicht blieb regungslos wie eine Maske, als würde Ingrid ihm lediglich die Haare bürsten.

»Dann lass mal sehen«, sagte Lisa und schaute Malou aus ihren weiten, dunklen Augen prüfend an.

Malou lehnte den Kopf zur Seite, damit Lisa ihren Hals besser sehen konnte, aber Lisa legte stattdessen beide Hände um ihren Kopf und schloss die Augen. Kurz darauf verspürte Malou eine wohlige Wärme, und ein willkommenes Gefühl der Behaglichkeit breitete sich in ihrem Körper aus, während Lisa ihre heilende Energie auf sie überfließen ließ. Es fühlte sich an, als würde man nach einem langen, kalten Tag in der Badewanne liegen, und Malou spürte, wie sie sich sogleich entspannte. Anschließend machte sich Lisa daran, die Wunde an Malous Hals zu reinigen und trug schließlich eine dicke, grüne Salbe auf, die nach Kräutern roch. Dann bat sie Malou, sich zurückzulehnen und auszuruhen.

»Die Salbe muss einen Augenblick einziehen«, sagte sie und verließ den Raum, kehrte aber kurz darauf wieder zurück. »Ingrid, kannst du mal eben kommen? Ich glaube, Jens wacht auf.«

»Ich bin eigentlich auch fertig, aber das hier muss noch verbunden werden. Ich komme zurück, so schnell ich kann«, sagte Ingrid und legte Zlavkos Hand ab, aber auch darauf reagierte er nicht.

Es wurde sehr still im Raum, und Malou hatte plötzlich das Gefühl, dass sie etwas sagen sollte. Aber was? *Tut mir leid, dass Ihre super verrückte Exfreundin sich von einer Klippe in den Tod gestürzt hat und gestorben ist? Was sagte man?*

Es war Zlavko, der das Schweigen brach.

»Ich hätte es beenden sollen, als ich die Chance dazu hatte. Im Steinkreis. Dann wäre das nie passiert. Aber ich habe gezögert.«

»Sie hätte sich ergeben können«, sagte Malou.

»Das hätte sie niemals getan. Und das wusste ich. Ich war derjenige, der sie dazu gedrängt hat, sich gegen dich zu wenden«, sagte er düster.

Malou legte instinktiv die Hand an den Hals und bekam grüne Salbe an die Finger. »Leah konnte mich kontrollieren«, sagte sie. »Am Tag von Imbolc, als sie es schon auf Jens abgesehen hatte, aber das wusste ich nicht. Ich hatte Angst, dass sie hinter mir her ist.«

»Daher dein plötzliches Interesse an Impero Spiritus«, stellte er fest.

Malou nickte und wandte ihm das Gesicht zu. »Und bei Ihnen?«, fragte sie zögernd. Es fühlte sich an, als stünde sie mitten auf einem See auf sehr, sehr dünnem Eis, das jeden Moment brechen könnte. »Konnte Leah Sie kontrollieren?«

Zlavko machte ein gequältes Gesicht, und einen Moment lang dachte sie, dieser ehrliche und verletzliche Augenblick zwischen ihnen wäre vorbei und würde von seiner üblichen gehässigen Verachtung beiseite gefegt, aber er sprach weiter, langsam, als hätte er große Schmerzen. »Ja. Sie konnte mich dazu bringen, alles zu tun, aber das hatte nichts mit Impero Spiritus zu tun.«

Malou studierte sein Gesicht. »Sie haben sie geliebt«, flüsterte sie und hielt den Atem an. Sie war sich sicher, dass sie diesmal zu weit gegangen war.

»Liebe«, sagte Zlavko heiser, und Malou konnte sich nicht erinnern, dass sie dieses Wort jemals mit so viel Bitterkeit gehört hatte. »Gefährlicher und mächtiger als jegliche Art von Magie. Ja, ich habe sie geliebt.«

»Sie war sehr hübsch, ich habe ein Bild von ihr als junge Frau gesehen.«

Er lachte kurz und kniff die Augen zusammen. »Warum sind Menschen so fasziniert von Schönheit? Einer so lächerlich vergänglichen und zufälligen Sache? Augenfarbe, Gesichtsform, die Verteilung von Körperfett. Eine willkürliche Zusammensetzung von Genen, der aller Wert der Welt beigemessen wird. Ich habe nie verstanden, warum das für die Liebe zweier Menschen wichtig sein sollte. Ich habe ihre Seele geliebt, und ich werde sie immer lieben. Ganz gleich, wie sie aussieht. Selbst, wenn ich sie im Stich lassen musste. Und selbst jetzt, da sie tot ist …«

Seine Stimme brach, und Malou wusste nicht, was sie tun sollte. Sie saßen eine Weile still da.

»Wir dachten, Leah hätte etwas mit dem Tod ihrer Schwester zu tun«, sagte Malou schließlich und verschwieg, dass sie gleichzeitig Zlavko verdächtigt hatten, mit ihr unter einer Decke zu stecken. »Warum hat sie ihre Schwester so gehasst?«

»Leah trug eine große Dunkelheit in sich«, sagte Zlavko und schloss die Augen, als würde er sich an etwas erinnern. »Ich dachte, unsere Liebe könnte diese Leere in ihr füllen, aber ich lag falsch. Egal was ich tat, sie konnte sich niemals ganz fühlen, es war nie genug, obwohl ich ihr alles gab, was ich hatte. Mein Blut …«

»*Leah* war diejenige, die *Sie* … süchtig gemacht hat«, flüsterte Malou.

»Ich habe es selbst entschieden. Ich kannte das Risiko, und ich gebe ihr nicht die Schuld daran. Aber auch das brachte nichts. Und das Letzte, um das sie mich bat, konnte ich ihr nicht erfüllen.«

»*Alles für dich. Nur nicht das*«, zitierte Malou.

Zlavko blickte schlagartig auf, er fixierte sie mit seinem Blick, und Malou musste sich zwingen, nicht wegzusehen.

»Das haben Sie ihr geschrieben. Auf die Rückseite eines Fotos. Was sollte das bedeuten?«

Zlavko schüttelte den Kopf und wandte den Blick wieder ab. »Das spielt jetzt keine Rolle mehr. Ich weigerte mich, aber ich hätte nie geglaubt, dass sie es selbst …«

»Ihre Eltern!«, keuchte Malou.

Er sah sie an, und sie konnte die Antwort in seinen Augen lesen.

»Sie war es! Und Sie … wussten es!«

Er senkte den Kopf und wich ihrem Blick aus. »Wenn du wüsstest, was die Eltern den beiden Mädchen angetan haben … Ich hörte von dem sogenannten Selbstmord, das war einige Jahre, nachdem wir uns getrennt hatten. Ich habe Leah nie damit konfrontiert. Aber ich wusste, dass sie es gewesen sein musste.«

»Sie haben nie jemandem davon erzählt?«

Zlavko schüttelte den Kopf. »Nein, es hätte nichts geändert. Die Eltern waren tot, und Leahs Leben war längst ruiniert. Aber vielleicht habe ich einen Fehler begangen. Vielleicht hätte ich das hier verhindern können, wenn …« Er beendete den Satz nicht mehr. »Irgendwie habe ich wahrscheinlich immer gehofft, dass sie etwas findet, das ihrem Leben Sinn verleiht. Aber die Leere in ihr schien bodenlos zu sein.«

»Bei manchen Menschen ist das so«, sagte Malou. »Man kann nichts für sie tun, kann sie nicht retten, weil sie selbst gar nicht gerettet werden wollen.«

Er blickte auf und sah sie an. »Bist du nicht ein bisschen zu jung, um so zynisch und desillusioniert zu sein?« Ein winziger Lichtschimmer in seinen dunklen Augen funkelte sie an. »Ist es nicht deine Aufgabe, naiv und voller Hoffnung zu sein?«

»Und Trine? Wer hat sie umgebracht?«

Zlavko schüttelte erneut den Kopf. »Ich weiß es nicht. Und ich glaube auch nicht, dass Leah es wusste.«

»Was ist mit Jens? Warum war sie hinter ihm her?«

»Wer weiß? Ich glaube nicht, dass Jens Trine jemals begegnet ist. Er ist lange vor ihr in Rosenholm zur Schule gegangen und hat erst nach ihrem Tod als Lehrer angefangen. Leahs Geschichten vom Verschwinden ihrer Schwester änderten sich pausenlos. Sie war jedes Mal selbst davon überzeugt, nun die Wahrheit gefunden zu haben. Bis jene Wahrheit durch eine neue ersetzt wurde. Vielleicht werden wir es nie erfahren.«

Die Tür ging auf. »Jens ist jetzt wach, Zlavko. Er möchte mit dir reden«, sagte Ingrid.

Zlavko stand von der Bank auf und hielt einen Moment lang mit geschlossenen Augen inne. Es war, als könnte sie die Verwandlung direkt vor sich sehen. Als er die Augen wieder öffnete, war er derselbe Zlavko wie immer, das verächtliche Grinsen um den Mund war zurück, auch die gerade Haltung, als hätte er eine Maske übergezogen.

»Ich habe nächsten Freitag eine Einführungszeremonie für dich arrangiert. Falls du weiterhin interessiert bist.« Er steckte die Hand in seine Jacke und zog einen Gegenstand heraus, der in ein weißes, mit Blut und Erde beflecktes Stück Stoff gehüllt war. »Ich finde, du solltest das hier haben«, sagte er, ohne sie direkt anzusehen.

Als er die Tür hinter sich zugezogen hatte, faltete sie den Stoff zur Seite. Es war ein silbernes Messer mit einem schwarzen Griff. Ein Athame. *Leahs Athame.*

30. APRIL
17 UHR 30

Victoria

»Ich hab Tee gemacht«, sagte Victoria und stellte das Tablett vor Kamille ab.

»Hey, das ist mein Text!«, sagte sie gespielt beleidigt. »Ich wusste noch nicht mal, dass du Tee machen kannst.«

»Haha. Aber du musst Nachsicht mit mir haben, sollte er nicht perfekt sein«, sagte Victoria und schenkte ein. Kamille hatte noch ein Handtuch um die Haare gewickelt. Sie waren beide unter der Dusche gewesen und hatten sich vom Schmutz befreit.

»Ist Thorbjørn immer noch bei Kirstine?«, fragte Kamille.

»Ja, er möchte unbedingt erfahren, wie sie es geschafft hat, sich einem ganzen Wald, der plötzlich beschlossen hat, uns lebendig begraben zu wollen, zu widersetzen.«

»Ja, oha«, machte Kamille und schüttelte sich. »Aber ihre Fahrweise war noch viel gruseliger. Ob sie das nur getan hat, um von den Bäumen wegzukommen?«

»Ich fürchte, sie fährt immer so«, sagte Victoria und setzte sich.

Kamille nickte nachdenklich. »Es gab Momente, in denen ich nicht sicher war, ob wir überleben.«

Victoria lächelte. Die ungeheure Schwere, die auf ihren Schultern lastete, schien sich ein wenig zu lösen.

Als sich die Wohnungstür öffnete, drehten sich beide um. Es war Malou.

»Hallo«, grüßte Victoria vorsichtig. »Hat sie deinen Hals behandelt?«

»Es war nichts«, sagte Malou. »Jens ist aufgewacht, er spricht gerade mit Zlavko.«

»Oh, so ein Glück!«, sagte Kamille erleichtert und stand auf. »Willst du nicht auch einen Tee? Victoria hat gerade welchen gemacht.«

»Nein, danke. Ich habe übrigens auch mit Zlavko gesprochen. Er hat keine Ahnung, weshalb Leah Jens angegriffen hat. Jens und Trine kannten sich gar nicht.«

»Womöglich werden wir sie nie ganz verstehen«, sagte Kamille. »Komm, setz dich hin, ich hole dir eine Tasse.«

»Nein, danke, ich wollte eigentlich nur ein paar Sachen holen, dann verschwinde ich wieder«, sagte Malou.

»Jetzt schon? Wohin denn?« Kamille blieb auf dem Weg zum Küchenschrank stehen.

»Spielt das eine Rolle? Ich … ich habe beschlossen, dem Club der Krähen beizutreten. Den Mitgliedern stehen spezielle Räumlichkeiten zur Verfügung, also …«

Kamille nickte und presste die Lippen aufeinander. Ihre Augen wurden feucht.

»Wenn du das wirklich möchtest …«

»Ja, das möchte ich«, sagte Malou.

»Na dann, Gratulation.«

Malou nickte und drehte sich um, um in ihr Zimmer zu gehen. Kamille setzte sich. Keine von ihnen sagte etwas.

Kurz darauf kam Malou mit einer prall gepackten Tasche über der Schulter und einem Paar Schuhe in der Hand zurück. Vor der

WG-Tür hielt sie inne. »Ich hätte das über deine Mutter nicht sagen sollen, Kamille«, sagte sie, ohne sich umzudrehen. »Tut mir leid, okay?«

»Okay«, flüsterte Kamille. Dann schloss Malou die Tür hinter sich.

Lautlos fielen große Tropfen von Kamilles Wangen auf die Tischplatte.

»Ach«, sagte Victoria und legte einen Arm um sie. »Komm schon, ihr werdet schon wieder Freundinnen.«

»Ich weiß nicht«, sagte Kamille schniefend. »Es scheint so, als hätte sie sich entschieden. Für die Krähen.«

»Jetzt warte erst einmal ab, ob ihr das nicht wieder hinbekommt. Malou braucht sicher nur ein wenig Zeit, sie wird schon zurückkommen.« Victoria streichelte Kamille über den Rücken, bis sie aufhörte zu weinen.

Eine große Gestalt trat aus Kirstines und Victorias Zimmer und schloss vorsichtig die Tür.

»Sie will jetzt etwas schlafen, sie ist sehr müde ...«, Thorbjørn hielt inne, als er die weinende Kamille erblickte. »Oh, kann ich irgendetwas tun?«

»Kamille hat ihre Tage«, sagte Victoria ernst.

»Oh, ähm ... ach so«, murmelte Thorbjørn und seine Gesichtsfarbe wechselte innerhalb von Sekunden von zartrosa zu knallrot. »Ja, dann ... ähm ... will ich nicht länger stören ... bis dann.«

»Tschüss!«, sagte Victoria.

Als Thorbjørn die Tür hinter sich geschlossen hatte, brach Kamille in solches Gelächter aus, dass sich Speichel und Tränen über die Tischplatte ergossen.

»Victoria! Wie kamst du denn darauf? Der arme Thorbjørn! Der Mann wäre fast gestorben!«

Sie lachte. »Keine Ahnung, ich konnte mich einfach nicht zurückhalten …«

»Was macht ihr?« Kirstine steckte den Kopf zur Küche herein.

»Victoria ist dabei, Thorbjørn ein wenig zu traumatisieren, sonst nichts. Aber wolltest du nicht schlafen?«

»Das habe ich nur gesagt, um ihn loszuwerden.« Kirstine nahm eine Tasse und setzte sich. »Jetzt sitzen wir also hier«, sagte sie.

Kamille putzte sich die Nase und trocknete sich die Augen. »Ja, das Schuljahr ist so gut wie vorbei, und wir sind kein bisschen klüger.«

»Wir haben Trines Mörder nicht gefunden«, sagte Kirstine. »Die Weissagung hat sich erfüllt.«

»Aber glücklicherweise ging es darin nicht um dich«, sagte Victoria. »Sondern um Leah, die sich vorgenommen hatte zu töten, und letztendlich von eigener Hand sterben musste. Als wir vor Ingrids Sprechzimmer saßen, ist mir etwas eingefallen. Ich weiß nicht, warum ich nicht schon früher darauf gekommen bin. *Die Nacht, in der es Sommer wird.* Es war kein Zufall, dass Leah sich diesen Tag ausgesucht hat, um ihren Plan, sich das Leben zu nehmen, in die Tat umzusetzen. Ich glaube, heute ist auch Trines Todestag.«

»Wie tragisch«, sagte Kirstine.

»Dennoch ist es den beiden Schwestern gelungen, Frieden zu schließen«, sagte Victoria. »Leah hat die Vergebung ihrer Schwester erhalten.«

»Ja, und wir werden den Mörder schon noch finden. Jetzt, wo wir den Siegesstein haben, ist das Glück auf unserer Seite. Er hat mir das Leben gerettet, und er wird uns die Zeit geben, die wir benötigen«, sagte Kamille.

Victoria betrachtete sie. Leider teilte sie ihren Optimismus nicht ganz.

»Unglaublich, dass Zlavko und Leah mal ein Paar waren«, sagte Kirstine.

»Ja, es war tatsächlich eine Liebesgeschichte. Das hätte ich niemals gedacht«, sagte Kamille. »Eine kranke und abgedrehte, aber dennoch eine Liebesgeschichte.«

»Sind das nicht irgendwie alle Geschichten?«, fragte Victoria. »Also alle Liebesgeschichten?«

»Vielleicht.«

»Die hier auch?«, fragte sie und nickte zu Malous und Kamilles verschlossener Zimmertür.

Kamille drehte sich zu ihr um. »Das darfst du mich nicht fragen, ich weiß es ehrlich nicht. Es ist alles so verwirrend …« Kamille legte die Arme auf den Tisch und ließ ihren Kopf darauf sinken.

»Schon okay«, sagte Victoria.

»Und selbst wenn es so wäre, war Malou ja wohl deutlich. Sie will nicht einmal mit mir befreundet sein, geschweige denn … Von allen Menschen auf der Welt bin ich garantiert diejenige mit dem meisten Pech in Sachen Liebe. Erst Vitus und jetzt das.«

»Immerhin hat Malou noch nicht versucht, dich zu töten«, sagte Kirstine.

»Ha! Nein, das ist natürlich ein Fortschritt.« Kamille lächelte und schüttelte den Kopf. »Wie seid ihr darauf gekommen? Wissen's alle? Auch Malou?«

Victoria schüttelte den Kopf. »Nein, nein. Ich glaube, ich habe es mir irgendwann einfach gedacht …«

»Ich habe Malous Namen bei der Imbolc-Zeremonie auf den

Stein geschrieben, wusstet ihr das?«, fragte Kamille. »Nicht, weil ich Malou loswerden will, sondern weil ich solche Gefühle einfach nicht haben möchte. Aber es brachte nichts. Jedenfalls nicht das, was ich mir erhofft hatte. Malou ist weg, aber die Gefühle sind noch da.«

»Ich weiß«, sagte Victoria. »Bei mir hat es auch nicht geklappt.«

»Darf ich fragen, was du auf deinen Stein geschrieben hast?«, fragte Kirstine.

»Das Datum meines Geburtstags.«

»Dein Geburtstag. Oh … war es nicht an deinem Geburtstag, als du und Louis …«

»Ja.«

»War es wirklich so schrecklich?«, fragte Kamille mitfühlend, was bei Victoria normalerweise dazu führte, sich zurückzuziehen, aber diesmal war Kamilles Fürsorge nicht erdrückend. Vielleicht war es an der Zeit, ihnen die Wahrheit zu sagen. *Die ganze Wahrheit.*

»Nein, das Schlimme daran war nicht, *dass* wir miteinander geschlafen haben, sondern …«

»Wurdest du dazu gedrängt?«

Victoria nickte.

»Von Louis?«, fragte Kirstine.

»Nein. Von meiner Familie.«

»Was? Wie meinst du das? Deine Familie hat dich zum Sex gezwungen?«, fragte Kamille.

»Sie haben mich nicht gezwungen, ich habe eingewilligt. Es ist schwer zu erklären. Es ist eine Tradition in meiner Familie …«

»Eine Tradition? What the fuck, Victoria?!«

»Man kann es auch als Ritual bezeichnen …«

»Also … wie ein ritueller Beischlaf?«

»Ja, aber es ist nicht so, dass währenddessen alle in schwarzen Umhängen drumherum stehen und eine Messe abhalten. Selbst wenn es früher vielleicht mal so war …«

»Echt jetzt?!«

»So ist es in meiner Familie schon seit Hunderten von Jahren. Wenn man ein bestimmtes Alter erreicht, wählen die Ältesten einen geeigneten Partner aus einer anderen Familie aus. Danach gilt man als erwachsen.«

»Victoria, ist deine Familie … ich meine, ist das überhaupt legal?«

»Ich weiß, dass ich euch erzählt habe, in meiner Familie gäbe es keine Magier, aber das stimmt nicht. Es tut mir leid, dass ich gelogen habe. Ich wollte hier an der Schule ganz neu anfangen. In Wahrheit stamme ich aus einem alten Magiergeschlecht. Das Gesetz interessiert sie nicht, sie tun, was sie immer getan haben, auch wenn man nicht mehr laut darüber spricht. Ich habe selbst mit entschieden, dass es Louis sein sollte. Nicht alle haben das Glück, Einfluss darauf nehmen zu können. Aber selbst, wenn es mit jemandem passierte, in den ich verliebt war, fühlte es sich einfach nur falsch an. Tief im Inneren wusste ich sehr genau, dass er es nur getan hat, weil er es musste – nicht, weil er mich mochte.«

»Warte mal, Victoria …« Kamille drückte ihre Hand. »Weiß Benjamin davon?«

»Ja. Benjamin stammt selbst aus einer alten Magierfamilie, aber er wollte mit all diesen Dingen nichts zu tun haben. Er hat vollständig mit seiner Familie gebrochen. Als er davon hörte, was meine Familie von mir verlangt hatte, wollte er, dass auch ich den Kontakt abbreche.«

»Deshalb hat er sich so aufgeregt«, sagte Kamille.

»Aber du willst es nicht tun?«, fragte Kirstine.

»Ich liebe sie. Meine Brüder … Ich kann nicht, selbst wenn Benjamin davon überzeugt ist, dass sie … Schwarzmagier sind …«

»Und sind sie das?«, flüsterte Kamille.

»Irgendwie habe ich immer schon gewusst, dass meine Familie anders ist. Über gewisse Dinge wurde nicht laut gesprochen, wenn andere dabei waren. Aber meine Eltern sind nicht böse. Sie machen Dinge nur auf etwas andere Weise, sie halten sich an die alten Traditionen.« Victoria wischte sich über die Augen und sah sie an. »Was denkt ihr jetzt über mich, nachdem ihr das alles gehört habt?«

Kamille lächelte traurig. »Ich denke, dass man sich seine Familie nicht aussucht. Man kriegt, was man kriegt. Und du bist die Letzte auf der Welt, von der ich den Eindruck habe, dass sie sich zu schwarzer Magie hingezogen fühlt, Victoria. Ich kann gut nachvollziehen, dass du dich nicht einfach so von deinen Eltern und deinen Brüdern abwenden kannst.«

Victoria nickte. »Aber jetzt habe ich Benjamin verloren. Und manchmal habe ich Zweifel, ob ich mich richtig entschieden habe.«

Sie sah die beiden an, und in diesem Augenblick war ihr, als könnte sie ihre Gedanken hören: *Ich glaube nicht, dass du das getan hast.*

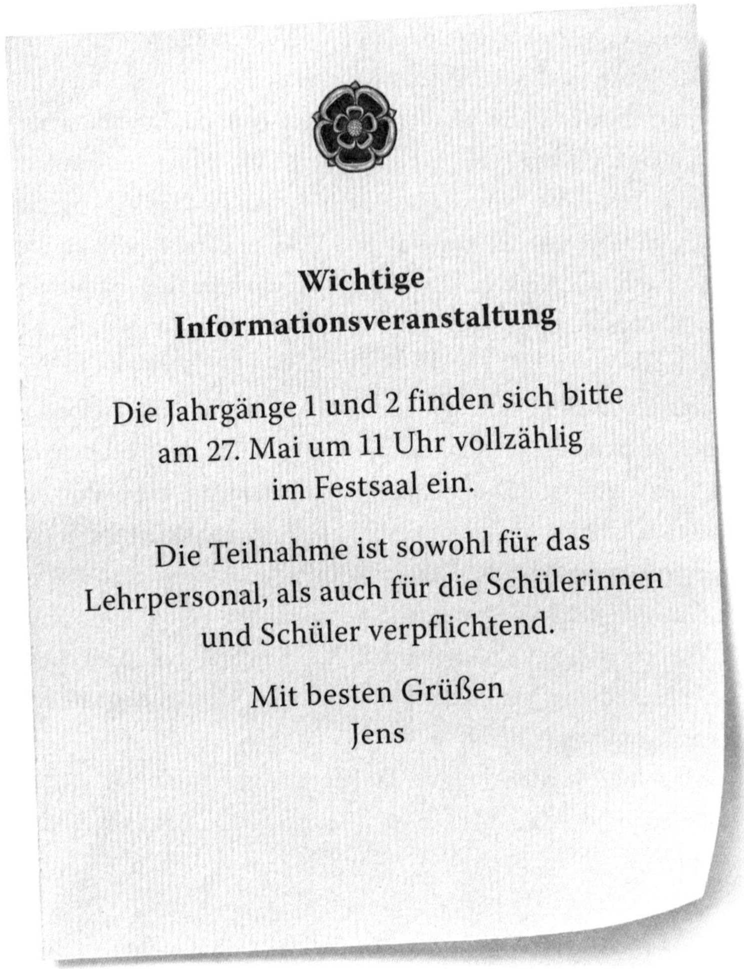

Wichtige Informationsveranstaltung

Die Jahrgänge 1 und 2 finden sich bitte am 27. Mai um 11 Uhr vollzählig im Festsaal ein.

Die Teilnahme ist sowohl für das Lehrpersonal, als auch für die Schülerinnen und Schüler verpflichtend.

Mit besten Grüßen
Jens

27. MAI
10 UHR 47

Kamille

Kamille warf gerade ein paar Kleidungsstücke in ihren abgenutzten Seesack, als es an der Tür klopfte. Es war Jakob.

»Kirstine ist nicht hier«, sagte sie und packte weiter.

»Ich wollte auch gar nicht … Ich hab Post für Malou«, sagte er.

»Sie ist auch nicht hier«, sagte Kamille, ohne den Blick von dem Klamottenberg vor sich abzuwenden.

»Aber das ist doch ihr Zimmer?«

»Ja, aber …«

»Kannst du ihn ihr dann nicht geben?« Er wirkte irritiert oder hatte es eilig.

»Okay«, seufzte sie, nahm den Brief entgegen und steckte ihn ein.

»Vielen Dank. Und ihr solltet besser zusehen, dass ihr runterkommt. Die Veranstaltung fängt gleich an.«

Kamille konnte nicht anders, als Ausschau nach ihr zu halten, selbst wenn sie sich geschworen hatte, es nicht zu tun. Vielleicht hatte sie überhaupt nicht vor zu kommen, vielleicht waren solche Veranstaltungen jetzt unter ihrer Würde. Dennoch hatte Kamille ihr einen Platz freigehalten. Nur für alle Fälle.

Die ganze Schule war anwesend, sie sah Thorbjørn, Jakob und Lisa in der ersten Reihe sitzen, aber keiner von ihnen machte den Anschein, etwas sagen zu wollen. Dann flogen plötzlich ganz hinten im Festsaal die großen Doppeltüren auf, und alle drehten die Köpfe, als wären sie dazu aufgefordert worden.

Zuerst kam Zlavko in rotem Hemd und schwarzer Hose, die eine Hand immer noch dezent verbunden, mit einem zarten Lächeln auf den Lippen herein. Selbstbewusst ging er mit langen, entschlossenen Schritten an den Reihen der Schülerinnen und Schüler vorbei, die ihn mit offenen Mündern anstarrten. Hinter ihm folgten Jungen und Mädchen, ganz in Schwarz gekleidet. *Die Krähen.* Malou betrat als eine der Letzten den Saal, an der Hand von Louis. Sie trug einen eleganten Hosenanzug und High Heels, hatte ihre blonden Haare zu einem straffen Pferdeschwanz gebunden und reckte stolz den Hals, als sie durch den Saal schritt. Sie sah kein einziges Mal zu den anderen Schülern im Raum, stattdessen hielt sie den Blick fest auf das kleine Podium gerichtet, das am anderen Ende des großen, hohen Raums errichtet worden war. Zuletzt kam Jens. Er nickte und lächelte den Wartenden zu, während er zum Podium ging. Vielleicht war er ein wenig blasser als sonst, aber das war auch schon der einzige Hinweis darauf, dass Leah versucht hatte, ihn zu töten.

Kamille seufzte erleichtert. Es war das erste Mal, dass sie ihn seit jenem Tag sah. Sie hatte ihn besuchen wollen, war aber von Ingrid weggeschickt worden. Sie hatte überlegt zu erzählen, dass sie mehr als nur eine gewöhnliche Schülerin war, es dann aber verworfen, weil sie nicht sicher war, ob Jens sauer auf sie werden würde. Und vielleicht war sie ein wenig im Zweifel, dass er sie überhaupt für mehr als eine gewöhnliche Schülerin hielt, weil er selbst sich nicht bei ihr gemeldet hatte. Der Gedanke, dass Jens vielleicht bereits das Interesse an seiner neu gewonnenen Tochter verloren hatte, machte sie wütender, als sie sich eingestehen wollte.

Die schwarz gekleideten Schülerinnen und Schüler standen in Reih und Glied auf dem Podium, sie hielten sich kerzengerade, hatten den Blick auf die restliche Schülerschar gerichtet und lächelten einander dann und wann einmütig zu, als hätten sie eine kleine Showeinlage geplant, die sie jeden Augenblick vorführen sollten. Ganz links stand Zlavko. Jens betrat das Podium und wandte sich an die Menge.

»Liebe Schülerinnen und Schüler. Liebe Kolleginnen und Kollegen. Es ist mir eine noch größere Freude, mein erstes Jahr als Schulleiter von Rosenholm beenden zu dürfen, als ich es erwartet hatte. Wie ihr alle wisst, wären die jüngsten Ereignisse um ein Haar so schlimm ausgegangen, dass ich beinahe nicht gemeinsam mit euch hier hätte stehen können. Ich bin sehr dankbar, dass es nicht so weit gekommen ist, obwohl mich böse Mächte tot sehen wollten. Dass ich heute am Leben bin, habe ich in hohem Maße Zlavko zu verdanken.« Die schwarz gekleideten Schülerinnen und Schüler auf der Bühne begannen allesamt mit einem Applaus, der sich zögernd im Rest des Saals ausbreitete. Zlavko nickte, nach wie vor mit einem überlegenen Lächeln auf dem Gesicht.

»Ein großes Dankeschön gilt außerdem Zlavkos talentierten Corvi – auch Krähen genannt«, sagte Jens und drehte sich zu der Gruppe hinter sich um.

»Warum erwähnt er sie?«, flüsterte Kirstine nach links. »Was hatten die damit zu tun?«

Kamille zuckte mit den Schultern und lehnte sich ein wenig nach vorn, um alles genau mitzubekommen.

»Rosenholm hat großes Glück, so einfallsreiche, talentierte und furchtlose Schüler zu haben.« Jens stand immer noch mit dem Rücken zum Raum und sprach direkt zu den Krähen. »Ich danke euch.«

Kamille studierte Malou. Sie strahlte, ihre Wangen waren rot. *Sie sollte Jens' Tochter sein. Auf sie wäre er stolz, sie würde er nicht geheim halten wollen.* Kamille konnte nichts dagegen machen. Der Neid zerfraß sie innerlich wie brodelnde Säure.

»Der Angriff auf mich war ein Angriff auf ganz Rosenholm. Auf alles, wofür wir stehen«, fuhr Jens fort, jetzt wieder an die Schülerschar gerichtet.

»Das gefällt mir nicht …«, flüsterte Victoria und runzelte die Stirn.

»Magier haben *trotzdem* immer schon überlebt. In Gefahr. Bedroht von einer Gesellschaft, die uns nicht versteht, die Angst vor uns hat oder zornig und hasserfüllt ist«, sagte Jens. »Das wurde uns jetzt wieder einmal klargemacht, und die Gefahr ist so groß wie seit vielen Jahren nicht mehr.«

»Aber Leah war selbst Magierin«, wandte Kirstine ein. »Was redet er da für einen Quatsch?«

»Es ist unsere Pflicht zu gewährleisten, dass sich niemand, der hier zur Schule geht, bedroht fühlt oder Angst haben muss«, sprach Jens weiter. »Deshalb werden wir im nächsten Schuljahr erweiterte Sicherheitsmaßnahmen einführen. Eine kann ich euch jetzt schon verraten. Zlavko und seine tapferen Krähen haben sich bereit erklärt, als spezielle Sicherheitseinheit zu fungieren. Sie werden auf dem Schulgelände patrouillieren und sicherstellen, dass kein Außenstehender in die Schule eindringen kann, und somit dafür sorgen, dass sich alle Schülerinnen und Schüler wohl und sicher fühlen. Wenn ihr irgendetwas seht, das euch verdächtig vorkommt, könnt ihr euch jederzeit an sie wenden, und es wird dann umgehend Zlavko oder mir mitgeteilt. Um für diese große Aufgabe gewappnet zu sein, haben die Krähen eingewilligt, ihre Ferien zu opfern – sie alle werden den Sommer über in der Schule bleiben, wo sie von Zlavko und mir ausgebildet werden. Ihr könnt daher absolut sicher sein, dass die Krähen bestens gerüstet sein werden, um die Aufgabe, die wir ihnen aufbürden, wahrzunehmen.«

Es herrschte Stille im Saal, niemand hustete oder rutschte auf dem Stuhl herum. Alle saßen gebannt da, den Blick auf Jens und die schwarz gekleideten Gestalten hinter ihm gerichtet. Kamille beschlich ein seltsames, beunruhigendes Gefühl. Der Angriff musste Jens wirklich zugesetzt haben, wenn er Zlavko und seine Truppe in Rosenholm patrouillieren lassen wollte. Wusste er, was er da tat? Oder war es Zlavko gelungen, Jens zu seinem eigenen Vorteil zu manipulieren?

»Als Anerkennung für diesen besonderen Einsatz, den diese Schülerinnen und Schüler für Rosenholm leisten werden, möchte ich ihnen gerne im Zeichen der Dankbarkeit der ganzen Schule und dem neuen Status, den sie von nun an genießen, ein kleines Geschenk überreichen.« Jens holte einen Stoffbeutel aus einer Innentasche seines Mantels und wandte sich wieder den Krähen zu. Er schüttelte ihnen der Reihe nach die Hand und steckte ihnen eine Brosche an die linke Brustseite. Kamille kniff die Augen zusammen. *Eine Feder. Eine Feder aus Silber.* Zuletzt erhielt Zlavko seine Feder. Jens hielt dessen Hand lange Zeit in seiner, während sie einander verschwörerisch in die Augen sahen. Dann drehte sich Jens wieder dem Saal zu.

»Der Sicherheitsdienst der Krähen ist nicht die einzige Neuerung, die ihr im nächsten Schuljahr erleben werdet. In meinem ersten Jahr als Schulleiter habe ich festgestellt, dass sich einiges ändern muss. Relikte aus alten Zeiten, als man den Schülerinnen und Schülern noch nicht zutraute, eigenverantwortlich vernünftige Entscheidungen zu treffen. Stattdessen wurden junge Menschen als Kinder angesehen, die es zu erziehen galt, und man war der Ansicht, dass alle das Gleiche lernen sollten. Wir wollen uns allmählich von dieser veralteten Vorstellung lösen. Ich habe volles Vertrauen in euch alle. Deshalb wird die altmodische Trennung von Jungen und Mädchen im kommenden Jahr abgeschafft.«

Was?

Ein Raunen ging durch den Saal, und unter den Schülern brach aufgeregtes Getuschel aus.

»Stattdessen«, sagte Jens laut, um das Geschwätz zu übertönen, »stattdessen wollen wir uns auf die Entwicklung jedes Einzelnen konzentrieren. Wir werden die Besonderheiten und unterschiedlichen Fähigkeiten berücksichtigen und entsprechend behandeln, damit jeder und jede von euch das Potenzial voll ausschöpfen kann. Anstatt Schüler nach Geschlechtern aufzuteilen, wollen wir sie nach Fähigkeiten aufteilen. Ihr werdet viel mehr Freiheit, aber auch höhere Anforderungen zu erfüllen haben. Ihr werdet euch ins Zeug legen müssen, aber gemeinsam werden wir eine neue, großartige Generation von Magiern aufbauen!« Die letzten Worte rief er regelrecht in den Saal, und die Krähen brachen erneut in lauten Jubel aus.

Kamille saß fassungslos da, während sich der Saal langsam leerte. Jens war als Erstes gegangen, gefolgt von Zlavko und den Krähen. Im Anschluss brachen die anderen Schülerinnen und Schüler auf, sie plapperten aufgeregt durcheinander.

»So was von cool!«, hörte sie Sofie zu ihrer Schwester sagen, die Arm in Arm an den Stuhlreihen vorbeigingen. »Ob wir auch mit den Jungs zusammenwohnen dürfen?«

»Echt clever von ihm«, sagte Victoria leise.

»Was?«, murmelte Kamille.

»Bekanntzugeben, dass Jungen und Mädchen jetzt nicht mehr getrennt sein sollen. Alle werden nur darüber reden. Die Sache mit den Krähen geht nach dieser Nachricht völlig unter.«

»Ich verstehe nicht, wie Zlavko ihn dazu überreden konnte …«, flüsterte Kamille.

Sie blieben sitzen, bis der Saal vollkommen leer war. Die übrigen Lehrer gingen zuletzt. Thorbjørns Blick war so finster, als hätte er gerade sein Todesurteil erhalten, und Lisa und Ingrid waren in ein Gespräch vertieft und nahmen keine Notiz von ihnen.

»Kommt«, sagte Kirstine. »Lasst uns hochgehen und zu Ende packen. Ich will keine Sekunde länger hier sein.«

Als Kamille eine Stunde später im Bus saß und durch das Fenster den blauen Himmel, die leuchtend gelben Rapsfelder und die gerade austreibenden Fliederbüsche in den Gärten betrachtete, fiel ihr der Brief ein. Malous Brief. Sie zog ihn hervor und musterte ihn. Auf dem Umschlag stand Malous Name, sonst nichts. Er konnte von ihrer Mutter sein. Vielleicht war er auch von Louis, aber warum sollte er ihr einen Brief schreiben, sie schienen eh ständig aufeinanderzuhängen. Zlavko? Oder vielleicht Jens? Womöglich befanden sich darin Anweisungen zu ihrer neuen Rolle als Zlavkos Handlangerin und Mitglied bei den Krähen.

Die Post anderer durfte man natürlich nicht öffnen. Das wäre falsch und vielleicht sogar illegal. Aber nicht immer tut man das Richtige. Kamille öffnete den Umschlag.

An Malou

Wenn du diesen Brief erhältst, werde ich nicht mehr am Leben sein. Das ist eine Erleichterung und nichts anderes. Ich sehne mich seit vielen Jahren nach dem Tod. Ich bereue es nicht – das nicht. Aber es gibt viele andere Dinge, von denen ich wünschte, sie wären anders gelaufen. Ich bereue, mich verliebt zu haben und ich bereue, dass ich ihm vertraut habe. Doch vor allem bedauere ich, Trines Mörder nie entlarvt zu haben. Ich wünschte mir, sie wäre tot, und als sie verschwand, habe ich die Wahrheit verheimlicht. Ich wollte, dass sie für immer in Vergessenheit gerät. Ich habe Trine nicht geliebt, aber solch ein Schicksal, wie es ihr durch meinen Hass widerfahren war, hatte sie nicht verdient. Das bereue ich am allermeisten.

Ehe ich vor dieser abscheulichen Welt ein für alle Mal meine Augen schließe, will ich versuchen, meine Sünde wiedergutzumachen. Ich werde Trine rächen. Ich werde alle jungen Frauen rächen, die dasselbe Schicksal wie sie erlitten haben. Falls es misslingt, dann wird es das sein, was ich am meisten bedauere. Falls das passieren sollte, hoffe ich, dass du vollbringen wirst, wozu ich nicht die Kraft hatte.

Anbei der letzte Brief, den Trine mir geschickt hat.

Mögest du die Kraft haben, das Richtige zu tun.

Leah

30. April 1989

Liebe Leah, liebe Schwester,
meine geliebte Trollprinzessin,

ich hätte nicht gedacht, dass ich dir verzeihen könnte, aber ich kann nie lange wütend auf dich sein. Wir dürfen nicht als Feinde auseinandergehen. Das hier ist der letzte Brief, den ich dir schicke. Von nun an muss ich untertauchen - aber für die Liebe werde ich alles tun! Ich bin sicher, dass du es eines Tages verstehen wirst.
Ich habe auch an Mama und Papa geschrieben und ihnen die Wahrheit gesagt. Vermutlich ist es ein Schock für sie, aber ich tröste mich damit, dass ihr Zorn mich nicht mehr treffen kann. Vielleicht kehre ich eines Tages zurück, und dann werden wir wieder vereint sein. Gleich schon werde ich meinen Liebsten treffen, und dann werden wir gemeinsam fortgehen. Ich schicke dir dieses Foto, damit du selbst sehen kannst, wie glücklich wir miteinander sind. Ich verlasse dich jetzt. Gedenke mein, liebste Schwester, und bewahre mein Bild für ewig in deinem Herzen, bis wir uns wiedersehen.

In Liebe
Trine

In dem Umschlag befand sich ein Foto, und Kamille war, als schwappe eine gewaltige Welle über sie hinweg und zöge sie mit sich in eine tiefe Dunkelheit, als sie begriff, was sie da in den Fingern hielt.

Trine selbst musste das Bild von sich und ihrem Freund in den Umschlag gesteckt und den Brief ihrer Schwester geschickt haben. Leah hatte ihn gelesen und das Foto in der Mitte durchgerissen. Die Hälfte mit Trine darauf hatte sie ihren Eltern gezeigt, und diese war für die Ermittlungen verwendet und in der Zeitung abgedruckt worden. Die andere aber hatte sie verschwinden lassen. Leah hatte die ganze Zeit über gewusst, mit wem Trine zusammen gewesen war.

Kamille starrte auf die Fotografie. Die blauen Augen des Mannes starrten zurück. *Ihre* blauen Augen.

Er hatte sich so interessiert an Victoria gezeigt. So scheinbar besorgt um sie. Aber in Wirklichkeit hatte er sich gefürchtet. Er wusste, dass Victoria mit Geistern sprechen konnte. Mit Trines Geist. Er hatte Angst davor, dass sie ihn verraten würde. Er war es, der Trine verscheucht hatte, so musste es sein.

Und was hatte er sonst noch getan, ohne dass sie es bemerkt hatte? Der Gedanke durchfuhr sie mit einem Mal wie ein eisiger Wind. Zu was hatte er *sie* getrieben? Sie griff nach dem Lederbeutel um ihren Hals und schüttete den Inhalt in ihre Handfläche. Gleiche Form, gleiches Gewicht, doch der Stein war grau. Er musste gewusst haben, dass ihre Mutter einen Siegesstein besaß, und er hatte seine Chance gewittert, Kamille zu manipulieren, um an ihn zu gelangen. Nun war der Stein weg.

Sie nahm ihr Handy.

Malou! Sieh zu, dass du da wegkommst!
Es war Jens! Jens hat es getan!!!

EPILOG

Stolz schaut er auf die Welt, die nun ihm gehört. Der Festsaal ist leer, die Schülerinnen und Schüler haben die Schule verlassen, gegen Ende des Sommers aber werden sie zurückkehren. Was ihn mit einem freudigen Kribbeln erfüllt.

Die Frau ist tot, die letzte Zeugin, von der er noch nicht einmal gewusst hatte, dass es sie gab. Jetzt kann ihm niemand mehr etwas anhaben. Schon gar nicht, da er endlich den Stein in Händen hält, von dem er so viele Jahre geträumt hat.

Er denkt an sie. An Trine. Eigentlich schon ärgerlich, dass niemand jemals erfahren wird, welches Schicksal sie ereilte. Welches Schicksal sie alle ereilte. All jene vor ihr, so viele junge Frauen, die als weiße Gestalten durch die Jahrhunderte wandeln. Sie dienen einem höheren Zweck. Und es werden weitere dazukommen. Das ist es, was ihm durch den Kopf geht, während er seinen Blick durch den leeren Saal schweifen lässt. Dann wendet er sich um und geht in die Sonne hinaus.

GRY KAPPEL JENSEN hat Geschichte und nordische Sprache und Literatur studiert und arbeitet heute als Autorin, Übersetzerin und Lektorin. Sie hat mehrere Kinder- und Jugendbücher veröffentlicht, darunter die Fantasy-Trilogie *Rosenholm*, die in nur kurzer Zeit zu einem großen Erfolg in ihrer Heimat wurde. Band Drei *Nachtschatten* wurde 2021 mit dem *Dänischen Fantasy-Preis* als das »Beste Fantasy-Buch des Jahres« ausgezeichnet. Band Eins *Rosen & Violen* erreichte gleich nach Erscheinen die SPIEGEL-Bestsellerliste (Hardcover Belletristik Top 50). Gry Kappel Jensen lebt mit ihrer Familie in Aarhus, Dänemark.

MEIKE BLATZHEIM, geboren 1985, lebt im Bergischen Land und arbeitet als Lektorin, Autorencoach und Übersetzerin aus den skandinavischen Sprachen.

SARAH ONKELS, geboren 1986, studierte Skandinavistik und Keltologie in Bonn, Köln und Turku. Sie übersetzt aus den skandinavischen Sprachen und aus dem Finnischen und lebt bei Bonn.